岩 波 文 庫

31-221-1

# 開 高 健 短 篇 選

大 岡　玲 編



岩 波 書 店

# 目　次

# 開高健短篇選

# パニック

## 一

飼育室にはさまざまな小動物の発散するつよい匂いがただよっていた。その熱い悪臭はコンクリートの床や壁からにじみでて、部屋そのものがくさって呼吸をしているような気がした。いくつもの飼育箱は金網やガラス戸がはめられ、鍵がかけられてあったが、動物の尿は箱からもれて床いちめんに流れていた。入口からさした光線と人間の気配に動物たちはいっせいにざわめきだした。どの箱でもとじこめられたけもののたてる足音や金網をひっ搔く爪音がさわがしく起った。

「餌不足でね、連中飢えてるんでサ」

俊介と課長のさきに立った飼育係が説明した。彼は手にネズミの入った金網の籠をさげていたので、けものたちは彼が箱の前を通ると金網の内側をいそがしく走りまわった。どのけものもやせこけてけわしい体つきをしている。毛は汚物でぬれ、かたまって針のようにとがっていた。そして、たいてい体のどこかに赤い傷口をもっていた。山でワナにおちたとき、鋼線が食いこんだのである。彼らはせまい箱のなかをせわしく往復し、鼻を鳴らし、金網に前足をかけてネズミの籠を見送った。

「よくなれてるんだね」

課長はキツネが猫のように媚びたしぐさで首を金網にすりつけるのを見て、ものめずらしげにつぶやいた。

イタチの箱の前まで来て俊介は立ちどまった。彼は課長に説明した。

「こいつは、まだ山から来たばかりで、なれていないんですよ。猜疑心の深い奴でね、人の足音がしただけでかくれてしまいます」

箱の床には砂がしかれ、糞がいくつもころがっていた。砂には小さな足跡がいちめんについていたが、居住者の姿はなかった。

「どこにいるんだい?」

「巣箱にかくれてるんです。ネズミでおびきだしてみましょう」

彼は飼育係の男に籠のネズミを五匹とも全部箱のなかへ入れるようにいいつけた。そして、窓のブラインドをおろして電燈を消すようにと指示した。

「奴は気むずかし屋で、おぜんだてがうるさいんでサ」

飼育係は課長に説明しながら、ネズミを一匹ずつ籠からつまみだして砂の上においた。

ネズミは小きざみにふるえつつ小さな顔をおしつけて砂の匂いをかいだ。早くも恐怖を察したのか、彼らはよちよちと箱の隅に行くと、五匹ともかたまって動こうとしなくなった。

俊介は課長に声をかけた。

「少し離れていましょう」

「人間の匂いがしてもいいのかい?」

「腹がへってるから、それぐらいはあきらめているでしょう。暗くしてやればでて来ますよ」

彼は課長をさそって箱から離れると、窓ぎわにならんで立った。

飼育係が窓の蔽いをおろして電燈を消すと、部屋のなかはまっ暗になった。ふいに夜の野の気配が室内にみなぎり、あちらこちらでけもののさわぐ物音が聞えた。いくつものやわらかい足が暗がりを駈け、木がむしられたり、牙の鳴ったりする音が闇を占めた。

電燈を消して三分とたたないうちに、とつぜん身近の暗がりを小さな足音が走った。それは非常な速度で砂を蹴って駈け、ほとんど体重というものを感じさせなかった。それにつづいてするどい悲鳴と牙音が起ったが、さわぎはまたたく間に終ってしまった。俊介は満足感をおぼえて、小さく息をついた。

課長が耳もとでささやいた。

「やったナ」

「……そうらしいですね」

飼育係は有能な男だった。ネズミの悲鳴がやんだところですかさず電燈のスイッチを入れたので、いままさに餌をくわえてとぼうとしていたイタチの全身がそのまま明るみにさらけだされた。まるい、小さい頭を起して彼は部屋の隅にたたずむ二人の男を発見した。つぎの瞬間、砂の上を黄いろい炎がかすめた。音もなくイタチの姿は巣箱に消えた。

「たいした早業だ、みなごろしじゃないか！」

箱に近づいてなかをのぞきこんだ課長が感嘆の声をあげた。

ネズミは四匹しかのこっていなかったが、いずれも白い歯を見せ、足をちぢめてころがっていた。砂には二、三滴の血がこぼれているが、どこに傷があるのか、まったくわからなかった。ゼンマイのこわれた灰色のおもちゃといった様子で殺されている。これはいつもの手だ。この優美な残酷さには山で何度もお目にかかったことがある。その身ごなしのしなやかさについては忘れられぬ記憶がある。去年の秋、俊介は高原のササ原で一匹のイタチに出会ったことがある。ふだんは用心深い夜行性のこのけものが、そのときはなにを思ったのか、白日の下に全身をさらして、広い野原を飛ぶように走っていた。倒木をとびこえ、草むらにもぐり、まるで小さな火のようにキラめきつつ、彼の姿は見る見る視界のかなたに消えていった。見わたしたところ、空にも野にも、彼を襲う敵の姿はないようだったし、彼のさきを走る獲物の影も見当らなかった。俊介には習性に反したその行動の原因がつかめなかったが、何日ものむだな調査旅行に疲れていた彼は、目的もなく全速力で疾走するこのけものにある友情と新鮮な緊張感をおぼえて、いつまでも後姿を見送ったものだった。それからというものは、イタチを見れば、きまってこのササ原の孤独な走者を思いだす。

飼育係は砂の上にころがったネズミをひろい集めると、一匹ずつほかの箱の動物に配った。ネズミはたちまちかみくだかれ、腸がはみだし、肉はボロぎれとなってしまった。

「イタチの奴、食わんじゃないか」

課長が不平そうにつぶやいた。

「人声がするんで、警戒しているんでしょう」

俊介は課長に説明して箱の前を離れた。二、三歩行くと、はたして背後でひそやかに骨のくだける音がした。立ちどまるとその音は消え、歩きだすとふたたびはじまった。イタチの狷介さに俊介は微笑をうかべた。

（……いつまでつづくかな）

彼は声をかけようとしてなにげなく課長をふりかえったが、そのまま顔をもどして口をつぐんだ。課長は髪の薄くなった頭を掻き、小指の長い爪にたまったあぶらをはじくことにこころを奪われている様子だった。イタチもやがて飼育係の足音で金網のなかを糞まみれになって走りまわるようになるだろう。飼育室を出るとき、ふと俊介は日頃なじみ深い倦怠の軽い死臭がもどって来るのを感じた。

部屋にもどると土曜の午後なので、もう誰ものこっていなかった。机には地方の派出所から来た日報がのっていた。三つの県の各地方からのものだが、二、三日来の大雪で汽車がとまったために日附のおくれたのもまじっていた。どの報告書にもたいしたことは記されていない。どうせ派出員は山番や炭焼人から聞いた噂話をそのまま書きこむのだろう。照合彼は壁に張った県の地図と日報を照合してところどころの村に赤鉛筆で印をつけた。照合を終って課長のところへ持ってゆくと、ろくに読みもしないで判をおされた。いつものことだ。もどろうとすると呼びとめられた。課長は胃がわるいのでひどく口が匂う。出入業者に招待された宴会の翌朝など、まるでどぶからあがったばかりのような息をしていることがある。生温かく甘酸っぱい匂いだ。口だけでなく、手や首すじからもその匂いはにじみ出てくるようだ。白眼の部分にある黄いろくにごった縞を見ると、いつも、この男はくさりかけているなと思わせられる。

課長は俊介にむかって、机のひきだしから厚い書類綴りをだし、軽く投げてよこした。

「君の企画書だ。ずっと前に局長室からもどったんだが、そのままになっていたので返すよ」

課長は背広の襟から爪楊枝をぬきとり、たんねんに歯をせせりながら俊介に説明した。

「前の課長も君の企画を会議に出すことは出したらしいがね、山持ちの県会議員に一蹴されたらしいよ。これは局長も文句をいえやしない。長いものには巻かれろってこったネ」

課長は楊枝のさきについた血をちびちびなめた。俊介は息のかからないように机から体をひき、相手の不潔なしぐさをだまって眺めた。課長はひとしきり歯の掃除をすませると、眼をあげ、日報の綴りをちらりとふりかえってたずねた。

「ネズミのこと、なにか出ているかい?」

「べつに、なにも……」

課長はめんどうげに彼の手から日報をとると、パラパラ二、三枚はぐった。

「特記事項ナシ、例年ト大差ナシか。君の予想とはずいぶんちがうようだな」

「……なにしろ雪ですからね。冬はネズミの動きはめだたないものなんです」

課長は彼の答えに不満らしく頭をふった。

「君、日報は局長室まで行くんだよ。いくらササ原を焼けといったって、現実になにも起っていなかったら、焼こうにも焼きようがないじゃないか。局長だって納得しないのがあたりまえだよ」

俊介はこのあたりでちょっと抵抗してみせるのも手だと思ったので、

「おっしゃるとおりですが、起ってからではおそすぎるんじゃないかとも思ったもんですから」

といった。すると相手はすぐ餌にとびついて来た。課長は回転椅子に背を投げると、俊介の顔をちらりと眺めた。その眼には満足そうな軽蔑のいろがはっきりでていた。課長はきめつけるようにいった。

「当てずっぽで役所仕事ができると思うかね。前例もないのに、君の突飛な空想だけで山は焼けないよ。君の企画はお先走りというやつだ。気持はよくわかるがね」

俊介はその言葉で、いままで自分がどういうふうに見られていたか、あらためて知ったような気がした。彼は発明狂や易者とおなじ種類の人間と考えられていたのだ。

「局長はね、こういうんだ」

課長は両手を組んで机におき、俊介を見あげた。眼からは軽蔑が消え、まがいものの真剣さがのぞいていた。

「……つまり、ネズミは毎年春になるとわくものなんだ。たとえ君が心配しているほどではないにしてもね。それで、一度イタチを山に放してみたらどうかということなんだ。こいつは生きものだからほっておいても繁殖する。毎年補給しなくってもいいから大助かりだよ」

俊介は髪の網目をとおして課長の頭の地肌を眺めた。皮膚はよくあぶらがのって血色がよいが、骨は固くて厚そうだ。その薄暗い内部を小さなけものが黄いろい炎をひいてとんでいるのだ。どんな言葉もそのヒラめきを消すことはできないだろうと俊介は思った。こんなところで争ってもはじまらない。それに、いまはもうすべてが手おくれの段階に来ているのだ。見方を変えると、なにに手をだしてもだしすぎるということのない情勢である。たとえ一匹のイタチでもないよりはましだ。俊介は方向を変えて課長の説を歓迎することにした。

「おっしゃるとおりです。イタチというのはいい考えですよ。あれはネズミとみれば片っぱしから殺してしまいますからね。食う食わんは二のつぎとして、とにかく見つけ次第に殺してしまうんです。小さな島ならイタチを放すだけで完全にネズミ退治ができます」

課長はだまって聞いていたが、話が終ると気持よさそうに小指で頭を掻き、満足げに机をたたいた。

「わかった。あさっての月曜、対策会議を開こう。春になったら、すぐイタチを買い集めるんだ。君、至急、動物業者の名簿を作ってくれ。それから、新聞社と放送局に電話だ。猟友会にもね」

「どうするんです？」

「わからんかね……」

課長は眉をあげ、回転椅子にそりかえった。

「禁猟の指令を流すのさ。イタチだけじゃない。ヘビでもモズでもとにかくネズミをとる動物は全部禁猟ということにして、密猟した奴は厳重処分、つまりイタチの皮の闇値の十倍ぐらいの罰金をかけるんだ。それで万事解決だよ、君」

そういって立ちあがりしなに課長は軽く俊介の肩をたたいた。すっかり得意になっているらしかった。俊介はばかばかしさのあまり手の書類を思わずたたきつけたくなるような衝動を感じたが、なんとかやりすごして表情にださぬよう、顔を窓の方にそむけた。窓外の前庭には雪がつもり、踏み固められてコンクリートのように光っていた。人影はなかったが、ちょうどそのとき一台の高級乗用車がすべりこんで来て、するどくきしみながら氷の上にとまった。待ちかねたように課長が鞄を持って椅子から立ちあがった。

「じゃあ、君、お先に失敬するよ」

とっさに俊介は書類を抱えたまま飛んでゆくと、課長のために部屋の扉をひらいてやった。相手が小走りに通りすぎかけたとき、とつぜん俊介は相手の足をすくってみたい誘惑を感じて、声をかけた。

「課長、『つた家』ですか?」

これは不意打ちだったらしい。ぎくっとしてふりかえった課長の眼にはうろたえた表情がでていた。それはすぐに狡猾そうな薄笑いに変った。俊介は胸のポケットになにかがおしこまれるのを感じ、おなじような薄笑いを頰にうかべた。

「……部外秘だよ」

小声で顔をよせて来た課長の眼には、もう取引をすませたんだというつめたい傲慢さがあるようだった。相手の口臭をさけるために俊介は頰に薄笑いをうかべたまま、すばやく顔をそむけた。課長は踵をかえすと廊下を去っていった。今度は一度もふりかえらなかった。しばらくして前庭の方で自動車のスタートする音が聞えた。俊介は胸ポケットにおしこまれたものをとりだした。それは禁制の舶来煙草で、まだ封が切ってなかった。赤いセロファンのテープをむしりながら、俊介はちょっとみじめな気分になった。

（安く見られたな。七〇点）

煙草さえなければもっと点数を増してもいいところだが、さいごに小賢しげに相手の弱点をつくような真似をしたのはやっぱりまずかったようだ。煙草一箱ぐらいでこちらの刃を相手に感じさせたのは三〇点のマイナスでも甘いくらいだ。あれは局長専用の自動車である。官紀刷新ということで今月から公用の場合をのぞいて乗用車の使用は局長待遇以上の人間にかぎるということになっているのだ。おそらく課長は家へ帰るために呼んだのではあるまい。わざわざ土曜の午後になって飼育室でイタチを観察したり、部下を呼びつけてネズミの話をしてみたり、要するにこちらは車を待つ間の時間つぶしのだしに使われたにすぎないのだ。

俊介ははっきりと腐敗の進行を感ずる。県庁新築にまつわる収賄事件が起ったのはつい三ヵ月ほど前のことである。課長が資材課の椅子を追われて山林課に移って来たのもその事件のためだが、べつに馘首もされず左遷だけですんだのは事件の規模が大きすぎたためだった。その人事異動は対外的な見せかけにすぎまい。知事は事件の中心近くにいた彼を処分して事件が公表されることを恐れたのだ。その事件の複雑さには検察庁も新聞も音をあげてしまい、結果的に見ると要領の悪い四、五人の平課員が摘発されるだけで終ってしまったのだが、大きな犯罪のつねとして、おそらくそれは氷山の一角にすぎないのだろう。現にこうして課長が土曜の午後おそくまで人気のない部屋にのこって局長の車をさしむけさせたりしているところを見れば、疑いは深まるばかりである。

俊介はコルクを巻いたキング・サイズのアメリカ煙草をふかしながら部屋にもどった。ストーブの火が消えかけていたので火掻棒で灰を落し、石炭をたっぷり投げこんだ。自分の机の前に立って、彼はやっと一年ぶりで手にもどって来た企画書の頁をところどころはぐり読みした。それぞれ二、三行ずつ眼を通しただけで彼はすぐ書類を閉じ、ちょっと考えてから、あたりに人影のないのを見すまして、いきなり力まかせにそれを机にたたきつけた。

## 二

去年の秋のことである。この地方ではササがいっせいに花をひらいて実をむすんだ。一八三六年(天保七年)以来、きっちり一二〇年ぶりに起った現象である。どういうふうにしてこのみすぼらしい植物が一世紀余の年月を一年とたがえず記憶しているのか、それはまったくわかっていないのだが、とにかく因果律の歯車は正確にまわったのである。どれほど焼いても刈っても根絶することのできないこのガンのようにしぶとい植物も法則には呆れるほど従順だった。秋になると、春の予想が完全に裏書きされたのを見ることができた。川原、湖岸、山林地区、高原など、約五万町歩にもおよぶ広大な面積のササというササが、それこそ一本の例外もなく枯死してしまったのである。

精密な植物図鑑を繰ればわかることだが、ササは救荒植物の一つということになっている。根や葉は食用にならないが、一二〇年ぶりにみのったその実には小麦とおなじはどの栄養価がある。事実、前の周期年の天保七年は破滅的な凶作だったので、農民たちがササの実でかろうじて飢えをしのいだという記録がのこされているくらいだ。この記憶はその後短絡されて、ササのみのる年は不作年というように誤り伝えられた。そのため、去年俊介がおとずれたとき、農民のなかでも幾人かの老人たちはその年が凶作ではあるまいかと心配していたが、事実は近年まれなほどの豊作であった。ササと稲には何の関係もないのである。たわわにみのったササの実は誰一人収穫する者もないままに秋の野を厚く蔽った。これが恐慌の種子をばらまいたのである。

この地方の野外に住む、あらゆる種類の野ネズミがササの実をめざして集まって来たのだ。彼らはそれまで人間におびえながら暮していた田や畑や林などからいっせいに移動した。扉を全開された食料庫に侵入したのである。夜にならないと行動を開始しない、その灰色の軍隊はハタネズミ、アカネズミ、ヒメネズミなど、平常から野外に住む種族のほかに、ふだん人家や溝にしかいないドブネズミまでを含んでいた。これは異常なことである。動物の生活圏《テリトリー》は眼に見えない城や壁や境界標によって種族ごとに区切られ、領土は固く守られるのがふつうの場合である。ある地方では、一軒の家の屋根裏に住むネズミと床下や溝に住むネズミとで、もう種族のちがってくることがあるくらいなのだ。ところが、俊介は標高一二〇〇メートルの高原でドブネズミを何匹も発見することができた。これは厖大な食料の出現がネズミの分布地図を書き変えてしまったことを意味しているのである。

どうやらネズミは約束の地を発見したらしかった。彼らは漁網より密なササの根をかきわけて四通八達の坑道を掘りめぐらし、地底に王国を築いた。産室では牝がひっきりなしに陣痛の悲鳴をあげ、食料室にはゆたかな穀物がはちきれんばかりにたくわえられた。ササは彼らのために天蓋の役を果たしてくれた。深い茂みが彼らのやわらかい背を空のトビやタカなどのするどい眼から守ってくれたし、入り組んだ坑道はヘビやイタチをさえぎってくれた。食欲さえ満たされるとほとんど年中といってよいほど間断なく子を生むことのできる彼らはまたたく間におびただしい数に繁殖したのである。

一つの巣穴にたくわえられたササの実は約三升から四升の量になるが、これは決して十分な量とはいえない。なぜなら、彼らは冬ごもりのさなかに雪のしたでも交接して繁殖するからである。一匹の牝が一度に五匹の子を生むとすれば、春までに地下組織のメンバーは秋の五倍の数にふくれあがるわけだ。ふつうネズミの被害は一町歩当り八〇匹の密度が限度とされているのだが、俊介の計算によれば、今年の春は一町歩当り約一五〇匹という数に達するのではないかと思われた。しかも冬ごもりの間にササの実を食いつくした彼らは飢えて見境がつかなくなっているのだ。木をかじるにしてもなまやさしいことではすまないはずだ。彼らの牙は樹皮から木質部まで、ほとんど素裸にちかく幹を剝いでしまうにちがいない。それは植栽林の五年や六年の若いカラマツにとっては致命傷だ。春の恐慌は決定的である。雪どけとともにネズミは土からあふれ、灰色の洪水となって林になだれこみ、田畑にひろがってゆくことだろう。この牙と胃袋だけの集団、貪婪で盲目的なこの力の行手をはばむものはなにもないのだ。

一匹一匹のネズミはたわいないものである。その行動半径はせいぜい一〇メートルから一五メートルくらいで、三〇メートルも離せば、もう巣穴を見失ってしまうほど無能力な生物なのだ。また、彼らには広場恐怖症ともいうべき衝動がある。たとえば彼らは部屋を横ぎるとき、決して対角線や垂線をコースとして選ぼうとしない。遠道になってもかならず壁にそって走るのだ。溝や穴のなかではあれほど敏捷な彼らがしばしば広い電車道や交叉点のまんなかでつぶされてしまうのもこの習性のためである。広い道を横ぎらねばならないという、そのことだけで異常な努力を強いられた彼らは遥か遠方から近づいて来る電車の音や光や重量を予知しただけで神経がマヒしてしまい、むざむざ脊椎をくだかれる結果となるらしいのだ。

ところが、これほど臆病で神経質なネズミでも、いったん集団に編入されたとなると、性質はまったく変ってしまうのである。集団のエネルギーは暗く巨大で、狂的でもあれば発作的でもある。オーストラリアの異常発生の記録では野ネズミの大群が一〇キロの平原を一直線に移動して、途中の植物を根こそぎ平らげ、そのまま海につき進んでおぼれ死んだという事実が報告されている。彼らは迂回することを忘れ、発生地から正確に一直線を延長した海岸まで来て自滅したのだ。はじめから海岸をめざした行動ではない。海はたまたま行手にあっただけのことなのだ。集団の衝動におし流されて彼らは正常な味覚や嗅覚を失い、遥かかなたからでも海の匂いを死の予感として判断できなかったのである。しかも行軍の途中、死にむかっているとも知らず、牝ネズミたちはせっせと子を生みつつ集団について走っていた。

この狂気の説明はまだついていない。正しい条件において観察すればネズミは臆病で神経質なうえ、手におえないほど多産で、感覚もまたかなり高度に発達した、利口な動物である。一度食った毒ダンゴは二度と食わないという分別もあるし、かじる木の種類もふだんはちゃんと区別している。彼らの美食趣味はどれほど一つの林にまじって生えていても信州カラマツと北海道産カラマツを潔癖に選びだして信州産の木にしか手をつけない。そんな敏感さや神経のゆきとどきが、ただ飢えからのがれるために集団化したというだけでどうして失われてしまうのか。集団のどんな生理が個体の内容を変えてしまうのか。また集団は一匹一匹のネズミの集まりではなく、食料不足のためにたまたま発生した、動物図鑑にかつて掲載されたことのない多頭多足の一匹の巨獣として理解すべきなのか。こうした事柄はあいかわらず未解決なままにのこされているのである。

いずれにしても春の恐慌はさけられないのだ。それはササがみのったときにすでに決定づけられたことである。三つの県の約一万町歩にわたる私有林、官有林はことごとく樹液の動きをやめて枯死してしまうだろう。かりに一町歩当りの植林費を六万円としても、この事件は約六億円の損害である。

晩秋の雑木林を俊介は忘れることができない。落莫の風景美にうたれたのではない。彼がその落葉林で見たものは秋の青空を漉す枯枝のこまかいレース模様ではなかった。忘れっぽいモズがあちらこちらの枝につき刺した子ネズミの死骸に彼は眼を奪われたのだった。それは枯枝になった、時ならぬ灰色の果実であった。おびただしい数のネズミがひからびて点々と木にぶらさがっていた。すでに予想はしていたが、こうした情景を眼のあたりに見ると、やはり恐慌の進行がひしひしと体に感じられるようだった。

もちろん、しるしはそれだけではすまなかった。高原の村から村へ調査に歩く彼の道はいたるところ徴候に飾りたてられていた。空にはたえずタカやノスリが舞って、ときどきするどく急降下するのが見かけられたし、ササの枯れた茎のあいだで宝石のようにきらめくヘビの姿や、閃光より速いイタチのひらめきもめずらしいことではなかった。湖岸の湿地にはさまざまな小動物の足跡が入り乱れて印されていたし、茂みにはきっとなにかの気配が感じられた。どの動物もネズミを追っているのだが、相手が習性を変えたために、夜行性のけものまでが白日に全身をさらして活動していた。

夜になると、昼間は気配やひらめきにすぎなかったものが、それぞれはっきりと疾走する足音や悲鳴や歯ぎしりなどに変って俊介の耳をそばだたせた。村から村へゆく途中で日が暮れると、彼は雑木林などのかげに携帯の一人用のテントを張って野宿することにしていた。すると、日没時や明方など、とくにネズミが活発に動く頃は騒ぎがひどかった。経験の浅い彼の耳では足音や唸り声をどのけものはどれとすぐに判別することはできなかったが、イタチ、テン、キツネ、フクロウなど、この地方の山野に住むあらゆる肉食性のけものや鳥が灰色の地下組織の攻撃に参加しているはずだった。どの動物も背に冬を感じているらしい気配がその貪婪な餌の追い方に察しられた。パチンコ・ワナにかかったネズミが朝になるとイタチに食いちぎられて首だけしかのこっていないこともあったし、フクロウの羽の音は一晩中そうぞうしかった。一度なぞ、林からとびだして草むらのネズミをつかんだフクロウが林へもどるはずみにテントの支柱にぶつかったことがある。一人用の携帯テントは軽い竹の棒で支えられていた。ぶつかったはずみにフクロウはよろめいて、テントごと俊介の顔の上に落ちかかって来た。俊介は息をつめて身動きしなかった。ノクロウの重い、乾いた羽音と、まだ死にきっていないらしいネズミのもらす小さな悲鳴が聞えた。俊介は顔に肉食鳥のするどい爪とネズミのもがきを、厚い布ごしに、傷のようにはっきりと感じた。

日を追うにしたがって災厄が土のしたでいよいよ広範囲なものにひろがってゆくことが手にとるようにわかったが、俊介としてはなにひとつ手の打ちようがなかった。夏から秋にかけて、彼は何回となく山へやって来たが、それはいずれも名目出張で、山林課としては彼にただ余った予算を使わせて次年度に少しでも余計な枠をとるその実績稼ぎを命じたにすぎなかったのである。いわば彼は山でただ散歩だけしていてもよかったのである。ネズミは完全に無視されていた。

研究課の学者や技術官たちはすでに去年の春、ササの開花にさきだって一年後の恐慌を予想していた。なにしろ一二〇年ぶりの出来事なので、被害の規模がどれくらいのものになるのか、こまかいことは専門家にもわからなかったが、とにかく例年の域をはるかにこえたものになるだろうというので俊介の勤める山林課に警告が発せられたことは発せられたのである。被害の予想と対策の腹案が持ちこまれたが、平安になれた山林課では事態が見通せず、予算の不足を口実にうやむやにこれを葬ってしまった。課長会議でも根本的な問題はなにひとつ討議されず、もし予想どおりに恐慌が発生したら、いままでのどれよりも効果のある毒薬をばらまいておさえてしまおうではないかということで、モノフロール醋酸ソーダの使用法や、それに関する衛生法の制限緩和策が検討されたにすぎなかった。

山林課が研究を実行に移さないかぎり、学者たちの報告書はホゴの山になってしまうのである。俊介は課長会議の結果を聞くと、研究課の資料や技官たちからの助言を借りて綿密な対策書を書きあげそれを上申書という形式で直接局長宛に提出した。対策書の結論はササ原をいくつもの小区分にわけて秋までに焼いてしまうということだった。ササがみのるのを防がないかぎり鼠害はさけられないという考えで、彼は三県にまたがる広大なササ原を山火事にならぬようブロックごとに仕切った、くわしい地図までそえて提出したのである。研究課の学者や技官たちは、表面は悲観的でも内心ひそかにこの書類の効果を期待していた。これに反し、作成者の俊介自身は毎夜おそくまで仕事に没頭しながらまったく成果を信じていなかった。

果して、書類を作るのには三週間ちかくもかかったが、ボイコットされるのには三分とかからなかった。局長は自分で眼をとおす前に課長を呼んだのである。課長は俊介がそんな書類を直接局長宛にだしていることをまったく知らされていなかった。俊介は役所仕事の性質や命令の垂直体系ということを計算に入れなかったわけではないが、企画の結論が火急を要しているためと研究課長のつよい要求があったため、わざと課長や部長を無視したのだった。正しい手続をふめば企画が局長室までたどりつくのに何日かかるかわからないし、途中のどこでとまってしまうかもしれない。そのうえ課長会議で自説を蹴られた研究課長は彼をだしにして我意を通そうとあせっていたのである。

課長はにがりきった表情で俊介を呼びつけ、危く局長室で恥をかきそうになった不満をぶちまけた。そして書類をそのまま机のひきだしにほうりこんで鍵をかけてしまった。俊介は自分がピラミッドの底辺に立っていることをそのときあらためて知らされた。

研究課長は彼に事の始末を聞かされると歯がみしてくやしがった。その素朴さに俊介はふと悪意にちかい感情を抱いた。彼はひややかに、しかしあくまでいんぎんに話の終りへつけたした。

「……けれど、こうなることははじめからわかっていたと思うんですが?」

「どうしてだね」

「ぼくだって部下にだしぬかれるのはいやですよ」

相手は思いがけぬ反撃に出会ってたじろいだ。俊介は眼の奥で焦点をむすんだような、いかにも学者めいて澄んだ研究課長の眼を狼狽の表情がかすめるのを見た。この男は純真だ。自分の手の内を見すかされたと思って恥ずかしがっている、と俊介は思った。

結局、この企画は水に流されてしまい、俊介は課長から反感を、同僚からは軽蔑を買うこととなった。仲間はササとネズミの関係をおぼろげに知ってはいたものの、誰も積極的に発言しなかった。彼らはその日その日のあたえられた仕事をなんとかごまかすことだけで精いっぱいなのだ。来る日も来る日も、一日はろくにわかりもしない伝票に判コをおすことだけですぎてしまう。そんな生活を酒場で〝ポンポコ人生、クソ人生〟などと自嘲の唄でまぎらしているばかりなのである。はじめ彼らは俊介がべつに命令されたわけでもない仕事に熱を入れるのを酔狂だといって相手にしようとしなかったが、そのうち彼がほんとうに企画書を書きあげて局長宛に提出するのを見ると、にわかにだしぬかれはしないかという不安と嫉妬を感じた。俊介は急に課内でけむたがられ、うとんじられた。その疎外は、しかし、永つづきしなかった。みごとに彼が失敗したからである。安心した仲間はふたたび友情と、あるやましさのまじった同情を抱いて彼にちかづいて来た。彼らは酒場で気焔をあげ、しきりに俊介を弁護して課長の官僚意識をののしったが、俊介自身は意見を求められても薄笑いするばかりで相手になろうとしなかった。

企画が却下されても彼はまったく平静だった。公的な場所でも私的な場所でも、抵抗らしいそぶりや不満の表情を彼はみじんも見せなかった。それどころか、酒を飲むと彼はしきりに課長と握手し、いわれるままに猥歌を歌ったり、踊ったりさえした。

「失地回復をあせってやがる」

「老獪ぶってるんだよ」

「見えすいた懐柔策」

仲間はいろいろなかげ口をきいたが俊介は気にかけなかった。

秋になってから県庁が新築され、大規模な不正が発覚した。そのため人事異動が起って俊介の課でも課長が交替した。新任の課長は不正の火元といわれる資材課から移って来たのだが、山林課の仕事の内容についてはまったくのしろうとだった。その頃ひとびとは醜聞の噂話に没頭するか、けんめいに醜聞の噂話を消してまわるかのどちらかで、俊介の企画はますます忘れられる結果となってしまった。新築の庁舎はガラス張りの箱を支柱で地上から持ちあげた、ピロッティ・スタイルの最新設計だったが、そのなかに住む人間の腐臭のためにネズミは一匹も侵入できなかったのである。

俊介は新任の課長に機会があるたびにそれとなく来春の恐慌のことを話してみたか、頭から相手にされなかった。彼がちょっとくわしくイメージを描くと、課長は鼻さきでせせらわらうのだった。

「……そんな、君、エジプトのイナゴじゃあるまいし」

俊介が突飛でお先走りな空想家と思われたのは役所のなかだけではなかった。彼が山を歩きまわって警告を発すると、私有林の持主たちのなかには不動産の誇りを傷つけられて本気で怒る者がでて来たし、老練なはずの山番や炭焼人たちですらネズミの活動を無視して、

「早にえの多い年は雪が早えというなア」

たとえばモズのいけにえの異常なおびただしさも彼らはそんなふうな予想でお茶をにごしてしまうのだった。なるほどササのみのる年にネズミが多いということはよく聞く話だ。しかし、ネズミは多少なりとも毎年わくものなのだ。とくにササがみのったからといって目くじらたてるほどのことはあるまい。いままでこの地方の林はネズミのために被害らしい被害を受けたことなんか、一度だってありはしないのだ。モズのはりつけが多いのはきっと雪が早いために冬の備えをいそいでいるからだろう。彼らはそういって俊介の警告や暗示をはねつけるのだった。

## 三

冬は意外に暖かった。いつもなら三月の末までいるスキーヤーも中頃にはみんな都会へ引揚げてしまい、毎日、よく晴れた日がつづいた。雪どけのニュースが新聞にちらほらあらわれはじめたある日、俊介は課長から呼ばれた。イタチを実験してから、かれこれ二ヵ月ほどたっていた。

課長は彼を呼びつけると、だまって一枚の風呂敷をわたした。あちらこちら穴があいて、ぼろぼろになった風呂敷である。

「なんだと思うかね」

「……？」

彼は答えに困って眼をあげた。すると、いつもは傲慢な課長の顔に奇妙な困惑の表情がうかんでいた。

「実はね……」

そういいかけて体をのりだした課長はすばやく室内を見わたした。人目をしのぶときだけこの男は精悍になる。俊介はするどく光った相手の眼を見て思った。

「実はね、ネズミが出たんだよ」

課長は顔を近よせて小声でいった。あまりの口臭に俊介は思わず顔をそむけた。そんなことに課長は気がつかず、俊介の耳に生温かい息を吹きこんだ。

「その風呂敷は、昨日、派出所から送って来たんだが、木こりの弁当包みなんだ。うっかり地面において仕事している間にやられたんだそうだ」

「やられた、というと？」

「ネズミさ、ネズミにかじられたんだよ。中身の竹の皮やニギリ飯なんか、跡形もなかったそうだ。木こりは肝をつぶして昼から仕事をやめて村におりたということだ」

課長はそれだけいうと椅子に背を投げ、にがにがしげに唇をかんだ。

（いよいよ来たな……）

俊介は課長の眼にあるいらだちと混乱の表情を見て、つよい満足感を味わったが、口調はいんぎんにおさえた。

「風呂敷をかじったのは一匹ですか?」

課長は警戒するように俊介の顔をちらりと見たが、すぐ手をよわよわしくふった。

「見当がつかないらしい。とにかくたいへんな数だそうだ。ここに報告書があるから、あとで読み給え。困ったことになりそうなんだ」

俊介は課長が投げてよこす書類綴りを手に受けた。繰ってみると、どの報告書にもそれを送って来た至急便の封筒がついていた。しばらくだまって爪をかんでいた課長は、なにを思いついたのか、ふいに体を起した。その眼からさきほどの混乱の表情が薄れているのを見て俊介は用心ぶかくかまえた。

「君。君は派出所から来る日報を読んでるね?」

「ええ」

「ずっと?」

俊介は言葉を注意して選んだ。

「私のところへ来た分は全部読んでいるつもりです。この報告書は、いまはじめて見せられたので、別ですが……」

課長はあわてて手をふった。

「いや、それは、なにも君を無視したわけではないんだ。それは、べつに、どうでもいいんだが、俺にはわからないことがある」

「なんですか?」

「……つまりだナ、どうしてそれほどネズミがいるのにいままでわからなかったかということだ。ついこないだまで、日報はどれもこれも特記事項ナシばっかりで、なにもネズミのことなんかにふれていなかったじゃないか」

俊介はばからしさのあまり、あいた口のふさがらないような気がした。

「その報告書を読んで見給え。いいかげんなことをいってるぜ、雪がとけてみたら木がまる裸になってたんでびっくりしたなんてトッポイことをヌケヌケ書いている。どうしてそんなことがいままでわからなかったんだ」

課長は目的を発見したので語気するどく、かさにかかった口調でそういった。俊介にはその思わくがすぐのみこめた。この男は早くも責任回避の逃げ道を発見したのだ。予防策をなにひとつ講じなかったくせに、いまとなって事の原因がまるで派出員の怠慢だけにかかっているかのようなもののいい方をする。派出員がどれほど熱心に山のなかを歩きまわったところで、雪のためにネズミの音信は完全に断たれていたのだ。かろうじて雪の上にでた木の幹だけがネズミの活動を知らせる唯一のアンテナだったのだ。それに、なによりも問題なのは派出員が幹の咬傷をどれほどくわしく熱心に調査したところでいまさらどうしようもなかったということである。いっそここでいやがる相手に動物学を講義して真相をすっかりさらけだしてしまうか、それともその場かぎりのいいかげんな同意でお茶をにごすか、あるいはこれを機会に相手の歓心を買うべくはじしらずに媚びるか。いろいろと手はあると思ったが、事件ははじまったばかりなので、いままでどおり俊介はどっちつかずに黙っていることにした。

彼の表情をどう読んだのか、課長は派出員を攻撃することをやめて、気づかわしげな表情でたずねて来た。

「君、いつか話のあった動物業者には、すぐ連絡がつくようになってるだろうね？」

「イタチですね。だいじょうぶですよ、リストはとっくにでき上っています」

「そりゃありがたい。いずれ、もう少し情勢を見てからと思ってるんだがね」

「結構ですね。ついでにパチンコ・ワナやネコイラズの業者にも当っておきます。これはどうせいるものですからね」

「いいだろう。すぐ見積りをとるようにしてくれ給え」

課長は彼の答えに安心したらしくそういうと服の襟から爪楊枝をぬきだした。いつもの癖である。この男はいつも食事がすむと、まるで猟師がワナを見て歩くように歯の穴や隙間をシラミつぶしに点検しないではいられないのだ。夢中になって歯をせせり、ときどき爪楊枝を鼻さきへもっていって軽く匂いをかぐようなしぐさをする。しばらくその様子を見ていてから俊介は椅子から立ちあがった。ところどころに掻き傷のついた、髪の薄い相手の頭を見おろして、その内部の暗がりにはたして何匹のネズミがのこっていることだろうかと俊介は思った。

部屋のなかには早春の陽ざしがみなぎっていた。新式の建物の内部にはまるで影というものがなかった。温室のようにあたたかくて、巨大な窓には日光がいっぱいに射す。血管のすみずみまで透けてしまいそうな明るさである。昼休みなのでみんな前庭へ運動をしにでたらしく、広い室内には人影がなかった。窓ぎわにそって歩きながら俊介は厚いガラスを軽くたたいた。体内にあふれたはげしい満足感と緊張感に彼はつよい酒をあおったあとのような気持になっていた。


たしかに彼の予想は的中したのである。予言はみごとに立証された。その小事件から日がたつにつれて恐慌の気配は濃くなり、この地方の山林がかつてない危機にさらされていることが誰の眼にもありありとわかって来た。一年前の俊介の言葉をひとびとはあらためて思いだし、ふしょうぶしょうながらも認めざるを得なくなったのである。俊介は自分の地位が急速にひとびとのこころのなかで回復されるのを薄笑いをうかべながら眺めているだけでよかった。

しかし、あとになって考えてみると、このとき課長にわたされた一枚のボロ布ははなはだ象徴的な役目をになっていた。それは冬じゅう雪のしたで歯ぎしりしていたネズミの挑戦状であったが、同時に人間にとっては完全な敗北の白旗にほかならなかったのである。

ネズミの蓄積していたエネルギーは予想していたよりはるかに巨大でもあれば残酷でもあった。春は咬傷でずたずたに裂かれ、手のつけようもないほど穴をあけられてしまったのである。

さいしょの徴候があってから十日もたたないうちに山林課は灰色の洪水に首までつかってにっちもさっちもならなくなった。山番、炭焼人、百姓、地主、林業組合、木材商、ありとあらゆる人間の訪問と電話と陳情書がおしよせて、応接にいとまがなかった。どの地方でもヒノキ、スギ、カラマツの植栽林は雪に埋もれていた腰から下をすっかり剝がれ、木質部をさらけだして、まるで白骨の林となっていることが発見されたのである。過度の繁殖のために食料不足となったネズミは雪の下で穴からあふれ、手あたり次第に木の幹をかじっていたのだ。雪のために遠くまで餌をさがしにでかけられなかった彼らは手近の木に牙を集中し、芯まで食ってしまったのである。山林地区の被害は主としてこうした若い植栽林にはげしかったが、早くから雪のとけたふもとの耕作地や田畑では、まいた麦がまったく発芽しないので百姓たちはうろたえた。それは本格的な春になるまでわからなかった。ネズミはもともと夜行性の動物であるから、麦粒がぬすまれていても現場をおさえることができないため、芽をだすまではそれと知れなかったわけである。百姓たちは中心部だけが緑いろになった奇妙な畑と、溝や畦のおびただしいネズミの穴を発見していっせいにさわぎだした。また、どの村でも、倉庫や製粉所や穀物倉にはネズミの先発隊がぞくぞく侵入し、夜の間に畑から村や町へ入ろうとして街道でトラックにつぶされるネズミの数も日ごとに殖える一方だった。

山林課では殺到する苦情を処理しきれなくなって、ついに専任の鼠害対策委員会を設けることとなり、俊介は日頃の職務をとかれてネズミと全面的に取組むことを命じられた。さっそく彼は特別予算を計上して近県のあらゆる動物業者からイタチやヘビを買い、マークをつけて野山に放した。また、アンツー剤や亜砒酸石灰や燐剤など、手に入るかぎりの殺鼠薬を業者から買い集めて被害地の村に配る計画をたてた。ことに一〇八〇番と呼ばれる猛毒薬、モノフロール醋酸ソーダを大量に用意して、使用制限の法規を緩和すべく知事宛に特別申請書を提出した。また、薬のゆきわたらない村には、要所要所に深い穴を掘ったり、水を張ったカメを埋めたり、パチンコ・ワナを仕掛けたりするよう、大急ぎでパンフレットを刷って各地に流す手配をととのえた。これらのことを彼はまったく手ぎわよく、そして精力的に運んだので昨春以来彼を非常識な空想家としてしか見ていなかった同僚たちは完全に圧倒されてしまったのである。彼にしてみれば、それは昨年上申書が却下されてから一年ちかい月日の間、研究に研究をかさねた棋譜を公開しただけのことにすぎなかった。冬の間も彼は人目をさけて研究課から資料や文献を借りだしてネズミの習性や毒薬を検討し、地図を眺めて暮していたのである。

……しかし、春の山野にあふれた暗い力は彼の想像をこえて余りあった。ネズミは地下水のようにつぎからつぎと林、畑、川原、湖岸、草むらのあらゆる隙から地表へ流れだして来てとどまるところを知らなかった。地下の王国には飢えのために狂気が発生しかかっているらしく、ネズミの性質は一変していた。彼らは夜となく昼となく林や畑に姿をあらわし、人間の足音がしても逃げようとしなかった。春はまだ浅い。やっと雪がとけたばかりだ。地上には穀物もなく、草も芽をださず、ササの実もすでにない。飢えに迫られた彼らは白昼農家の藁屋根にかけのぼったり、穀倉で人間の足にとびかかったり、また昼寝している赤ン坊の頰を狙ったりなど、あちらこちらで異常な情景を展開しはじめた。

俊介は多頭の怪物ヒドラと闘っているようなものだと思った。ネズミが横行するのは山や畑だけではなく、町までが恐慌にまきこまれてしまったのである。その原因はドブネズミだ。この種族はふつうの年だと夏は野外にいて秋になれば人家へもどってくる。そして春とともにふたたび人家から耕地へ去ってゆき、戸外で越冬する習性はあまり見られないのである。ところが去年の秋は野山にササの実が豊富にあったのと、雪が早かったためとで、彼らはそのまま野外で越冬し、雪どけとともに例年とは逆に食料を求めて人家へ帰って来たらしいのである。彼らが群れをなして町に侵入するところを誰も見たわけではなかった。しかし、おそらく夜の間にぞくぞくと溝や下水管や壁穴から町へ入ったのであろう。町の塵芥捨場や路地の奥やゴミ箱、市場の裏通りなど、いたるところに彼らは姿をあらわして不穏な形勢を示した。

毒薬もイタチもワナもまるで効果がなかった。はじめ対策委員会が設けられて俊介がいろいろの案を発表したとき、ひとびとは活路と希望をあたえられたような気持になったらしいが、日ごとに高まる恐慌の事実とあらゆる努力の無効を知ってからというものは俊介に対して不信と軽蔑を表明するばかりであった。そして俊介が殺鼠剤を配給するため徹夜でトラックを山にとばしたり、会議の連続でへとへとになったり、陳情人の応接に忙殺されたりしているみじめな有様を見て、同僚のなかには、なぜこんなことになる前に去年の上申書却下のときもっと抵抗しなかったのかというような非難をあからさまに持出す者までで来た。いつもはどっちつかずの薄笑いで相手を無視してしまう俊介も、これを耳にしたときばかりは、その男を殺したいような憎悪を感じた。

ある夜、彼は研究課長に誘われて久しぶりに酒場へ行った。ほの暗い灯とやわらかい音楽が徹夜つづきの連日のおびただしい疲労をとかしてくれるようだった。ウォツカを氷片に浸したグラスにはしぶくようなレモンの新鮮な香りが動いていた。彼はその水晶のような酒で心ゆくまで唇を焼き、舌を洗った。課長はハイボールの一杯を飲みおわるまでものをいわなかった。恐慌が発生してからというものはこの男も多忙をきわめ、おなじ建物にいながら二人はろくに顔もあわせる機会がなかったのである。それぞれ二杯めのグラスが並べられるようになってから二人はやっと口をきいた。

俊介は各地の山林の被害を綿密に説明し、それに対して打った自分の手をのこらず伝えた。彼は二、三日中に小学生や中学生を動員して被害地の林と畑に毒薬をまこうとしていることや、ネズミを捕えた者に賞金を渡す計画なども考えていることをこまかに述べた。

「どの程度利くかわかりませんが、とにかくもう大衆動員しなければ追っつけない状態なんです。なにしろ向うは殺しても殺しても人海戦術でやって来るんですからね」

研究課長は彼の話を聞きながらいちいちうなずいていたが、話がおわると、暫く考えてから、

「へんな話だが、ぼくは君を見そこなっていたよ」

と少してれくさげな表情でつぶやいた。

「どうしてですか?」

俊介がたずねると研究課長はグラスをおいて微笑した。

「つまり、ぼくは、去年の上申書の件以来、君がネズミのことをすっかり投げたと思っていたんだよ。だってあのとき、君は全然抵抗しなかったからね。ぼくは君があきらめたものと思っていた。春になって、いざ予想どおりにネズミがわけば君はそれ見たことかとせせらわらうつもりじゃなかったのか。ぼくはそう感じていたんだ。いやな奴だな、と」

俊介はウォツカを一口すすってから手の内を公開することにした。この男は衰弱した同僚のように彼の無抵抗を非難しているのではない。それに、彼に恐慌の壮大なイメージと暗示をはじめにあたえてくれたのはこの男だし、その後すべての人間に軽蔑され、疎外さ

れた彼を理解して惜しまず資料を提供してくれたのもこの男だ。一度は彼を利用して自説を通そうとして失敗したが、それはこの男が役所内の村政治、面子《メンツ》の体系を無視したからにすぎない。

「はじめからぼくは投げていませんよ。あの上申書はむだと知りながら、後日のために提出したんです」

彼はウォツカのグラスをあけるとボーイにハイボールを註文しながら研究課長に説明した。

「あれはうちの課長をとびこして直接局長宛にだしたでしょう。課長やら部長やらをたらいまわしされてぐずぐずしておればササはどんどんみのってしまうんですから、そうするより仕方がなかったんですよ。局長は自分で研究するのがめんどうだから課長にやれという。課長は部下にだしぬかれたんでカンカンになる。おまけに話の内容が途方もない幻想だと、こう三拍子そろえば処置なしですよ。いくら抵抗したってむだだからあっさりぼくは右へ回れしたんです」

「しかし、君、そのために君は課長の感情をえらく損ねたろう？　もともとそのかしたのはぼくなんだから、恥をかかしたナとあとですまなく思ったよ」

「けれど現にネズミがわいたんですから、あのときのマイナス二〇点はいまじゃプラス四〇点か六〇点ぐらいにはなっていますよ。ぼくはそう計算したんです。気になさることはありません。ぼくは儲けていますからね。もしあのときもっと抵抗していたらそれを叩いた方はいまとなると完全に立場がなくなってしまいます。ぼくはますますけむたがられてマイナスばかりになるわけですよ」

「だから黙っていたんだね?」

「そうです。あのときは後のことを考えて最小《ミニマム》のエネルギーで最大《マキシマム》の効果をあげようと思ったんです。つまりミニ・マックス戦術ということになりますかね……」

「ミニ・マックス! その言葉は君の発明かい」

研究課長が横道にそれてにわかに学者的な興味を抱いたらしいので俊介はハイボールに逃げることにした。これは聞きかじりの推計学用語を勝手に拝借したにすぎないのだ。彼はボーイをつかまえて番茶のように薄いハイボールの文句をいった。どうやら研究課長はその間に新語を詮索することを思いとまったらしかったが、そのかわり俊介は厄介な質問に立ちむかわねばならないこととなった。農学者は三杯めのハイボールにおぼれかかりながらも手をのばして彼の急所にふれたのである。

「ミニ・マックス、うまい言葉だな。最小のエネルギーで最大の効果を、か。沈黙は金なりの新解釈だね」

農学者はそこで一息つくと腰をすえて食いさがって来た。

「しかし、君。君はどうやら方針をまちがったらしいね。なぜなら、ミニ・マックス戦術というのなら、どうしてネズミがわいても知らん顔をしていなかったのだ。今度の災厄は君がどうジタバタしたってかないっこないんだよ。最大のエネルギーを使って最大の損失になるんだ。これほどむだなことはない。おまけに、上層の奴らはこの事件に手を焼いて責任を全部君にかぶせてくるかもしれないんだ。そこを、君、どう計算しているの？」

「たいくつしのぎですよ」

「……？」

俊介の答えに農学者はあっけにとられたらしくポカンと口をあけた。厚い眼鏡の奥でまじまじと眼を瞠《みは》っている相手の様子に俊介は後悔した。彼は相手の言葉に好意を感じたし、自分をするどく追いつめたその思考の速度に敬意を抱きもしたので、こんなはぐらし方をすることはいかにもやましい気がした。彼はいそいで言葉をつけたした。

「たいくつしのぎなんです。もちろんぼくは役人ですから自分の地位を高めるためなら他人をだしぬいてでも点数稼ぎをやりたいと思います。ミニ・マックス戦術ということも考えます。しかし、今度のネズミ騒ぎは、それよりなにより倦怠から逃げたくて買って出たことなんです。良心からとは思えないんですよ。それに、おっしゃるとおりこの災厄はぼく一人の手ではどうにもならぬことくらい、誰にもハッキリわかっていることなんですから、たとえ失敗したって、とくにぼくの地位がどうのこうのということはないと思うんですよ」

農学者は彼の話に耳を傾け、慎重にひとつひとつの言葉を考えているようだった。その様子を見て俊介は上申書の件以来この男をただ世間知らずの学究肌の人間としてしか考えなかった自分の浅さを悔いたいような気持になった。おそらく彼のあやふやな説明で相手は納得しないだろう。次に切りこまれたらどう受けようかと彼は逃げ道をあれこれ考えた。はじめから彼は恐慌を力の象徴と考えて来たのだ。災厄は偶発事件ではない。この島国の風土を無視した生命の氾濫現象は一二〇年前から着々と地下に準備され、起るべくして起ったものである。はじめて農学者からササの実とネズミの関係を知らされたとき、彼はそのイメージの正確さに感動し、緊張した。その後山歩きのたびに彼は数式の因数がつぎつぎと出現して項がピタリピタリと満たされてゆく快感をつぶさに味わったのだ。連日連夜、東奔西走してネズミの大群と格闘する。その欲望を支えているものがじつは戦争ごっこのスリル、一種の知的遊戯に近いものであるといったらこの男は満足するだろうか。それよりも、むだと知りながらも組織を通じて怪物と闘って自分の力をじかに味わいたいのだという方が親切だろうか。

「どうしてほんとうのことをいってもらえなかったのかな」

農学者はあきらめたように顔をあげ、おだやかに微笑して不平をつぶやいた。

「ぼくだって君が純粋に社会的良心からやってるんじゃなかろうってことぐらいは認めるよ。たいくつしのぎもある。出世欲もあるだろう。しかし……」

農学者はそこで言葉をきると嘆息した。

「やっぱりぼくにはわからないね。君は無抵抗なのかと思えばそうでもない。積極派かと思えばチャッカリ計算もしている。その点ぼくにはどうも正体がハッキリしないんだな。ぬらりくらりしているくせに非常に清潔なところもあるらしいし、さっぱり本音がつかめないよ」

農学者は投げだしたようにそういうと、苦笑をうかべながら、グラスをさしだした。俊介は自分のグラスをそれに軽くあて、ウィスキーを舌でころがしながら、なんとなく、

（ひょっとしてこの男なら愛せるかもしれない）

ネズミ騒ぎが終ってから、一度ゆっくり話しあおうと彼は思った。

四

ある日の夕方、俊介は役所からの帰り道で小さな異常を発見した。町のまんなかを流れる川にかかった橋のうえを歩いていて、なにげなく下をのぞきこんだ彼は思わず足をとめてしまった。川岸の泥のうえにおびただしい数のネズミが集まっていたのである。そこには川岸の食堂や料亭の捨てる残飯がうず高く積みかさなり、ネズミがまっ黒になってたかっていた。彼らは大小さまざまで、いずれも我勝ちにおしあいへしあい餌をあさっていた。なかにはまるまる肥って猫のように大きなのもいたし、ほんの這いだしたばかりの子ネズ

ミのようなのもいた。猫のようなネズミ、それは料飲街の壁裏に住む特有の種族だ。彼らはみんな下水管を伝ってそこへでて来たのだろうが、そのなかにはきっと飢えに追われて山や野からもどって来た連中もまじっているにちがいなかった。彼らはちょっと数えきれないほどたくさん集まり、甲高い声で小学校のようにさわぎつつ食事をしていた。橋のうえにはたちまち見物人の山ができたが、ネズミはいっこう逃げる気配を見せなかった。橋をわたってから俊介は舗道のしたに暗い王国を感じた。

ネズミを捕えた者には一匹一〇円の賞金を交付する旨の布告をだしてから、一週間になる。彼はその攻撃命令を新聞、ラジオを通じて流し、ポスターやチラシにもして三つの県のあらゆる町と村に伝えたのだった。また、激害地区では小学生や中学生を総動員した。子供たちは毒ダンゴを入れたバケツを持ち、一列横隊になって畑を横ぎり、林をかこみ、丘にのぼった。ネズミ穴を見つけ次第にダンゴを投げこむのである。街道にとめたトラックのうえから子供の列がのろのろと野原を進んでゆく光景を見ると、まるでナポレオン時代の戦場を思わせられた。そのときには劇薬一〇八〇剤を使ったので、一夜あけて訪れるとネズミは巣穴の周辺でバタバタ死んでいた。この薬は微量でも神経をたちまちマヒさせるから、ネズミは自分の死体をかくす余裕なくその場でたおれてしまうのである。

町では賞金目あてに狩猟がおこなわれた。ひとびとは争ってパチンコ・ワナや〝千匹捕り〟を買い、壁穴や溝口や倉庫などに仕掛けた。捕えられたネズミは交番や区役所に届けられ、日に何回となく集配に来る県庁のトラックに積まれて俊介の課に送りつけられた。俊介らは無数の捕虜にもとの正しい任務をあたえて釈放した。すなわち彼らは大学や病院や衛生試験所に送られて試行錯誤、遺伝学、血清反応などの実験材料となったのである。しかし、こんなゆとりのある状態は四日ほどで終ってしまった。はじめは拝むようにしてもらいに来ていた引取手も、たちまち収容能力が切れて音をあげたのである。電話をかけるとあべこべにどなり返される始末であった。そこでしかたなく俊介は庁舎の裏にある塵芥置場のコンクリート槽を利用することにした。彼は送られてくる捕虜を片っぱしからそのコンクリート槽に投げこみ、床もみえないくらいにたまったところへガソリンを注ぎ、火をつけた。遠くから見ていると、コンクリート槽からは火の柱がたち、すさまじい喧騒がその内部で起った。ときどき必死の力で槽の外へとびだして来るネズミもあったが、火だるまになって一メートルと走らずにたおれてしまった。風の方向で悪臭が庁舎にむかって流れる日もあり、虐殺を腕組みしたまま眺めている俊介はあらゆる窓と部屋から罵倒を浴びせられた。はじめは興味を感じて俊介に協力していた連中もネズミがひっきりなしに送られてくるとげんなりして手をひいてしまったので、俊介は一人で黒焦げの死体の始末をしなければならなかった。ときどき研究課長がやって来て炎に包まれたコンクリート槽を見物した。猛火にうっとり見惚れている俊介に農学者はいうのだった。

「ちょっとしたアウシュヴィッツだね」

「ええ、ネズミもこうたくさんな数になると殺していても手ごたえがありますよ」

俊介はもうもうとたちこめる悪臭に鼻を蔽いながら体の底に奇妙な快感をおぼえていた。その快感はおそらく灰色の集団の死活を左右していることから来る権力のよろこびであろうが、体外にひきずりだして明るい春の陽ざしのなかで言葉の枠におしこんでしまえばあっけなさにばからしくなるのではないかと思って彼はそれ以上の説明を加えなかった。

こうして、人間は毎日イタチや猫やタカにまじって攻撃をくりかえしたが、町でも野でもネズミの勢力はいっこうに衰える気配を見せなかった。林を剝ぎ、森を裸かにし、穀倉の壁をやぶった彼らは日ましに兇暴となって餌をもとめた。一晩のうちに藁屋根をもぎとられた炭焼小屋や、農家の納屋に寝かせてあった赤ン坊のノドから血まみれになってとびだした三匹のネズミ、そんなニュースがひきもきらず電話線を流れて来て、俊介には彼らがいよいよ死力をふるいだしたらしいことが手にとるようにわかった。町に侵入した彼らは舗道の下にある四通八達の下水管を占領した。毒薬やパチンコ・ワナもはじめのうちは有効だったが、二度、三度とかさなると彼らの鋭敏な味覚や嗅覚が人間の細工を見ぬいてしまい、捕虜や死体の数はだんだん減る一方だった。そして毎日夕方になると川岸では甲高い、不安な笑声が起り、ひとびとに恐怖をあたえるのだった。

ネズミ狩りの布告がいつまでたっても取消されないばかりか、三日か四日めごとにきまって新しいビラが新聞にはさまって玄関に投げこまれたり、町角に鼠害を強調したドラマチックなポスターが登場したりして、いよいよ空気が険悪になるばかりなのを知ると、ひとびとは怪しげな噂をささやきかわした。伝染病の噂である。これは俊介がひそかに恐れていたことだった。ことに一夜で藁屋根を丸裸かにされた農家とネズミに食い殺された幼児の記事が新聞にでると、不安なひとびとのこころにはコレラと発疹チフスが発生し、急速にひろまっていった。新聞や放送を通じていくら事実無根を証明し、デマに対する警告を発してもむだだった。この内的なパニックをおさえるため、県の衛生課はしぶしぶ腰をあげてD・D・Tを戸別訪問して撒布したり、予防注射をおこなったりしたが、それはすでに病気の存在を公認するようなもので、まったくの逆効果だった。医師たちは誇人妄想におちいった風邪ひきや頭痛持ちや神経痛患者などの応対に音をあげ、衛生課の無能をうらめしげにのろうのだった。患者たちは正しい症状を告げられても満足せず、コレラやチフスなどを言葉のはしに匂わせられるとやっと安心した表情になった。老練な開業医はたちまち熱病患者の大群をつくり出してアスピリンの滞荷を一掃した。

田舎町には桜が咲き、やわらかな春風が日光を絹のように漉して流れた。しかし、ひとびとのこころのなかにあるパニックの密度は中世の暗黒都市の住人が抱いたのとおなじものだった。役所、銀行、学校、会社、商店、駅、市場通り、いたるところでひとびとは不安な視線をかわしあい、たがいに眼や言葉の裏をさぐりあった。こうして心理現象にかわった自然現象は、ついで政治現象へと発展したのである。

まず叫びだしたのは落選した進歩政党の県会議員候補者である。彼らは伝染病の噂が発生すると待っていましたとばかりに立ちあがり、ひとびとのこころの傾斜をいよいよ急なものにしようと必死の努力をそそいだ。彼らはひとびとに失政を説き、うやむやに葬られた過去の不正事件の数々をあばきたて、官僚の腐敗をののしり、ピロッティ・スタイルの県庁舎を指さして鼻持ちならぬまやかしの近代主義だときめつけたのである。彼らの一人はその採光のゆきとどいた、輝くようなガラス張り建築物のなかでおこなわれている卑屈で暗い政治を弾劾する材料の一つとして、どこから探りだしたのか、俊介の家へ上申書ボイコット事件のいきさつを聞きにやって来た。そして演説会場のスローガンに「さいごの良心も殺される」という一項をかかげたのである。俊介はただ彼の計画の内容と、ササの実とネズミの相関関係、それだけを説明したにすぎないのだが、相手は恐慌の政治的原因を発見して酔ったように喜んだ。こっそり演説会場をのぞきに行った俊介は、自分があまりにけばけばしく激越な讃辞の渦にまきこまれていることを知っていたたまれなかった。壇場で熱弁と唾を捧げられている彼は入れられざる預言者、俗物に葬られた英雄、そして積極的良心の象徴であった。

町角や小学校でひらかれる弾劾演説会は日を追ってはげしくなり数を増した。そしてどの会場も伝染病の心理的パニックにおそわれた聴衆で党派を問わず満員であった。演説者もその盛況ぶりに勇気を得たのか、はじめのうちはただ県政の腐敗追及だけにとどめていた主張をたちまち知事のリコール運動に切りかえたのである。町の電柱や壁の告示板には感嘆符が飾りたてられ、いくつかの新しい人名が氾濫した。そして町が寝静まってからでも革命を要求する若い、はげしい声が辻から辻へ走りまわり、ネズミや細菌とともにひとびとの夢のなかへ侵入していくのだった。放送局に俊介が招かれた夜も一人の青年がスクーターにのって夜の舗道を走っていたが、その声は無人の街路にするどくこだまし、俊介に発声者の清潔な肉体を想像させた。鼠害解説の深夜録音をとるために階段をのぼる彼をその声は壁ごしにどこまでも追って来てはなれなかった。

弾劾と鼠害がほぼ絶頂に達したかと思われる頃、ある日、俊介は思いがけぬ点を稼いだ。一〇八〇剤をトラックで近郷の村へ配給にいった彼がその日の午後おそく県庁へもどると、ちょうど動物業者の送ったイタチが着荷したところで、係員たちがトラックのまわりでいそがしげに立ち働いていた。この敏捷な動物はあいかわらず無能な人間から過大の期待を背負わせられて、予算のあるかぎり購入される羽目におちいっていた。雪どけ以来、すでに何回となく俊介は野山にイタチを放った。もともと彼らはネズミと見ればたちどころに殺してしまう衝動を持っているのだから、回をかさねるにつれて嫌悪されたり抵抗素を増されたりする毒薬よりはずっと有効といえるのだが、被害地区だけで一万町歩、発牛地なら五万町歩もあろうかという今度の恐慌の広大さを考えてみれば、俊介としては課長が意気ごむほどの希望を持てないのである。しかし、いかに実際の指導権を彼がにぎっていても、鼠害対策委員長は山林課長なのだし、はじめにイタチの早業を紹介して動かしがたいイメージをうえつけたのは彼なのだから、いやとはいえなかった。

飼育室に運びこまれるイタチの箱をなにげなく見物していた彼はふと一匹の耳を見て、危く声をたてるところだった。彼は人夫に箱をおろさせ、そのイタチをしげしげと観察した。イタチの耳にはまぎれもなくマークがついていた。いそいでほかの箱をしらべるとおなじようなマークのついたイタチは何匹もいた。彼は箱を投げだすと資材課の部屋へ走り、購入仮票を検査した。どの伝票も乱雑な判コでまっ赤になっていたが、日附をしらべて彼はすっかり事情がのみこめた。イタチの伝票はことごとく彼の出張中に発行され、山林課長の承認を得ているのだった。どの伝票にも彼の判はなかった。

彼はだまって伝票と帳簿を資材課員にもどすと、その足で山林課の部屋へいった。運よく廊下の途中で便所からでて来た課長に出会ったので、彼はさりげなく寄っていき、いっしょに肩を並べて歩きながら世間話の間へ探針を入れてみた。

「こないだイタチの野田動物とお飲みになったでしょう?」

意外なくらい相手はやすやすと餌に食いついた。

「うん、ちょっと個人的なつきあいでね」

「あれは気前のいい男ですね。ちょっとむこう見ずなところもありますが……」

課長は唇に針がかかったことにまだ気のつかない様子だった。

「だけど、根はいい男なんだよ」

「どうでしょうかね、その点は。あんなに気前のいい奴は危険じゃないですかな」

課長は立ちどまると顔をあげて俊介の眼を上目づかいにじっと眺めた。あいかわらず胸のわるくなるような口臭だ。顔をそむけて俊介は短剣を相手の心臓に打ちこんだ。

「あの男の出入りをさしとめてください。そうでないと告訴しなければなりません。あいつはわれわれの放したイタチを密猟して、おまけにそれをもう一度売りこみに来ているんです。ね、お会いになったときもむこう見ずな奴だったでしょう？」

課長の眼をはっきりと狼狽の表情がかすめた。そしてふいに焦点のさだまらぬ顔つきにかわった。それを見て俊介は薄笑いをうかべた。とぼけるつもりだな、と思った彼はつづけて口早に先手を打った。

「私が出張中だったのがまずかったのです。課長は去年山林課においでになったばかりなので、ナメられたんですよ。いま資材課の伝票で見ましたが、市価の三倍で買わされていらっしゃいますね。むかしからあいつの図々しさは有名なものなんですよ」

言葉を切って彼は横眼で相手の表情をうかがった。勝負はあっけなく終った。はじめから相手は誘導されて供応の事実を吐いてしまったのだから、いまさらどうにも身動きがとれないのだ。県庁新築にからまる不正事件でしたたかな辣腕の噂をたてられたこの男もとうとうワナにかかってしまった。ゴミ捨場でネズミにガソリンをかけるときとおなじ快感を俊介は味わった。

「……しかし、君、それはどうしてわかったんだね？」

ようやく課長はショックから立ちなおると乾いた唇をなめつつささやくような小声でたずねるのだった。ここでもう一度突くと相手は復仇を考える危険がある。俊介は窓ぎわをはなれるとさきに立って歩きながら、軽い口調で相手の質問をやわらかく流した。

「イタチは放す前に耳のうしろを焼いたんですよ。めんどうな仕事ですから、飼育係の奴が全部のこらずやっているかどうかは疑問ですけどね。野田動物が買収していなければいいと思っているんです。ちょうどいま共産党と社会党が共同してリコール運動をやってるでしょう。つまらないことで足をすくわれるのもばかばかしいんですよ」

課長はなにか抵抗するつもりらしく口をあけたが、あきらめたように頭をふってそのまま黙ってしまった。その場ではしおれきった様子に見えたが、まもなく態勢をとりもどし、山林課の部屋に入るときはなに食わぬ顔で爪楊枝をくわえていた。そのあとで報告書や陳情書を持っていくと、課長は彼を近くへ呼びよせた。

「……今晩、君の体をちょっと借りたいんだがね、川端町の『つた家』へ六時頃に来てくれないか」

追及が少し露骨すぎたかと、いくらか計算しなおすような気持になっていた俊介はその言葉で自分の快感を一挙に是認してしまった。

（……みごと、一〇〇点！）

彼は課長のまえに立って、相手の禿げかけた頭を見おろした。課長は彼の視線を感じて眼を伏せ、急所を思いのまま観察させてくれた。俊介は薄い髪のしたに相手の頭蓋骨をありありと感じ、縫合部の地図を指さきでたどってみたいような誘惑をおぼえた。そして鈍器で一撃したときに灰色の球が分解するありさまをあれこれと想像した。危険人物をまえにして課長はそれきりものをいわず、書類をはぐるしぐさをいたずらにくりかえすばかりだった。

その夜、俊介は悪名高い料亭で意外な人物に出会った。川に面した奥座敷で、彼は課長と、おたがいに刃をかくした世間話をさかなに酒を飲んでいたが、そこへ局長が仲居に案内されて何の予告もなく入って来たのである。なぜこんな卑屈な取引場に登場したのか、ふいを打たれた俊介にはしばらく見当がつかなかった。

「いや、一度あなたに会って、おわび申上げたかったのでね」

局長は座につくとすぐ快活な口調で来意を告げ、上申書却下の不明を率直にわびた。

「今度の事件は完全に私のミスでしたよ。地主の反対もあって、あなたの計画をそのまま実行するわけにはいかなかったが、それでもあれを聞いていたらもう少し何とか手の打ちようを考えられたでしょう。予防の一オンスは治療の一ポンドにまさる道理ですからな。まったくお恥ずかしい次第です」

俊介は局長に一種の清潔さを感じた。じっさいに彼の案の検討を放棄したのは前任の課長である。ひょっとして、局長が課長にそれをわたしたのは俊介が無視した面子の体系を是正する意味をふくめていたのかもしれないのだ。そのことについてはこの男は一言もふれない。すべて自分の責任に帰そうとしている。

「これほどの大事件になろうとは、まったく思いもよらなかった。みんな、ネズミが、ふってわいたようだといってさわいでいるが、正直な話ぼく自身もはじめはそんな感じがしていたんです。これは突発事件だろうとね。完全に負けましたよ」

局長は苦笑して蒸しタオルで顔をふいた。そして杯を俊介にわたすと仲居に酒をつがせた。課長は局長が現われたのをさいわいに話を肩がわりし、仲居相手の酒肴の吟味に逃げてしまった。俊介は一人で局長にむかわねばならなかった。しかし、初対面にもかかわらず局長はいんぎんで気さくな男だった。俊介はしきりにネズミの習性や殺鼠薬の効果などをたずねられた。酒と話がはずむにつれて、当然、野党の攻撃運動や伝染病の噂などについても意見をかわしあわねばならなかったが、局長はつとめて、そんなときにも、俊介が攻撃者側の武器となっていることにふれまいと神経を使っているようだった。町角や公会堂の弾劾者たちが彼の名をまたたく間にせまい田舎町にひろめてしまったので、彼自身は役所内で苦しい立場におかれる結果となっていた。彼の背後にある勢力のはげしさと大きさのためにうっかり口にだすことはできないものの、同僚たちは嫉妬を、上役たちは反感の感情を抱いて彼を眺めていた。その事情を知って局長は会話にこまかい気を配る様子だった。

俊介は鼠害の本質を局長に説明するために試験林の結果を引用した。研究課では去年の冬、官有林の一反歩ほどの面積をトタン板でかこって実験をした。雪のふるまえに課員たちはそのブロック内のネズミを一匹のこらず殺し、巣穴という巣穴を破壊し、下草をすべて刈りとってからトタン板で周囲をかこい、雪がすっかり積ったところを見はからってトタン板をはずしたのである。何ヵ月かして春になり、雪がとけた。実地検証の結果、はっきりした結論がでた。林はそのブロックだけほぼ完全に生きのこり、あとは全滅だった。

「……ということは、つまり、冬の雪のしたではネズミの行動範囲がせまい。そのため巣穴附近の木を手あたり次第、集中的にかじるということなんです。トタン板をはずしているのに侵入しないのですからね。植栽林は結局、冬の間にすっかりやられていたんですよ。春になってからいくらネズミをやっつけたところで、何にもならないのです。もちろん無視はできません。連中は飢えて気ちがいじみていますからね」

局長は話の途中でポケットからパイプをとりだした。みごとな柾目模様《ストレート・グレーン》のダンヒルである。俊介の話を聞きながら局長はせっせとそれを鹿皮でみがいた。癖なのかもしれないが、みがきおわると電燈にすかしてつやをためつすがめつ、うっとりした眼差しで見とれていた。いったいこの男はなにしに来たのだろう。俊介はパイプをみがいている局長の眼にはっきりと趣味家の表情を読んで疑問を感じた。局長はパイプをみがきあげると胸のポケットからモロッコ皮の煙草袋《ポウチ》をとりだし、焼香するような手つきで葉をひとつまみずつ火皿へつめこんだ。そして、ふと俊介が手もちぶさたな表情でだまりこんでいるのを発見すると、あわてて仲居に酒をすすめさせた。

「や、どうも、パイプというやつは子供のおしゃぶりみたいなものでね、つい夢中になっちまう……」

局長は顔をちょっと赤らめて弁解した。俊介はにがにがしさを苦笑と酒でまぎらした。局長は彼が飲み終るのを待って、あらたまったようにたずねた。

「ねえ、君。どうなんだろう。ネズミの勢力はいまが最高潮だといえないかね。一般にはどう受けとられているか、そこが知りたいな」

「そうですね。こないだ小学生を総動員しましたね、あのときは一〇八〇で相当やっつけたことを新聞にも写真入りで発表しましたから、こちらもボンヤリしてるんじゃないってことはみんな承知してくれたと思うんですが……」

局長はパイプに火を吸いつけながら満足げに大きくうなずいた。

「そう、あれは成功だった。バケツにいっぱいネズミの入ってる写真がでていた。あれはヒットだったね」

「もう一度あれをやるべきじゃないですか。いや、私はあれを見てえらいもんだと思ったですね。あれなら何回やってもいい」

それまで仲居相手に芸者の噂話をしていた課長が何を思ったのかとつぜん口をだした。局長はそれにかまおうとしなかった。彼はだまってパイプをくゆらすと息を吸いこんで口をつぼめ、指のさきで軽く頰をついた。

「一回でいい、もう一回でいい」

局長はけむりの輪がくるくるまわって大きくなりつつ天井へのぼってゆくのを見とどけてから俊介の方へ向きなおった。

「もう一回だけでいいから、小学生を動員して下さい。あなたの活動がしやすいよう学務課にはよく話をしておきます。そして、その結果を放送するんです。それが終ったらポスターも剝がし、懸賞も打切り、いままでに配給した薬のうち危険なものだけ全部回収する。もちろん対策委員会も解散ということになる」

「……？」

にわかに実務家の口調になってテキパキ喋りだした局長を俊介はあっけにとられて眺めた。

「どうして委員会を解散するんです？」

「ネズミが全滅するからだよ」

局長はそういって静かにパイプをおいた。澄んだ、つめたい瞳にはいままでにないつよい光がただよっていた。ヴァージニア煙草の香ばしい霧のなかから精悍な男の顔があらわれた。趣味家のおもかげはどこにもなかった。俊介は形勢の逆転をさとった。彼はワナにおちたのだ。

「いいかい。君は一〇八〇を県下一円にばらまくんだ。それからラジオで放送する。新聞には談話と写真だね。つまりこれは終戦宣言だ。ご諒解願えるでしょうな」

俊介は感嘆して局長の顔に見とれた。からくりはわかっている。この男は追いつめられたのだ。野党の非難を浴び、パニックにおびえて、ついに灰色の大群を幻影に仕立てることを思いついたのだ。上申書ボイコットをわびたり、ネズミの習性や毒薬の効果をたずねたりしたのはすべてゼスチュアだった。さんざんひとを喋らせておいて、自分はパイプをみがきながらひそかにワナを仕掛けていたのだ。

「……これは緊急措置というやつだ」

局長はするどい眼で俊介の顔を見つめた。

「こないだ君はラジオにでたね。ニュース解説の深夜録音をとったろう？　あれは放送局から問合わせの電話があったので放送延期を頼んでおいたよ。みんなネズミのことには過敏になっているからな、もし君の放送が誤解されるとデマはひろがる一方だ。ネズミをはびこらせてしまったのはこちらの手落だが、大衆をデマにまきこむことだけは防がねばならない。君の原稿の内容は伝染病に直接の関係はないが、刺激にはなる。想像力は野放しにしておくと際限なくひろがるからね、どんなことをでっちあげられるかわからない。これが危険なんだ」

　俊介は策略のむだを説明しようとして口をひらきかけたが、圧倒的な不利をさとってやめることにした。局長の眼と表情は緊張して一歩もしりぞく気配はなかったし、課長は杯をおいて二人をひそかに見守っていた。今度口をひらけば俊介に迫ってくるのはこの男だ。俊介は眼を伏せてイクラの粒をよりわけるふりをした。

（やっぱり復仇されたな）

　彼はだまっている課長にしたたかな策略を感じさせられた。弱点をつかんだと思ったのは完全な誤算だった。彼はまんまとおびきよせられ身動きならぬ共犯者に仕立てられようとしているのだ。終戦宣言という悪質な茶番を思いついたのは局長かもしれないし、知事かもしれない。しかしそれを彼におしつけるよう進言し、画策したのはこのいやな匂いをたてている胃弱の男だ。

「明日の会議には君もでてくれたまえ。くわしいことはそのときめよう。だいたいはのみこんでもらえたようだね」

「…………」

　局長はていねいにパイプをハンカチにくるんで立ちあがった。だまりこんでいる俊介の表情をどうとったのか、さいごに局長はもとのいんぎんな口調にもどった。

「ネズミ騒ぎが終ったら一度ぼくの家へも遊びに来てくださいよ。政治からはなれて、ゆっくりトスカニーニでも聞こうじゃないですか」

趣味家の柔和な眼にふとさびしげな、自嘲ともとれるいろを浮かべて局長はそういうと、課長をしたがえて部屋をでていった。

あとにひとりのこされた俊介は緑金砂をぬった薄い壁ごしに聞える雪どけ水のはげしい川音に耳をかたむけた。窓のすぐしたを川は流れていた。彼はそのむこうの夜の底にひしめくけものたちの歯ぎしりをひしひしと体に感じた。

彼は放送局の録音室を思いださずにはいられなかった。その部屋の静寂は異様である。壁とガラスとカーペットによってそこには完全な静寂が保たれている。放送局以外には地上のどこにも存在しない状態である。ひとびとは厚いガラス窓ごしに室内の人間に命令をくだす。命令を受けた人間は部屋が爆破されるその瞬間まで壁の外にひしめくいっさいのエネルギーの気配を知らずに演技をつづけるのだ。局長が彼に命じたのはこの部屋の扉を閉ざすことではなかったか。

使い古された手だ。これは局長の独創でもなんでもない、使い古された手だ。いままでに指導者たちは過度のエネルギーが発生するたびに何度もこの手を使い、自分に肉薄する力をすべて幻影に仕立てて大衆の関心をそらしたのだ。そしてそのあとではきまってどこかで爆発が起ったのだ。

（やっぱりあいつの方が当ったな）

俊介は、いつか酒場で農学者のいった忠告を思いだした。そのとき玄関で課長が局長に別れの挨拶をする声が聞え、つづいて仲居や女中をともなって高声に笑いながら廊下をこちらへもどってくる気配が感じられたので、俊介はいそいで体を起した。

（成功するかな……）

逃げる手は一つしかないと彼は考えた。明日の会議で責任を課長に転じてしまうのだ。口実は二つある。一つは鼠害対策委員長が課長であること。これを主張することは身分上まったく正しい。もう一つは彼が野党の攻撃武器に利用されている事実を指摘すること。もし終戦宣言のからくりが発見され、そのメッセージの読み手が余人ならぬ俊介自身であることがわかれば弾劾者の血は憤怒の酸液でわきかえり、県庁側は弁明のしようがなくなるだろう。その不利をさとらせるのだ。これはよほど用心ぶかく説明しなければならぬ。さらに課長の個人的反撃をそらしておく必要がある。彼に対する反感を解消することだ。これには、ひとまずイタチの不正を見逃してやることだ。証拠の伝票やイタチや供応の事実の証言など、材料は豊富にこちらでにぎっているのだから、告発しようと思えばいつでもやれるわけだ。いざとなれば、まずい手だがこの刃をチラつかせるということも考えられる。苦しまぎれだが、さしあたっていまのところピラミッドの重圧を逃げるにはこの手にたよるよりしかたないのだ。

彼はみじめな気持をおしかくして課長を笑顔で迎えた。この戦術で勝つことには八〇パーセントの自信がある。しかし、勝ったところであとになにがのこるというのだろう。ネズミの大群と孤独感。またしても倦怠の青い唄か。あらゆるかけひきのあとにその疑問がのこる。

「君、うまいことやったな」

課長は部屋にもどって来るやいなや彼の肩をたたいて横に坐りこんだ。体内によどんだ腐臭を熱い酒がかきたてたのだろう。全身から生温かい匂いを発散していた。

「……？」

「知事がね、いってるそうだよ」

課長はするどい眼にいつもの傲慢な薄笑いの表情を浮かべ、うまそうにこのわたを吸った。

「君は東京の本庁へ栄転だってさ。一週間の特休もつくそうだし、たいした出世ぶりじゃないか。ネズミ供養しなくっちゃいけないね」

（けむたがられたな……）

俊介はしらじらしさのあまり点をつける気にもなれなかった。はげしくわびしい屈折を感じて彼は腐った肉体に頭をさげた。

「負けましたよ、課長。みごとに一本とられました……」

はじしらずに泥酔して帰った俊介を待っていたのは農学者だった。彼は古タクシーをやとい、エンジンをかけっぱなしにして、体じゅうに悪魔じみた精力をみなぎらせて俊介の家の前にがんばっていた。彼は酒の溝に寝ていたのかと怪しみたくなるばかりに酔いしびれた俊介をものもいわずに自動車へおしこみ、運転手に全速力を命じた。自動車は深夜の町を気ちがいじみた速度で走った。駅前や商店街や辻でほかの自動車とぶつかりそうになって徐行するたびに農学者は床を踏み鳴らしてくやしがった。

「どうしたんです?」

舌打ちしたり、ののしったりしている相手のとりみだしように俊介はあっけにとられた。農学者は後部席に酔いたおれた俊介のだらしない恰好を見て吐きすてるような口調で説明した。

「移動だよ、ネズミが移動をはじめたんだ。早く行かなきゃ間に合わない。おれは生まれてはじめて見るんだ」

おだてられるような日本酒特有の酔いにしびれていた俊介は農学者の言葉でショックを感じ、ふらふらしながら体を起した。

どの林にいた一匹がさいしょに衝動を感じて走りだしたのかわからないが、ネズミの軍団の一部がその夜移動したのである。一人の木こりがそれを目撃した。焼酎を飲んで村からの帰り道にその木こりはおびただしい数のネズミが雑木林や草むらからあふれて路上を横ぎるところを発見したのだ。彼はそのまま自転車をもどして村の駐在所にかけこんだ。若い巡査は博物学者ではなかったので説明しようのない異常をそのまま電話で県庁へ報告するよりほかに方法を知らなかった。ニュースがまわりまわって農学者の家へとどいたときはすでに一〇時をすぎていた。その間にも村人たちは懐中電燈や提灯で道を照らし、総出でネズミをたたき殺し、踏みつぶしたが、勝負はつかなかった。暗がりのためにくわしいことはわからないが、殺された数とは比較にならないほどのネズミの大群が道を横ぎって夜の高原に消えていった。この知らせがふたたび電話で県庁につたえられたとき、農学者は市内の屋台店や安酒場をシラミつぶしに歩いて俊介をさがしまわっていた。彼は俊介から秘密会議のことを知らされていなかったのだ。

俊介を待つ間にニュースを分析した農学者はその夜のネズミの行手に湖がひろがっていることを地図で発見した。市から一〇粁ほどはなれた、いつもはモーター・ボート・レースなどのおこなわれる観光地である。いままでのあらゆる記録にしたがって仮説をたてた農学者は衝動の発見された現場を観察したい好奇心をおし殺して湖へ先回ることにした。賭けである。

町を出ると農学者は自動車に全速力を命じた。自動車はいまにも解体しそうなきしみをあげて田畑や林をかすめ、山道をのぼり、高原を疾走した。むだなことはわかっていても、農学者は途中で山番の小屋や炭焼人の家を見つけるとかならず車をとめ、ネズミの噂をたしかめた。どこでも満足な答えは得られなかった。ネズミはどこからともなくあらわれてどこへともなく消え、音信を断ったのだ。湖に行きつくまでの間、俊介はひっきりなしに農学者の発する仮説への疑問や臆測に悩まされつづけた。農学者は割れそうな頭痛にうめく彼をつかまえて自説に強引な賛成を要求したかと思えばふいに自信を失って子供のようにしおれたり、だまりこんだかと思うと急に元気づいて喋りだしたりして、まるで熊のようにめまぐるしく仮説のまわりを往復するのだった。

「もし見つからなかったら君のせいだ。君がただ酒食《くら》っている間に敵は逃げたのだ。ちっとやそっと安酒をおごってもらったくらいでは承知できないよ。覚悟するがいい、ミニ・マックス先生」

しかし、夜明けちかくになってやっと湖についたとき、彼らは過去一年四ヵ月にわたって追いつ追われつしていたエネルギーの行方をついに発見することができた。湖を一周しかけた彼らはたちまち薄明のなかにひろがる狂気を見いだして車をとめた。農学者はユーレカの声をあげて自動車からとびおり、水ぎわへかけだしていった。そのあとから湖岸の砂地におりた俊介は自分が異様な生命現象に直面していることを知った。

無数のネズミが先を争って水にとびこんでいた。明け方の薄暗い灌木林や草むらや葦の茂みなど、いたるところからネズミは地下水がわくように走りだしてつぎからつぎへと水にとびこんでいった。水音と悲鳴で、湖岸はただならぬさわぎである。ネズミはぬれた砂地を走ってくるとそのまま水に入り、頭をあげ、ヒゲをたて、鳴きかわしながら必死になって沖へ泳いでいった。

奇怪な規律である。ただの一匹も集団からはずれた行動をとるものがないのだ。これはツンドラ地帯でレミングが移動のときにのこす記録とまったく一致している。飢えの狂気の衝動のために彼らは土と水の感触が判別できなくなったのだろうか。彼らの肺や足は陸棲動物のそれである。泳いだところでせいぜい時間にして一〇分から三〇分、距離にして八〇メートルから二五〇メートルくらいしかもたないのだ。しかも彼らは迂回することを知らず、一直線に泳ぐ。対岸をめざしているのではない。新しい土地を求めているのではない。ただ発作的に走っているだけだ。

俊介は靴底を水に洗われ、寒さにふるえながらこの光景を眺めていた。朝もやにとざされた薄明の沖からはつぎつぎと消えてゆく小動物の悲鳴が聞えてきた。その声から彼の受けたものは巨大で新鮮な無力感だった。一万町歩の植栽林を全滅させ、六億円にのぼる被害をのこし、子供を食い殺し、屋根を剝いだ力、ひとびとに中世の恐怖をよみがえらせ、貧困で腐敗した政治への不満をめざめさせ、指導者には偽善にみちた必死のトリックを考えさせた、その力がここではまったく不可解に濫費されているのだ。

俊介は服の襟をたてると寒さしのぎに砂のうえをせかせかと歩きまわった。暁の湖岸の微風はナイフのようにするどかった。新聞にはこの光景が劇的に書きたてられるだろう。風の向きでどちらの岸になるかわからないが、いずれネズミの死体は岸へ打ちあげられて山積みになるのだ。局長はだまってダンヒルをくゆらせ、地下組織壊滅の知らせをトスカニーニとともに聞くだろう。ひとびとは細菌と革命を忘れ、地主たちは植栽補助金争奪戦にのりだし、課長は新しい汚職を考え、そして田舎町はふたたび円周をめぐるような平安な生活にもどるのだ。このパニックの原動力が水中に消えるとともに政治と心理のパニックもまたひとびとの意識の底ふかくもぐってしまうのではないだろうか。深夜の町の若い声はひとびとの夢のなかへ入っていけるだろうか……

俊介は足もとを必死になって走ってゆく灰色の群集を眺めて、うしろの農学者に声をかけた。農学者はよれよれのレインコートの襟をたて、うそ寒そうな表情で肩をすくめていた。

「これからどうなるんでしょう?」

「もう終ったよ。あちらこちらで残りの奴がおなじように逃げだすかも知れないが、事実は終ったも同然さ」

「町にはドブネズミがいますよ」

「たかが知れてる。あいつらは下水管に陸封《ランド・ドック》されたようなもんだからね。一匹ずつシラミつぶしにやっつけていけばいいのさ」

しばらく考えてから俊介は顔をあげ、薄明の霧のひかった湖をはるばる見わたした。

「名前をちょっと思いだせないんですが、スコットランドになんとかいう湖がありましたね。あの、前世紀の怪物がでるとかで名所になった」

「ロッホ・ネスのことかい。ロッホ・ローモンドというのもあるよ」

農学者はすっかり酔いがさめて小きざみにふるえている俊介の恰好を見て皮肉な眼つきをした。

「怪物はどうだかあやしいもんだが、とにかくウィスキーの名所ではあるらしい。これはたしかだね」

俊介は苦笑して手をふった。

「いや、そうじゃない。ぼくはこの湖にその名前をつけたらいいと思ったんです」

「どうして?」

「一二〇年たつと、またササがみのってネズミがでてくるわけでしょう。つまり連中は死んだのじゃなくて、ただ潜伏期に入っただけなんだと考えてもいいわけですね。だからここには怪物が寝ていると立札をたててもいいと、ぼくは思った」

農学者はだまって肩をすくめると踵をかえし、湖岸の土堤に待たせてあった自動車の方へ草むらを去っていった。俊介はそのあとを追った。沖の方ではしきりに小さな悲鳴が聞えた。

帰りの自動車では、俊介は運転手から毛布を借りて眠った。眼がさめるといつの間にか車は高原をおりて田んぼのなかの街道を走っていた。軽金属のような朝陽が林や畑のうえに輝いていた。それを見て俊介は、新鮮な経験、新鮮なエネルギーが体を通過したあとできまって味わう虚脱感をおぼえた。なにげなく窓の外を眺めた彼は、街道を一匹の猫が歩いているのを発見した。やせて、よごれた野良猫である。車の音がしてもおどろかず、ちらりとふりかえっただけで、そのまま道のはしを町の方向にむかってゆっくりと歩きつづけた。皮肉な終末だと俊介は思った。あるわびしさのまじった満足感のなかで彼は猫にむかってつぶやいた。

「やっぱり人間の群れにもどるよりしかたないじゃないか」

# 巨人と玩具

## 一

サムソン製菓のビルは都心にある。駅に面しているので、朝夕おびただしい勤人たちがビルの前庭に入ってくる。駅の出口は駐車場なので、この前庭が駅前広場として緩衝地帯の役を果たしている。高価な土地だが、サムソンはここを公道に提供し、そのかわり歩道をビルのガラス壁にそって設けた。ガラス壁の内部は巨大な展示室で、チューインガムからマロン・グラッセにおよぶ、おびただしい種類のサムソン製品が、季節を問わず陳列されている。通行人は、いきおいここをのぞいて歩くことになる。つまりこのガラス壁の宣伝効果のために会社は広場を公衆に開放したわけである。歩道は幅が広く、日蔽いが張ってあるので、雨の日でもぬれずに歩くことができる。広場のあちらこちらにはベンチがおかれ、花壇がつくられ、ちょっとした小公園のおもかげがあった。この広場ができてからターミナルの混雑が解消されたので、あたりのビル街の住人たちにサムソンはひどく評判がよい。

二階の私の部屋からは広場をそっくり見おろすことができる。昼となく夜となく、ガラス壁の外を人が流れていく。海のようだ。一日に二度、大きな潮が上下する。通勤人たちの隊伍である。この行進はものがなしい。朝は陽がまぶしいため、夕方は空腹と疲労のため、この人たちはいつ見てもうなだれている。そして足どりだけはせかせかといそがしい。彼らは古鉄の箱から吐きだされると足なみそろえて広場に流れこみ、ガラス壁にそってさかのぼり、あちらこちらの色さまざまなコンクリート壁のなかへつつましやかに吸いこまれてゆく。その数知れぬ足音は巨大な波音となっておしよせ、部屋にいる私の体内にもこだました。

広場には人の絶えることがない。一日じゅうガラス壁がふるえている。通勤人の潮がおわると、さまざまな人がやってきた。ファッション・モデルとカメラ・マン。地方の観光旅行団。新興宗教の信徒たち。主婦。学生。商人。失業者。土曜の午後の貧しい恋人の群れ。五月一日の労働者と警官。ここにはありとあらゆる職業と年齢の人間が渦を巻き、雨にうたれ、埃りを浴びているのである。私の背後にはいつも群集の気配がある。二度ともどらなかったが、京子もまたそのうちの一人であった。彼女は四月の日光に目をしかめ、微笑を浮かべて雑踏からぬけだし、窓のまえにたった。

四月のある月曜日の正午すぎ、私は課長の合田に電話で呼ばれて一階の喫茶室へ行った。

喫茶室は展示室のとなりにある。入口はキャンデー・ストア、中は軽食堂になっている。ちょうど昼食時だったのでホールは満員だった。合田は隅の窓ぎわで一人の少女と話をしていた。私は合田とならんで腰をおろし、だまって二人の話を聞いた。

少女は日なたにすわっていた。笑うと、かけた虫歯がのぞいた。眼のまるい、眉の濃い、鼻の陽気にしゃくれた子だった。テーブルには大工の道具袋に似た、くたびれたスコッチ縞のボン・サックが投げだしてあったが、中身は表紙のとれかけた映画雑誌か服飾雑誌。あるいはそれに止メ金のはずれかけたセルロイド製の化粧箱。せいぜいそれぐらいしか想像できないような顔をしていた。指のマニキュアがところどころ剝げているし、足は埃りにまみれていた。洋裁学校や料理学校へ行けばいくらでも会えそうな少女であった。

あとから聞くと、合田は展示室の入れかえをやっていて、たまたまガラス壁のむこうの見物人のなかに彼女を発見したのだということだった。その日は新しく輸入した英国製の自動包装機をすえつけて、チューインガムの包装を公開実演した。モーターがうなり、コンベアが流れ、金属の腕がめまぐるしく飛び交って桃色の醋酸ビニールの破片がたちまち優雅なサムソン製品に仕立てられるありさまが見物人をよろこばせた。少女は鼻を窓にすりよせ、ひとりで笑ったり、感嘆したりした。その表情がおもしろかったのだと合田はいう。私が見たとき、すでに彼は少女と叔父、姪のような親しさでディズニー映画のことを話しあっていた。見ず知らずの少女をどう口説いて喫茶室へつれこむことに成功したのか、私は知らない。おそらく彼は自分の銀髪や目じりの深い皺や新調の明灰色の背広などにつよい自信をもっていたのだろう。

ひとしきり彼はジャズ歌手やスターのゴシップをしゃべった。少女はそのたび気さくに笑ったり、呆れたり、おどろいたりした。話がおわると合田は彼女の勤めている会社の名前と電話番号を聞きだし、手帳に書きとめた。少女は近くの小さな貿易会社の事務員だった。給仕のようなこともしているといった。私は合田のいうままにキャンデー・ストアからチョコレートの詰合わせを買ってきて少女にわたした。

「ありがとう。私、うれしいわ。だって今日はこれでアミダが助かるんですもの……」

気軽に礼をいって彼女はそれをボン・サックのなかへ無造作に投げこむと、袋を肩にかけ、口もとに微笑を浮かべた。はじめてくちびるのうえに日光が射し、うぶ毛が水底の魚影のように光った。私が彼女について感じた魅力らしいものといえば、かろうじてそれぐらいであった。少女の去ったあと、合田はすぐに感想をもとめたが、私は満足させてやれなかった。

「写真にとればよいかもしれない」

そうつぶやいて彼は、〝火薬庫用〟と呼んでいるライターで苦心してタバコに火をつけ、席をたった。

綿密で仕事熱心な男だが、合田には奇妙な趣味が二つある。模型と女である。どちらも街でひろってくる。模型についていえば、彼は本職にちかい才能をもっている。自動車、船、ジェット機、なんでも組立てる。紙と木とプラスチックの破片で完全縮尺の模型をつくるのである。彼の机には書類の山に埋もれて、いつもなにかしら、飛行機か自動車がセメダインや木片などといっしょにころがっている。仕事のひまをぬすんで組立てるのだ。たまに気に入ったセットを外出先で見つけると、ほとんど終電ちかくまで会社に一人居残って没頭することがある。五十をこえた銀髪の男が模型に夢中というのはちょっと見られない風景だが、私たちは慣れてしまって、おどろかない。

女。これはどちらかといえば仕事に属することだ。仕事熱心のあまりにやるのである。彼は宣伝課長だが、渉外事務のほかにアート・ディレクターとしてデザイナーや文案家の仕事も指導する。ポスターをつくるときは、こまかいことはすべてデザイナーにまかせるが、誰をモデルにしてどこの工場で印刷するかというようなことは彼がきめる。そこで、いきおいスカウト役までひきうけてしまうことになるのだ。劇場でも電車のなかでも雑踏でも、たえず彼は目を光らせている。気に入った女を見つけると、あとをつけ、あらゆる角度と光線と表情のなかで、ためつすがめつ観察し、話しかけて会社へつれてくる。カメラ・リハーサルをするのである。たいていうまくいかない。彼のひきだしにはボツになった女の写真が無数に入っている。彼は慎重な技巧家だが、それでもときには失敗することがある。あるときなどは一人の女を電車にのったり、バスにのったりして三時間ちかくもあとをつけたあげく、話しかけたら人身売買業者とまちがえられて逃げだされたことがあった。あいにく名刺をわたしてしまったので、翌日、娘の母親が会社へ抗議にやってきた。重役に呼ばれて合田はさんざん年甲斐もなく叱責を受けたが、その後もあいかわらずである。女を見ると反射的に目と足がうごく。やめられないのだという。

京子のときもそうだった。喫茶室で会った日から二、三日すると合田はこっそり私を呼び、タクシーをひろってこいといった。いわれるままにタクシーをひろい、広場の出口で待っていると、いつのまに呼びよせたのか、彼は京子をつれて喫茶室からでてきた。彼女はその日、ふいに電話で呼ばれ、帳簿に紙をはさんだまま会社をぬけだしたのだった。合田からテスト撮影の話を聞かされると彼女はまっ赤になった。そして、車のなかで春川の名を聞くと、いよいよ昂奮し、服も髪も化粧もととのえてこなかったことの不平と落胆をぶちまけた。泣かんばかりであった。合田の肩をゆすぶるようにして彼女は身もだえし、自動車の床を蹴った。その反抗ぶりはどこか仔猫に似ていた。合田はそれをおだやかな微笑で受け、何十回めかのせりふをいんぎんな口調で暗誦した。

「服もお化粧もそのままでいいんです。春川君のスタジオにはカクテル・ドレスもマックス・ファクターもある。だからあなたはカメラなんかおかまいなしに、そうね、生まれてはじめてキャラメル食べて、アア、ナンテイインダロウというような気分で舌でもだしていたらいいんです。ごく自然な気持でね。あとは春川君がうまくやってくれる」

合田はそんなことをいうばかりで、いっかな相手になろうとしなかった。

春川は合田の古い友人で、流行作家である。若い頃には軟焦点のタンバールレンズなどを使って感傷的な作品を発表していたこともあったが、さいきんは女性ポートレートを専門にとっていた。それもただの風俗写真ではなく、一癖も二癖もある演出と辛辣な観察で名を売っている。彼は好んで有名女優を狙い、ポーズの鎧のすきまからすかさず虚栄や孤独や皺をぬすみとった。売りだしたばかりの純情女優の鮫肌を公表して映画会社から抗議を受けたり、イヴニングを着たまま焼芋をかじるファッション・モデルの楽屋姿をスクープしたり、その身辺にはいつもなにか生《いき》いきとした醜聞があった。彼は中年をすぎても独身で、みにくく肥り、女をいじめぬいた作品をつくるにもかかわらず女たちに愛されていた。

あらかじめ電話で連絡がとってあったので、春川は助手や照明の準備をととのえて私たちを待っていた。彼の顔は過労のため傷のような皺に荒らされ、目のしたには打撲傷を思わせるくまがついていた。そばによると、はっきりそれとわかる昨夜のコニャックの名残りが発散していた。彼は白髪のまじりだした粗い髪をかきあげ、射るような目でちらと京子を眺めた。彼女はおびえて肩をすぼめた。彼女の様子が、あまり子供っぽかったので、春川はスタジオの階段をのぼりつつ、合田にそっと不平をささやいた。

「なんだ、まだジャリじゃないか」

合田はさいごまでつきあったらしいが、私は最初のシャッターがきられるまえに興味を失って、会社へひきあげてしまった。いままでの経験から、合田が自分ひとりの趣味や好悪の感情だけで少女を観察しているのでないことはわかっていたが、なにより彼女があまりにみすぼらしすぎた。彼女は春川におびえ、ライトを容赦なく浴びせられて、ものもいえなくなっていた。春川がポーズを命ずると、彼女は田舎娘のようにりきんでカメラをにらみつけたのである。その頃には合田の考えているらしい彼女の顔の持つ特異さにいくらか私も気がついていたが、こわばった彼女はすっかりそれを殺してしまった。

（いかもの食い……）結局その感想をふりきることができなかった。私は肉眼でしかものを見ていなかったのだ。

一週間ほどしてから春川が会社にやってきた。合田と私は喫茶室で彼と会った。あいかわらず彼は貪欲と衰弱のまじった顔をしていた。酒の重い残香のなかで目だけするどい光を浮かべていた。彼は席につくやいなや、厚い封筒をテーブルに投げだし

「あの子、貰《も》ろた」

そういってニヤリと笑い、手の甲で目やにをぬぐった。

封筒のなかには写真が一〇〇枚ほど入っていた。合田は一枚ずつ綿密に、しかしすばやくそれをしらべ、またたくまに写真の山を二つにわけてしまった。さいごの一枚をおいたとき、彼の顔には満足の微笑が浮かんでいた。彼はタバコに火をつけ、小さいほうの写真

の山をさして春川にいった。

「イケるね」

「イケるだろ」

春川は顔をほころばせた。

「あの子はネガ美人《シャン》だよ。素顔じゃとてもいただけない」

合田は苦笑して手をふった。

「でっかい口をしてやがる。笑うとあんパンが一コまるごと入りそうじゃないか」

「頓狂な子だよ。ペロッと舌をだして鼻の頭をなめてやがんの。驚いたね。十八番《おはこ》だってさ」

春川は合田としばらく世間話やリハーサルのギャラの相談などをして帰っていった。合田は私に写真をわたし、あずかっておいてくれといった。私はそれを部屋にもって帰り、全部点検してからひきだしに入れて、鍵をかけた。機密費のなかから高額の撮影料を払ったにもかかわらず合田は二度とその写真にも京子にもふれなかった。

それっきり私は春川にも京子にも会わず、日をすごした。二人の行動は翌月号の写真雑誌『カメラ・アイ』がでてからすべて判明した。春川は京子をテーマにして作品を発表したのである。それは編集者によって『オオ、ジュニア!』と題され、『ありふれた少女の非凡な一日』という副題がついていた。グラビア六頁にわたる力作であった。それは週刊誌に大きな話題を提供し、『カメラ・アイ』は創刊以来の反響を呼んだ。私はこれを見て、はじめて合田と春川の二人が新しい型の発掘に成功したことを知ったのである。レンズをとおして京子は完全につくりなおされていた。

『オオ、ジュニア！』は貧しい少女の生活報告だった。春川は刑事のように京子を追いまわし、朝起きてから夜寝るまでの彼女の一日を演出と記録をまじえて描きだしたのだ。彼は京子をいくつかの型にわけて表現した。貧乏や孤独や小さな虚栄やわびしい歓楽など、そのいずれについても彼はためつすがめつ吟味して、彼女独特の個性がもっとも痛切にでているると同時に背後にひかえる何百万人かの十代少女の大群がそのまま想像される、そんなものだけを選んで発表したのである。解説によれば春川は十二枚の作品のために六〇〇枚のネガをむだにしたということであった。

表題どおり京子はありふれた少女だった。彼女の生活を代表するものは満員電車やブロマイドや屋上の日なたぼっこであった。三時のアミダ。服飾店の飾窓。公開録音の長い列。夜ふけの大衆食堂のラーメン。おそい銭湯のどぶの匂い。スーパーマン気どりで毛布をかぶって押入れからとびかかる弟。そんなものが彼女の身辺を飾っていた。

「あの子は会社の炊事場の隅で金魚鉢にオタマジャクシを飼っているんだよ。それも小さな奴じゃない。フグみたいな面をした、食用蛙のオタマジャクシさ。餌にはカツオブシがいいんだとかいってたよ。ほかの女の子とちがう点といったらそれだけだったね」

のちに雑誌記者や新聞記者にゴシップをもとめられると、春川は無愛想にそう答えた。『オオ、ジュニア!』を検討してみて私は京子の顔の特徴にはじめて気がついた。大きすぎる目、大きすぎる口、濃い眉、しゃくれた鼻。彼女は美少女ではないが、写真にするとふしぎにこれらの欠点が特異な個性となって生きる顔をしていた。春川が合田に、ネガ美人《シャン》だといっていたことはそれだった。人びとに魅力をあたえたのはその奇妙な顔にあふれた若わかしさと感情のゆたかさ、新鮮さであった。リハーサルのときにはあれほどぎこちなかった彼女がライカにむかうとまったく警戒をといてしまい、虫歯をみせて笑いかけ、のびのびと歩きまわり、表情たっぷりに訴えかけていた。春川はどういう導きかたをしたのだろうか。目ばかり光った、とけかけたバターのかたまりのように肥った彼の体にどんな説得力がひそんでいるのだろうか、また合田はそれをどこまで計算して京子を彼におしつけたのだろうか。私はただ自分の肉眼の稚拙さを知らされ、その成果に感嘆するだけであった。

リハーサルがあってから一月ほどたった。そのあいだに『カメラ・アイ』が発行され、週刊誌が共鳴し、新聞にも反響がでたが、合田はそ知らぬ顔をしていた。彼は春川と京子の二人に厳重な約束を守らせ、自分の名が発見者として発表されることをふせいだ。彼はそうやってひそかに時間をかせいでいたのである。彼の行動には誰よりもくわしいはずの私ですらその計略をかぎつけることができなかった。彼は引延ばし作戦の計画をたて、時間ぎれでむりやり強引に勝ってしまった。

私たちの会社では毎月十日すぎに各課の綜合会議がひらかれる。六月の中旬から特売を実施しなければならなかったので、その月の会議にはいつもとちがって全国各地の支店長や出張所長が集まり、担当重役は全員出席していた。特売計画はすでに三ヵ月まえから検討され、内定され、準備がすすめられていたので、会議はその最後的確認であった。キャラメルにどんな懸賞をつけるか、どんなカードを箱に入れるか。また期間中の問屋、小売店への特別利潤は何%、温泉招待はどこへ、というような根本的問題はすでに解決ずみで、工場もそれにそった生産体制に入っていた。

すべては順調に進んでいたが、たったひとつだけ未解決の問題があった。これは過去三ヵ月間、何度も会議に上程されながら、そのたびうやむやに葬られて私たちの行手をふさいでいた。トレード・キャラクター、つまり、特売期間中、新聞広告やポスターのモデルに誰を起用するかという問題である。これはもっぱら合田の責任であったが、彼は重役や部課長連中が会議の席上で提案する少女歌手や少年スターなどを、そのたびに言を左右にして賛成しようとしなかった。理由はそれら有名スターが〝広告ずれしているから〟というのであった。いつになく彼が強硬なために会議は難航に難航をつづけ、一ヵ月後に特売がはじまるというのに宣伝課はまだポスター一枚つくっていなかった。

童謡歌手、少年スター、野球選手、ジャズ・シンガー、力士など、子供に人気のありそうな有名人をことごとく彼は否定した。プロ・レスのチャンピオンの名があげられると彼はすぐさま新聞をとりだして電気カミソリとテレビの会社がそれぞれ彼を使っていることを示し、ファッション・モデルが登場すると

「あきまへんわ。あらもうジュース屋と口紅屋が手をつけよった」

そういって首をよこにふった。重役に抵抗するために彼はわざと大阪弁を緩衝材に使った。商談や工作となると、にわかに彼は大阪弁の楯にかくれ、容易に相手にすきを見せない。宣伝課の若いデザイナーたちとシャーンやロイピンの作品の話などをするときにはぜったいに使わないが、代理店と話をするときにははじめからおわりまで大阪弁である。ラジオ番組が売りこまれると、彼はさんざん辛辣な批評を下したあげく、いざ話が内定して値段の交渉に入ろうとすると、いきなりソロバンをふって

「さあ、ほんなら喧嘩しまひょかいな」

と大きな声をだし、ニヤリと笑う。私は彼が大阪弁を使うときはどれほど用心してもしすぎることがないと思っている。

今度の会議でも彼は大阪弁で活躍した。またしても話が蒸しかえされて、一度葬られた英雄たちが口ぐちに点呼され、ぞくぞく登場したが、彼はそれをかたっぱしから資格審査してふるいおとした。その理由は、金さえやればどんな商品のお先棒でもかつぐ彼らの無節操が鼻持ちならないからというのではなく、あくまで効果がないということに彼は重点

をおいていた。

合田の理論によれば、つまり〝口紅屋〟の象徴が〝キャラメル屋〟の象徴になれば大衆の目には口紅と菓子の区別がつかなくなり、印象度が半減相殺しあうはずではないかということであった。

「たしかにそうかもしれないがスターにはファンがいるんじゃないかな？　ファンの連中ならよくおぼえてくれるし、よく見てくれる。それに、ファンという奴はばかにできない人口なんだ」

この質問が重役陣から発せられたとき、合田は深くうなずいたが、いんぎんに否定することにはかわりなかった。彼はファンの注目率を高く評価することで重役を愛撫し、ついでその注目率の特質をあばくことで相手をそっと扼殺した。ファンはスターの顔が見たくてポスターを仰いでくれるだけで、スターの推薦する商品が何であるかは見てくれないというのである。つまり
「サムソンがブロマイド屋やったらそれでもよろしおまんねんが……」

重役は眉をしかめてだまりこんだ。

正午すぎから午後三時頃まで、ほぼ三時間ほどかかって合田はひとりで英雄たちとたたかい、さまざまな詭弁やトリックや老獪な話術で彼らを殺した。この地ならしが成功したために彼は京子の弁護士としては長い時間を要さなかった。三時をすぎると検事たちはす

っかり混乱し、疲労し、途方に暮れてしまったのである。部長や課長は五月の日光とタバコのけむりのなかで居眠りをはじめた。

「……つまり、無名でもよいから手つかずの新人がいないかということだね？」

重役が交戦権を放棄すると合田は相手の深傷《ふかで》を見とどけたうえで自分は一歩ひきさがった。

「さあ、そんなもんでっしゃろかな。そういうことになりますかいな……」

彼のとぼけぶりに重役は苦笑を浮かべた。

「もういいよ、君。さっさとだしたらどうだい。時間がもったいない」

そういわれて合田が書類入れのなかからおもむろに『カメラ・アイ』と週刊誌をとりだすのを見て私は席をたち、自室にもどると、ひきだしからリハーサルの写真の入った封筒をもちだして会議室にひきかえした。合田は陽射しのよい窓を背にたちはだかり、自信たっぷりの胸をそらして室内を観察していた。

はじめて京子の顔を見せられた関西出身の重役の一人は私や合田や春川がひそかに感じながらいいあてられなかったことをずばりといった。彼はつくづくグラビア頁を眺めて、素朴な声をあげたものである。

「なんや、河童《がたろ》みたいな子やないか」

二冊の雑誌は重役から部長、課長、支店長、出張所長の手から手へわたった。彼らは

『オオ、ジュニア!』を見ないで週刊誌を読んだ。週刊誌には『オオ、ジュニア!』の批評と反響と京子についてのニュースがすべて要約されて掲載されていた。なかには雑誌から顔をあげる検事がいないでもなかったが、合田のくちびるでピクピクしているらしい大阪弁の気配を察すると、すばやく目をそむけた。

しばらく沈黙したあとで重役がやおら顔をあげた。

「この子はまだどこも手をつけていないのかい?」

合田は待っていましたとばかりに私から受けとった封筒の中身を大テーブルにぶちまけた。

「私がつばをつけましたんや」

彼はそういって京子を発見したいきさつや春川のスタジオでやったカメラ・リハーサルのことなどを説明し、サムソンから正式に声がかかるまではすべてのスポンサーをことわるよう京子にいいふくめてある旨をつけくわえた。

勝負はそこでおわった。重役はにがにがしさをおしかくし、合田から目をそむけてつぶやいた。

「なにしろもう時間がないからな」

賛成も反対もあったものではない。合田は難破者たちのすがりついている流木をかたっぱしからつきはなし、時間という唯一の武器をひとりじめにしたあげく、救命ブイをたった一コだけ投げたのだ。一ヵ月たらずの時間で舞台や撮影所をかけまわってスターと交渉し、ギャラをきめ、写真をとり、印刷してしまうなど、とてもできた相談ではない。これは合田の一方的勝利であった。

その日彼は会議がおわるとさっそく春川に電話をかけ、あらためてポスター写真依頼の旨を話し、撮影の日時を打合わせた。それがおわると近くのビルにいる京子を電話で呼びだし、酒場に誘った。ちょうど五時の退社だったので京子はその場で賛成の声をあげた。私と合田は自動車で彼女を迎えに行った。彼女は車のなかで合田から専属契約と契約料の額を聞かされると、昂奮のあまり

「私、せんべいが食べたい」

といった。厚いのりを巻き、タップリしょうゆをつけて焼いたせんべいが食べたいというのであった。

二

私たちは漂流者である。数年来、間断なくある不安とたたかっている。そのために私たちは莫大な費用と努力を捧げたが、すべて徒労であった。何年かまえには不安は数字や予感でしかなかったが、いまではそれを私たちは自分の内臓のように感じている。私たちのかわす言葉は病んでよわい。合田はその腐臭をきらって模型作りに逃げているのだ。

どうしたことか、キャラメルが売れなくなったのである。これがそのひとつでそのすべてだ。空気調節装置のついた静かな部屋で過激な命令を発している重役たちはこの言葉をきらうかもしれない。自尊心のつよい老人たちは私たちを窓べりにつれてゆくだろう。そこからは積荷を満載したトラックがひっきりなしに地下倉庫をでてゆくのが見える。キャンデー・ストアに出入りするおびただしい広場の群集が目に入る。私たちは耳もとじしゃがれ声がささやくのを聞き、肩を軽く叩く、乾いた、温い手を感ずる。

「売れているさ。いまのままでも充分やっていけるんだ。しかし、君、もっと売れるにこしたことはないだろう？　それだけのことなんだよ。いい企画はないかね」

この声はみすぼらしい。好意がわざとらしさにみちている。老人は壁のグラフに背をむけたがっているのだ。

たしかに、トラックは製品を満載して街へでてゆく。キャンデー・ストアには一日じゅう足音がある。公園には空箱が散乱している。日曜の動物園の埃りは甘い匂いがする。寝床のなかで本を読む少女の手はたえずワックス・パラフィン紙を剝いでいるだろう。これらは信じてよい現実である。キャラメルは売れているのだ。

しかし、私の机には一枚の紙がある。収支決算書である。トラックや足音や甘い埃りや少女の手はこの紙のうえでことごとく死んでしまう。この紙は窓べりからもどった私にそっと耳のうしろにひそむ不安のきざしを教えてくれるのだ。私は月間成績報告書をとりあげて壁のグラフ用紙に短い線を書きたす。線はかすかな下向きの芽をのばす。過去数年の現実はこの線に要約されている。曲折に富んだ長い線はずっとまえに山頂を発して以来、流れっぱなしになっているのだ。私たちは平野を歩いているのでも坂をのぼっているのでもない。多少の凹凸はあってもハッキリと道は海をめざしているのである。

工場設備費や宣伝費、人件費などを集計して利潤率を割りだし、この線にからみあわせてみればサムソンの病いの深さがいっそうよくわかるだろう。二度と窓べりにたつ必要はない。広場の群集より私たちは数字と線を相手にしなければならないのだ。しかも傷はサムソンだけではない。アポロもヘルクレスも、またあらゆる中小メーカーをふくめて、とにかくキャラメルそのものが売れなくなったのだ。子供の舌にどんな変化が起ったのだろうか。

私たちはさまざまな説をたてた。まず口火をきったのはセールス・マンたちである。この口達者で愛想のよい男たち、自分ひとりで商品を売っているのだと信じこみたがっている資本主義の騎士たちは、あるとき熱意にあふれたいつわりで老人たちをなぐさめた。

「今月だけは特別です。連休日が雨つづきでした。せっかくのゴールデン・ウィークがまるつぶれ。これで行楽を見込んだ出荷がとまったのです。晴れさえしたらこれは回復できますよ。問屋の大手筋でもみんなそう見ているんです。出張先でアポロの奴と会ったら、やっぱりボヤいていましたよ。おたがい雨で死ぬのはアンコだけじゃないな、なんていったんです。心配することはないと思います」

　これには充分な根拠があった。なるほど私たちは最新設計のビルで働いている。壁にはもっとも能率を計算した心理色がぬられ、工場はオートメーション体制をとり、休憩時間には神経緩和剤として円舞曲が流れる。しかし、この近代風景のなかで私たちは明日の天気を一喜一憂しなければならないのである。サムソンにとって測候所は燈台だ。行楽日に全国で雨がふれば莫大な量のキャラメルがとまってしまう。貧しい母親たちは行楽日にしか気前よく買ってくれないのだ。セールス・マンの報告は真実だった。老人たちはしぶしぶうなずいて落ちた数字をみとめることにした。

　しかし、不可抗力はその月だけではなかった。落ちつづける数字を説明するためにセールス・マンたちは毎月なにか口実をさがさなければならなかった。雨のない月は国鉄ストが、ストのない月は遊覧船の沈没が、汽車もとまらず船も沈まない月は颱風か洪水か大火があった。さがしてみればこの狭い島国には人びとにのんびりキャラメルを食べさせないものがいつもなにかあった。よくよく窮すると、豊年で果物ができすぎたために農村の子供がキャラメルを食べなくなったという説がもちだされた月もあった。どんな理由もたたないときは正価販売や四〇日決済制の強制が大資本の圧力として販売店の反感を買っているのだという事実が強調された。そのいずれもが真実であり、いずれもが唯一の原因ではなかった。

これに対し、味覚から大衆を考えねばならぬ立場にある製造課ではべつの意見をもっていた。彼らは老人にむかって率直に時代の相違を説いたのである。明治末期から大正初期にかけ、大衆の舌がまだ未開の段階にあったとき、バターとミルクと水飴とヨーロッパ系香料の結合体であるキャラメルのエキゾチズムにはつよい迫力と訴求力があった。澱粉質の和菓子しか知らなかった人びとはキャラメルのかかげる「栄養豊富、滋味強壮」のスローガンに新鮮な真実を感じたのである。菓子を栄養学で裏打ちすることはアポロの独創的な発想法だったが、その成功を見て、あとにつづく会社はすべてこれにならい、それぞれサムソンとヘルクレスを象徴にかかげた。貧しい日本人たちは体格の劣等感を克服するためにすべての食品に栄養の幻想をほしがっていたのである。キャラメルはブームにブームを呼び、狭い市場を三分しながらも各社は異常な成績を楽しむことができた。

巨人たちが大衆に紹介した味は、その後、発展と血肉化の一途をたどった。さらにチョコレート、ビスケット、マシュマロ、ボンボン、マロン・グラッセまで加わって、ヨーロッパ中産階級の幸福がミソやタクアンのなかへ拍手を浴びて流れこんだ。そのエキゾチズムは急速に消化され、日常化され、根をおろした。危機はこれが習慣に編入されたときに芽ばえたのである。大衆の味覚は徐々に、しかし決定的に移動していく。長い戦争の中断期があって、終戦後もう一度私たちはブームを味わうことができたが、大衆はそのときすでに私たちを追いこしていた。彼らはただ甘さに飢えた舌をなぐさめるため、あるいは戦前の生活への郷愁からキャラメルを争いもとめたにすぎなかった。生活と秩序が回復され、皮膚に液がみちわたったとき、キャラメルにはもはや初期の力がなかった。私たちの商品には説得力が失われ、飽かれてしまったのである。壁の線が山頂を発したのはこの頃だ。素朴でわびしい模倣の本能が大衆のなかにあったので、私たちは戦勝者のかんでいるのとおなじ味のチューインガムを売って一時的人気を得るには得たが、それだけではとても資本の利潤活動を支えることができなかった。もう一度、なにか新しい思想と味を発明しなければならないのだ。

こうした考えから実験室の男たちは香料の開発にのりだし、さまざまな試作品を考え、そのいくつかを発売した。エキゾチズムならアーモンド・キャラメル、消化器学ならペプシン・ガム、口腔衛生とむすびついて抗酵素剤入りキャンデー、また伝統の甘さをさらに強調するための塩味と甘味の二層キャラメルなど、各社とも手を替え品を替えて大衆の舌と抗争したが、いずれも大きな活動力をもつにはいたらなかった。老人たちは林立する香料瓶のなかで深い吐息をついた。

戦争中はサムソンもヘルクレスもアポロもいっせいに乾パンや携帯口糧や熱糧食をつくって剣と難民に仕えていた。戦争がおわったとき、各社とも工場を破壊されて深い傷を負っていたが、この傷は戦後のブームにこたえるための量産体制確立にかえって有効だった。各社とも旧工場をとりこわすか見捨てるかして新しい機械のための新しい工場を何年がかりかで準備、建築した。やがて混合機が回転し、煮沸釜が泡をたて、オーヴンが熱を発散した。キャラメルは毎分六五〇粒、ビスケットは毎時一トン、ドロップは毎日六トン製造できるようになった。この洪水が私たちを走らせたのだ。ブームがおわって安定期に達したとき、私たちはおちついていられなかった。不調の兆候が起っても洪水はやまなかったのだ。

そこで販売課の焦躁、製造課の徒労にくわえて宣伝課にはヒステリーが発生した。鍵も持たずに私たちは門のまえにたたされたのである。私たちはキャラメルを売るためにつぎからつぎへと懸賞売出しをやった。ここ数年間に子供を菓子屋に走らせたものはバターやミルクの匂いではなく、空気銃か8ミリ映写機かカメラであった。また自転車や熱帯魚や鹿皮服や野球道具であった。巨人たちはみんな雑貨商に転向したのだ。

これらの企画がすべて失敗であったとはいえない。当ったものもあるし、当らなかったものもある。壁の線は資本を流すたびに乱れ、神経質なけいれんを起した。あるときにはセールス・マンたちは援護射撃に拍手し、あるときには怒りと苦痛を訴えた。なかにはサムソンが他の二社をひきはなして独走したこともたびたびあった。しかし、特売はあくまでも一時的な需要喚起にすぎないのだ。これは一種の中毒症状である。ひとつの刺激がおわれば、つぎの刺激はかならずそれより大きくなければならない。巨人たちは必死になって新しいカードを箱につめ、新しい夢を印刷し、おたがいすきを狙って知力と資力のかぎりをつくして格闘したのである。ひとつの戦争がおわるたびに、街と村には数知れぬ不信者、指をくわえた口、何百万人という当選もれの子供がのこされたのだが、明るい、静かな部屋からはたったひとつの声しか流れてこなかった。

「もっと売れ！」

すでにこれは宣伝ではなかった。矛盾にみちた巨額の混乱であった。

私たちに反省を強いるひとつの挿話がここにある。戦争中のことだった。テネシーの原野の自動車道路にそって三枚の大きなポスターがたっていた。第一のポスターでは一匹のロバが乾草の山に近づこうとしてあせっている。二匹とも一本の縄で首を結ばれているので、反対の方向にひきあうと乾草に近づけない。第二のポスターで彼らは発見する。これはおたがい力をあわせたほうがよい、ならんで歩こう。やっと乾草にありつける。第三のポスターで彼らはさらに大きな乾草の山を二匹ならんで楽しむ。

それだけの絵である。説明もなければ命令もない。しかしこのポスターには目的があった。この寓話は戦時体制下の労働の連帯性を説いているのだ。サルトルは宣伝の専門家ではないが、この風景を見て、さらに深くかくされた本質をつかんだ。その直観はまったく正しかった。彼はこういったのである。

「つまりこのポスターを見て通行人は自分で結論をひきだすべきなのである。彼が理解したときは、自分で思想をつくったような気になって、半分以上それに納得されてしまう」

アメリカ人は大衆心理をつかむ天才的な着想をもっていた。彼らは宣伝資本は潜在意識に投下しなければならないと考えたのである。もちろん私たちもまた好況期においてはこの戦術を楽しむことができた。合田はデザイナーや文案家を指導して、強調や哀願や煽動ではなく、ただキャラメルの代表する楽しさ、甘さ、を広告した。彼は商品を売らず、感情を売ったのである。買手は広告に根づよい不信を抱いている。私たちは広告によって走らされることを彼らがもっとも不快がるということを知っていたので、廃址にさまよう大衆にむかって、ただ幸福を謳うだけにとどめたのである。母親は菓子屋の店さきで、あくまで自分の意志で商品を選ぶのだという自尊心を楽しめばよい。ただそのとき彼女の薄暗い内部にアポロでもなくヘルクレスでもないサムソンの像がクッキリ明るく浮かんでくれれば目的は達せられたのだ。合田を先頭に私たちはみんなそう考えた。サムソンのデザイナーたちがもっともよい仕事をのこしたのはこの時期だった。その頃は老人たちもただ青空を切るゴルフ球の長い斜線の快感を考えているだけでよかったのである。

しかし、これはあくまで平和時の楽天主義にすぎなかった。すくなくとも私たちにとってはそうだった。不振のきざしがあらわれるとたちまち私たちは煽動家に転落させられてしまったのだ。私の机にいま散乱しているおびただしい少年雑誌の山もそれを物語っている。泥沼のような特売合戦は企業をよわめ、子供を投機的にし、ＰＴＡや婦人団体からさんざんな攻撃を浴びた。そこで去年の暮れに三社の代表者が集まって自粛協定を結んだのだが、年が明けて一月になるとふたたび不穏な噂が流れはじめ、協定はたちまち拘束力を失ったのである。私はまたぞろ夢の開発を命じられた。

二月に入ってから私は調査を開始した。私は集められるだけの少年雑誌や単行本をかき集め、漫画から偉人伝にいたるまで、あらゆる子供向きの読物の性格を分析して表をつくった。また、遊園地や漫画映画や児童画展覧会や空地にでかけ、子供がなににもっとも夢中になっているのか、彼らの身ぶりや叫声を朝から晩までしらべて歩いた。たとえ企業がヒステリーにおちても私はできるだけ自分の力をむだにしたくなかった。勘や投機や賭けは私の得意ではない。肉感の不確かさをおぎなうために私は標本の都会と地方市を選びだして子供の嗜好と傾向を縦から横から調査した。通信社と代理店に莫大な費用が払われ、子供に関するあらゆる数字とグラフが集められた。いままでにないこの綿密さは私たちの当面する不況の深さをそのまま語るものであった。「ガンマ線人」や「ハイドロ兵団」や「ジャングル健ちゃん」などに私が没頭しているかたわら、合田はせっせと玩具屋やスーヴニール・ショップを歩いて、さまざまなガラクタを買ってきた。宣伝課の部屋はたちまち玩具の倉庫となってしまった。壁にはガン・ベルトと二挺拳銃とガロン帽がかかっている。床には無線誘導のトラクターが走り、ロボットが歩きまわっている。机のうえには熱帯魚の水槽と模型船、合田はそれらのものを手あたり次第に買ってくると分解したり組立てたりして綿密に検討した。彼は夢中になると床に顔もすりつけんばかりにして無線自動車を走らせた。

彼はアメリカ製の拳銃の玩具に一家言をもっていた。それは角製の柄に拍車の印が入り、どっしりと重く、本物そっくりで、引金をひくとキッチリ撃鉄があがって輪胴が回転した。弾丸がでないというだけである。彼は惚れぼれと眺めていうのだった。

「こいつは銃身が長い。ワイアット・アープ型て奴だ。気に入ったな。この誠実さだよ。大人が子供のために親身になって考えてやったということだよ。どうせ懸賞は五〇万人か一〇〇万人に一人しか当らないいんだ。せめてこれぐらいのものを作ってやりたいね」

彼は、しかし、西部劇に目をつけているわけではなかった。数字の調査は私にまかせて、彼は洋書店から科学小説や未来物語や宇宙漫画を大量に買いこんだ。彼はそれを一冊も読まず、挿画や写真や図だけを切りぬいた。外国のものだけではなく、日本の少年雑誌からも宇宙に関する絵ならなんでもスクラップした。空想映画となると彼は封切初日にでかけ、見おとした分はどんな遠くの場末もいとわず追いかけていった。その動静をよこで見ていて、私にはおよその見当がついた。彼は宇宙服に目をつけたのだ。宇宙帽《スペース・ヘルメット》や宇宙銃《スペース・ガン》はまだ日本で売りだされていない。どこの玩具屋でも手に入らないのだ。彼の秘蔵する厚いスクラップ・ブックには宇宙服の奇妙な下図がいっぱい書き散らされていた。

さして有名でもなく美人でもない京子を売りこむには自分の不利をのみこんで合田は軽

薄なトリックを弄したが、宇宙服のときは数字と資料の正攻法で重役とたたかった。もっとも、これはあらかじめ彼に余裕があったからだ。その会議は京子を発見する一月《ひとつき》まえにおこなわれた。この会議に私は発言権をあたえられていなかった。私はただ報告し、地図を提出しただけだった。合田がそれを利用し、自分の目的地に漂流者をみちびいたのである。おなじ課にいながら彼は私となんの事前の打合わせもしなかった。よほど自信があったのだろうと思う。

私は調査の結果を読みあげた。テレビとラジオの子供番組でもっとも聴取率の高いものはなにか。少年雑誌にもっとも掲載量の多いのはどんな読物か。どんな映画がいちばんヒットしたか。その性格のどの要素が子供をうごかしたか。私はさらに地下室や飛行場や峡谷や空から子供たちの英雄、超人、偶像を狩り集めて老人たちに紹介した。私の報告がおわると、さてなにを懸賞につけるかで議論が百出した。重役会議がまるで玩具の品評会であった。野球ファンの重役はユニフォーム一式をもちだし、科学趣味を主張する重役は顕微鏡をあげ、釣道楽の男は投網を投げ、婦人団体をおそれた一人は出版社とタイ・アップして子供百科全書を考えた。しかし、どの品もいままでどこもやったことがなく、また、ただ珍奇さだけでなく確実性があり、たとえ射倖的でも健康なもの、という条件をすべて満たすことは無理だった。合田は重役たちが議論しあうのを静かに眺め、疲労がはびこるのを根気づよく待った。彼は私の報告を聞いているうちに自分の予想が裏書きされたことを知って、すっかりおちついていたのだ。

いよいよ意見をもとめられると彼はたちあがり、何冊ものスクラップ・ブックを重役たちにまわした。彼は宇宙服の細部を説明し、また、どれほど宇宙物語が流行しているかを立証するために私をたたせた。私はあらためて書類をしらべ、子供の新聞や雑誌や、ラジオ、テレビ、映画などに占める宇宙物語の比率を読みあげて着席した。老人たちのしめした沈黙は効果と考えていいようであった。

宇宙帽《スペース・ヘルメット》、宇宙銃《スペース・ガン》。これはアメリカの子供には常識的な玩具だが、日本の子供は漫画でしか知らない。まずその新奇さ。また、近く新聞社は宇宙展覧会をひらいて人工衛星やロケットの知識をひろめるキャンペーンを計画しているし、ディズニーの宇宙映画も封切られる。これらとサムソンがタイ・アップすればずいぶん宣伝費が助かり、効果もあがるのではないだろうか。子供の射倖心をあおって百害あって一利なしという世評に対しては末等当選者の数をぐっとふやして展覧会やプラネタリュームに招待するという案も考えられる。また、特売期間三ヵ月中、子供の新聞や雑誌に広告としてではなく宇宙物語を提供してやれば、父兄は好感を持つのではなかろうか。物理学者と小説家を協力させたら、なにか科学的でそのうえ読物としてもおもしろいものができると思う……というようなことを合田はしゃべった。

「……まあ、そういうわけで、この企画は一見突飛なようで、案外確実性があるんやないか、当るんやないか、とも思いますのんやが……」

彼は余裕たっぷりに言葉をにごして腰をおろした。例の論法だと私は思った。自説に一〇〇パーセントの自信を抱き相手に賛意を強制しておきながらさいごにヒョイと肩をはずす。うまく考えたものだ。彼は演説はしたが断定したわけではない。責任はあくまでそれをみとめた者にあるのだ。これはぐちっぽい老人たちがあとで不首尾のときにいいがかりをつけてくることを防ぐ効果をもつはずだ。なにげなくにごしたその言葉尻には伏線が張られているのだと私は感じた。

重役たちは、はじめのうちはアイデアの奇抜さにとまどってスクラップ・ブックの絵を眺めていたが、私のあげる各種の数字や合田の解説を聞いているうちに心がうごいたらしい。やがて一人がたずねた。

「この帽子はなにでつくるんだい？」

「プラスチックですな。真空成型より射出成型でやったほうが上りはいいように思います。業者に見積りをとらしましたんや」

合田はそういってプラスチック成型業者からとった概算見積書の伝票を重役にわたした。私はその手まわしのよいのに呆れた。ほかに玩具製造店や作業衣業者などからも彼は見積りをとっていた。

「このなんとかヘルメットについてるマークは合田君が考えたの？」

「そうです。『少年グラフ』のガンマ線人と『スペース・ファン』のミスター・コメットちゅう奴、それをくっつけましたんやが……」

「サムソンのマークに変えたらどうだい?」

合田は頭をかいて非をみとめた。

「俺は疑問だと思う。アメリカの子供が喜んでいるからといってそれがそのまま日本の子供に受けるかどうか、そこにちょっとひっかかるね。どうだろう?」

なかに一人そういう質問を発する男がいた。この声はただちに合田のあげる宇宙物の流行度の数字とそれに賛成する大多数の重役たちの声で消されてしまったが、私の心にはするどいものとしてのこされた。その日の会議の後半は話題が合田の案に集中した。結論が決定されたわけではないが、大勢はほぼそれにきまったようであった。宇宙展覧会とディズニー映画と連載物語の案をさらにくわしく検討したうえで具体案を一週間以内に決定しようということで会議は解散した。

これで三社の紳士協定は破棄されたわけであった。その日の夕方に私はアポロもヘルクレスもおなじように衝動に流されたことを知った。いずれも六月中旬に前後して特売を開始するという。合田は重役室から情報メモをもらって帰ってきた。彼はその紙片を私にわたすと回転椅子に音をたててすわった。

メモにはその日まで動静の知れなかったアポロとヘルクレスの特売計画の概略が記され

ていた。どこから情報がもれるのかわからないが、これでは今日の私たちの会議も知られてしまっているだろう。いずれにしても外交辞令や偽善はおわったのだ。私はメモを読んだ。似たようなものだと思った。ヘルクレス製菓はさんざん考えあぐねたあげく、動物を懸賞につけることを思いついたのだ。ポケット猿やモルモットやリスの名前があげられている。私はおどろかなかった。生きた動物というのは魅力だが、宇宙服とくらべて幻想か実物かの相違があるにすぎない。やっぱり苦しまぎれだと思った。

ところが、つぎにアポロ洋菓の案を見たとき、私はハッとして思わず紙片を見なおした。そこにはたった一行しか記されていなかったが、彼らの計略の性質を知るには充分すぎるほど充分だった。

「特等　小学校から大学までの奨学金」

私は顔をあげた。合田はだまって模型飛行機をいじっていた。私が見てもふりかえらなかった。つまずいたんだなと私は思った。彼の沈黙を私は苦痛と受けとった。アポロの発想法はまったく卓抜だった。彼らは子供相手の戦争に見きりをつけて、ハッキリ母親に訴えることを決意したのである。子供の夢ばかり追いまわしていた私たちの盲点を彼らは完全についたようだ。サムソンは心臓に一撃を受けたのではなかろうか。

「やられましたね」

私は合田に声をかけて紙片をもどした。彼はタバコに火をつけると、深く息を吸いこんで、うなずいた。私は吐息をついて暮れなずんだ窓を眺めた。夕方の駅前広場のどよめきがガラスをふるわせていた。苦しい競争になるだろうと私は思った。これまでに私たちはあまりにもしばしば〝当らない懸賞〟によって不感症を流行させすぎてしまった。それは事実である。子供も親もいまは夢に疲れている。彼らは新聞でアポロの甘い宣言を読んでも、いまさらなにもおどろかないにちがいない。しかし三社の宣言をならべて比較し、子供にキャラメルをねだられたら、さびしい微笑を浮かべながらも両親たちはアポロをとりあげるだろう。たとえ子供にねだられなくても母親はこっそりもう一度たちあがるにちがいない。それだけの説得力を彼らの案はもっていると私は思った。

合田は不興げにだまりこくって、ジェット機のマークにセメダインをつけ、翼に貼ってたんねんに皺をのばした。

「アポロの社長はクリスチャンでしたね。むかしウィスキー・ボンボンやババールを製造禁止したとかいうじゃありませんか。これにはそんな影響もあるんじゃないですか？」

ババールはラム酒にカステラを浸したものである。禁酒の宗旨からアポロの社長はむかし社員のすすめを蹴ったという事実がある。私はそれを指摘したのだ。合田はタバコに目をしかめて頭をふった。

「そうじゃないだろう」

彼はにべもなく私の手をはねつけた。

「ウィスキー・ボンボンはキャラメルほど売れないんだ。だからつくらなかったのさ。それまでのことだ」

彼はそういいすてて、ようやく模型から顔をあげた。肩をおとし、疲れた目をしていた。午後の会議の綿密さと精悍さはいまの彼のどこにもなかった。口調をかえて彼はつぶやいた。

「まったく、してやられたね」

彼は銀髪をかきあげ、目じりの皺に苦笑をきざんだ。うなじがとつぜんやせほそりたように見えた。

「知恵のある奴がいる」

私たちはしばらく黙ってタバコをふかした。室内には群集の足音がこだまとなってただよい、どよめいてやまなかった。自動車が走り、電車がきしんだ。

「一歩ぬかれたことはたしかですね」

私はタバコの灰をおとしていった。

「しかし大差ないじゃありませんか。どうせ一〇〇万人に一人しか当らない」

合田は頭をもたげた。彼は真意をさぐるような用心深いまなざしで私を見た。

「あたりまえだよ。俺たちは育英会じゃない」するどくいいきって彼はたちあがるとタバコをおとし、靴でふみにじった。気がついたときは早くも背をのばし、肩を張って、完全に回復していた。

「それが試合のルールなんだ」彼は力にみち、おだやかな微笑を浮かべ、言葉は刃のようにつめたかった。

三

ポスターの効果を私たちは〝目の醜聞《ヴィジュアル・スキャンダル》〟と呼んでいる。人びとは広告の色彩と声と文字に荒らされて象皮病にかかっている。手のつけようもないほどその肌は不信と疲労で厚ぼったい。しかし中毒症状の常として、おどろくほど敏感なのだ。不快なものは反射的にしりぞける。常識的なものは受けつけない。私達は瞳とたたかわねばならないのだ。さまざまな刺激に慣れきってにぶくなった、そして辛辣な瞳に、いきいきとしてはみだした醜聞を感じさせなければならないのである。

過去何年かのおびただしい仕事をふりかえって、私たちは今度のポスターほどの反響を受けたことはかつてなかった。合田はプラスチックの成型工場に毎日通《かよ》って現在の技術ではそれ以上のぞむことができないような宇宙帽をつくり、それを京子にかぶらせると、虫歯をみせて笑うことを命じたのである。春川がそれを演出して、写真をとった。合田はこのポスターであらゆる約束を無視して成功をおさめた。まず第一の常識はキャラメル会社の広告なのに虫歯を強調したこと。第二は京子が美少女でもなく有名スターでもないこと。

女の子に男の子の玩具をもたせたこと。ポートレート作家の写真をそのまま商業写真として使ったことなど、このうちのたったひとつの条件だけでも窒息には充分すぎるほど充分な常識の力があった。事実、合田も不評判だったときに重役陣から食う反撃を打算して、京子のポスターを進行させるかたわらひそかに少年スターを使ったポスターも準備することをおこたらなかった。しかし、それが刷りあがったときには、すでに一歩さきにでた京子が圧倒的な人気を得ていたので、結局使わずじまいだった。

人間は人間の顔に興味を抱く。どんな人間でも顔にはドラマがある。強弱の差こそあれ、かならずドラマをもっている。その訴求力はなにものにもまさってつよいのだ。だから演出と印刷によって生身の顔よりさらに個性を増す、そんな顔を選びだしてポスターにしなければならないというのが合田の持論であった。彼の感性は一貫していた。はじめにガラス窓のむこうの陽射しのなかで笑っている京子を発見した瞬間から彼はレンズと印刷機と春川の演出力、この三つの関係だけをとおして彼女の顔を計測していたのである。

「あれはどんなに印刷屋の修整工《レタッチ・マン》が失敗しても生きのこる顔なんだ。しかし、いくらガタロだって、ただニタリと笑っただけじゃ、見られたもんではない。春川だからこそ生かせたんだね」

合田はそういって説明した。

京子のポスターについて私たちはさまざまな批評を聞いたが、そのほとんどすべてに共通なのは、若わかしさ、新鮮さ、意表をついた表情、類型のない魅力というようなことであった。これは『オオ、ジュニア！』にむけられた感想とおなじものである。人びとは京子とその虫歯を見て、キャラメルの害を考えるよりさきに迫力を感じたのだ。そこにある貧しさと若さと笑いはあくまで大衆のものだった。その親密感がまず迫力を支えたのである。さらに合田の功績は京子によってキャラメルをキャラメル以上のもの、ただの嗜好品としてではなく、なにか新鮮な感動をさそう生活必需品として人びとに意識づけたことにあった。味覚の古さを彼は視覚の新しさでよみがえらせたのである。私たちは京子をいたるところに送りこんだ。壁や駅や菓子屋や劇場や動物園で彼女は笑い、たまげたような身ぶりで人びとの微笑をさそった。

ポスターは『オオ、ジュニア！』より一ヵ月後に街を飾った。それを見てオタマジャクシを飼っていた少女をファッション雑誌の編集者が思いだし、合田はいくつもの電話を受けた。彼は京子をつれて出版社を歩きまわった。京子は彼に智恵を借りて、自分の写真に春川の推薦状をそえた、三〇通ほどの自己紹介状を雑誌社やモード写真家にあてて発送した。三週間めに彼女はもう会社に勤める必要がなかった。服飾雑誌やファッション・ショウが彼女を追いまわし、呼びつけて、ポーズを命じた。いつでもどこでも彼女は合田と春川に教えこまれた表情をし、型としてそれを使って成功した。ポスターの効果はこういうことで知られるものではないだろう。あくまでも大衆の潜在意識にどれほど浸透し得たかが問題であるはずだ。しかしこれは厳密にいって測定不可能なのである。特定の標本人の反応を分析して私たちは部分から全体を類推するほかないのである。あとは統計学の計算作業とその結果の数字を信じておくだけなのだ。ただ、京子自身の知名度を高めることはポスターへ群集の視線をひきつける有力な武器だったから、合田は彼女に援助を惜しまなかった。彼はきびしい拘束にみちた専属契約書を彼女と交わし、ショウや雑誌にでることはいくらでもかまわないが、同業他社はもちろん、他のいかなる業種の商社でも、広告にはいっさいでないという旨の約束を彼女に誓わせた。その苛酷さを彼は多額の専属料で補償した。そして彼女の成功を慎重に見きわめてから、新聞、雑誌はもちろん、ラジオ、テレビ、チラシなど、あらゆる媒体に彼女の顔と声を使った。

京子はオタマジャクシと、くたびれたボン・サックを忘れた。デニムのズボンや破れかけたサンダルをぬぎすて、髪をオキシフルで染め、コーセットのたがの味をおぼえ、ガムはかんでも自動包装機は二度と思いださなかった。彼女は駅前広場から遠ざかり、満員電車の男の筋肉の固さを忘れた。ライトを浴び、レンズにしのびこみ、揮発性の抒情でたっぷり味つけしたワルツにのり、薄暗がりにひしめく女の瞳と体臭と拍手を呼吸した。彼女は舞台にでるとぎらぎら光る川のなかで笑い、熱い埃りを吸いこみ、無数の小さな渦を巻きつつ歩いて、会釈して、消えた。彼女の名はまたたくまに十代少女のあいだにひろがり、事務所でも喫茶店でも、いたるところで暗誦された。

彼女がはじめてファッション・ショウにでた夜、私は合田にかわって彼女を食事にさそった。食後のコーヒーを飲みながら彼女はいろいろ自分の今後の計画を話し、ジャズが勉強したいといった。ジャズは年来の宿願らしく、彼女はくりかえしくりかえしその希望を語った。私が英語の必要を説くと、彼女は字引が一冊ほしいといった。そこで私は彼女を料理店からつれだし、散歩がてら書店に入っていった。書棚には受験用の豆字引からオックスフォードまでがずらりと金文字をならべていた。私はそれを一冊ずつぬきだし、頁を繰って、特徴をいちいち説明して聞かせ、値段とにらみあわせたらよいといった。すると彼女はしばらく本の山をまえにして考えこんだあげく、途方に暮れたような顔をあげて聞いたのである。

「ねえ、英和と和英って、どうちがうの？」

彼女は声をひそめ、まじまじと大きな目をみはって私を見た。あっけにとられて私は手の本をおいた。彼女はほんとうにその区別がわからないらしかった。

「中学校でなにをしていたんだい？」

ようやくたちなおって反問すると、ふいに暗い表情が彼女の陽気な顔をかすめた。

「いらない」

とつぜん小さく叫ぶと彼女はクルリと背をむけ、そのまま店をでていった。気のついたときはタクシーにさらわれて消えてしまっていた。

つくづく彼女の出身階級の暗さを私は思わせられた。やっとはいあがりかけた足をひっぱるようなことを私はしたらしいのだ。彼女の小さな胃が傷の渋さでけいれんするのを私はありありと感じた。本を一冊ずつ書棚にもどすと私はカタカナのルビをふった入門者用の豆字引を一冊買った。楽器店で初級の語学練習盤にそれを包ませると、店員に私は京子の住所をわたして、発送をたのんだ。

特売戦は予想どおり六月に入ってからはじまった。発作の陽気な叫びが新聞を飾った。各社とも苦痛と焦躁をにぎやかな楽天主義と幻想でかくしていたが、それでもどことなく不入りな芝居小屋の入口で味わうとげとげしさとさびしさが感じられた。とつぜん子供のまえには空と森の世界が出現し、母親や父親は慈恵の表情を浮かべた巨人を苦笑とまぶしさのまじった表情で仰いだ。

まず、サムソンは新聞を空想でみたした。特等、宇宙旅行服一式。一等、帽子《ヘルメット》と銃。二等、キャラメルをつめたロケット。三等、希望によりプラネタリュームかディズニー映画に招待。なお期間中はキャラメル一箱で宇宙展に無料招待、というのがその内容だった。ヘルクレスはこれに対して正面から挑戦した。彼らはポケット猿を先頭にリス、アンゴラ兎、モルモットの順で賞品をならべ、期間中は動物園で子供劇場を開催するというのだ。例によってキャラメル一箱御買上げ毎にである。そのプログラムは『ドリトル先生アフリカゆき』、『蜜蜂マーヤ』、『ジャングル・ブック』など。この二社はたがいに航跡を追いあい、四つに組んですきを狙いあった。

これにくらべるとアポロの声ははるかに説得的で慎重だった。彼らは等級をわけず、ただ奨学金を一〇名の当選者にあたえる、というだけにとどめた。公正を期すために彼らは『アポロ育英基金』という法人を新設し、奨学金は毎月当選者にそこから給付する旨を声明した。のみならず、彼らはこれが射倖心を対象とした一時的キャンペーンではなく、好況不況にかかわらず毎年開催すると宣言したのである。そのニュースを見て合田は歯がみしてくやしがった。

「偽善者め！……」

彼らは新聞を感嘆符や笑顔で飾らず、『おかあさま方へ』と題する長文のメッセージを発表しただけだった。そのメッセージのなかで彼らは神経質なまでにこの企画が特売ではないことを弁解し、強調し、アポロの健在を告げて幸福への門を開いてみせたのである。

反応は顕著だった。あらゆる婦人団体、教育機関、宗教法人、数知れぬ投書者がアポロを讃えたのである。サムソンとヘルクレスは完膚なきまでに叩かれた。『グッとくるのヨ、グッとくるんだ』や『早く、そう、いますぐお菓子屋さんへ！』などのなかにある軽薄さ、露骨さ、けたたましい楽天主義が主婦たちの手で掘りかえされ、ひねりまわされ、アポロと比較されて、二人の巨人は満身に傷を負った。アポロは期待した層から期待した声を得ることができた。彼らは子供に媚びず、大人に媚びたのである。子供は投書することを知らない。私たちはまったく不利だった。

　たちあがりざまにこうして強烈な一撃を浴びはしたものの、全体として見ればサムソンもヘルクレスもヒステリーの泥沼のなかで全身的なたたかいを敢行した。六月の街には声としるしがあふれた。私は調査の仕事をやめ、宣伝課のさまざまな仕事であちらこちらに走った。新聞につづいて宇宙服は空にあらわれた。巨大なアドバルーンが公園と動物園の上空にあげられ、夜になると灯がついた。サムソン・ビルの広場の中央には像がたった。合田はサンドイッチ・マンをやとい、宇宙服を着せて、台石のうえで彫像のポーズを命じたのである。展覧会の会場や各催場の入口でも人びとは未来旅行者から会釈を受けた。電光ニュースが縦横に走り、ラジオは京子の感嘆の声をつたえた。私たちは宣伝車に賞品を積みこみ、菓子屋の店頭に一組ずつ見本に配った。日曜日になるとヘリコプターがチラシをまいた。日光にキラめき、靴に踏まれ、土に吸われながら京子は笑った。ただちに彼女の対抗者があらわれた。ヘルクレスはプロ・レスの選手を抱きこんだのである。彼らはアイデアに窮したあげく選手に商標と寸分たがわぬ恰好をさせたのだ。「栄養豊富、滋味強壮」の力士は豹のパンツをつけ、革のサンダルをはき、手にポケット猿をとまらせて野外劇場の舞台を歩いた。拍手をさらに大きくするために彼は舞台をおりて、日曜の小さな観客のあいだを歩きまわり、キャラメルを一箱ずつ配った。彼は全身にオリーヴ油をぬり、青銅像のようにたくましかった。彼の体はちょっとした身動きにもすぐさま線が走り、筋肉が隆起し、血管が機敏にふくれあがった。彼から私の受けた印象は無用の強暴さであった。身ごなしのいんぎんさや満面の微笑にもかかわらず彼は野卑で、不具の旺盛さを発散していた。日光のなかで彼の姿は奴僕のようにかなしく見えた。

レスラーと『ドリトル先生アフリカゆき』を見たあとで私は遊園地を歩いた。ここはヘルクレスの領土だった。ベンチ、掲示板、塵箱、売店、いたるところにヘルクレスの名と商標がかかげられ、京子の微笑はひとつもおちていなかった。彼らは遊園地の入口と野外劇場の舞台袖に懸賞の小動物や小鳥を展示していたが、それには子供が黒山のようにたかり、ちょっとした小動物園の観があった。さがしてみたが、キャラメルの空箱は散乱しても、賞品のカードは一枚もおちていなかった。日光にむれ、埃りにまみれ、頭から藁のような匂いをたてて子供たちははしゃぎまわっていた。

回転木馬や猿ガ島にまじってアメリカ式の風車や蛸ノ足が初夏の積乱雲を背景に陽気な祝祭気分を空と地上にふりまいていた。ウォーター・シュートのところで私は足をとめた。暑さにうだった子供や大人が長い列をつくって順を待っていた。二隻の箱舟が入れかわりたちかわり急坂をのぼっては池に突進する。箱舟の甲板には案内人が一人ずつたっていた。二隻のうち、一人は若く、一人は中年近かった。私は青年のほうに興味を抱いた。その仕事に熱中している様子が私の目をひいたのだ。

箱舟は池にとびこむと竹竿にあやつられて漕ぎもどされ、台にのって山頂に運ばれる。

山頂で子供たちがのりこむと、青年は水をみたしたバケツを二コつみこみ、甲板にたって笛を吹いた。箱舟が急坂を突進しているあいだ彼はへさきで体をかがめ、両手のバケツの水をすこしずつ線路にこぼした。たいへんな速度である。彼のズボンは旗のように音をたて、風がうなった。そして箱舟が水にとびこむ瞬間、彼は二コのバケツを空高くさしあげて跳躍した。

これは反動をさけるためにやむを得ない運動らしい。中年の案内人もやっぱりとびあがるのだ。ただしこの男のはショックをさけるためだけの運動であった。さもめんどうげに甲板でちょっととびあがり、すぐ疲れた顔をして箱舟を岸に漕ぎよせる。ところが青年は足にドン・コザックのバネをもっていた。彼はバケツを捧げて跳躍することもあれば竹竿をひらめかすこともある。ときには威勢よく両手を空でうったり、足を二度、三度叩きあわせるというようなことも試みた。彼はさして観客から拍手を浴びることもなく、ただ黙々と何度もそれを倦まずたゆまず繰りかえした。

青年の勤勉さが私の心をうごかした。彼には僧帽筋もなければ二頭筋もない。しかしその運動は簡潔で、力にむだがなかった。レスラーよりも彼は子供を知っているかもしれない。要求されたり、強制されたりしたわけではなく、あくまで彼は自分自身の要求から子供たちに仕えているのだ。子供がひきあげてしまったあと、番小屋で彼は相棒から徒労を冷笑されてもけっして反抗しないだろう。翌日になればふたたび竹竿をかまえて山頂にたつだけだ。彼のやり方は幼稚だが正しい、と私は思った。拍手は受けないが、子供の薄暗い内部で水しぶきがたつときはきっと呼びもどされているだろう。私にも合田にも彼の勤勉さはあるかもしれない。しかし彼ほど力をうまく使っているかどうかは、自信がないのだ。彼の動作の単純さが私の感動をそそったのは年来の疲労の意識のためであった。遊園地を去るとき私はしきりにそう思いたがっている自分を発見した。

　合田はだんだん衰弱していった。毎朝疲れた顔をして会社にやってきた。春川とおなじくまが彼の目のしたにも浮かんできた。はじめは影だったが、いつかしみとなり、いまではクッキリ傷としてついている。彼の力は京子のポスターを頂点として開花したが、それ以後は奔命に浪費されるばかりだった。あまりに忙しすぎるのだ。模型に車輪一つくっつけるひまもない。彼は毎日展覧会にでかけ、宣伝車を指揮し、アポロやヘルクレスの行動をくまなく監視して対策を考えなければならなかった。デザイナーが広告原稿をもってくると写真や文案やレイ・アウトを検討するし、夜になればテレビを眺め、ラジオを聞いて京子の演技と声を計算しなければならなかった。控室には新聞社や雑誌社の広告部の連中がつめかけ、面積《スペース》や頁を売りこもうとして血眼になっていた。彼はその男たちと一人ずつ大阪弁でわたりあい、すかしたり、おどしたり、とぼけたりして値切りたおした。彼らがお世辞と実感を半分ずつまじえて京子のポスターを讃え、合田の非凡な目をほめそやすのを、彼はぐったり椅子によりかかって聞き、話がおわったとたんに微笑へ短剣をつきさすのだった。

「おれは活動屋じゃねえ」

にべもなくはねつけた。もちろんこれはさんざんかけひきして商談が成立したあとである。談合のまえならよこで見ていると胸がむかむかしそうだ。値切りたい一心から彼は目を皺だらけにしてお愛想をふりまいた。

「やっぱりええこというてくれはるなあ。それを早う聞きたかったんやがな。あんたが男前に見えてかなわんがな」

彼はそういって疲れきった体を起し、たじたじしている相手の肩を抱かんばかりにして撫でたり叩いたりするのであった。

こんな口さきのマキャベリズムが金の動きにどれほどの効果をもつものか、私は疑問である。結果から見れば合田はいつも商談を有利にみちびき、おどろくほどの安さで面積や時間を買いとったが、彼の個人技がそのうちどれほど占めるのか、私には見当がつかない。新聞社や雑誌社やラジオ会社は一般的不況と夏枯れとテレビの大スポンサー吸収に苦しんでいるからこそ合田のまえで血を流すのだ。合田の資質はこの大きな底流と正面から対立すればひとたまりもなくつぶれてしまうだろう。

疲労は合田だけではなかった。工場でも事務所でも特売開始以来仕事が殺到したので連日残業につぐ残業がつづいた。老人たちは数字をあげて窮状を告白し、組合と仮協定をむすんで労基法の制限いっぱいの過勤作業や深夜作業を哀願した。そのために工場では女工が脳貧血を起してたおれ、事務所では経理係員が電気計算機にうつぶせ、セールス・マンはスクーターの操作を誤って肋骨を砕いた。血沈をはかると要注意者がぞくぞくあらわれたし、衛生室には神経安定剤をもとめる男がふえた。子供の夢のために大人たちは眠れなくなったのだ。私は街を歩いていて奇怪な経験を味わった。その日は物理学者を訪問して少年雑誌に連載中の宇宙物語について打合わせをした帰り道であった。私は電車道をわたって広場に入ろうとしていた。信号が赤だったので交叉点の歩道にたちどまった。のどがかわき、足がだるく、私の額は埃りを厚くつんでいた。

夕方だったので舗道にはガソリンの匂いとまじって薄青い夜がただよいだしていた。自動車の流れが金属とガラスの川のようにみえた。さまざまな型の車がおしあい、へしあい、甲高い悲鳴をたてながら疾走していた。するとそこへソフト帽がとんできたのだ。それは風にあおられて道を走った。ひしめく自動車の車輪を危くよけてとまったところを見ると、埃り一つない、ま新しい明灰色のソフト帽であった。やわらかくて軽く、めざましいほど新鮮な肌をしていた。タールやガソリンやボロぎれなど、道のしみがすべてその一点に吸収されたかと思うほど、それはあざやかだった。しかし、私が息をついたつぎの瞬間、一台の自動車が目のまえをかすめた。帽子はあえなく車輪のしたにつぶされた。その瞬間私ははげしい減形を感じたのだ。車の去ったあとには一枚の平たい布が道にしがみついているばかりだった。

私は顔をあげてあたりの群集を眺めた。人びとは夕暮れのなかを平然としてざわめきつつ歩いていた。私は異常な領土にいるらしかった。私にとってそれはひとつの事件だったのだ。私には帽子がつぶされても叫声をたてず、血も流さなかったのが理解できなかった。どうして骨の砕ける音が道にひびかず、自動車はとまらず、警官が駈けつけないのだろう。たしかに異変が起ったのだ。私は力につらぬかれ、体の奥に崩壊を感じ、ほとんど圧倒されそうになったのだ。私の皮膚からぬけてその力は街のどこへ消えたのだろう。街は暮れて埃りにみち、さわがしく、強固であった。私は広場を歩きながら、さまざまな人や車や建築物や記念碑が体内を疾過するのを感じた。自分の衰弱の深さに私は抵抗のしようがなかった。

## 四

そのことのために私たちの肩の荷がおりることはなにひとつとしてなかったけれど、興味ある事件が発生した。巨人の一人が戦線を後退したのである。三人のうちでもっとも才智に長《た》けたアポロが予想外の破綻をおこして失脚したのである。そのことのために彼らは大衆から不安と恐怖を買うこととなった。

七月のある日、一人の小学生がトンボ釣りから帰ってきて昼寝をした。夕方、母親がおこしにいくと彼は意識を失っていた。顔が青ざめ、くちびるをかんだ歯は乾いていた。医者は薬品中毒だといった。中和剤の注射で少年は回復したが、はげしい頭痛を訴えて床をはなれることができなかった。しらべてみると、ぬいだズボンのポケットからアポロのドロップがでてきた。

これが発端だった。母親にかわって医者が新聞の調査室欄に投書した。彼の抗議書が新聞社に配達されたとき、おなじ日の午前中に編集部はすでに類似の症状を訴えた手紙を何通も受けとっていた。ただちに調査が開始された。記者はドロップをもってアポロに走った。アポロはドロップの製品番号をしらべて製造の日附を知ると工場に自動車をとばした。ドロップの原料は水飴と甘味剤と香料と食用色素である。工場の技師長は問題のドロップに用いた原料をひとつずつ微細に分析し、食用色素に顕著な反応を発見した。

アポロはその日の夕刊で謝罪文を発表し、薬品検査の不行届を率直に認めた。彼らの公開した食用色素の分析表は工業試験所のものと完全にデータが合致していた。おそらく徹夜の重役会議がその夜ひらかれたのではないかと思う。翌日の朝刊で彼らは販売店からの回収が完了するまでアポロ・ドロップをぜったい買わないようにという警告を発表した。その日アポロのトラックは東奔西走して問屋や小売店にのこっているドロップを回収してまわったが、すでに手遅れであった。その日の夕刊から以後二週間ほど、各紙とも朝夕刊の二面、四面は苦痛と悲鳴と呪咀にみちあふれ、患者の写真と記事が満載されたのである。

かつて育英基金を讃美した人びとが手のひらをかえしたように猛攻撃を開始した。怠慢を責める非難と恐怖の声は子供新聞や婦人雑誌や週刊誌にもあらわれ、母親たちはひそひそささやきかわし、菓子店の店主は神経質になった。

事件の大規模を知ったアポロはふたたび『おかあさま方へ』と題するメッセージを発表した。そのなかで彼らは率直に事件の経過をのべて手おちをみとめ、被害者への補償を誓うとともに、今後公表するまでドロップは他社のものを買うようにといった。そのうえ彼らは誤解をさけるためにキャラメルの懸賞カードまで中止する旨を宣言したのである。キャラメルとドロップとはなんの関係がないにもかかわらずそうして自粛したいというのだ。さらに彼らは失望した母親たちに、『アポロ育英基金』は本年にかぎり全額を被害者に公平配分して謝罪料のうえに奨学金として贈与したいと申出たのである。そのメッセージが発表された夕方からアポロの宣伝活動はいっさい停止した。ネオンは消え、アドバルーンはおろされ、ラジオ、テレビのコマーシャル・メッセージがなくなり、新聞広告もなくなった。約束事項がそうして一つずつ完全に果たされてゆくのを見て合田はうめき声をもらしたまま、なにもいわなかった。

巨人の失神を拍手したのはセールス・マンたちである。彼らは最大の隘路がこれで打開され、市場が拡大したと考えて闘志を回復した。たださえ不景気で問屋は現金回収に苦しんでいるのだ。狭い市場は三社によっておしあいへしあい分割されている。品物は回転がにぶくて販売店の倉庫に山積みされたままだ。アポロの販売網は強力なものだが、宣伝もせず懸賞もつかないキャラメルを誰が買おう。アポロは破産したも同然ではないか。彼らはわれとみずから傷口に手をつっこんで血を流したのだ。まさに道が一つひらけたのだとセールス・マンたちは異口同音にはげましあった。彼らは急に生色をとりもどし、愛想がよくなり、部屋に笑声がみなぎった。毎週末の部内会議ではアポロの疲労状態が逐一報告され、そのセールス・マンたちがどれほどみじめな恰好で問屋に頭をさげて品をとるよう哀願しているかが、身ぶり手ぶりでつたえられた。販売員から係長に、係長から課長、部長に、さらにまた重役室へ社長室へと段階を追うごとにそれらの報告は要約され、刈りこまれ、露骨に誇張されたものとなっていった。

にがにがしい思いで私はそれを観察した。あまりに安易に人びとが弱肉強食のルールに酔っているのが私には不満だった。すでに大衆は私たちの商品から遠ざかりはじめているのだ。宇宙服やポケット猿や奨学金だけが子供と母親をひっぱっているのではないか。奨学金の望みを断たれた母親がそのまま宇宙服やポケット猿の世界に入ってこようとは到底考えられないことだ。あるいは子供にねだられて彼女はサムソンやヘルクレスに手をだすことがあるかもしれない。しかしそれはあくまでももとめられた行動であって自分の意志によるものではないのだ。少しはそれで売れるかもしれないが、大きな決定的な力はもたないはずだ。おそらく子供にねだられなければ彼女は買わないだろう。のみならず人びとは莫大な資本をつぎこんで何年間も全力をそそいだ自分たちの自壊作用を忘れている。これまで私たちのやってきたことは厖大な不信者の群れをつくることだった。われとみずから傷口をひろげているのはアポロだけではないのだ。サムソンもヘルクレスも、みんなそろって自分の手で首をしめているのだ。いまさらアポロ一人がたおれたからといって自分たちが大衆のあいだにみなぎらせた不感症を忘れ、効果だけを期待するのは幻想としてもあまりに粗雑すぎるではないか。セールス・マンたちの有頂天ぶりは私にこばみようのない焦躁感をあたえた。

のこされたサムソンとヘルクレスはほぼ互角の力で争った。宇宙服には動物の生《なま》なましさはないが、つよい稀少価値があった。子供劇場は宇宙展ほど新聞の話題とはならなかったが夏休みの学童たちを大量に吸収した。私たちが新聞社とタイ・アップしたのに比し、彼らはＰＴＡや教育委員と握手したのだ。京子は大人につよい訴求力をもっていたが、レスラーは子供の英雄だった。宇宙物語が雑誌に掲載されると、ヘルクレスはジャングル紀行で対抗、ディズニー映画が封切られるとアフリカ記録映画が登場した。

また、販売面でもしのぎを削るような抗争がくりかえされた。商品はメーカーから問屋、問屋から小売店へ流れてゆく。メーカーは問屋をおさえ、問屋は小売店をおさえなければならない。そこで子供の懸賞とおなじことが販売店に対してもおこなわれた。サムソンもヘルクレスも先を争って特売期間中の利潤を増加し、特別リベートを提供したのだ。キャラメルの一〇打箱ごとにカードが一枚挿入された。これは金券として規定のマージンにプラスされるうえさらに抽籤で末等一〇〇〇円から特等一〇万円までの賞金が当るのだ。セールス・マンたちは連日連夜哀訴に狂奔した。彼らは利潤を増し、リベートを提供し、賞金をちらつかせるだけでは満足できず、問屋と小売店の店主をかたっぱしから温泉に招待したのだ。サムソンは北海道に走り、ヘルクレスは熱海でおぼれた。酒がそそがれ、女が踊った。

しかしこの表面的な陽気さにもかかわらず八月に入ると不穏な情報が流れはじめた。中小メーカーが倒産しはじめたのである。彼らには懸賞をつけたり報奨金を増したり問屋を招待したりする力がなかった。しかも商品はおなじキャラメルである。問屋は滞貨を口実に彼らの品をこばんだ。窮迫した彼らは一箱でも現金にかえたい焦躁から建値を崩してまで哀訴した。夏枯れの資金難は深刻であった。彼らは息をつこうとして口をあけたはずみにおぼれてしまったのだ。一軒が値を崩すとたちまちニュースは波及し、問屋はかたっぱしから中小メーカーを叩いた。乱売、値崩れ、倒産が全国に野火のようにひろがり、私たちは新聞の自殺者名のなかに幾人かの小工場経営者の名を読むようになった。これは欲望の限定された、底の浅い市場で起る悲劇だった。かぎられた面積のなかでの陣取ごっこだった。いいかえれば宇宙帽が彼らを窒息させ、ポケット猿が彼らの動脈に歯をたてたのだ。セールス・マンたちはもう拍手しなかった。いぜんとして招待合戦は熾烈につづけられたが、それは熱い鉄板のうえで踊る猫のようなものだった。酒はにがくなり、狂騒は苦痛となった。小売店の押入れには罐と箱が山積みにされ、問屋の倉庫は床が見えなくなった。そして、やがて値崩れの兆候はメーカー品にもあらわれだした。あちらこちらの小売店が金にかえたい一心からサムソンやヘルクレスのキャラメルを半額にしたり、オマケをつけて売ったりしだしたのである。彼らは倉庫で死んでいる箱をやぶり、懸賞カードだけをぬきだして小さな客にばらまいた。これは雪崩であった。ころがりだすと手のつけようがなかった。いくらセールス・マンが哀願説得しても店主はうなだれるか怒号するばかりで、眼に走る血管はぜったいに消えなかった。深刻なのは彼らの行為が資金繰りというよりはその日その日の生活費を捻出するための操作であるということだった。

こうした部分的化膿に対する処置として問屋とメーカーは思いきった切除手術をやった。放置しておけば毒は全身にしみわたるばかりだ。サムソンとヘルクレスはこの点についてだけ完全な意見の一致を見せた。代表者が集まり、主要小売店と大問屋をホテルに呼んで、以後値崩れ、乱売をやった店とはただちに取引を停止する旨を宣言したのである。この苛酷さに対する反撃をさけるために、彼らはすぐさま決済期限の延期を申しでた。いままでの四〇日を八〇日にするから一息ついてくれ、なお経営不振の店には一時的融資をおこなう準備もある、というのであった。宣言と提案のあとで食事がおこなわれ、パーティーがひらかれた。大広間にみなぎるつめたいリキュールの香りを人びとは吐息で殺し、ささやき声でたちまちにごらせてしまった。聞えるのはあちらこちらでひびくセールス・マンたちのうつろな高笑いばかりであった。

全国各地の支店や出張所から送られてくる報告は宣伝の陽気さにくらべ、日を追って悲観的になっていった。販売課からまわってくる報告書の売上数字と工場からくる生産数字を見くらべて合田は苦痛の表情をかくさなかった。激務に疲れて彼の目のくまはいよいよ深くなりしみが頰にまで波をひろげていた。彼は銀髪を乱し、いらいらと歩きまわり、ジェット機の翼を容赦なくへし折った。なにもいわないが必死になって体内の圧力に耐えていることは誰の目にもありありとわかった。しかし、彼はさいごまで忍耐づよく幻想を支えることをやめなかった。数字の毒を浴びながらも彼はたたかいつづけた。毎日展覧会にでかけて彼は人ごみのなかをせかせか歩きまわり、いんぎんな口調でこまかい指図をあたえた。八月の日光や埃りやとけかけたアスファルトにも彼は影響を受けず、白昼の街にせっせと幻想をばらまいた。私は彼のあとについて昼となく夜となく新聞社にゆき、放送局を訪問し、物理学者をたずね、幻想の細部の完成に没頭した。

ところが、ある日、サムソンは決定的な打撃を受けた。ついに問屋までが不渡手形を発行したのである。しかもその問屋は創立当時からのサムソンの僚友であった。サムソンはこれまでに何度も苦境におちたことがあったが、そのたび救済の手をさしのべたのは村田商店で、サムソン製品のほとんど一手販売権を独占しているといってもよいくらいの力をもっていた。その関係の親密さは、たがいの資本の融通や社員の交換制度などで業界に評判が高かった。

村田商店が不振という噂はずっと以前から聞かれないこともなかったのだが、私たちはなれてしまって、深く気にとめていなかった。そうしたことは営業部の管轄に属し、宣伝課の人間にはふれることができない問題である。しかし彼らが総額一億円にのぼる負債と二〇〇〇万円に達する不渡手形の発行を発表したとき、サムソン・ビルの美しい壁は地下から屋上までけいれんした。ニュースは机と机のあいだを走り、階段をかすめ、廊下から窓からすべての部屋に流れこみ、しみこんでいった。人びとは胃に打撲傷を感じ、あちらこちらに三人、五人とかたまって不安な話を交わしあった。村田商店が難破したのは罐詰やジュースの製造に投機的な資本をつぎこんだためでサムソン製品の滞貨のためではなかったという。そんなもっともらしい情報がやがて重役室から流れだし、ゆっくりとためらいつつ最初の衝動のあとを追ってビルの各階をさまよったが、人びとはみじめな疑惑の表情を浮かべてこれを冷遇した。彼らは予感の的中したにがい満足をなめ、さんざん議論したあげく、結局は沈黙を重い足で自分の机にひいてもどらねばならなかった。合田と私がヘルクレスの子供劇場を視察して会社にもどったのは夜だった。私は玄関でセールス・マンの一人から一切の事情を教えられた。ただちに合田はその足で重役室へいった。重役室には明るい灯がつき、討論しあう高い声が廊下にまで流れていた。宣伝課の部屋で待っていると、やがて合田がもどってきた。彼は椅子へ土袋のように疲れた体を投げた。そして村田商店の傘下の問屋を分散してサムソンとそれぞれ直取引をさせ、とりあえず借財をサムソンが肩がわりし、重役の一人が経営管理に先方へ出張することになったいきさつを手短かに話した。

「結局、罐詰なんですか、キャラメルなんですか？」

私の質問に合田は聞えぬふりをして、机の書類を一枚ずつ整理にかかった。彼は紙を破ったりまるめたりしながら、ときどきみすぼらしく肩で吐息をついていたが、ふと顔をあげて窓のそとを見ると、たちまち目を光らせて体をおこした。彼はやぶりかけた紙をそのままに椅子をたち、窓から体をのりだして夜空を仰いだ。

「灯が消えてるじゃないか」

彼の後ろから見あげると、屋上からあげた夜間用の宇宙人のアドバルーンが巨大なクラゲのように夜にとけてただよっていた。合田はすばやく窓に背をむけ、照明業者の番号を暗誦しながら机の電話にいつものせかせかした足どりで戻っていった。その後姿に私は小さな感慨をおぼえた。

（一人で戦争している……）

それから二、三日して合田はファッション・モデル・クラブに電話をかけ、京子を会社に呼びよせた。彼女は雑誌社の自動車にのり、楽譜をかかえてやってきた。多忙にまぎれてしばらく私は彼女と会っていなかった。いまではサムソン提供のテレビ番組のコマーシャルに週二回出演するほか、彼女は会社に姿を見せなかった。新聞広告や雑誌広告の写真はポスターをつくったときに大量に撮影しておいたので、いちいち彼女と会う必要はなかったし、ラジオのメッセージも以前に彼女に吹込ませたテープを使って間にあわせていたので彼女がいなくても宣伝はできた。これは合田のはからいであった。彼は京子を売りだすために彼女を時間的に束縛することをあまりのぞまなかった。そのおかげで彼女はほとんどフリーのファッション・モデルとして活躍することができたのだ。彼女は契約を守って他社の広告にはぜったい応じなかったが、モデルとしてはすでにトップ・メンバーの一人であった。どんなショウのポスターにも彼女の名前は欠かせなかったし、写真雑誌や週刊誌、グラフ雑誌、モード雑誌などは表紙やグラビア頁を虫歯の微笑のために惜しまず提供した。服飾デザイナーのなかには数少ないジュニアのタレントとして彼女を珍重するあまり、〝二〇〇万人に一人の顔〟などと呼ぶ者さえあった。

私たちはいつもの一階の喫茶室で彼女と会った。わずか二、三ヵ月のあいだに彼女はすっかりかわっていた。かけた歯のあいだにストローをはさんでジュースを吸う癖はそのままだったが、マニキュアやシャドゥや、そのほか私にはわからないさまざまな化粧クリームの薄膜のかさなりが以前のうぶ毛をかくし、へんにキラキラする層を彼女の顔につくっていた。どこをさがしても、有頂天になってせんべいをほしがった少女のおもかげはなかった。肩に肉がつき、体にはつよい敏感な線がでていたが、ライトに焼けた肌理《きめ》は意外なほど荒《すさ》んでいた。

合田はコーヒーを飲みながら彼女の近況をあれこれ聞いたあとで要件をもちだした。彼は懸賞の締切日が近づいて売上げを増さねばならぬ事情に迫られていることをいろいろと説明し、ヘルクレスに対抗するため、彼女に宇宙展の会場でキャラメルを配ってほしいと申しでたのである。

「ただし註文があるんだ」

彼はコーヒー碗をよけて肩をのりだした。

「そのとき君に宇宙服を着てもらいたいんだ。つまり、ポスターやテレビとおなじ恰好で歩いてもらいたいんだよ」

合田はそういって疲れた顔に微笑を浮かべ、椅子にもたれかかった。京子は目を伏せてしばらくだまっていたが、やがて肩で息をして顔をあげた。

「会期は何日ですの?」

合田はなにも気がつかず両手をひろげてみせた。

「一〇日間」

それからすぐに笑って片手をおろした。

「五日だよ。五日間でいいんだ。一〇日もとられちゃ君も困るだろうし、雑誌も困るだろう。だから五日間だけ、つきあってもらえないかな。朝一〇時から午後《ひる》は四時まで、もちろんそのあいだ休憩は充分とってもらう」

「私困っちゃった」

京子はひくいがハッキリした声で合田の話をさえぎった。

「雑誌は夜でも撮影できるからいいんですけど、レコードの吹込みは疲れると声がつぶれるので……」

「レコード?」

合田が虚をつかれたような声をあげた。京子はうなずいてテーブルのしたから厚い楽譜をだし、楽器会社からジャズを歌ってみないかと申しこまれたので、毎日スタジオに通って練習中なのだといった。毎週テレビで顔を見ながら彼女がそんなところまで進出していようとは夢にも知らなかった合田は非をさとってうめいたが、すべては手遅れだった。つぎに彼が専属契約書をもちだして反撃にでたとき、意外にも京子は彼の顔をまっすぐ見つめ、契約書の項目をいちいちあげて、雑誌、新聞、ラジオ、テレビは約束したがサンドイッチ・マンになる約束はしたことがないと答えたのである。思いもかけぬことだったが、まさにそのとおりだった。ビジネスとして彼女のいうことは完全に正しかった。焦躁のあまり合田がこれに対して彼女を世に送りだした人間の努力を思いださせようと人情論で攻撃しなおしたのはみじめであった。京子は一言一言に耳をかたむけ、すべての結論に対してやさしく頑固な沈黙で答えた。その壁は閉じられた貝の固さをもっていた。

「よし、わかった」

合田はいまいましげにテーブルを軽くたたいた。

「専属のことはもういわない。宇宙展がおわったら解約することにしよう。しかし今度だけはどうしても泣いてほしいんだ。ジャズはそれからでもいいじゃないか」

彼は言葉をきり、聞きとれないくらいの声でつぶやいた。

「俺はいま困ってるんだ。特別のギャラを払うから、額をいってくれ」

彼はテーブルに両手をしっかり組み、うなだれ気味に目を伏せて答えを待った。京子はそんな彼の恰好を珍らしいものでも見るような、またどこか途方に暮れたような表情で見ていたが、やがて化粧バッグから小さな手帳をとりだすと、ためらうことなく数字を書きこみ、合田のまえにそっとさしだした。合田はそれをちらっと見ると、頭をもたげ、目を光らせた。

「教えられたな！」

京子はあわれむように彼から視線をそらせ、なにもいわなかった。合田は静かに手帳を裂くと、クシャクシャににぎりつぶして床へ投げた。うなだれてかみしめた彼のくちびるは明るい日光のなかでふるえていた。

私は二人をのこして席をたった。広場にでて空気を吸ってからビルにもどり、便所に入った。手を洗おうとして化粧室に入りかけると、仕切壁ごしに大きな吐息が聞えた。便所をでしなにふりかえると、京子が洗面台の鏡に額をふれんばかりにしてもたれかかっていた。彼女は目を閉じ、青ざめて、失神に似た姿勢でうなだれていた。肌理《きめ》の荒れたうなじには私のかつて見たことのないおとながしらじらと浮かんでいた。いつまでも彼女はそうやってうごこうとしなかった。

……その日一日、私は街にでなかった。私は彷徨の必要をまったく感じなかった。すべてはおわったのだ。明るい二階の窓べりにすわって私はせっせとさいごの仕事にはげんだ。机のうえにはさまざまな破片が散乱していた。調査書や少年雑誌や宇宙服などがあった。ポケット猿がうずくまり、展覧会の万国旗がひるがえっていた。私は新聞や写真を手にふれた順からやぶってすてた。陽射しははげしいが、風は涼しかった。ときどき縞のように熱い埃りの匂いがまじるのを感じたが、たいして汗もかかず仕事をすることができた。

五時すぎに私は両手をおとした。広場にはうなだれた潮が流れていた。いつもの連中だった。彼らは腹をすかし、くたびれ、靴をひきずって駅にむかって歩いていった。どこからともなくプラスチック帽をかぶった男があらわれて広場の中央の台石のうえにたった。わるい影像だと私は思った。彼にはまわりの空気や物を定着する作用がまったく感じられなかった。広場やビルや群集から、彼は川のなかの岩のようにとりのこされていた。誰ひとりとして目をあげる者もなく、足をとめる者もなかった。日が暮れきってしまうと彼は台からおりて、どこかへ消えてしまった。

群集のたえまない足音で壁がふるえ、窓がひびいた。機械がまわっていると私は思った。壁を薄緑色にぬった、明るい廃址のなかで機械が回転をやめなかったのだ。机の上で私は子供の投影図や側面図をつくり、合田がそれで幻想を組立てた。そのために少女が笑い、輪転機がまわり、物理学者が働いた。母親は失望し、小企業者は自殺し、問屋は破産に追いこまれた。京子は売れたがキャラメルは売れなかった。街でも村でも薄暗がりで甘い匂いが腐っているのだ。三〇〇〇万円の金をつぎこみ、一〇〇〇人の事務員と工員が昼となく夜となく働いてその力はどこに消えたのだろう。私たちは無数の子供たちの薄明の意識のなかにあいまいな像をのこしただけだったのだろうか。

私はおびただしい徒労の感触を味わいながら窓べりでタバコをふかした。物音がしたのでふりかえると、合田が部屋の入口にたっていた。彼は私の顔を見てかすかな苦笑を浮かべたが、なにもいわず部屋のなかに入ってきた。彼は酔ってもいず、疲れすぎもしていなかった。彼は机のうえに麻の背広を投げ、ズボンをぬぎ、パンツとシャツ一枚の姿になった。やがてガラス戸棚をあけて彼が電燈のしたにもちだしたものを見て私はわびしい衝動におそわれた。彼は銀色のズボンをはき、真紅の巨人のマークが胸についた服を着ると

「こいつはいいや、体にピッタリだ」

そういってプラスチックの帽子をかぶってみせたのである。

「俺はこれを着て歩くぞ！」

宇宙帽のなかで彼は陽気に叫ぶと二、三回アンテナをはじき、部屋のなかをぐるぐる歩いてまわった。私は椅子からたつと、彼をそのまま部屋にのこして廊下へでた。電話で測候所に明日の天気を問いあわせる彼の高い声が私のあとを追ってきた。階段をおりるとき、それはかなしい笑声にかわっていた。暗がりを歩きながら、私はいままでに自分の力が結晶したことはたった一回しかないと思った。たった一回、小さかったがそれはひとつの高頂だった。帽子が道のまんなかでつぶされるのを見たとき、私は体を投げだしたがっていたのだ。私はあのとき自分の叫声を聞き、自分の頭が砕ける音を聞きたかったのだ。私は死んだ石のあいだからでると、にごりきった八月の夜の人ごみのなかへ、いそぎ足に入っていった。

# 裸の王様

## 一

大田太郎は山口の紹介でぼくの画塾へくることになった。山口は小学校の教師をするかたわら自分でも画を描いている男である。抽象派のグループに属していて、展覧会があると学校を休んでも制作にふける。太郎のときも、ちょうど個展の会期に迫られていたので、自分の担任クラスの生徒でありながら、ぼくのところへまわしてよこしたのである。学校から帰ると夜しか制作する時間がないので彼は多忙をきわめていた。

「ぼくのパトロンの一人息子なんだよ。個展がすんだら、あとはひきうけるから、それまでなんとかしてやってくれよ」

そんなことでぼくはむりやり承諾させられてしまった。

太郎と両親のことは以前にあらましを山口から聞かされていた。太郎の父は大田絵具の社長で、母は後妻ということだった。先妻、つまり太郎の実母は大田氏の不遇期に死んで、それ以後子供はないので、太郎はまったくの一人息子である。山口は担任学級のＰＴＡで大田夫人と知りあいになった。何度か会っているうちに彼は彼女をつうじて大田氏にわたりをつけ、グループ展や個展があると、ときたま一点、二点と画を買いあげてもらうところまで懇意になった。むかしから彼はそんなことにかけては機敏な男であった。

大田氏の絵具会社はさいきん急速に発展した会社である。それまでは親会社から独立した中小メーカーにすぎなかったが、いまでは強力な販売網を市場にひろげて旧勢力をおびやかしている。どこへいっても大田氏の製品を売っていない文房具店はないくらいである。ぼくの画塾で使う絵具類もぼくが自分でつくるグヮッシュをのぞけばほとんど氏の製品だ。庇護にこたえる気持からか、山口は大田氏がパステル類やフィンガー・ペイントなどの新製品を発売するといちはやくとりあげて生徒に教室で使わせ、その実験報告を教育雑誌や保育新聞などに発表した。前衛画家としての立場から彼は新手法の紹介には熱心で、コラージュやデカルコマニーやフロッタージュなど、たえずなにか新奇な実験をやって話題を投げていた。画の背後にある子供の個性を、そうした偶然の効果をねらった手法の、画だけの個性にすりかえてしまう危険をふくんでいるにもかかわらず、彼の仕事は若い教師仲間でたいへん評判がよかった。さいきんでは印画紙のうえにさまざまな物をのせて感光させる〝フォト・デッサン〟を発表した。小学校の子供には材料費が高すぎるという非難を浴びながらもそれはひとつの意欲的な試みとして評価された。

「子供は小学校に入るまでにすっかり萎縮してしまってるからな。概念くだきはいくらやってもやりすぎるということがないよ」

児童画の目的と手段をはきちがえた行過ぎの実験だという保守派からの反論に対して彼はいつもそううそぶいてひるまなかった。

コラージュはさまざまな色紙や新聞紙や布地を任意にちぎっては貼りかさねるという手法である。フロッタージュは木や石に紙をあててうえからクレヨンでこすって木目や石の肌理《きめ》をうきださせる。デカルコマニーというのは紙に水彩のしみをつけ、まだぬれているうちに二つに折って左右相称の非定形模様をつくる手法である。これはマックス・エルンストが考えだした。いずれも子供の自我を通過しない自動主義だという点ではかわりがない。これらの手法が子供の抑圧の解放に役だつことはみとめられねばならないし、ぼく自身もときどき試みるが、それがすべてなわけではない。ただ、山口のやりかたにはどこか売名を計算した野心家の匂いがあるので、彼が生徒につくらせる作品の無機質な美しさにぼくはいつも警戒心を抱いている。

どういうものか、山口は庇護をうけているにもかかわらず、ぼくにむかってはたいてい大田夫人のことを悪くいった。

「なに、あれはちょっとばかり気前のよいＰＴＡマダムさ。寄附さえ頂戴すればいいんだよ」

そのほか、たとえば、大田夫人が後妻だから先妻の子の太郎にことさら善意をおしつけるのだとか、外出好きな性格だとか、ときには夫妻の寝室に対する嘲笑的な臆測などといった種類の醜聞である。庇護をうけているのだというひけめを彼はそんな形で補償したがっているのかも知れなかった。いつもぼくは彼の悪口を聞きながして、まともには耳をかさないことにしていた。山口は利己的な男で、自分の都合のよいときだけ責任を他人におしつける癖があった。太郎のときも、さんざんそんなふうにいっておきながら、いざとなると個展の日まで日数のないことや、カンバスの枠張りに手間をとられたことや、先方のたのみがことわりきれないことなど、自分勝手な弁解ばかりならべて逃げてしまった。

「歩いてくるのならひきうける。自動車でくるのならごめんだ。ぼくの生徒はみんな貧乏サラリーマンの子供だからね、自家用車なんかでのりつけられてはたまらないな」

ぼくはそれだけいって電話をきった。山口がこれをどうつたえたのか、ぼくは知らない。約束の日、たしかに大田夫人は歩いてくることは歩いてきたが、帰りに門口まで送ってゆくと、ぼくの家から一町ほどさきの辻に一台の新車がとまっていた。夫人が息子の手をひいてそちらに歩いてゆくと、金属製の応接室を思わせるその当年型のシボレーから制服制帽の運転手がとびだしてきて護衛兵のように扉のまえにたったのである。生徒はみんなアトリエで画に夢中だったので、誰も気のつくものはなかったが、ぼくはにがい気持がした。

想像していたより太郎はひどい歪形をうけていた。彼は無口で内気で神経質そうな少年で、夫人とぼくが話しているあいだじゅう身じろぎもせず背を正して椅子にかけていた。その端正さにはどことなく紳士を思わせるおとなびたものさえあった。寝室と書斎と応接室をかねたぼくの小部屋で会ったのだが、たいていの新入の子が眼を輝かせる壁いっぱいの児童画に対しても彼はまったく興味を示さなかった。彼は窓からさしこむ日曜の正午すぎの日光を浴びて、ものうげに机の埃りを眺めていた。母親が彼の名を口にだすたび、彼は敏感さと用心深さをまじえたすばやいまなざしでぼくの顔をうかがい、ぼくがなんの反応も示さないとわかると、またもとの無表情にもどった。その白い、美しい横顔にぼくは深傷《ふかで》を感じた。

子供には子供独特の体臭がある。ぼくはいつでもそれを自分の手足にかぐことができる。ぼくの皮膚そのものが子供のものではないかという気がするくらい、それは体にしみついている。日なたでむれる藁のような、乾草のような、甘いが鼻へむんとくる匂いである。子供はその生温い異臭を髪や首や手足から発散させてひたおしに迫ってくる。ところが、太郎にはそんなむんむんしたにごりがまったく感じられなかったのである。壁と本棚にある童話本やポスターやおびただしい児童画など、なにをみても彼は顔いろをうごかさなかった。ぼくの部屋には子供の陽気な叫びや笑いや格闘や空想など、さまざまな感情の原形体がみちているのだが、太郎はなにひとつとして浸蝕をうけないもののようであった。ときどき服の皺を気にしながら、ほっておけば二時間でも三時間でも彼はいわれるままに椅子に坐っていそうな気配であった。両膝にきちんとそろえておかれた彼のきれいにつまれた爪をみて、ぼくはよく手入れのゆきとどいた室内用の小犬をみるような気がした。

「学科もわりによくできるほうですし、わがままなところもないんですが、なんだかたよりないんですの。画を描かせても男の子のくせに人形やチューリップばかり。まあ画はできなくても主要学科さえ人なみなら将来かまわんだろうと、主人は申すんでございますが……」

大田夫人は息子の薄弱さを訴えながらも、どことなくしつけのよさを誇りにしているようなところがあった。もし後妻だということを聞いていなければぼくはそのまま彼女を太郎の母親として信じてしまったかもしれない。彼女の口調やものごしはつつしみ深く、上品で、ドレスも渋い色のものを選んでいた。息子に対する善意のおしつけはさておき、彼女が外出好きで派手な性格だという山口の毒をふくんだ説明を、すくなくともその場でぼくはみとめる気になれなかった。

ただ、彼女が小学校二年生の子供の母親として注意深くふるまっているにもかかわらず、どこか年の若さが包みきれずにこぼれるのはさけられないことであった。どうかしたはずみに彼女の動作や表情のかげにはいきいきしたものがひらめいた。彼女が腕をあげたり、体をうごかしたりすると、おちついたドレスのしたでひどく敏捷な線が走るのにぼくは気がついた。彼女の顎にも首にも贅肉や皺のきざしはほとんどといってよいほど感じられなかった。

「なにしろ主人はああして忙しいもんでございますから、子供のことなんか、まるでかまってくれないんでございます。私ひとりであれこれ手本を買ってやったりもしてみたんですが、しろうとはやっぱりしろうとで、眼を放したらさいご、もう描いてくれません」

彼女はそういって苦笑し、太郎のスケッチ・ブックをとりだした。彼女はそれを一枚ずつ繰って、どういうふうにして描かせたかという事情をいちいちていねいに説明しはじめた。太郎はだまって礼儀正しい姿勢でそれを聞いていたが、ぼくは大田夫人からスケッチ・ブックをとりあげると、それとなく話題をあたりさわりのない世間話にそらせてしまった。すこし児童画に知識のある母親なら誰でもがやりたがるように彼女は画で子供の症状を説明しようとしたのだ。子供のいるまえでそんなことをやれば、せっかくの善意も負荷をのこすばかりである。子供は画で現実を救済しようとしているのに傷口をつつきまわされ、酸をそそがれたような気持になってしまう。その結果ぼくに提供されるのは、防衛本能から不感症の膜をかぶった恐怖の肉体だけである。たいていの子供がイソップの蛙である。母親のなにげない言動が彼らをおびやかし、自分でも原因のわからない硬化を暗部に起して彼らは苦しんでいる。

ぼくは電熱器で紅茶をわかすと大田夫人と太郎にすすめ、世間話をしながら太郎の日常のだいたいの背景を聞きこんだ。大田夫人は太郎に家庭教師とピアノ教師をつけていることを話したが、それが彼の自由をどれだけ殺しているかについては疑念を抱いていない様子だった。いろいろ画塾の方針などを話したあとで、ぼくが、山口ともよく相談しようというと、彼女はふいにそっぽをむいた。それまでのつつしみ深さにくらべてこの動作は小さいけれど意外だった。

「あの人はあてになりませんわ」

太郎への配慮から彼女は早口に小声でつぶやいた。口調はやわらかいが、そこにはっきり断定のひびきがあって、ぼくは圧されるものを感じた。彼女はちらとぼくをみてすぐ視線をそらせたが、その眼にはわかわかしい、いたずらっぽそうな輝きがのこっていた。

つぎの日曜からかよわせることを約束して大田夫人が太郎をつれて帰っていったあと、ぼくはさっそくスケッチ・ブックをひろげたが、予想どおりのものしか得られなかった。太郎はクレヨンを使っても、クレパスを使っても、電車や人形やチューリップばかり描き、どの画をみても人間がひとりも登場していなかった。彼はすでに図式や象徴の時期を脱して、そろそろ視覚的リアリズムをおしださねばならない年齢に達しているにもかかわらず、スケッチ・ブックのなかにあるのは、いずれも努力をとちゅうで放棄した類型のくりかえしにすぎなかった。どの画用紙も余白が多く、描かれた線には対象への傾倒がまったく感じられなかった。とりわけ人間がひとりも描かれていないという事実は彼の不毛をそのまま物語るもののごとくであった。白い沈黙の頁を繰りながらぼくは孤独の処方箋をあれこれと思いめぐらした。

いわれるままに太郎はつぎの日曜から画塾へやってきた。ぼくは大田夫人に電話して、自動車できたり、女中がつきそったりすることは極力さけるようにたのんだ。また、太郎が絵具箱やスケッチ・ブックをもってくることにもぼくは反対した。紙や絵具や筆はすべてほかの子供とおなじ画塾のものを使い、どんな意味でも隔壁が生まれることをぼくは警戒したのだ。太郎はアトリエにやってくると膝を正して床にすわり、ぼくがいうまで姿勢をくずそうとしなかった。ぼくは子供に画の技術を教えない。どう描いたらよいのかと聞きにこられると、ぼくはさりげなくほかの話をして子供がつよいイメージを得るまで画から遠ざける。フォルムや均衡や遠近法の意識はぼくが手をとって教えなくても彼らのなかにちゃんと埋もれているのだ。ぼくはそれを蔽う破片の山をとりのけ、彼らに力をわかせる助けをするだけだ。彼らが自分で解決策を発見するまでぼくは詩人になったり、童話作家になったりして彼らの日常生活のなかを歩きまわり、ときどき暗示を投げるのである。

電車を一台きり描いて筆を投げた子供は、ぼくがたずねると

「これはね、終点についたところなんだよ。みんなおりてしまったんだよ」

たいていそんな巧妙なとっさの智恵をはたらかせて逃げようとするが、こちらも負けてはいられない。ぼくは紙をとりあげて感嘆するのだ。

「なるほど、こいつはおもしろいや。だれもいないじゃないか。みんな行っちゃったん

だね」

　いそがしく頭をはたらかせてぼくは彼が熱心な野球ファンであったことを思いだす。そして膝をたたくのだ。

「わかったよ。みんな行っちゃったんだ。みんな球場へ見物に行っちゃったんだ。なるほどね。早く行かなきゃ席がとれないぜ……」

　子供はうっかり口をすべらす。

「バカいってら。ぼくは指定席だぜ。パパと行くときはネット裏にきまってるんだぜ」

　彼は口をとがらせて抗議し、身ぶり手ぶりを入れて球場の歓喜を説明しはじめる。ぼくは頃合をみてそっと彼のまえに新しい紙と絵具をおくのだ。彼の眼の内側に、やがて白球がとび交い、群衆が起きあがれば、耐えられなくなって彼は絵筆をとる。ほんのちょっとしたきっかけで、無人の電車は帰途の超満員電車にまで発展するのだ。いつもおなじ手口で成功するとはかぎらないが、彼らひとりひとりの生活と性癖をのみこんでいさえしたら、きっと突破口は発見されるのだ。すくなくともぼくはそう考えたい。

　ところが、太郎は何日たっても画を描こうとしなかった。自分のイメージに追われて叫んだり、笑ったりしている仲間の喧騒をよそに彼はひとりぽつんとアトリエの床にすわり、ものうげなまなざしであたりを眺めるばかりだった。いつみにいっても彼の紙は白く、絵具皿は乾き、筆もはじめにおかれた場所にきちんとそろえられたままだった。泥遊びの快

ると感で硬直がほぐれることもあるので、ためしにフィンガー・ペイントの瓶をさしだしてみると

「服が汚れるとママに叱られるよ」

彼はそういって細い眉をしかめ、どうしても指を瓶につっこもうとしなかった。きちんと時間どおりにやってきて一時間ほどしんぼうづよく坐っては帰ってゆく彼の小さな後姿をみると、ぼくは大田夫人の調教ぶりに感嘆せずにはおれなかった。

まるで画を描こうとしない子供のこわばりをぼくはいままでに何度かときほぐしたことがある。ぼくはある少年を仲間といっしょに公園につれていった。この子は幼稚園でぬり画ばかりやっていたので、太郎とおなじように自分で描くことを知らない、憂鬱なチューリップ派だった。ぼくは地面にビニール布をひろげ、あらかじめ絵具や紙や筆を用意してから、彼といっしょにブランコにのった。はじめのうち、彼はすくんでおびえていたが、何度ものったりおりたりしているうちに昂奮しはじめ、ついに振動の絶頂で口走ったのだ。

「お父ちゃん、空がおちてくる」

彼を救ったものはその叫びだった。一時間ほど遊んでから彼は画を描いた。肉体の記憶が古びないうちに描かれた画は鋳型を破壊してはげしいうごきにみちていた。

綱ひきや相撲が効を奏したこともあるが、肉体に訴えるばかりが手段ではない。子供は思いもよらない脱出法を考えだすものだ。「トシオノバカ、トシオノバカ」と抑圧者の名

をぼくの許すまま壁いっぱいに書きちらしてからやっと画筆をとるきっかけをつくった少女もあった。もうすこし年齢の高い子は自分をいじめるタヌキの画をまっ赤にぬりつぶして息をついた。タヌキは彼の兄のあだ名であった。

太郎の場合に困らされたのはぼくが彼の生活の細部をまったくといっていいほど知らないことだった。鋳鉄製の唐草模様の柵でかこまれた美しい邸のなかで彼がどういうふうに暮らしているのか、そこでなにが起っているのか、ぼくには見当のつけようがなかった。ピアノ教師や家庭教師をつけて大田夫人が彼に訓練を強制し、また、作法についてもかなりきびしく彼を支配しているらしい事実はわかっても、太郎自身がどんな感情でそれを受けとっているのか、内心のその機制を覗きこむ資料をぼくはなにひとつとしてあたえられていなかった。彼はほとんど無口で感情を顔にださず、ほかの子供のようにイメージを行動に短絡することがないのである。フィンガー・ペイントがしりぞけられたので、ぼくはつぎつぎに彼を仲間といっしょにぼくのまわりにすわらせて童話を話して聞かせたが、その結果、聡明な理解の表情は浮かんでも、彼の内部で発火するものはなにもないようだった。話がおわると子供たちは絵具と紙をもってアトリエのあちらこちらにちらばり、太郎はひとりとりのこされた。ブランコにのせることもやってみたが、失敗だった。彼はぼくがこぎはじめると必死になってロープにしがみつき、笑いも叫びもしなかった。おろしてやると、この優等生の小さな手はぐっしょり汗ばんで、蛙の腹のようにつめたかった。ぼくは自分の不明と粗暴を恥じた。彼は恐怖しか感じなかったのだ。これで彼の清潔な皮膚のしたに荒蕪地があることはありありとわかったが、うっかりすると聞きもらしてしまいそうな、小さなつぶやきを耳にするまでは、ぼくはただその周辺をうろうろ歩きまわるばかりで、まったく手のくだしようがなかった。

二十人ほどの画塾の生徒のなかに、ひとりかわった子がいた。彼には奇妙な癖があり、なにを描いてもきっちり数字を守らねば気がすまなかった。学校から遠足に行くと、何人参加して何人休んだかということをおぼえておいて、つぎに画を描くとき、それをそのまま再現するのである。五十三人なら五十三人の子供が山をのぼるところを彼はひとりずつ指折りかぞえて描きこむものだから、この子が遠足を描くんだといいだすと、ぼくは一メートルも二メートルもつぎたした紙を用意してやらねばならない。

ある日、彼は兄といっしょに小川でかいぼりをした。そして、その翌日、酔ったままぼくのところへ紙をもらいにきたのである。おむすび型をした彼の頭のなかでは二十七匹のエビガニが足音をたててひしめいていた。

「お兄ちゃん、二十七匹だぜ。エビガニが二十七匹だぜ!」

彼はぼくから紙をひったくると、うっとりした足どりでアトリエの隅へもどってゆき、床にしゃがみこむと、鼻をすすりながら画を描きだした。彼は一匹描きあげるたびにため息ついて筆をおき、近所の仲間にそのエビガニがほかの一匹とどんなにちがっていたか、どんなに泥穴の底からひっぱりだすとおかしげに跳ねまわったかと雄弁をふるった。

「……なにしろ肩まで泥ンなかにつかったもんなあ」

彼はそういって、まだ爪にのこっている川泥を鉛筆のさきでせせりだしてみせた。仲間はおもしろがって三人、五人と彼のまわりに集まり、口ぐちに自分の意見や経験をしゃべった。アトリエの隅はだんだん黒山だかりに子供が集まり、騒ぎが大きくなった。するとそれまでひとりぼっちで絵筆をなぶっていた太郎がひょいとたちあがったのである。みていると彼はすたすた仲間のところへ近づき、人だかりのうしろから背のびしてエビガニの画をのぞきこんだ。しばらくそうやって彼は画をみていたが、やがて興味を失ったらしく、いつもの遠慮深げな足どりで自分の場所へもどっていった。ぼくのそばをとおりながらなにげなく彼のつぶやくのが耳に入った。

「スルメで釣ればいいのに……」

ぼくは小さな鍵を感じて、子供のために練っていたグヮッシュの瓶をおいた。ぼくは太郎のところへゆき、いっしょにあぐらをかいて床にすわった。

「ねえ。エビガニはスルメで釣れるって、ほんとかい？」

ぼくは単刀直入にきりこんだ。ふいに話しかけられたので太郎はおびえたように体を起した。ぼくはタバコに火をつけて、一息吸った。

「ぼくはドバミミズで釣ったことがあるけれど、スルメでエビガニというのは聞きはじめだよ」

ぼくが笑うと太郎は安心したように肩をおとし、筆の穂で画用紙を軽くたたきながらしばらく考えこんでいたが、やがて顔をあげると、キッパリした口調で
「スルメだよ。ミミズもいいけれど、スルメなら一本で何匹も釣れる」

「へえ。いちいちとりかえなくっていいんだね？」

「うん」

「妙だなあ」

ぼくはタバコを口からはなした。

「だって君、スルメはイカだろう。イカは海の魚だね。すると、つまり、川の魚が海の魚を食うんだね？……」

いってから、しまったとぼくは思った。この理屈はにがい潮だ。貝は蓋を閉じてしまう。やりなおしだと思って体を起しかけると、それよりさきに太郎がいった。

「エビガニはね」

彼はせきこんで早口にいった。

「エビガニはね、スルメの匂いが好きなんだよ。だって、ぼく、もうせんに田舎ではそうやってたんだもの」

太郎の明るい薄茶色の瞳には、はっきりそれとわかる抗議の表情があった。ぼくは鍵が

はまってカチンと音をたてるのを聞いたような気がした。

これは新発見であった。大田夫人からも山口からもぼくは太郎が田舎にいたことがあるなどとは一言も教えられていなかった。大田夫人が後妻だということを聞いても、ずっとぼくは太郎が都会育ちだと思いこんでいたのだ。たしかに荒蕪地はアスファルトで固められているが、ずっと遠い暗がりには草と水があったのだ。ここから掘り起していこうとぼくは思った。ただ、いままで伏せられていたこの事実にはどこか秘密の匂いがあった。いまの大田夫人が田舎にいたとはちょっと考えられないことだった。ぼくは床にあぐらを組みなおすと、もっぱら話題をエビガニに集中して太郎といろいろ話しあった。

その翌日、ぼくははじめて差別待遇をした。月曜日は太郎は家庭教師もピアノ練習もない日だったので、ぼくは彼をつれて川原へでかけたのだ。ほかの生徒には用事があるといってアトリエを閉じると、ぼくは正午すぎに大田邸を訪ねた。すでにぼくは太郎が母親といっしょに九州にいたことがあるのを彼の口から知っていたが、夫人にはなにもいわなかった。太郎はエビガニについては熱心だったが、話のなかで母親にはスルメを自分にくれる役をあたえただけで、当時のことについてそれ以上はあまりふれたがらない様子だったので、ぼくは夫人に太郎の昔をたずねることをはばかったのだ。彼女はぼくから太郎を写生に借りたいと聞かされて、たいへんよろこんだ。

「なにしろ一人っ子なもんでございますからひっこみ思案で困りますの。おまけにお友達にいい方がいらっしゃらなくて、おとなりの娘さんとばかり遊んでおります」

夫人はそんなことをいいながら太郎のために絵具箱やスケッチ・ブックを用意した。いずれも大田氏の製品で、専門家用の豪奢なものだった。その日は夫人は明るいレモン色のカーディガンを着ていた。芝生の庭に面した応接室の広いガラス扉からさす春の日光を浴びて、彼女の体は歩きまわるたびに軽い毛糸のしたで明滅する若い線を惜しむことなくぼくにみせた。

しばらく応接室で待っていると太郎が小学校から帰ってきた。彼は部屋に入ってきてぼくを発見すると、おどろいたように顔を赤らめたが、夫人にいわれるまま、だまってランドセルを絵具箱にかえて背にかけた。そんな点、彼はまったく従順であった。夫人は自動車を申しでたが、ぼくはことわった。太郎はデニムのズボンをつけ、ま新しい運動靴をはいた。

「汚れますよ」

ぼくが玄関で注意すると、大田夫人はいんぎんに微笑した。

「先生といっしょなら結構でございます」

口調はていねいでそつがないが、ぼくはそのうらになにかひどくなげやりなものを感じさせられた。いわれのないことであったが、その違和感は川原につくまで消えそうで消えず、妙にしぶとくぼくにつきまとってきた。

太郎をつれて駅にゆくと、ぼくは電車にのり、つぎの駅でおりた。そこから堤防まではすぐである。ぼくのいそぎ足に追いつこうとして太郎は絵具箱をカタカタ鳴らしつつ小走りに道を走った。月曜日の昼さがりの川原はみわたすかぎり日光と葦と水にみちていた。対岸の乱杭にそって一隻の小舟がうごいているほかにはひとりの人影も見られなかった。小舟は進んだり、とまったりしながらゆっくり川をさかのぼっていた。広い空と水のなかでひとりの男がシガラミをあげたり、おろしたり、いそがしく舟のなかでたち働く姿が小さくみえた。ぼくは太郎をつれて堤防の草むらをおりていった。

「あれは魚をとってるんだよ」

「……」

「こんな大きな川でもウナギやフナの通る道はちゃんときまっているんだ。だからああして前の晩にシガラミをつけておくと、魚はこりゃいい巣があると思ってもぐりこむんだよ」

橋脚だけのこされたコンクリート橋のしたでぼくと太郎は腰をおろした。橋は戦争中に爆撃されてからとりこわされ、すこしはなれたところに鉄筋のものが新設された。強烈な力の擦過した痕跡は、いまは川のなかにのこされたコンクリート柱だけで、爆弾穴は葦と藻に蔽われた、静かな池にかわっていた。太郎は腰をおろすと、絵具箱を肩からはずし、スケッチ・ブックをあけようとした。ぼくはその手をとどめて、右の眼をつぶってみせた。

「今日は遊ぼうや。カニでもとろうじゃないか」

「だって、ママが……」

ぼくはつぶった眼をあけ、かわりに左の眼をつぶって笑った。

「画は先生がもって帰ったっていえばいいよ」

「うそをつくんだね?」

太郎はませた表情でぼくの顔をのぞきこんだ。ぼくはだまってたちあがると、葦の茂みのなかへ入っていった。

葦をかきわけて歩くと、一足ごとに、泥がそのまま流れるのではないかと思うほどおびただしい数の川ガニがいっせいに走った。ぼくは太郎といっしょに彼らを足でつぶしたり、つかまえたりした。はじめのうち太郎は泥がつくことをいやがっていたが、そのうち靴にしみが一点ついたのをきっかけに、だんだん大胆に泥のなかへふみこむようになった。カニを追うたびに彼の手は厚く温い泥につきささり、爪は葦の根にくいこんだ。やがて彼がひとりで小さな声をあげつつ茂みのなかを這いまわりはじめた頃をみはからって、ぼくはあたりに水たまりがないことをみとどけ、もとの爆弾穴のほとりへもどった。

ぼくが葦笛をつくることに没頭していると、しばらくして太郎が手から水をしたたらせてもどってきた。彼は足音をしのばせつつやってくると、ぼくのまえにたち、青ざめて
「先生、コイ……」

そういったままあえいだ。

「どうしたんだい？」

「コイだよ、先生。コイが逃げたの」

彼はぬれた手でいらだたしげに額の髪をはらい、ぬき足さし足で池にもどっていった。そのあとについていくと、彼は水辺でいきなり泥のうえに腹ばいになった。ぼくは彼とならんで葦の根もとにねそべり、おなじように池のなかをのぞきこんだ。ぼくの腕のよこで太郎の薄い肩甲骨がうごいた。彼は温い息をぼくの耳の穴にふきこんだ。

「あそこへ逃げたんだよ」

彼のさしたところには厚い藻のかたまりがあった。それは糸杉の森のように水底から垂直にたっていた。日光が水にすきとおり、森の影は明るい水底の砂の斜面におちていた。たしかにこの水たまりの生命はその暗所にあるらしかった。さまざまな小魚や幼虫や甲虫類が森をかきわけて砂地の広場にあらわれると、しばらく日なたぼっこして、また森の奥へもどっていくのがみえた。

ぼくは太郎といっしょに息を殺して水底の世界をみつめた。水のなかには牧場や猟林や城館があり、森は気配にみちていた。池は開花をはじめたところだった。水の上層にはどこからともなくハヤの稚魚の編隊があらわれ、森のなかでは小魚の腹がナイフのようにひらめいた。ガラス細工のような川エビがとび、砂のうえではハゼが楔形文字を描いた。ぼくは背に日光を感じ、やわらかい風の縞を額におぼえた。

池の生命がほぼ頂点に達したかと思われた瞬間、ふいに水音が起って、ぼくは森に走りこむ影をみた。ハヤは散り、エビは消え、砂地にはいくつものけむりがたった。影の主の体重を示して森の動揺はしばらくやまなかった。ぬれしょびれた顔を水面からあげて、太郎はあえぎあえぎつぶやいた。

「逃げちゃった……」

茫然として彼はぼくをふりかえった。彼の髪は藻と泥の匂いをたて、眼には熱い混乱がみなぎっていた。そのつよい輝きをみて、案外この子は内臓が丈夫なのではないかとぼくは思った。空気には甘くつよい汗の香りがあった。

## 二

ニューヨークにひとりの少女が住んでいた。名前を忘れたので、かりに、キャル、とでもしておこう。彼女は小児マヒで小さいときからずっと病院暮らしだった。毎日ベッドにねたきりの生活にたいくつした彼女は、ある日、ふと思いついてベッドを窓ぎわに移させると、看護婦に封筒と便箋をもらい、不自由な手で手紙を書いた。その日その日の病室の出来事をこくめいに書きこむと、彼女は封をし、窓のあいているときをみすまして外へ投げた。毎日彼女はそれをせっせとつづけた。窓のしたには五番街の雑沓があった。二週間ほどすると、彼女のばらまいた日記に対して、マニラやリスボンやロンドンなど、世界中から激励の返事や贈り物がもどってきた。キャルの手紙の宛名はいつも『誰かさんへ』となっていた。

「ここから投げたのよ」

新聞記者が訪ねると、彼女は母親に支えられて十五階の窓から体をのりだして、ニューヨークの空をさした。

三ヵ月ほどまえにぼくはこの記事を『ニューヨーク・タイムス』で読んだ。まったくの偶然である。山口が本を返すときに包んできた新聞だったのだ。ぼくは大衆食堂でフーメンをすすりながらなにげなくこの記事を読んで、いかにもアメリカ娘らしいキャルの現実処理に感心した。ぼくはその新聞を本といっしょに家へもってかえったのだが、しばらくたってからさがしたときには新聞は部屋のどこにもみつからなかった。

外国の児童画を入手したいというのはぼくの年来の宿願であった。新聞社やユネスコはときどき国際的な児童画の交換をやって展覧会をひらいてくれるが、短い会期と人ごみがぼくを満足させてくれない。ときにはいそがしくてみにいけないこともある。また、そうした展覧会の代表的作品が美術雑誌に転載されることもなくはないが、印刷がわるくて、原画の色感がよくわからない。モノクロームになると、せいぜいフォルムやパターンを知るくらいが関の山だ。原画にじかに接して、それを描いた子供の肉体を知りたいというぼくの希望はとうていかなえられそうもないのである。

ある日の夕方、ぼくは生徒に画を教えおわってから、駅前の屋台へ焼酎を飲みにでかけた。豚の心臓が焼けるのを待ちながら、ぼくはいつものように茶碗をなめ、タレの壺を眺めて、いったい何日ほっておくとこんな深淵の色がでるのだろうなどと考えた。じっさい、壺のなかにはエムデン海溝もおよばないくらいの深さと渾沌がよどんでいた。ところが何口めかの焼酎が胃から腸にしみわたった瞬間、ぼくはまったくとつぜん衝動を感じてコペンハーゲンへ手紙をだすことを決心してしまったのだ。これは完全な不意打ちだった。ぼくは自分の体内でよみがえった小児マヒのキャルのつよさにおどろき、しかも計画がすでに隅から隅まで完備しているのを感じてたじたじした。

その晩、ぼくは焼酎を一杯できりあげると、いそいでアトリエにもどり、辞書と下書用紙を机にそろえた。そして、単語の密林をさまよいながら、「デンマーク、コペンハーゲン、文部省内児童美術協会御中」と宛名を書き、アンデルセンの童話の挿画を交換しようではないかという内容の原稿を書いたのだ。コペンハーゲンがデンマークの首都であることをのぞくと、あとはすべて一杯の焼酎の創作であった。とにかく誰かが読んでくれたらいいのだ。返事がこなければくるまで何回でも書いてやれとぼくは辞書をひきながら酔いにまかせて考えた。原稿は翌日、図書館へもっていき、タイプライターを借りて正式の手紙に打った。

その手紙のなかでぼくは自分の立場と見解をつつまずのべた。自分が画塾をひらいていること、その生徒の数、年齢、教育法。ぼくはできるだけくわしくそれを説明し、創造主義の立場から空想画が児童のひとつの重要な解放手段であると思うことをフランツ・チゼックの実験などを引用して説明した。こんなときは地を這うような、糞虫のような誠実さよりほかに迫力を生むものはなにもないと思ったので、ぼくはなりふりかまわずくどくどしゃべった。そして、結論として、子供にアンデルセンの童話を話して挿画を描かせ、おたがい交換のうえで比較検討しようではないかと提案したのである。共通のテーマをあたえれば、風土や慣習の相違がもたらしやすい誤解をさけて、かなり公平に画の背後にあるものを観察しあえるのではないかとぼくは考え、またそのように手紙にも書いた。

第一便に対してはなんの答も得られなかった。第二便についても同様だった。あともう一回書いて断念しようかと考えて送った第三便に対して返事がもどってきた。差出人は、「デンマーク、コペンハーゲン、東通り筋《エスデルガーデ》、アンデルセン振興会」。署名はヘルガ・リーベフラウ。内容は全面的受諾の吉報であった。これを受けとるとぼくはまたあわてて辞書を繰り、ミセス・リーベフラウに宛てて謝意を表するとともに、作品は三ヵ月以内にまとめて送りたいと返事を書いた。リーベフラウ夫人からはすぐに便りがもどってきた。作品を受けとり次第、ただちに当方からも航空便を発送したいという旨のものであった。この手紙の本文は短いが、追伸がついていた。

「私は私自身責任を有しないドイツ姓のために少女時代よりしばしば、そしてまたはからずも貴殿からも、甚だ不当、かつ悲観的なユーモアを得ました。私がまだ未婚である事実に貴殿の注意を喚起いたしたく存じます。今後、宛名はかならず〝ミス〟称によって頂くことをこの公用書翰を借りて申しそえます。希望と誠意にみちて　ヘルガ」

『リーベフラウ』は『愛妻』という意味だろうとぼくはおぼろげなドイツ語の知識によって、ついうっかり〝ミセス〟と呼んだのだった。彼女はミスの四字を大文字で打ち、わざわざ二重の下線をそこにひいていた。了解の意を表するため、ぼくはまた図書館へかけつけた。

太郎が画塾へきたときは、ちょうどこのヘルガ嬢の第二便のあとで、ぼくは仕事に着手しかけたばかりのところだった。約束の期間は三ヵ月なので、相当の枚数を用意しなければならなかった。ぼくはいろいろと案を練って、いままでの方針のなかへこの期間内にすこしずつ空想画の要素と時間をふやしてゆくことを考えた。子供たちに、彼らの画がデンマークへ送られるということを打明けてやりたい気持はたえずぼくのくちびるの内側までのぼってふるえたが、ぼくはなにも話さない決心をした。話せば子供たちはきっと新鮮な刺激をうけて昂奮するだろうし、両親たちもぼくを援助する気になるだろう。しかしそこには美しい危険が生まれるのだ。子供たちはいままでよりも自由でなくなり、束縛を感じ、画のことを考えはじめるにちがいない。彼らにとって画はあくまでその場その場の克服手段にすぎず、一枚描きあげるとたちまち忘れてつぎへ前進するものなのだ。彼らは画そのものに執着しないのだ。デンマークということを聞いて緊張するのは両親たちである。きっと彼らはだまっていられなくなって子供に干渉しはじめるにちがいない。彼らは訓練主義教育で育てられた自分の肉眼の趣味にあわせて子供に年齢を無視した整形やぬりわけを強制するだろう。その結果子供の内側では微妙な窒息が起るのだ。個性のつよい子ならぼくと両親の両方に気に入られるよう、二様の画を描いてきりぬけるかもしれないが、薄弱な子は板ばさみになって混乱するばかりである。ぼくがだまってさえいれば、いままでどおり、両親はすくなくとも画についてだけは子供に干渉することはないだろう。彼らの大部分は中産家庭の流行として子供を画塾にかよわせているにすぎないのだ。

キャルにそそのかされてぼくは事をはじめたのだったが、そのうちにこの話は思いがけぬ方向に発展しだした。ヘルガ嬢の第二便から一週間ほどして、ぼくはとつぜん大田氏の秘書から、社長がぜひ会いたいと申しておりますから、という電話を受けたのである。その日の夕方、アトリエで待っていると、迎えの自動車がやってきた。運転手にいわれるままのると、ホテルのまえでおろされた。大田氏が別室で待っているはずだから帳場で聞いてくれという。帳場ではすぐ連絡がついて、ボーイが案内してくれた。大田氏は食卓を用意させて、ひとりでぼくを待っていた。食事はマルチニからはじまってコニャックにおわる豪華なコースであった。

「息子がたいへん御厄介になっているそうで、一度そのお礼を申しあげようと思いましてね」

大田氏の挨拶は愛想がよかったが、会食の真意はそれではなかった。食事中の会話は児童画界の噂話や画塾の経営状況、おたがいの酒の趣味などが話題にのぼって、ほとんど世間話の域をでないものであったが、大田氏はブランデーのグラスをもって食卓をはなれてから用件をきりだした。意外だったのはぼくとコペンハーゲンの関係を彼が完全に知りぬいていることであった。彼はヘルガの名前まであげたのである。彼は革張りの安楽椅子に深く腰をおろし、ほとんど仰臥の姿勢で、顔だけぼくにむけて微笑した。

「これはすばらしいお考えですよ。なにから思いつかれたのか知りませんが、敬服いたします。あなたが、もし私の商売敵の社員だったら、是が非でも高給をもってひっこぬこうというところですよ」

彼はそういって胸のポケットから航空便箋とそれの翻訳文をとりだしてぼくにわたした。差出人にヘルガの名前を発見して、ぼくはあわてて椅子に起きなおった。読んでみてすべての事情が判明した。大田氏はぼくのとまったくおなじ内容の提案をしたのだったが、ぼくのほうが一週間早かったのだ。大田氏は全日本に運動を展開するからと申しこんだのだが、ヘルガは先約者があるからといってことわり、協会としては両氏ともそのアンデルセンに対する好意を謝して握手したいところだが同内容の催しが二つあることは子供を混乱させるばかりだから、討議の末一本にまとめられたいという旨の文面だった。手紙のさいごにはぼくの名と住所が記されていた。大田氏は苦笑を浮かべてぼくから手紙を受けとった。

「はじめはカッとなりましたね。負けたと思ったんですよ。ところがあなたの身元をさぐってゆくと、なんとこれが息子の先生じゃないか。二度びっくりというところです。私は息子が画を習っていようとは夢にも知りませんでしたからね。うかつな話で恐縮ですが、そういうわけで今晩きて頂いた次第なんです」

その夜、ぼくは九時頃まで大田氏と話しあった。彼の考えは、要するに、ぼくの案を全国的な運動として拡大しようというのであった。画を描くことがさかんになるのは根本的にぼくも賛成だが、学校の先生がむりやり子供の尻をたたいてひとりでも多くの入選者を自分の級からだそうというのなら感心できない。入選した子供は得意になってそれ以後自己模倣をくりかえし、あとの子供たちはみんなそのまねをするという危険がある。また、大田氏が自社製品を売るための宣伝事業としてこれをやるのならぼくは先取特権にたてこもりたい。この二つの留保条件をつけて、ぼくは彼に企画をゆだねることとした。大田氏はぼくの話を聞いてうなずいた。

「おっしゃることはよくわかりますが、これは絵具の売れる仕事じゃないですよ。第一、一枚の画をみて、うちのクレパスを使ったのか、よそのクレパスを使ったのか、そんなことはわからないじゃありませんか。たとえ先生がうちのを使えといったところで、子供はよそのをいくらでも買える。私はそんなことを考えてるのじゃないんです」

帰途の自動車のなかで彼はぼくにこの企画の顧問の位置を申しでた。画塾のひまなときをみつけて会社へ遊びにきてくれるだけでよいからというのであった。ぼくの先取権に対する譲歩を彼はそんな形であらわそうとしているらしかったが、ぼくはことわった。ぼくは児童の原画がほしいだけなのだ。ほかに野心はない。すると大田氏は話題をかえて、創造主義の美育理論のことをぼくにたずねた。ぼくが画塾の教育方針をいろいろと話すと、彼はいちいちうなずいて聞いたあげくにこういった。

「……つまり、ひとくちにいえば子供には自由にのびのび描かせようというわけですね。描きたいと思う気持を起させて、どしどし惜しまずにやれということでしょう?」

「そういえないこともないですが……」

「いい思想ですな。私のほうもありがたい」

「……?」

「つまりそのほうが、むかしより余計に絵具を使ってもらえますからな」

大田氏はクッションに深くもたれてなにげなくつぶやいただけだったが、ぼくはそれまでのコニャックの酔いが急速に潮をひいていくのをありありと感じた。するどくにがいものがぼくをかすめた。

この瞬間に受けたぼくの予想は十日後に緻密に組織化されてぼくのまえにあらわれた。大田邸の書斎でぼくは全国の学校長に宛てた児童画の公募案内のゲラ刷りをみせられたのだ。大田氏はどこをどう連絡つけたのか、文部大臣とデンマーク大使の協賛のメッセージを手に入れて巻頭にかかげ、挿画の審査員には教育評論家や画家や指導主事など、児童美術に関係のある人間、それも進歩派、保守派、各派の指導的人物をもれなく集めていた。さらにぼくは巻末の小さな項目をみて、計画が完全に書きかえられたのを知った。すなわちこの企画に応募して多数の優秀作品をだした学校には〝教室賞〟をあたえようというのである。それは感嘆符もゴジックも使わず、隅に小さくかかげられていた。デンマーク大使館と文部省の協賛者として社名をだす以外に大田氏はビラのどこにも自社製品の宣伝を入れていなかった。

「どうです、お宅でも傑作を寄せてくださいよ」

大田氏は満足げな表情でソーファにもたれ、足をくんで細巻の葉巻をくゆらせた。中肉中背の男だが、その血色のよい頰や、よく光る眼にぼくはしたたかな実力を感じさせられたような気がした。

「賞金をつけたんですね？」

留保条件のことをほのめかしたつもりなのだが、彼はそっぽをむいて、こともなげにつぶやいた。

「ああ、それはね、つまり、今日の新聞をごらんになりましたかな。教育予算がまた削られましたよ。そういう事情なもんだから、個人賞より団体賞のほうが金が生きるだろうと思いましてな」

ぼくはあっけにとられて彼の顔をみつめた。この口実のまえで誰が教師の射倖心や名誉欲をそそる罪を告発することができるだろうか。しかも美しいことに彼は自社製品の宣伝は一言半句も入れていないのだ。いったい結び目を彼はどこにかくしたのだろう。ぼくはテーブルにおかれたコーヒーをゆっくりかきまぜながらつぶやいた。

「つまり子供に画を描く動機だけつくってやるわけですね。子供がどこの会社のクレパスを使おうが知ったことじゃないと、こないだおっしゃいましたね。そうするとこれはよそのものを売るために賞金をつけるようなものじゃありませんか?」

「そうでもないでしょう」

大田氏は葉巻の灰を飲みのこしのコーヒー碗のなかへおとすと、微笑を浮かべた。

「私の市場は東日本、つまり東京以東ですな、ここは販売網がしっかりしてるから、子供が買いに行きさえしたら売れる。この分だけは儲かりますな」

彼は言葉をきると、事務的な口調をすこしやわらげてぼくの顔をみた。

「しかし、西日本ではおっしゃるとおりです。私がいくらやったって敵さんの利益になるばかりだ。ソロバン勘定だけなら今度のこれは間がぬけていますよ。私ももうすこし若かったらこんなことはやらんです。商売人の慈善事業なんて誰も信用してくれませんからね。今度だって社員からずいぶんイヤ味だっていわれてるんです」

彼の静かな言葉には円熟と謙虚のひびきがあった。それはぼくに奇妙ないらだたしさと違和感をあたえた。彼はソーファにゆったりともたれ、寛容で聡明であいまいだった。ぼくはコーヒーをひとくち飲むと、探りを入れてみた。

「賞金で釣ってもろくな画はできませんよ。子供は敏感だからおとなの好みをすぐさとります。悪達者な画が集まるばかりですよ」

「わかっております」

大田氏はうなずいて葉巻をコーヒー碗に投げこんだ。彼はぼくのとげをいっこうに意に介する様子もなくつぶやいた。

「賞金で釣ったってなんにもならんだろうということはわかっております。しかし、日本全体としてみれば、せめて賞金でもつけなきゃ画を描いてもらえないというのが現状じゃないですか。幼稚園は小学校の、小学校は中学校の、また高校、大学はそれぞれ官庁会社の予備校でしょう。児童画による人間形成なんてお題目は結構だが、いざ進学、受験、就職となったら、画なんてどこ吹く風というのが実情です。だから少々悪達者でも、とにかく画を描かせること。このほうが目下の急務じゃないですかな」

彼はそういって軽く吐息をつき、かたわらのサイド・テーブルにあったウィスキー瓶とグラスをとりよせた。ぼくのと自分のとにつぎおわると、彼はグラスを目の高さまでもちあげてかるく目礼した。

「さびしいことです」

彼はウィスキーをひとくちすすってグラスをおくと、父親のような微笑を眼に浮かべてぼくをみた。まるで牛が反芻するようにたっぷり自信と時間をかけて美徳が消化《こな》れるのを楽しむ、といった様子であった。

どうやらぼくは鼻であしらわれたらしい。あらかじめ彼は用意して待っていたにちがいないのだ。彼はすっかり安心して微動もしない。彼のかかげる大義名分はどこかに嘘があるからこそこんなみごとさをもっているのにちがいないのだ。彼の言葉はよく手入れのゆきとどいた芝生のように刈りこまれ、はみだしたものがなく、快適で、恵みにみちている。彼は貸借対照表をぼくにおおっぴらにみせびらかしたのだ。彼は自分の儲けを率直に告白し、損を打明けた。彼は子供を毒するとみとめ、子供を解放しようという。教育制度をののしり、しかもなお巨額の資金を寄附しようとするのだ。この口実のどれをとりあげても、ぼくは歯がたたない。ぼくには資料がないのだ。彼が美徳によってあげる利潤をつきとめる資料が皆無なのだ。完全さにつきまとう嘘の匂い、それが鼻さきにただようばかりである。しかも彼は階段の意識でおびえる二〇〇〇万人の子供の大群という巨大すぎる武器をほのめかした。こういうやりかたはぼくにはにが手だ。有無をいわせぬたしかさとあいまいさを同時におしつけ、苦痛のうちにはぐらかされてしまう。質の問題がいきなり数の問題にかわって、抵抗のしようがなくなるのだ。たしかに大田氏は計算しているのだ。

「どうでしょうな」

彼はぼくにむかってウィスキー瓶をさしだした。ぼくがグラスをほすと、彼はしっかりした手つきでなみなみとつぎ、おわりしなに瓶をキュッとひねって一滴もこぼさなかった。葉巻をコーヒー碗に投げたことをのぞけば、新興商人らしい粗野さを彼はどこにもみせなかった。戦後十余年の波瀾に富んだ男根的闘争をたたかいぬいてきたはずなのに、一見彼の紳士ぶりには非のうちどころがなかった。

「やっぱり御協力願えませんかな？」

ウィスキー瓶をおくと彼はぼくの顔をじっとみた。ぼくは視線をそらせて手をふった。

「私のでる幕じゃありませんよ」

「しかし、アイデアはあなたのものです」

「大田さんがおやりになったほうがデンマークはよろこぶでしょう。私はむこうの子供の画を頂くだけで結構です」

はじめから答を予想していたように大田氏はうなずき、だまってウィスキー瓶をさしだした。ぼくはそれに栓をして彼の手にもどしながら、いきなりこういった。

「太郎君の画をごぞんじですか？」

大田氏はとつぜん問題が思いがけぬ方向にかわったことにとまどったらしく、二、三度眼を瞬いた。ぼくの語気に苦笑して彼は顔をそむけた。

「どうも、わしは忙しいんでね」

ぼくは彼の表情につよい興味を抱いた。

ぼくは先夜も今夜も、彼が息子については通りいっぺんの挨拶をのぞいてなにも積極的に発言しようとしないことに気がついたのだ。二人の話はすべてビジネスに終始していた。のみならず、ぼくにはこの書斎と邸の静かさが異様に感じられたのだ。今夜も大田氏は会社から秘書に電話をかけさせ、自分は書斎でひとりでぼくを待っていた。邸の玄関でぼくを迎えたのは太郎でもなく、夫人でもない。五十すぎの寡黙な老女中であった。書斎の厚い扉が閉じられると、広い邸内にはなんの物音も感じられなかった。挨拶をすませると大田氏はただちにゲラ刷りをとりだした。とちゅうで一度、老女中がコーヒーをもってきたときをのぞいて、ぼくはまったく人の気配を感じさせられなかったのだ。夫人は留守かも知れないが、それにしても太郎はどこでなにをしているのだろう。ぼくは美しくて厚い壁と扉を眺めた。たしかにこれが藻と泥の匂いをさえぎっているのだ。

「こないだ山口君から聞いた話では、学科は人なみだということでしたな」

「数字ではわかりませんよ。画ですよ。太郎君は画が全然描けないんです。というより、描くべきものをもっていないんですね」

大田氏はソーファにゆったり足を組んでもたれ、しばらく困ったように微笑して頭をかいていたが、とつぜん納得がいったように膝をたたいた。

「わしに似よったんですよ。その責任はわしですよ。わしも子供のときは画が不器用で大嫌いで、そうそう、図画の時間になるともう頭から逃げることしか考えなかった。皮肉なもんですな、それがいまは絵具屋の社長さん……」

ふいに彼はノドの奥でクックッと笑い、ひとりでなにかを思いだしたようにおかしがっていたが、やがてぼくに聞いたのだ。

「まあ、しかし、あなたをまえにこういっちゃなんだが、画はできなくても大学にはいけましょう？」

ぼくはぼんやりと彼の顔をみた。そして、とつぜん声をあげて笑いたくなった。ぼくはこみあげる衝動をおさえるために、あわててウィスキー瓶に手をのばした。とうとう大田氏は自分から不用意にも嘘を告白したのだ。城壁には穴があいたのだ。彼はぼくの顔にもれた笑いをみて幸福そうにソーファへもたれると葉巻をとりだし、たんねんに匂いをかいでから火をつけた。彼の偽装にぼくはふたたび迷わされなかった。すでに彼はひとりの中老の口達者な絵具商にすぎなかった。なるほど彼は強大だ。デンマーク大使をそそのかし、文部大臣を籠絡し、日本全国の子供と教師を動員する。しかし息子の太郎はクレパス一本うごかせないであえいでいるではないか。児童画の生理など、大田氏にはなにもわかっていないのだ。それは彼にとって器用不器用の問題でしかない。学校教育の実情が人間形成を考えないといって攻撃するのはまったくお題目にすぎなかったのだ。彼は息子を大学に追いやることしか考えていないのだ。

邸の静寂がふたたびぼくにもどってきた。この家は考えると太郎そのものであった。美しくて、整理され、しみも埃りもないが空虚であった。部屋は死んだ細胞だ。みんなそのなかに隔離されて暮らしている。声や息や波が壁をふるわせることなく、主人は自室で下宿人のように暮らしているのだ。

「たいへんたちいったことをおたずねしますが……」

大田氏はぼくの声で顔をあげ、葉巻をくわえたままうなずいた。

「奥さんは太郎君の友達を御自分で選ぶというようなことをなさいませんか?」

「やるかもしれませんな。あれはしつけがやかましいから」

大田氏はそうつぶやいてから、ふと気がついたようにぼくの顔をみた。

「しかし、よくごぞんじですな?」

「わかりますよ。太郎君は人形の画しか描きませんからね。これはおとなりの娘さんとしか遊ばないからですよ。おまけに太郎君の画には人間がひとりもでてこない。お父さんの画もお母さんの画もでてこない。もともと描く気がないんですね」

大田氏はぼくの口調の変化を敏感にかぎとった。彼は口から葉巻をはずした。

「それはどういうわけです？」

「わかりません。お宅の事情を私はまだよく知りませんからね。ただ、太郎君が孤独だということだけは事実です。不器用だから画が描けないのじゃないんです。このままだと、いくらやってもむだですよ」

大田氏はだまって葉巻をくゆらせた。部屋の空気は緊張して重くなり、ぼくは体に圧力を感じた。

「あなたがかまわなさすぎるようですし、奥さんがかまいすぎるようにも拝見できます。あんな小さな子にピアノをやらせ、家庭教師をつけ、そのうえ画までやらせるというのは酷です」

とつぜん大田氏は体を起すと、テーブルのはしについたベルのボタンをおそうとして手をのばしかけたが、思いとまって、口のなかで小さく舌うちした。あきらめの表情が彼の顔をかすめた。部屋の灯がすこしかげったような気がした。大田氏はしばらくもの思いにふけっていたが、やがてそれをふりきるようにして顔をあげた。彼の眼は澄んで、裕福な商人の自信ある微笑がもとどおりにただよっていた。ぼくは毛ほどの傷も彼にあたえることができなかったのを知った。

「お礼になにかさしあげたいんですがね」

「……？」

「展覧会のあとの画はもちろんさしあげますが、それだけではどうもあなたの企画をたどりするようだから……」

「粉絵具と画用紙で結構です」

ぼくは安楽椅子を蹴るようにしてたちあがると、大田氏を待たないで廊下へでた。廊下は清潔で明るく、乳黄色の壁は温い微笑と平安をただよわせていたが、ぼくは病院か水族館を歩くような気がした。歩きながら、ぼくはしきりに毛布のしたで汗ばんでねている小さな体を壁のむこうに感じた。

屋台に寄ってから帰ろうと思ってぼくは駅へいった。夜はすっかりふけて、駅前の商店街は大戸をおろし、灯を消していた。がらんとした広場で二人の若い駅員がキャッチボールをしていた。昼は仕事で遊べないのだろう。彼らは暗がりをすかしておたがいに声をあげ、それを目あてにボールを投げあった。ボールは街燈から街燈へ夜の底に淡い影をおとしながらおぼつかなくとび交った。

つぎに焼酎を二杯飲んでから広場へでたときには、もう駅員たちはいなくなっていた。ちょうど電車がついたばかりのところだった。女給やダンサーをまじえた深夜の客を拾おうとしてあちらこちらの辻や道からタクシーがけたたましいきしみをたてて広場にとんできた。車や人をよけながらぼくは改札口に入って時計をあわせた。空気は埃りとガソリンの匂いにみちていたが、タクシーにのろうとする女のそばを通りかかると、花束のような香水と酒の霧が鼻さきをかすめた。彼女は自動車にのりこむと、ぐったり額を窓によせて外をみた。顔は青ざめていたが、彼女の眼はぬれたようにはげしくキラめいていた。誰が送ってきたのだろう。彼女の視線をたどったが、深夜の駅に人影はなかった。いそいで踵をかえした瞬間、大田夫人をのせた車は甲高い苦痛のひびきをあげてぼくのよこを疾過した。

三

川原へいった日から太郎とぼくとのあいだには細い道がついた。彼はアトリエにやってくると、ぼくにぴったり体をよせて、グヮッシュを練るぼくの手もとをじっと眺めた。ぼくは貧しいので子供に高価な画材を買ってやれない。市販のものと効果に大差のないことがわかってから、毎日ぼくはアラビア・ゴムと亜麻仁油と粉絵具を練りあわせてグヮッシュをつくる。ときに高学年の生徒が希望すると、カンバスや油絵具までこしらえてやることもある。ぼくはアトリエの床に足をなげだしてすわり、まわりに子供を集めて、ヘフをうごかしながら話をしてやるのである。太郎はぼくのしゃべる動物や昆虫や馬鹿やひょうきん者の話に耳をかたむけ、よほどおもしろいと顔をあげて、そっと笑った。形のよい鼻孔のなかで鳴る小さな息の音や、さきの透明な白い歯のあいだからもれる清潔な体温など、太郎の体を皮膚にひしひしと感じながら、ぼくは彼と何度も逃げたコイのことを話しあった。

「水のなかではね、物はじっさいより大きくみえるんだよ。だけど、あいつはほんとに大きかったんだ。そうでなきゃ、藻があんなにゆれるはずがないもんな。きっとあれはあの池の主だったんだよ」

「……」

太郎はぼくの話がおわると、澄んだ眼にうっとりした光をうかべた。それをみてぼくは巨大な魚が森にむかって彼の眼の内側をゆっくりよこぎっていくのをありありと感じた。ぼくは話をしながら彼の眼のなかの明暗や濃淡をさぐって、何度もそうした交感の瞬間を味わった。そうやってぼくは彼から旅券を発行してもらったのだ。画塾には二十人ほどの子供がやってくるが、そのひとりひとりがぼくにむかって自分専用の言葉、像、まなざし、表情を送ってよこす。その暗号を解して、たくみに使いわけなければぼくは旅行できないのだ。他人のものはぜったい通用を許してもらえないのだ。人形の王国を支配している子には、ぼくはときどき内閣の勢力関係を聞いてやらねばならない。この子は自分の持っているさまざまな人形で政府をつくって遊んでいるのである。

「いまはタヌキかい?」

「いや、象だよ」

「ダルマは隠退したの?」

「うん、ここんとこちょっと人気がないね。あれは階段から落ちて骨が折れたんだよ」

「惜しい奴なんだがね」

さいづち頭がアトリエに出入りするとき、なんとなくぼくはそんな挨拶を交わしあって完全な了解を感じている。

旅券をくれてからまもなく、太郎はぼくの話のあいだに、とつぜんといいだすようになった。それが度かさなって、ぼくが
「先生、紙」

「おや、また便所？」

とからかうと
「ヤだな、先生ったら。画を描くんだよ」

そんな軽口をきいて彼はぼくから紙や筆や絵具皿をとっていくようになった。

太郎は新しい核を抱いたのだが、その放射する力がスムーズに流れだすためには時間がかかった。彼の内部にはぼくにも彼自身にも正体のわからない、すっかり形のかわってしまったガラクタが海岸のようにうちあげられているはずであった。彼はぼくと話をしているうちに胎動をおぼえて紙を要求したが、いざ絵筆をとってみると、どうしてよいのかわからなくなって立往生することがしばしばあった。母親に手をとってもらうか、手本をみるか、いつかおぼえた人形をくりかえすか。こんなことしかやったことのない彼は体内の

イメージの力と白紙の板ばさみになって苦しんだ。彼は筆でめちゃくちゃになぐった紙をもってきて、ぼくにささやくのだった。

「先生、描いてよ。ねえ、こないだのコイだよ、ねえ……」

彼は体をすりよせ、ひかえめながらも一人息子の傲慢さをかくした甘え声をだした。だまっていると、ぼくの体をおしたり、ついたり、ひょっとするとうしろにまわって背をつねったりする。それも皮膚を厚くつままず、ほんとに効果を計算して爪と爪だけで焼くようにチリッとやるのである。その痛さに身ぶるいしながら、ぼくは彼があえいでいるのを感じた。また、いよいよ脱皮しかけたなとも思った。抑圧の腫物のかさぶたを全身につけたまま彼はぼくにむかって迫ってきはじめたのだ。こうなると食われてしまうよりほかに道がない。ぼくは山口のように美しく器用にさけることができないのだ。彼は自動主義を子供にあたえることで自分を守った。つぎからつぎへ画塾にやってくるさまざまな症状の子供とつきあっているうちにぼくは自分自身の画を描く動機を失ってしまったのだ。気がつくとぼくは小さな、生きた肉体の群れをカンバスと感ずるようになっていた。

川原で太郎にカニをとらせたのは泥を知らせるためであった。彼の体をしばる、鼻もちならない潔癖をたたきこわすためであった。このことで彼は地殻の厚さや、やわらかさや、温かさを知ったのだ。つぎの日曜にやってきた彼にフィンガー・ペイントの瓶をさしだすと、彼は以前におびえたことをすっかり忘れ、さっさと蓋をあけて指をつっこむと、幼稚園へいってるずっと小さな子供たちといっしょになって紙をまっ赤にぬりたくった。そして、いくらかてれくさげにいったのである。

「お化けだよ」

「はあ？……」

「お化けが山ンなかにいるんだよ」

彼は指のさきで紙をたたいてみせた。

しばらくして彼は、グワッシュを練りおわってタバコをふかしているぼくのまえにたった。

「……？」

眼でうながすと、彼はそっと小声でたずねた。

「ねえ。お化け、どこへいったか知ってる？」

真顔で、まるで落し物でも聞くような口ぶりである。

「山だろう？」

太郎は不興げに頭をふった。ぼくはそれとなく新しい紙をとりだしながら
「お化けは足が速いからなァ。ぼくの知ってる奴なんざ、お酒を飲むと、いちもくさんにつっ走ってね」

「どこへいったの？」

太郎は眼を光らせた。

「デンマークへいったよ」

「ちがうよ、町へでてきたんだよ」

彼はぼくの手から紙をとり、筆をポスター・カラーの絵具皿につっこむと、もどかしげによたよたとなにか描きあげた。まだぬれたままになっている非定形をみせて彼はいうのだった。

「お化けが子供になったんだよ」

「ほう」

「子供になってね、バスにのったんだ」

「なるほど」

「そいで、死んじゃった」

彼はそういって画の一部をぬりつぶした。

この日は二枚だけ描いて彼は帰っていった。フィンガー・ペイントの分は完全ななぐり描き、ポスター・カラーの分もほとんど形をもたぬ乱画にちかいものであったが、いずれも赤を使った点でぼくの注意をひいた。画そのものにも、また彼の叙述内容にも、ふつうの子供より彼が感情生活で数年おくれている事実はまざまざと露呈されているが、経験によってぼくはその赤を怒りのサイン、そして攻撃と混乱の表徴と考えた。太郎はなにものかとたたかったのだ。なぜお化けは子供になって山からでてバスにのって死なねばならなかったのか。

太郎には友人がいない。彼は仲間に対して圧迫感を抱いている。母親に禁じられて彼は粗野で不潔な仲間とまじわることができず、いつもひとりぼっちでいる。その圧力を彼は画で排除しようとしたのだ。だから子供はお化けであり、お化けは死なねばならなかった。彼は画で復仇したのだ。この小伝説にはそんな仮説のための暗示があるようだ。おそらく根本的な点でそこに誤りはないだろう。ただ、ぼく自身はそういう軽快な合理化だけで満足できないのだ。ぼくは赤に太郎の肉体を感じたのだ。環境に抵抗して、いつどの方向へどんな力で走りだすかわからない肉体を、いよいよ彼も回復したのだ。ぼく以外の人間にとってはしみでしかない画用紙をまえにぼくはぽっかりとひらいた傷口を感じた。血は乾いて、壁土のように、白い皮膚にこびりついていた。ぼくは夕方のアトリエで、子供たちののこしていった異臭をかぎつつ、さらに傷口を深める方法をあれこれと考えた。

ある日、ぼくはあらかじめ電話で在宅をたしかめておいてから大田夫人を訪ねた。彼女に会って確認しておきたいことがぼくにはいくつかあった。山口にはない特殊な立場があったので、ぼくは大田氏に面とむかって太郎の歪形を訴えることができたが、当分彼は信用できそうになかった。彼は有能な商人かもしれないが父親としては資格皆無の男のようだ。彼はぼくの仕事を邪魔するばかりである。

どんな眼があらわれるだろうかとぼくは軽い不安を抱いて待ったが、玄関にでてきた夫人は健康で、清潔で、一見、酒や終電とはまったく関係のなさそうな家庭人であった。彼女はぼくをみると両手をそろえてつつしみ深く頭をさげ

「お待ちしておりました。どうぞこちらへ……」

ぼくは、彼女について廊下を歩き、応接室に入った。太郎を川原へつれだした日にも入った部屋である。こころよい乳黄色の壁には春の午前の明るい陽が踊り、二、三点の画にも透明な斑点が浮いていた。いずれも画は大田氏の庇護を受けている作家のものらしかったが、彼は趣味がずいぶん気まぐれのようで、セザンヌまがいのリンゴと、ニコルソンまがいの山口の抽象画とが臆面もなくむかいあってかかっていた。おそらく大田氏は現物をみないで秘書に金を払わせるだけではないか。ぼくはそんなことを考えながらタバコをふかし、夫人が席につくのを待った。

しばらく挨拶を交わしたり、太郎の近況を話したりしているうちに、はやくもぼくは後悔しはじめた。夫人はぼくにまったく警戒心を抱こうとせず、型どおりの良妻賢母を演じて、いささかも疑わないのである。先夜、駅前広場でぼくにみられていることに、彼女はまったく気がついていないのだ。ぼくが太郎の画や性格を話すと、彼女はいちいちうなずいて、完全にそれを認めたあげく、ほっと、ため息をついた。

「ほんとに、うちの子はかわっております。すこし異常なんじゃございませんでしょう

か？」

　彼女の顔と口調には苦笑と真率さが相半ばしてまじっていた。ぼくはこれには答えなかった。ぼくのところへ子供をつれてくる貧しい母親たちの十人中八人までがこの質問を発するが、彼女らの聞きかたには大田夫人とすこしかわった匂いがある。彼女らは自分の子供が異常ではないかと恐れているが、ぼくがいちいち例証をあげてそれを否定すると、きまってなにかしらけた表情を浮かべる。ひと口にいえば不満なのだ。彼女らは異常児をおそれているくせに正常児だといいきられると不平顔をする。申しあわせたようにその表情は共通しているのだ。ぼくはそれをひそかに天才願望ではないかと臆測する。

「この頃はすこしかわってきましたよ。もうすこしたったらおわかりになるでしょう」

　ぼくは大田夫人がどれほどの必要に迫られてその質問をしたのか、はなはだあいまいな気がしたので、はぐらかしてしまった。挨拶のしかたを心得た、とでもいえるような様子が彼女にはあった。

　さらに大田夫人の良妻賢母ぶりにうたれたのはぼくが太郎の過去を発掘したいきさつを打明けたときであった。ぼくがためらいを感じながらそっとさしだしたのに、彼女はそのカードをみてなんの動揺も起さなかったのだ。ぼくは太郎が田舎でエビガニとりをしていたという記憶が今後とも重要な役割を果たすだろうと思うことをのべ、当時の彼の生活をたずねたのである。

「……なんだか、お母さんといっしょに溝で糸をたれたことがあるなんてなこともいってるんですが？」

「そうでございましょう」

夫人はぼくのにごした言葉尻を静かな口調でおぎなった。

「あの子のお母さんという人がとてもよくできた方でございましてね、それはもう子供の教育によく気をお使いになったそうで……なにしろ田舎のことでございますから娯楽といってもせいぜい地方廻りの村芝居ぐらいしかやっておりませんでしょう。それをいちいちだしものの筋書きから役者のせりふまで御自分で前の晩にごらんになって、これならと安心のできるものだけお見せになったんですのね。とても神経のこまかい方だったようにお聞きしております」

彼女はそういうとコーヒー碗をとりあげ、ひと口すすってから、あきらめたようにつぶやいた。

「私もいろいろ努力はしているんでございますが、しつけがきびしいといわれるばかりで……」

彼女は眼を伏せて、コーヒー碗をそっとおいた。

ぼくは手持ちの札が切れたのを感じた。ぼくは焦躁をおぼえて記憶を繰った。はじめて夫人が太郎をぼくのところへつれてきた日のこと、山口に対してしんらつで的確な評を一言下したこと、川原へ太郎をつれだすときに言葉とはひどくうらはらな、なげやりな違和感をあたえられたこと、そして夜ふけの広場でかいまみた眼の異常な輝きと酒の霧。このなかでもっともぼくに気がかりなのは、ぼくの直感だけをたよりにした、あの散歩の日の玄関さきでの印象であった。彼女はあのとき、ぼくが、太郎の新しい運動靴をみて、川原でよごれるからと注意したのに対し、先生といっしょなら結構でございますといったのだ。それだけのことで、はっきりした意志の表示はなにもない。そのくせぼくはなにか氷山のしたに沈むものを感じさせられたような気がしたのだ。彼女には先妻の典型ぶりに対するあせりがあることはたしかだ。子供のしつけに対する彼女の趣味にはどこか過剰なものがある。おそらくそれは山口のいうように彼女の善意からくるものにちがいない。その方向が誤まるのは彼女の若さ、未経験さによるものだ。彼女は太郎を肉体で理解できていないのだ。だからきびしい訓練教育をほどこして彼を破産させてしまったのだ。しつけのきびしさを非難されることを口にはするが、彼女は果たしてどれだけそれを自覚していることだろうか。

　彼女はぼくがコーヒーを飲みほしたのをめざとくみつけてベルをおした。この邸ではどの部屋にもベルがついているらしい。老女中があらわれると、彼女はぼくに聞いて、緑茶を命じた。女中が銀盆をさげてでていくあとを追って彼女は応接室をでると、やがて毛糸の編針と玉をもってもどってきた。膝のうえにひろげたのをみると、それは九分どおりできあがった太郎のセーターであった。彼女はそれをひろげて陽にかざし、苦笑した。

「もう春ですのに……」

そういって彼女はセーターを編みにかかった。

彼女は如才なくぼくとの話にあいづちをうち、女中が茶をもってくるとすかさず菓子皿にそえてぼくにすすめるなど、あれこれと気を配りながらも、手だけは一度もとめなかった。ぼくはそれをみて駅前広場の彼女の姿と思いくらべ意外な気がした。彼女の指は正確にとびかい、左右にくぐりあい、糸を攻め、穴を狙って狂うことがなかった。彼女がそんな資質をもっていようとはまったく思いもよらないことであった。なにか誤算したのではないだろうか。ぼくは自分の印象に軽い不安の気持を抱きながら、大田氏に訴えたのとおなじ内容のことを彼女に話した。

「この頃はすこしかわってきたんですが、太郎君はすこし孤独すぎるようですね。一人息子というのはべつになにもなくてもそれだけで充分異常な状態だと考えていいんですが、太郎君はちっとも友だちのことを画に描かない。もうすこしみんなと遊ぶようにおっしゃってくださいよ」

彼女は毛糸を編みながらうなずき、しばらく考えていたが、やがて顔をあげると
「おっしゃるとおりでございますの。あの子はほんとに内気でしようがありません。それに私が口をだしすぎるって、主人からもよくいわれるんでございますが、学校のお友だ

ちであまりよくない人もいらっしゃるので、そうそう放任ばかりもしてられないと思って、つい口をはさみますと、あの子はもうそれでいじけてしまって……」

「子供には子供の世界がありますからね」

「ええ、それはそうでございますが……」

「すこし手荒いんですが、太郎君なんか、いい子になることを教えるより、血みどろになって喧嘩することを教えたほうがいいように思いますね。じっさい喧嘩はしなくても、すくなくともそれだけの気持の基礎ですね、それをつくってやるべきじゃないかと思うんですよ。そうすれば自然に画もしっかりしてきます。画の上手下手はそのつぎの問題ですよ」

「……」

「泥まみれでも垢だらけでもよいから環境と争えるだけの精神力をもった子供をつくりたいですね、そういう子供の画こそ美しいし、迫力もあるんですよ。いまのままじゃ太郎君はさびしすぎます」

「山口さんとはすこし御意見が違っていらっしゃるようですね」

「あれは学校で子供を大量生産しています。ひとりひとりかまっていられないんですよ。だから……」

ぼくは自分の語気に気がついて言葉をあらため、静かにいった。

「個展がすんだら彼も画塾をやるでしょうから、いいとお思いになったらかわってくださって結構ですよ」

夫人はぼくのいったことをすぐ理解したらしかったが、なにもいわずに編針をとりあげた。せっせとわきめもふらずにはたらきだした彼女の手をみて、ぼくはいつか山口に不信を表明した彼女の言葉を思いだし、すくなくともこの点に関してだけ太郎は救われたと感じた。夫人はしばらく編みつづけてから手をとめ、編目をかぞえながら、ふとつぶやいた。

「……でも、孤独なのは太郎ばかりじゃございませんわ」

彼女はそういうと窓にちらと眼をやり、なにごともなかったようにすぐ編針をうごかしにかかった。その手は感情をかくしてよどまずたゆまず毛糸のうえを流れた。ぼくは彼女に一瞬ひどく肉にあふれたものを感じさせられた。ぼくは彼女の眼のなかをのぞきたい欲望を感じた。きっとそこには短切な夜の輝きが発見されるはずであった。

「……」

ぼくは口まででかかった言葉をのみこんだ。彼女の手の速さがぼくをこばんだ。ぼくは体のまわりに壁と扉と、そして静かすぎ、堅固すぎる朝を感じて足をふみだせなかった。はじめて太郎の画をみたときに感じた酸の気配をぼくは夫人の皮膚のしたにもまざまざと感じて沈黙におちた。大田氏が部屋を陰険に領していた。あきらかに夫人は編んでいるのでなく、殺しているのだった。

……山口にはそれからしばらくして会った。個展の招待状をくれたのでぼくは画廊に彼を訪ねた。彼は小学校がひけてから画廊にまわるということだったので、行ったのは夕方であった。ぼくは彼と話をするまえに署名帳にサインし、陳列されてある二十点ほどの抽象画を一点ずつみてまわった。蛍光燈に照らされた壁にはいずれも快適な室内用の小旋律がただよっていた。しかし、結局彼とぼくとはすっかりはなれてしまったのだ。彼は屈折の苦痛を忘れ、マチエールの遊びを心得すぎてしまったようだ。はっきりいって、ニコルソンの気分的な小追随者としての意味しか彼にはなかった。

画廊の受附のよこにある小部屋でぼくは彼としばらく話をして、大田家に関するさまざまの知識を得て帰った。

「奴さん、またなにか企らんでるらしいね。俺にも審査員になれとかいってきたよ」

昨夜おそくまで作品に手を入れていたという山口の髪は乱れて、かすかにテレピン油の匂いがしみついていた。めいわくそうなことをいいながらも彼には児童画コンクールの審査員に抜擢されたことをよろこんでいるらしい様子がかくせないようであった。

大田氏は終戦直後にそれまで勤めていた絵具会社をやめて独立し、自分で工場をたててクレヨンやクレパスなどの製造をはじめた。工場といっても、創業当時はカルナバ・ワックスやパラフィンなどの原料油を釜で煮て顔料とまぜあわせて、それをいちいち薬罐で型に流しこんで水で冷やすというような手工業であった。それを彼は数年のうちに市場を二分するまでの勢力に育てあげたのだから、おそるべき精力であった。その間、彼は妻子を故郷におき、自分は工場の宿直室に寝泊りして、昼夜をわかたず東奔西走した。彼は事業に熱中して妻子を忘れ、月に一度仕送りをすることをのぞいてはほとんど手紙もださず帰省もしなかった。自分が食うに困るほどの破綻に追いこまれても仕送りをたやすようなことはぜったいしなかったが、それはあとになって考えると事務家としての正確への熱度が主であったようだ。妻が死んだとき、彼は業者の会合で主導権をにぎるための画策に忙殺されて、かろうじて骨壺をひきとるために一日帰省しただけであった。そして、足手まといになるばかりだからと称して太郎を自分の実家にあずけたままかえりみようとしなかった。

父親の愛撫の記憶もろくにもたないですてられている太郎をひきとったのは、いまの大田夫人である。彼女は大田氏の僚友で、絵具会社の重役の親類にあたる旧家の出身であった。彼女の実家は事務機械製造を営んでいたが、当時は事業不振で、資金面で大田氏から多大の援助を受けていた。そのため、彼女が大田氏と見合結婚をしたとき、人びとは彼女が金銭登録器といっしょに買いとられたのだと蔭口をきいた。

再婚後も大田氏の冷感症は回復しなかった。彼は事業が安定期に達しても安まることを知らなかった。彼にはゴルフから蓄妾にいたるまでの道楽らしい道楽はなにひとつとしてなく、力のすべてを販売網の拡張と新企画につぎこんで、家庭をまるで念頭におかなかった。没落華族の旧邸を買いとり、葉巻をくゆらし、コニャックを飲んでも、彼は依然として工場の宿直室に寝泊りしているような考えでいるらしかった。

ただ強いばかりが取柄のこの商人をまえにして大田夫人は当然、方向を失ってしまったのだ。聡明な彼女は不和のつめたさを表面にだすまいとしてみのることのない努力と工夫をくりかえした。彼女は夫に早くあきらめをつけると太郎の塑型に熱意をそそいだが、その結果はぼくのところにもちこまれた不毛の肉体でしかなかった。彼女がどれほど苦慮しても太郎は彼女をイメージとしてとらえることができなかった。彼は継母の善意を支えるものが孤独であることを敏感にかぎとっておびえ、暗部に後退し、チューリップと人形をくりかえすことで防壁を築きあげたのだ。夫人はＰＴＡに出席し、百貨店の教養の会に入り、ピアノ教師を呼び、家庭教師をつけ、友人を選択したが、太郎にはそれがことごとくぬけ道のない網としてしかうけとれなかったのだ。夫人は太郎を起居動作で支配しながら彼の内部はまったく支配できなかった。彼女は母親として若すぎ、妻としては孤独すぎた。

「……考えてみれば気の毒なひとなんだよ。大田のおやじさんには仕事がある。太郎には君がついた。しかしマダムには行き場がないんだね。こないだの晩も画を描いてるところへふいにやってこられてね、なにやかやしゃべっているうちに飲もうということになったんだ。酒場を何軒歩いたかなあ、俺は告白されるのがにが手だから酒で逃げることにしたんだ。飲まなきゃ、なんだか生臭いことになりそうだったからな」

山口は制作の疲労のためか、めずらしくシニシズムのない口調でつぶやいた。

「あんなおとなしい奥さんでも荒れるんだね。泣きもわめきもしないが、とにかく飲んだね。俺はたじたじしたよ。なんでも彼女のいうところでは、君には感謝はするが、いっしょに飲む気にはなれなかったそうだ」

「どうして？……」

「一種の嫉妬《ジェラシー》だろうね」

「……」

「私が何年かかってもやれなかったことをさっさとやってしまいそうだとかいって、えらく君のことをほめてたよ。君は太郎を彼女からとってしまったんだ。俺は受持教師のくせにそれがやれなかったんで、すっかり信用をなくしちゃったなあ」

山口は眼じりの皺に苦笑をきざむと、ひえた番茶をゴクリと飲んだ。やせた、長い首でノドぼとけがゆっくりうごいた。彼は茶碗をテーブルにおくと、しばらく考えてから、ぽつりといった。

「彼女が俺と飲んだのは、俺を軽蔑してるからだよ」

彼はそういってから言葉を反芻するようにマッチを折ったり、茶碗をいじったりして考えこんでいたが、すぐにたちなおった。彼は机にちらばった招待状をそそくさとかき集めると、ポケットにしまいこみ、すっかりつめたくなった眼でぼくをみた。

「今日は、すまないが、これから批評家のところへいくんでね……」

彼の頰をちらとこざかしい野心家の表情がかすめた。ぼくはそれを合図にたちあがると、彼といっしょに部屋をでた。細い首のうえで大きな頭をゆらゆらさせながら階段をおりてゆく彼の後姿にぼくは妙なわびしさを感じさせられた。

ぼくは山口とわかれてから電車にのり、駅でおりると、いつもの屋台へいった。紺で筆太に渦巻を描いた欠け茶碗で焼酎を飲み、臓物を頰張りながら、ぼくはいつかの夜の大田夫人の眼を考えた。大田家に対する山口の解説はだいたいにおいて誤りがないとぼくは思う。川原へ行く日に玄関さきで彼女から感じさせられたなげやりな印象、ひどくうらはらな違和感は彼女の孤独のサインだったのだ。どういうきっかけで彼女が邸からぬけだす衝動をおぼえたのかはわからないが、彼女は自分の衰弱にいたたまれなかったのだろう。明るい灯に照らされた壁のなかで毛糸を編んでいるうちに、とつぜん彼女は指が死ぬのを感じたのだ。何時間かのちに駅へもどってきたとき、彼女はアルコールの力で鉱物より固く凝集し、輝いていた。あのとき声をかけたらぼくは彼女から智恵や礼節や暗示ではない、もっとも距離の短い苦痛の言葉を聞くことができただろう。彼女の眼はガラス窓のむこうで膜をやぶって光っていたのだ。彼女は緊張で青ざめ、なにを考え、なにをみつめていたのだろう。

# 四

ヘルガとの関係は切れたが、ぼくは子供たちにアンデルセンの童話を話す計画をかえなかった。大田氏の企画が新聞や雑誌に発表され、各小学校にも案内のポスターが配られたので、子供たちはみんなコンクールのことを知っていた。教室で先生からいわれたために、ぼくのところへ、どう描いたらよいかを聞きにくる子もあった。しかし、ぼくは自分の生徒をコンクールに応募させる気持にはなれなかった。アトリエの隅で画の宿題をしている彼らの作品をみると、恐れていた兆候がまざまざとあらわれていた。彼らは先生の話した童話を街に氾濫する像と色でとらえた。子供雑誌や童話本や絵本などにある挿画をまねて彼らは描きだしたのだ。どれほどすぐれていてもそれらの画はおとなの作品だ。彼らは教師にせかれるために自分の努力をすてて安易な模倣の道を選んだのだ。アトリエに絵本をもってきておたがいに交換しあっては錫の兵隊やイーダちゃんを描いている子供をみてぼくはみじめな気がした。それは教師の熱意を語るというより学校施設の貧困を暗示するものであった。ぼくの頭からはどうしても大田氏の策略がぬぐいきれなかった。〝教室賞〟がなければ多忙な教師は宿題にまで画を描かすというような努力をけっして考えないだろう。

ぼくの仕事にも多くの危険がふくまれていた。ぼくはアンデルセンの童話だからといってあらたまるようなことはせず、ごくふつうの日常の会話のなかにそれをとかそうと努めた。そして、物語の筋書だけはアンデルセンで、人名や地名はなるべく日本、しかもできることならそれも廃しようと考えた。エキゾチシズムをほのめかせば子供はたちまち大田氏の網にひっかかり、出来合いの概念をさがしに絵本へ走るだろう。のみならず、おとなが考えるほど子供はアンデルセンをよろこばないのだ。なんの加工もなければ白鳥や人魚姫よりスーパーマンや密林の王者のほうが子供の生活とむすびついているのだ。子供がエビガニを描き、遠足をしゃべり、母親の手を報告するようにアンデルセンを彼らの生活にとけこませてやらねばならない。そのためには演出や話術が必要だ。もちろんぼくは自分が真空地帯のなかに住んでいるのではないことを知っている。いくらふせごうとしても絵本は侵入するのだ。概念は洪水を起している。街角と映画館には劇が散乱している。子供の下意識から紙芝居や雑誌や銀幕の像を追いだすことはできない相談だ。しかし、すくなくともぼくは彼らにそれを手本として利用するようなことをさせてはならないのだ。白鳥や錫の兵隊を彼らのなかで熱い像にして運動させてやらねばならないのだ。ブランコやコイがまきおこすのとおなじ圧力を彼らの体内につくることだ。

ぼくは人形の王国の政権移動やお化けの行方を話しあうのとおなじ口調で、アンデルセンを書きかえてしゃべった。ぼくの部屋には童話本が山積しているが、一冊も子供にはみせなかった。ぼくはディズニー映画のかわりに動物園へ行き、展覧会の名画鑑賞のかわりに川原へ子供をつれて行った。いずれは彼らの画に解説をつけてデンマークへ送ってやるつもりではあったが、ぼくはそのことを一言も口にしなかった。子供が画をもってくるとぼくは口をきわめて激賞して、みんな一律に三重マルをつけた。教室の習慣からぬけきれないために彼らにはマルがどうしても必要だったのだが、ぼくの博愛主義に呆れて彼らはしまいにマルを期待しなくなった。

ぼくには自信のないことがひとつある。それはぼくの力がどれだけ子供のなかで持続されるかということだ。彼らは一週間に一回か二回ぼくのアトリエへくるきりだ。あとはぼくの手のまったくとどかないところで生活しているのだ。ぼくのアトリエでどれほど自我を回復しても一週間たてば学校や家庭で酸を浴びてすっかりもとどおりに硬化してあらわれる子供が何人もいる。それをみるとぼくはおびただしい疲労を感ずる。子供の内部を旅行する疲労はどれほど道が交錯していてもぼくには耐えられるが、彼らのうしろにある広大な荒蕪地を思うときの疲労は体の底にまでひびいて、いくら焼酎を飲んでもまぎらせないのだ。

はじめのうち、ぼくは太郎にこの疲労感をおぼえていた。彼の家庭の状況を知ってみると、いよいよ手のつけられないような気がした。大田夫妻は何年もかかって彼をそれぞれの立場から黙殺するか、扼殺するかしてきたのだ。家庭のつめたい子は何人もいる。しかし彼らはたいてい貧しいか、富みすぎていないかで、生活をもち、友人があり、土の匂いを身につけていた。ところが太郎にはなにもないのだ。それぞれ忠告はしたものの、大田氏にも夫人にもぼくは期待をかけなかった。ぼくは自分ひとりでやれるところまでやってみようと考えた。ただ、お化けを赤で殺して帰ってゆく彼の後姿をみると、ぼくは彼を待つ美しい廃墟を考えて何度も憂鬱を感じ、つぎの日曜にやってくる彼を迎えるのが不安であった。

その不安は、しかし、やがてぼくのなかでおぼろげな期待にかわりだした。太郎がすこしずつ流れはじめたのだ。ぼくと話しあったり、画塾の空気になじんだりしているうちに、エビガニや、さいづち頭や、ゴロやサブなどと彼は遠慮がちながらもまじわって、いっしょに公園や川原で遊ぶようになったのだ。綱ひきや相撲にも彼は非力ながらも仲間に席をあたえられ、ブランコにのせても汗ばまなくなった。そうした変化は緩慢であった。何日もかかって彼はそっと仲間のなかに入っていき、めだたぬ隅に身をおいて、まわりでひしめく力や声をおびえつつ吸収した。家庭や学校にまったく生活のないことが、この場合かえって彼をアトリエにひきつける大きな原因となったようだ。彼はひとつの画を描くと、一週間かかってそれを醱酵し、つぎにアトリエへくると前の週のつづきを描いた。あるとき彼は家を描いて点を画面にいっぱい散らばしてぼくに説明した。

「みんな遊んでるのを、ボク、二階からみてるんだよ」

彼はそういって点をさした。そのひとつずつが運動場の子供であり家は校舎であった。

風邪をひいて遊べなかったときのことをいっているのだ。つぎの日曜には家はなくなり、点の群れだけになって、彼は稚拙な子供の像をそれにそえていった。

「ボク、走ってるんだよ」

「風邪がなおったんだね」

「うん。それに運動会がもうすぐあるからね。練習してるんだよ」

「子供がメダカみたいにいるね」

「運動場、せまいもの」

ぼくは彼を仲間といっしょに公園へつれていき、競走をさせた。彼は栄養のゆきとどいた均斉のとれた体をしていたが、あまり運動をしたことがないために、長い手足をアヒルのようにぶきっちょにふって走った。ひとしきり競走をしたあとで、ベンチにひろげたビニール布にもどると、さっそく彼は一枚の画を描きあげてぼくのところへもってきた。

「先生、ボクが走ってるんだよ」

画には点がなくなり、ひとりの子供が筆太になぐり描きされていた。彼は自己主張をはじめたのだ。いちばんびりだったので彼は他の子供を黙殺して自分だけ描いたのである。ぼくは脇腹にぴったり肩をおしつけてくる彼の細い体と、そのなかでぴくぴくうごく骨や、やわらかい肉の気配を感じながらうめいた。

「すごいなあ。ザトペックみたいじゃないか。は、みんなみえなくなったぞ！……」

太郎のくちびるから吐息がもれ、眼に光が浮かんだ。

「ボク、もっと走ったよ！」

彼は描いたばかりの画を惜しげもなくみすててベンチに駈けていった。

もう二度と彼はチューリップや人形を描かなくなった。そのときどきの気持にしたがって彼は仲間や動物や山口やぼくをつぎつぎと画にしていった。物の形といった点からみると彼の画は乱画にちかいものであったが、描くたびにそこにはなにかのつよい表徴、訴えや、喜悦や、迷いや、あえぎの呼びかけがあらわれた。彼の画に人間が登場してうごきはじめた以上、ぼくは整形をあせる必要がなかった。じじつ遠近法や均衡の計算は外界と彼との関係が回復されるにつれて画のなかに自然におこなわれるようになった。ぼくは彼の姿勢がくずれないようにうしろから支えていてやればよかった。ぼくは何回と知れず彼にさまざまな行動を教えてやったがその末にわかったことがひとつあった。やはり彼はどうしても父や母の像を描かなかった。

ある月曜日の夜、ぼくはとつぜん家の外でとまる自動車のきしみを聞いた。ちょうど夕食をおわって、ベッドに寝ころび、ハンス・エルニの画集を眺めていたところだった。

エルニはクロード・ロワの解説以後〝スイスのピカソ〟と呼ばれている男である。何年間もぼくは彼を愛してきたが、さいきんはあまり完成されてしまって、ちょっとついていけないものを感じている。写実と抽象を結合した彼のポスターの細部に熱中しているところをぼくは呼び声でひきもどされた。

アトリエに電燈をつけ、玄関の扉をあけると、運転手が太郎をつれてたっていた。運転手はぼくをみると恐縮して制帽をとり、頭をかきながら説明した。

「坊ちゃんがどうしてもつれていけって聞かないもんですからね。ちょうど奥さんも旦那さんもいらっしゃらなくて、さびしいらしいんです。なんでも画をみてもらうんだとかおっしゃってるんで、すみませんが、先生ひとつ……」

「いいよ、お入り」

画用紙を小脇にかかえこんでいる太郎をぼくがひきとると運転手はホッとしたように自動車にもどっていった。

「あとで俺が送っていくから、もうこなくていいよ」

運転手の背に声をかけてぼくは扉をしめ、太郎をつれて部屋にもどった。ぼくはベッドに散乱した古雑誌や灰皿やネクタイをかたづけ、エルニの画集を壁の本棚にもどすと、太郎にぼくとならんでベッドにすわるようにいった。太郎は敷ぶとんのうえに腰をおろしてから、けげんそうに顔をあげた。

「先生……」

「なんだい？」

「このふとんはどうしてここんとこだけ薄くなってるの？　ホラ、皮だけじゃない」

「……それはね、つまり俺の寝相がいいからさ。いつもおなじところに寝て、おなじところに足をおくから、そこだけ掘れちまうんだよ」

「ボクだって寝相はいいけれど、こんなにならないよ」

「君はまだ子供だから体が軽いのさ」

「穴があいてるのね」

「うん、そこへちょうど足がコトンとはまっていい工合だよ」

彼はまだ納得がいかないような顔で、ぼくの無精をつつきそうな気配であったから、いそいでタバコに火をつけるとぼくは彼の手から画をぬきとった。

「ほう、描いたね」

「学校から帰ってずっと描いてたんだよ」

「そりゃたいへんだったねえ」

ぼくは、まだべっとりと絵具のぬれている画用紙を一枚ずつベッドにならべた。それをみてぼくは太郎が邸でなにをしていたかがすっかりわかった。彼は昨日の日曜日にぼくの話したアンデルセンの童話を画にしたのである。昨日は雨だったからぼくは動物園にも川原にも子供たちをつれていってやれなかった。そこで、一日じゅう童話をしゃべったのだ。その反応は太郎の画のひとつずつにはっきりあらわれていた。『マッチ売りの少女』や『人魚のお姫様』や『シンデレラ』などがたどたどしい線と、関係を無視した色彩とでとらえられていた。ぼくはくわしく各作品をしらべてみて、太郎のめざましい成長と努力を感じた。どの作品も、表面的にはほかの子供とたいしてかわらなかったが、何ヵ月かまえの太郎は完全に窒息していたのだ。混乱状態にもせよ、それがこれだけのイメージを生むようになったということは注目すべき開花だとぼくは思った。ただ、少女や人魚や馬車などのなかにある理解が類型的なエキゾチシズムをぬけきれていない点にぼくは自分の才能の不足と空想画の限界を暗示されるような気がした。

ぼくは五枚の作品を一枚ずつ観察してはベッドのよこにおいた。さいごの一枚が色の泥濘のしたからあらわれたとき、思わずぼくはショックを感じて手をおいた。ぼくはすわりなおしてその画をすみからすみまで調べた。この画はあとの四枚とまったく異質な世界のものであった。越中フンドシをつけた裸の男が松の生えたお堀端を歩いているのである。彼はチョンマゲを頭にのせ、棒をフンドシにはさみ、兵隊のように手をふってお堀端を闊歩していた。その意味をさとった瞬間、ぼくは噴水のような哄笑の衝動で体がゆらゆらするのを感じた。

「……！　……！」

ぼくは画を投げだすと大声をあげて笑った。ぼくは膝をうち、腹をかかえ、涙で太郎の顔がにじむほど笑った。ベッドのよこの机にころがっていた中古ライターに没頭していた太郎はぼくの声にふりかえり、きょとんとした表情で、笑いころげるぼくを眺めた。ぼくはベッドのスプリングをキィキィ鳴らしながら太郎にとびつき、肩をたたいた。

「助けてくれ、笑い死しそうだ！」

太郎はぼくのさしだす画を眺めたが、すぐつまらなさそうに顔をそむけてライターをカチカチ鳴らせにかかった。ぼくはベッドからとびだすと机のひきだしをかきまわして、ねじまわしをみつけ、太郎の膝に投げた。

「ブンカイしてごらんよ」

「こわれてもいいの？」

「いいよ、いいよ。それは君にあげる」

太郎の眼と頬に花がひらき、火花が散った。彼はねじまわしをつかむと、皮だけになったふとんに腹這いになり、ライターを攻撃にかかった。

ぼくはなおもこみあげる笑いで腹をひくひくさせながら彼のそばに体をのばした。実験は完全に成功した。途方もない成功だ。昨日、ぼくは『皇帝の新しい着物』を話してやったのだが、話すまえにぼくはこの物語がほかの物語よりはるかに装飾物がすくないことを発見して、即興で抽象化を試みたのだ。

「むかし、えらい男がいてね、たいへんな見え坊な奴でな、金にあかせて着物をつくっちゃあ、一時間おきに着かえては、どうだ男前だろう、立派にみえるだろうと、いばっていた……」

そんな調子でぼくはこの物語を骨格だけの寓話に書きかえてしまったのである。この物語にふくまれた「王様」や「宮殿」や「宮内官」や「御用織物匠」などという言葉はたとえ内容がわかっても子供を絵本のイメージに追いこむ危険があった。『シンデレラ』や『錫の兵隊』や『人魚のお姫様』ではこんな操作ができなかった。太郎の描いたあとの四枚の作品は根本的に書物の世界である。外国の童話を話せば外国の風物が児童画にまぎれこむのは当然だ。だからぼくは子供がほんとに描きたくて描くのなら絵本の既成のイメージが画にまぎれこんでもしかたがないと思う。しかしぼくはネッカチーフをかぶった少女やカボチャの馬車を描かせることを目的としているのではないのだ。『皇帝の新しい着物』では権力者の虚栄と愚劣という、物語の本質を理解させてやりたかったのだ。

太郎はそれを「大名」というイメージでとらえた。そのため背景には松並木とお堀端が登場したのだ。ぼくは大田夫人の述懐を思いだす。太郎は父親にすてられて生母といっしょに村芝居をみにいった。自家用車や、唐草模様の鉄柵や、芝生や、カナリアなどというものにかこまれて暮らしていながら越中フンドシとチョンマゲがさまよいこんだのはぼくの話が骨格だけで、なんの概念の圧力もないために、むかしの記憶が再現されやすかったからだ。おそらくこの画のイメージは村芝居の役者と泥絵具の背景であろう。この画は薄暗い荒莚の桟敷から生まれたのだ。汗や足臭や塩豆の味やアセチレンガスの生臭い匂いなどが充満した鎮守の境内から生まれたのだ。そしてそれはエビガニとともに太郎がもっとも密着して暮らしていたにちがいない世界であった。

ベッドに寝そべってライターいじりに夢中になっている太郎をぼくは新しい気持で眺めた。彼は孤独を救うために午後いっぱいかかって画を描いたのに、もうふりむこうともせずライターを鳴らしたり、たたいたりしていた。こんな子供の精力にはいつものことながらぼくは圧倒される。新しい現実から現実へ彼らはなんのためらいもなくとびうつってゆくのだ。どんな力のむだも彼らは意に介しないのだ。ぼくは太郎がライターの注油孔のねじをはずすのを待って針金をわたした。彼はそれを穴につっこんで綿のかたまりをひきずりだした。

「油があるよ、火をつけてみるか」

ぼくはひきだしから油の罐をだし、発火石といっしょに太郎にわたすと、火のつけかたを説明してやった。彼はぼくの言葉にしたがって綿をつめなおし、べつの穴に石をつめ、注油孔に油をついでからしっかり栓をした。

「ちょっと待ってたら油がのぼってくる。手で温めたら早くなるよ」

太郎は片手にライターをにぎりしめると眼を閉じ、片手の指を折りながら早口に数をかぞえた。薄く眼をあけて彼はいうのだった。

「ねえやと風呂に入るときはいつもこうするんだよ」

そういって彼はあわててまた眼をつむり、二十までかぞえて手をひらいた。ライターは手のあぶらで白くくもっていた。

「つくかしら?」

「つくはずだよ。やってごらん」

力をこめて彼がおすと、ライターはカチッと鳴り、小さな火花がとんで炎がたった。太郎は眼を細めて笑った。

「ついた!」

「……君がなおしたんだから、君にあげるよ。つけたり消したりはいいけれど、物を燃やすのはいけないよ。火事になるからね」

それから一時間ほどぼくは乱雑な小部屋のなかで太郎と遊んだ。腕相撲をとったり、五目ならべをしたりして、さいごには紅茶をわかした。彼の茶碗には紅茶とミルクをなみなみ入れ、自分の分にはこっそり焼酎を半分以上入れて、ぼくは彼と乾杯しあった。帰りぎわにぼくは低学年むきに書きなおしたチャペックの『長い長いお医者さんの話』を彼にわたし、二人で外へでた。太郎は夜道を歩きながら童話本を脇にかかえ、中古ライターをカチカチ鳴らせてぼくといっしょに家へ帰った。大田邸について呼鈴をおすと、老女中がいそいでできた。彼女はぼくに厚く礼をいったが太郎の両親がそれぞれどうしているかについては用心深く口をとざした。しかし、みたところ広い邸内で電燈のついている窓はひとつしかなく、あとはひっそりと静まりかえっているようだった。女中に手をひかれて暗がりのなかへ消えていく太郎の小さな後姿を見送ってぼくは苦痛の感情を体の底に抱いた。ライターやふとんのことを陽気な高声で報告する太郎の足音は軽く踊りながら沼に吸いこまれていった。

ぼくは家に帰ると、もう一度、太郎の描いた裸の王様の画をとりだして、つくづく眺めた。フィンガー・ペイントやポスター・カラーの赤でお化けを殺したり、自分ひとりの姿だけ描いて競走に負けた劣等感を克服したりしていた頃とくらべると、これはたしかに飛躍を物語るものであった。はじめてぼくのところへきたとき、彼のなかには草一本生えていなかったのだ。彼はアトリエの床にすわり、絵具皿をまえにしたまま途方にくれているばかりであった。しかし、今日、やっと彼は自分の世界をつかみ、それを組みたて、形と色彩をあたえることに成功した。王冠とカイゼルひげのかわりにチョンマゲと越中フンドシを描いた彼にひとりの批判者を感ずるのは、この場合、不当なことであろう。批判は物語にあったのだ。ここにあるのはあくまでも太郎の世界である。彼は誰にも助けを借りずにそれを構築したのだ。ぼくは彼に話をしてやっただけで、その場で画にしろとも、宿題にやってこいともいわなかった。だから太郎はあくまでも内心の欲求にしたがったのだ。

ぼくはあとの『マッチ売りの少女』や『人魚のお姫様』や『シンデレラ』などとこの裸の王様の画をみくらべた。『シンデレラ』のカボチャの馬車は描きなおしたために二枚あった。この四枚と裸の王様には技巧の点からいうと、表面上、なんの顕著な相違も感じられなかった。おなじように形がととのわず、おなじように色がまちがっている。しかし、イメージへの傾倒といった点からみれば、裸の王様には夾雑物がなにもないのだ。そこではアンデルセンが完全に消化されていた。太郎はぼくから暗示を受けた瞬間にこの人物と風景をみたはずだ。彼はまっすぐ松並木のあるお堀端にむかって歩いていき、虚栄心のつよい権力者がだまされて裸で闊歩するあとをつけていったのだ。彼の血管は男の像でふくれ、頭のなかには熱い旋律があり、体内の新鮮な圧力を手から流すのに彼はもどかしくていらいらした。そのときほど彼が壁や母親から遠くはなれて独走している瞬間はこれまでにかつてなかっただろう。彼は父親を無視し、母親を忘れ、松と堀とすっ裸の殿様をためつすがめつ描きあげ、つぎに中古ライターを発見した瞬間、その努力のいっさいを黙殺してしまったのだ。大丈夫だ。もう大丈夫だ。彼はやってゆける。どれほど出血しても彼はもう無人の邸や両親とたたかえる。ぼくは焼酎を紅茶茶碗にみたすと、越中フンドシの殿様に目礼して一気にあおり、夜ふけのベッドのうえでひとり腹をかかえて哄笑した。

それからしばらくたったある日、ぼくは大田氏の秘書から電話をもらった。児童画コンクールの審査会があるからでてこいというのである。ぼくは太郎の画を新聞紙に包んで会場の公会堂へでかけた。入口で案内を請うと二階の大ホールにつれてゆかれた。日光のよく射す大広間には会議用のテーブルがいくつもならべられ、何人もの男がおびただしい数の画のなかを歩きまわっていた。テーブルのひとつずつに童話の主題を書いた紙が貼られ、作品が山積されていた。応募作を主題別にわけてそれぞれ何点かずつ入選作を選ぼうというこことらしい。各テーブルに二人、三人と審査員がついて作品を選んでいた。落選した作品は床や壁にところきらわず積みあげられ、絵具会社の社員らしい男たちが汗だくで運びだしていたが、そのかたわら部屋の入口からはたえまなく新しい荷物が運びこまれて、流れはひきもきらなかった。部屋のなかには日光と色彩が充満し、無数の画からたちのぼる個性の香りで空気が温室のような豊満さと息苦しさをおびていた。どうやら大田氏はみごとに成功したようである。ぼくは部屋の床に流れるおびただしい量のチューブと瓶と箱を感じた。

「やあ、きてくれましたな」

ぼくの姿をめざとくみつけて大田氏が部屋の奥からでてきた。彼の手は絵具でよごれ、息は葉巻のしぶい香りがした。彼はシャツを肘までまくりあげ、額は汗にまみれていた。ぼくは彼に粉絵具の礼をいった。彼は約束を守って、どれほどぜいたくに使っても半年は優にもつくらいの粉絵具と画用紙を気前よく贈ってくれた。あとはデンマークからくる作品をもらえば取引は完了だ。

「どうです、トラックに六台分も集まりましたよ」

大広間の講壇には臨時に休憩用のテーブルと椅子がおかれていた。大田氏はぼくをそこに誘うと、活気にみちたホールをさしていうのだった。

「よく描いてくれたもんです。先生もたいへんでしょうが、子供もよくやってくれましたよ。これだけ集まればデンマークにも顔がたつというもんです」

彼は眼をきらめかせて精悍な笑声をたてた。レストランや書斎で会ったときのあの達人めいた紳士ぶりをすてて彼は自信と闘志を全身から発散させているようであった。

「いや、まったくよくやってくれましたな。なんというか、子供の姿が眼にみえるようですな。文字どおり北海道の山奥から九州の果てまで、まさに津々浦々ってこってす」

酷薄な父親はそういってもう一度、笑声を高い天井にひびかせた。

コーヒーを一杯飲んでからぼくは壇をおりて大田氏の成果をみにいった。彼はぼくをつれてテーブルからテーブルに案内した。画家や教育評論家や指導主事など、各界各派の審査員がテーブルについていたが、大田氏はその誰ともそつなく挨拶を交わし、冗談をとばし、笑いあって、円転滑脱の様子であった。彼は審査員のうしろをそっと歩いて、床に画がおちているとひろいあげ、傲《おご》らず、誇らず、たくみに快活な慈善家としてふるまった。彼はすべての審査員を支配しているにもかかわらず、そんな表情はおくびにもださなかった。ある男が一枚の画をさしてクレパスののびのよさをほめ、そのついでに作品についての感想を彼に聞くと

「子供の指にかかる重さは一七〇グラムでしたかな、私のほうではジスどおりにできる

だけ抵抗を感じさせないよう気を使っておりますが、事実どんなもんでござんしょうね」

そんなことをいって審査員の仕事にはぜったい口をはさもうとしなかった。

「ごくろうさまでございます」

ひとりひとりの審査員に彼はいんぎんに頭をさげて歩いた。壇下でホールをみくだして高笑いしたときとはうってかわった態度であった。こんな商人のしたたかさにはぼくはついていけない。

ぼくは大田氏からはなれてホールを一巡したが、画をみてすっかり失望してしまった。審査員たちは各派さまざまな理論を日頃主張しているのに、ここではまったく公平であった。どのテーブルにも申しあわせたようにおなじような画が選ばれていた。彼らは公平であるばかりか、正確で、美しくて、良識に富み、よく計算していた。ことごとくそのような画が選ばれているのだ。どの一枚をとってもそのまま絵本の一頁になりそうな、可愛くて、秩序があって、上手で微笑ましい画ばかりであった。理解のない空想、原型を失った感情、肉体のない画が日光を浴び、歌をうたい、笑いさざめいていた。ぼくにはこの部屋にあるものがすべて趣味のよい鋳型の残骸としか考えられなかった。いったい、何万冊の絵本が手から手へ、家から家へ流れたことであろう。

ぼくはうんざりして講壇へひきかえした。ちょうど入口から入ってきた山口と、ばったりそこで会った。彼もシャツを肘までまくりあげ、髪を乱し、頬を上気させて、自信と街気にみちていた。壇上のテーブルにつくとさっそく彼は不平を鳴らした。

「大田のおやじさんに喧嘩するなっていわれてね、朝からあいつの顔やらこいつの顔やらたてるのに追われどおしさ」

彼はいそがしげにタバコをふかしながら、ひとしきりそんな不満を幸福そうにこぼすのだった。審査員のなかで彼はもっとも若かった。児童画の前衛派の主将として彼は選ばれているのだった。彼の提唱する自動主義はわずらわしい子供の自我との闘争をさけたものであるにもかかわらず外見の新奇さによって彼は最進歩派と目されていた。

彼は審査員の顔ぶれの雑色さを非難して
「なにしろあんな馬鹿までいるんだからな。やりきれないよ」

彼のさすホールの隅には肥った長髪の男がハンカチで顔をぬぐっていた。

「誰だい？」

「――じゃないか、ぬり画の」

山口は吐きすてるようにつぶやいて顔をしかめた。男は有名な画家であった。ぬり画が子供に悪影響をあたえるのはぬり画のフォルムが粗雑だからだという理論を流布して自分の描いた〝高級ぬり画〟なるいかさまを売った男である。かねがね山口の論敵であった。

「どうしてあんな馬鹿まで入れるんだっておやじさんに聞いたら、まあだまって面子《メンツ》だけはたててやってくれだってさ。しようがねえよ」

「面子じゃないだろう」

「じゃ、なんだね？」

「ぬり画だってクレパスを使うからだよ。大田のおやじさんはクレパスが売れさえするなら誰とだって握手するんだよ。このコンクールだって目的はそれだ。アンデルセンなんてつけたしにすぎないよ」

山口は不興げな表情をかくさなかった。これはすこし意外であった。まわりに大田氏がいないのだから、ぼくは彼が賛成するものと思っていたのだ。ぼくは自分の言葉が彼の審査員としての自尊心を傷つけたことを感じた。彼は審査員をののしりながらも自分は内心得意がっていたのだ。馬鹿とののしる男と結構仲よくやっていたのではないかという疑いと反感がぼくの語気をつよめた。

「これは外交事業としては意味があるけれどね、それだけだよ。あとは大田のおやじさんが儲けるだけだよ。それに、君たちの選んだ画は描かされた画ばかりで、ちっとも子供の現実がでていないじゃないか」

山口はしばらくぼくの顔をみつめていたが、やがて蹴るようにして席をたち、だまって壇をおりていった。みていると彼は『親指姫』と貼札をしたテーブルにいって作品を選んでいたが、すぐに二枚の画をもってもどってきた。

「子供の現実がでていないというのはいいすぎだよ。これは一例にすぎないがね」

彼は二枚の画をテーブルにならべた。みると、一枚は親指姫が野ねずみの婆さんにいじめられ、一枚は彼女が女王になって花にかこまれている図であった。山口はそれをひとつずつさして説明した。

「ねずみのほうは男の子が描いたんだ。ハッピー・エンドは女の子だ。これだけでも子供の現実がでているじゃないか。男の子は闘争の世界、女の子は抒情の世界と、はっきり反映しているじゃないか」

ぼくは彼をのこして席をたつと壇をおりていった。そして、『裸の王様』と書いたテーブルにまっすぐ歩みよると、いちばんうえにあった一枚をすばやくとり、山口にみえないよう床にかがんで、それまで新聞に巻いてもっていた画をほどいた。その二枚をもって壇にもどったとき、ちょうど審査が完了したらしく、大田氏を先頭に審査員一同がどやどやともどってきた。彼らは大田氏にねぎらわれ、そのお礼に大田氏の事業を賞讃し、和気あいあいと談笑しながら壇をのぼっていった。せまい壇はたちまち人でいっぱいになり、席はひとつのこらずふさがった。

山口はぼくの顔をみると、まわりでがやがやしゃべりだした連中とみくらべて、早くも敏感な眼つきをした。延期のサインなのであろう。ぼくはそれを無視して、ずかずかと彼に近づくと、テーブルに二枚の画を投げつけた。一枚では王冠をかぶったカイゼルひげの裸の男が西洋の銃眼のある城を背景に歩き、一枚では越中フンドシの裸の殿様が松並木のあるお堀端を歩いていた。ぼくはめいわくそうに眉をしかめている山口にかまわず説明した。

「チェスのキャッスルがある奴は入選作だ。フンドシは落選作だ。入選作の子供はなにかをみて描いたんだよ。トランプのキングかもしれないし、絵本かもしれない。外国の風景をこれだけまとめるには相当の下敷きがいるからな」

山口は二枚の画をみくらべてはっきり虚をつかれた表情をうかべた。当然だ。ぼくだってじっさいこれがとびだすまでは予想もできなかったのだ。山口は越中フンドシをすばやく裏返したが、名前もなにも書いてないのをみて、けげんそうな表情でつぶやいた。

「農村か漁村の子だろう……」

ぼくは彼の敏感さにひそかに脱帽しておいて言葉をつづけた。

「……この二つをくらべたらどちらが日本の子供かわかるじゃないか。どちらがアンデルセンを地について理解したか、どちらが正直か火をみるよりはっきりしているよ。どうして王冠が入選してフンドシが落選したか」

ぼくの声は思わず高くなった。山口はあたりをはばかってみじめな顔をした。なぜかぼくは彼のそんなこざかしい眼のうごきをみると、しゃにむに彼をたたきつけてやりたかった。

「フンドシが落選したのは君たちが輸出向きの画しか選ばないからだ。今日の入選作はみんなこの王冠式の画じゃないか」

ぼくはまわりでこころよい疲労をコーヒーとともに楽しんでいる男たちを計算に入れて声をあげ、席についた。

ぼくが席につくかつかぬかにひとりの男がたちあがり、それをきっかけに二、三人の男がどやどやとテーブルのまわりにつめよってきた。ぼくは肩や首のまわりにいくつもの肥満した腹を感じた。何本もの手がのびて殿様はテーブルから消え、しのび笑いや舌うちゃつぶやきの波にのって手から手へ、眼鏡から眼鏡へわたっていった。

「なんだい、これは」

「ふざけてるだろう?」

「俺はみたけどね」

「馬鹿にしてる」

ぼくには誰が誰だか見当がつかなかった。彼らは口ぐちにしゃべりあい、うなずきあって、なかにはあからさまにぼくをののしって去ってゆく者もあった。

「どうかしてるんじゃねえのか」

殿様はさいごに山口が馬鹿とののしった画家の手からぼくにもどされた。彼は神経質にハンカチで顔のあぶらをぬぐいながら、澄んだ瞳にあわれみの表情をうかべ
「アイデアはおもしろいけれど、これは理解の次元が低すぎるんですよ。アンデルセン

ほど国際的な作家をこんな地方主義《ローカリズム》で理解させるなんて、これは先生の責任ですよ」

ぼくはだまって彼の言葉をうけとり、彼がその場を去らないでいることだけをみとどけて満足することにした。

「フンドシと王冠とどちらが生活的かなんて、わりきれたもんじゃないよ。子供の生活は絵本と直結してるんだからな」

教育評論家かもしれず、指導主事かもしれない、ふちなし眼鏡の男がそういってぼくをつめたくみつめた。ぼくはこの男も計算に入れて指を折った。

「俺はこの画をみたよ」

そういいだした男がいたのでぼくは顔をあげた。赤ら顔のでっぷり肥った、頭の禿げた小男であった。ぼくは彼のほくろの数までおぼえこんだ。彼はバンドをゆすりあげながら気持よさそうに眼を細め、ぼくをみて、刺すようにいった。

「この画はみたけどね、落したんだ。輸出向きとかなんとか、そんな大げさなことじゃない。これは下手なんだ。だから落した。あたりまえじゃないですか」

一座は彼の口調に楽しそうに笑った。

そのとき、人ごみのうしろから大田氏が顔をだした。みんなはパトロンのために道をひらき、いかに殿様がふざけた、趣味のわるい、そして下手な画であるかを口ぐちに説明した。大田氏は細巻の葉巻を指にはさみ、にこにこ笑いながら画を眺めた。そして、彼け彼としてもっとも正直な意見をのべた。

「たっぷりぬりこんでいますな、なかなか愉快じゃないですか」

彼はそれだけいってひきさがった。

すると、それまでだまっていた山口が体をのりだした。彼の眼には同情と和解の寛大な表情がうかんでいた。彼はぼくの顔をみつめ、よく言葉を選んで静かにいった。彼は自信を回復し、余裕たっぷりで、ののしられたことなどすっかり忘れて譲歩もし、いさめもしてくれた。

「わかったよ、君。この子供は正直に描いたんだ。下手は下手なりに自分のイメージに誠実だ。フンドシと王冠とどちらが地についたものか、それは大きな問題だけれど、とにかくこの子はアンデルセンを理解した」

彼は微笑してすこし声を高めた。

「その理解の直接動機はこのコンクールなんだ。これがなければこの子はたとえアンデルセンを理解しても描かなかったかもしれない。また理解もせず描きもしなかったかもしれない。しかし、げんにこの子はこうやって画を描いた。描くことは理解の確認なんだ。だからやっぱりその意味でもコンクールは必要だったんだよ。このコンクールはけっして無意味じゃない」

どうしてこう機敏なのだろう。彼はあきらかに自分の声と大田氏との距離を計算しているのだ。彼はこのチャンスを待ちかまえていたのだ。他の連中が自分の批評眼を弁護することに腐心しているあいだに彼はすっかりスタンド・プレイの準備をととのえ、箱庭細工のようにこぢんまりと整理のゆきとどいた論理をつくっていたのだ。

ぼくはまわりにたちふさがった男たちをひとりひとりみあげた。彼らは自尊心にみち、若い山口のでしゃばった役柄に軽い反感を示しながらも、自分たちの紐帯を感じあって自信たっぷりに腹をつきだしていた。彼らの眼にあるのは知的な寛容か、軽蔑か、教養ゆたかな微笑、そのいずれかであった。

彼らは安心し、くつろぎ、栄養の重さを感じて傲慢にたっていた。ぼくはその様子にがまんがならなかった。彼らは子供の生活を知らず、精神の生理を机でしか考えず、自分の立場を守るためにしかしゃべっていなかった。彼らは子供にだまされていることを知らないのだ。子供は教師の強制をさけるため、教師の弱点をみぬいて教師の気に入るような画しか描いていないのだ。この広間に散乱しているのは廃物の山、子供が現実処理を果たしたあとの残渣、その子供といっしょに暮らしている人間以外の者にとってはまったく通行止の世界なのである。この中分のない〝鑑賞者〟たちは色彩と形のうしろにひそむおびえた暗部や、像にみちた血管や、たえず脱出口をもとめて流れやまない肉体をなにひとつとして理解することができないのだ。彼らは商人に買われ、自分をだまし、校長と教師をそそのかし、二〇〇〇万人の鉱脈を掘り荒しただけだ。

ぼくは裸の殿様を巻きとりながら山口に静かにいった。

「だましてわるかったがね、これは応募作じゃないんだ。俺がもってきたんだよ」

山口の顔から微笑が消えた。彼は体を起し、口をあけた。狼狽の表情は眼にも頰にもかくすすべがなかった。ぼくのまわりで空気がゆれ腹がいっせいにざわめいた。山口の顔は苦笑でひきつった。

「君の画塾の生徒かい?」

「そうだよ」

山口はしばらくだまってからささやくようにたずねた。

「誰が描いたんだ?」

ぼくは講壇の隅のテーブルでひとり静かに葉巻をくゆらしている中老の男を眼でさした。

「太郎君だよ」

山口は色を失った。彼は刺すようにはげしい光を眼にうかべ、ぼくをみてくちびるをかんだ。ぼくはまわりにひしめく男たちの顔をひとりずつみわたして
「この画を描いたのは大田さんの息子さんです。山口君の生徒ですが、画は私が教えています」

「……!」

「……!」

ぼくははげしい波が体からあふれてゆくのを感じた。ぼくは椅子に腰をおろしたまま、ハンカチをもった画家や、ふちなし眼鏡の男や、ほくろの三つある赤ら顔や、そのほか名の知れぬつめたい眼、憎悪の額、ひきつった眉を眺めた。ぼくはひとりずつ眼をあわせ、相手が視線をそらせるまでみつめて、つぎにうつった。この瞬間、壇上には声と息が死に絶え、ぼくは自分にむかって肉薄の姿勢をとった重い体をいくつもひしひし感じた。誰かが声をだせばぼくはたちまち告発の衝動に走っただろう。ぼくはかつてそのときほど濃密な感情で太郎を愛したことはなかった。

審査員たちは息苦しい沈黙のなかでたがいに顔をみあわせ、山口をみた。彼はさきほどのはげしいまなざしを失って肩をおとし、みすぼらしげに髪をかきあげた。壇上から審査員を侮蔑し、画家をののしった自信と衒気はもうどこにもなかった。彼は細い首で大きな頭を支えた、みじめなひとりの青年にすぎなかった。すでに彼は画家でもなく教師ですらなかった。彼は苦痛に光った眼でぼくをみると、なにかいおうとして口をひらいたが、言葉にはならなかった。

緊張はすぐとけた。審査員たちは山口を見放した。彼らはそっと背をむけ、ひとり、ふたりと礼儀正しく壇をおりていった。画家はハンカチでひっきりなしに顔をぬぐい、教育評論家はつんと澄まし、指導主事は世慣れた猫背で、それぞれ大田氏にかるく目礼しながら去っていった。大田氏はなにも知らずにいちいちていねいに頭をさげ、満足げに微笑して全員が立去るのを見送った。

はげしい憎悪が笑いの衝動にかわるのをぼくはとめることができなかった。窓から流れこむ斜光線の明るい小川のなかでぼくはふたたび腹をかかえて哄笑した。

# なまけもの

## 一

堀内と沢田の二人は農家の離れに住んでいる。離れといっても、むかしは納屋か馬小屋だったものである。波型トタン一枚の屋根はあちらこちらに穴があき、雨風の侵入するままになっている。壁は畑とおなじ土で、上塗りがほどこしてないから、こぼれるままである。いくら掃いても、きりがない。壁ぎわにねころんで耳を澄ませると、間断なくおちる土の小さな川音が聞えて、風化の気配がありありとわかる。雨が何日かつづくと、ときどき壁土の大きなかたまりが、なんの予告もなく音をたてて剝げおちることがある。夜ふけにその物音を聞くと、堀内は、いつかこの海綿のような壁がとつぜんくずれて土に復帰してしまう日がくるだろうという予感を抱いた。

この小屋に住んでいると、薄い床板にのせられた古畳をとおして土の乾湿が皮膚でそのまま察知できるし、壁はその日その日によって畑とおなじ草や肥料の匂いを発散させる。

小屋のまわりの草むらには古靴、下駄、鍬の柄、月経帯の空罐など、さまざまな生活の破片が朽ちて土にのまれかかっている。土は汚穢の壺からあふれた液のため、つよい酸を流したように青白く錆び、風が吹くと夏の陽にあぶられた藁と尿の熱い匂いが小屋にたちこめた。堀内はそのゆるやかな渦に豊満な性の香りをかぐ。

はじめて町から移ってきたのは三月の中頃で、堀内は体のすみずみに冬の爪跡を感じていた。彼は軍隊毛布でつくった半外套の襟をたて、空腹をこらえながら小屋の粗壁に這うツタを眺めた。そのときツタは枯れて葉をおとし、壁にしがみついてふるえていたのだ。しかし、五ヵ月たって春から夏になったいま、形勢はすっかり逆転してしまった。老人の手に浮く血管のようだったツタはいまの小屋を厚い濃緑色の毛布でつつんでいる。無数の茎は入りみだれて壁を埋め、鋼線のようにつよい網を張りめぐらしているのである。剝がそうとしてひっぱってみると、たちまち壁のあちらこちらにひび割れの気配がおこってくる。たったひとつしかないガラス窓も緑の波におぼれかかっているのだ。毎日、堀内は植物が日光を浴び、雨を吸い、壁にやしなわれてたけだけしい繁茂をつづけるありさまを手のつけられぬ気持で眺めている。

堀内はハエを拒むこともできないのだ。堆肥がちかくにあるので彼らはひっきりなしにおそってくる。熱い空気のなかを彼らは栄養にまみれてとんできた。あぶらぎって青く光り、肥って、よどんで、たくましいギンバエである。たたくと破裂して血やはらわたを流す。はじめのうち堀内は古新聞を折って一匹ずつ殺していたが、まもなく紙がやぶれるとともに執念をささえる力がくずれてしまった。蛆は壺のなかで青白い液にまみれ、日光に輝いて鳴動しているのだ。ハエは排泄物の白い粘糸をひきながら堀内の顔や手足をむさぼって歩いた。まぶたのうえを這うハエの足や腹には剛毛が密生していて、堀内にはときとして彼らが角質の鎧や鉤で固められた甲虫類のように拡大して感じられることがあるのだ。町にいた頃、堀内は硬くて乾いていた。その頃、彼はいまとおなじように貧しくて、飢えて、なけなしの筆耕仕事で暮らしていたが、夜ふけにペンをなげだすと、とつぜん自我が拡散して体内からあふれ、透明な波となって壁や窓から町の屋根へ流れだし、おしひろがってゆくのを感ずることができたのである。彼はいまの孤独に形をたしかめることができない。にごって、あいまいで、卑小な暗示に犯されるままだ。内在感に首まで浸って衰弱しているのである。午後の静かな庭では土塀や牛車が死に、八月の日光を浴びてカンナが咲いている。その赤の群落にも堀内はシンバルの強打を感じて支配されてしまうのである。

日や週の奥に生活の足音が消えてからずいぶんになる。沢田と二人でいまの小屋に移って以来、ずっと食うや食わずである。学校で共済会の仕事をしている友人が送ってくる筆耕仕事や翻訳の下請けや受験講座の英作文の添削などでその日その日を暮らしている。学校に行けば、なにか定収入を確保する仕事が見つかるかもしれないが、共済会の窓口にもうもうと体臭をたててひしめく学生の群れを考えると、たちまち鬱屈して手も足もでなくなってしまう。彼らの襟に白くつもっているふけや、血の過剰で膿《うみ》のにじんだ頰、垢とあぶらの匂い、そんなものを想像すると、堀内は一度おこした体をそのまままたおしてハエに手足をゆだねたくなるのだ。

いままでに堀内はさまざまな仕事をして生計を得てきた。大学からは、毎月、奨学金がでるが、たえまなくなにかしなければやっていけなかった。家庭教師、翻訳、筆写、パン焼見習工、旋盤見習工、保険の勧誘員、世論調査員など、彼はつぎからつぎへと職場をかえてはたらいた。いまとちがうのはその頃彼が機械や人間に密着していたことである。彼は教授からわたされた原書を日本語に訳すとき、単語をむすぶ隠密な関係をつきとめ、ほぐし、組みたてなおすことに、時計職人のようなよろこびを感じた。言葉に彼は金属や木などと匹敵する硬度、重量を味わうことがあった。また、薄暗い町工場のすみで、旋盤の刃《バイト》が容赦なく金属製品の肌に食いこみながら発散する熱い匂いをかいだときには、一生この仕事をつづけていこうと思いさえした。なにげなくちぎりとったメリケン粉のかたまりが秤りにのると一グラムの誤差もなく規定のパンの重さをさす。メリケン粉の山と秤りのあいだを手が機械のように正しく往復する。その快感は堀内をつよい自信で酔わせた。彼は素材の群れをまえにして緊密な紐帯を感じた。彼は物と結婚していたのだ。この信頼感から、どんな半端仕事にむかっても彼はそのエキスパートになろうと決心し、節や句、パラフィン紙や鉄筆、金属やメリケン粉を克服することに専念した。そのとき彼は自分自身がさまざまな機械のあいだを流れる素材だと感じていたのである。時間は彼の体内でベアリングの輪胴より緻密で硬質の美しい円を描いてうごいていた。ときたま眼をあげると道が機械や騒音や紙に埋もれて通行止になっている風景が見えたが、彼はそれを飢えの幻覚だと考えて意に介しなかった。たいていの場合、空腹がみたされると、その風景は消えてしまったのだ。

ところが、あるとき彼は文具会社にやとわれてサンドイッチ・マンになった。インキ瓶の張りボテをかぶって商店街を歩くのである。張りボテはブリキ板や合板でつくられ、重量は三十キロちかくあった。彼はそれをかぶって町を歩き、指定の特約文具店のまえをとおるたびにいちいち道へよこにたおれて張りボテをぬいでは店主から通行証の印をもらわねば会社に帰っても給料がでなかった。そのときはそれよりほかに仕事がなかったのだ。彼は十日間ほど、毎日、会社の命令どおりにたおれたり、おきたりしながら町を歩いた。子供たちは潜水夫のような彼の恰好をめずらしがってうしろについてきた。彼らが棒でなぐると、ブリキ箱はけたたましい悲鳴をあげ、堀内は箱のなかに反射する騒音で失神しそうだった。彼は木枠に首をしめられ、三十キロを肩でささえ、直径三センチほどの穴からそとを見ながら電車通りを警笛や罵声やきしみに追われて歩いた。

契約のさいごの日の午後、ブリキ箱のなかで堀内はある衝動におそわれた。彼は発作のつよさに窒息しそうだった。彼はそのまま踵をめぐらすと表通りから辻を折れ、住宅地をぬけて運河のほとりにでた。汗にまみれて彼はインキ瓶を町工場のうらの空地へはこんだ。彼は雑草のなかへ瓶ごとたおれ、あとずさりに這いだして、そのまま草むらにうつぶせた。土は機械油とゴムの匂いがし、運河からは老衰の泡がたちのぼっていた。堀内は体をふるわせながら空地を眺めた。暗い冬空のしたで、スレート屋根のすみずみまで錆びついた町工場が電燈をともし、ベルトをはためかせていた。草むらのあちらこちらではドラム罐や古タイヤや旋盤台が土に凌辱されてなかば沈みかかっていた。その風景は堀内のなかでとつぜんとまり、定着されてしまったのである。

インキ瓶をぬいだときに堀内は失墜した。彼は単語や刃《バイト》やメリケン粉からはなれてしまったのだ。素材と技術にたいする可能性の幻覚が錆びた草むらに流れだして消えていくのを堀内は手足にひしひしと感じた。彼は自分もまた古タイヤやドラム罐とおなじ土の分泌物にすぎないのだと考えて身うごきできない気がした。空地のむこうの町工場ではまがった背骨が旋盤台にかがみこんでいた。色のかわった爪がためつすがめつ金属の肌に這いまわり、魚のような眼が火花を見つめていた。堀内は時間の輪がゆるんでほどけるのを感じた。破片に蔽われた道がよみがえって空地の風景とぴったりかさなるのを彼はふせぐことができなかった。加工者を気どり、彫刻家ぶって暮らしていた自分の甘さにたえられぬ恥を感じて彼はたちあがった。ぶざまなブリキの残骸をひきずって彼は空地から去った。

沢田に会ったのはこれよりすこしまえである。堀内はまだ質感にみち、嗜欲を失っていないときに沢田を知って、その性格のある部分に魅せられるものを感じた。のちになって沢田が外地からの引揚学生であることや、旅順の高等学校で終戦を迎えてから満州各地の収容所を転々としたこと、撫順で石炭の露天掘りをやらされていたことなどを聞いたが、はじめて会ったとき堀内は彼の名も知らず、法科の学生であることも知らなかった。沢田は油のしみや火焦げでぼろぼろになった圧延工の作業服を着て学校へ来ていたのである。彼は飢えて困りぬいている堀内を共済会の窓口で発見して、事情を聞くと、なにもいわずに堀内の肩をたたき、腕をつかんで二、三度ふった。牛買いが家畜の皮膚をつまむのとおなじ手つきであり、眼つきであった。

「あんたにはちと無理やな」

沢田は一歩しりぞいて堀内の体をもう一度ためつすがめつ観察した。

「まあ、しかし、ええとしようかい。雇うのは俺やないねんからな」

彼はそういって狡猾そうに笑った。

堀内は沢田につれられて彼が臨時の見習工としてはたらいている圧延工場へ作業を見にいった。沢田は堀内に工場のなかを案内し、自分のやっている仕事を説明してくれた。巨大なローラーが床から吹きあがる火を浴びて回転していた。ローラーはたえまなく鉄板をくわえこんでは、のばして、床へ吐きだす。その吐きだされた鉄板を一メートルほどのヤットコではさみ、すみへひきずって、つみかさねて冷却するのである。半裸の圧延工がヤットコをかまえてローラーが鉄板を吐きだすのを待っていた。彼のたくましい筋肉は汗にぬれ、火を反映して金属のように輝いていた。鉄板がとびだすと彼の手足は毎回寸分たがわぬ軌跡を描いて活動し、まるで毛布でも投げるようにかるがると鉄板をつみかさねてゆくのだ。力の節約と放出がその筋肉の明滅のひとつずつにはっきり語られていた。

「どや、持てるかいな」

沢田が投げたヤットコをうけとめるのが堀内にはせいぜいだった。彼は長い鉄棒を抱えてよろよろした。彼は自分の肩の薄い筋肉が布のように張るのを感じた。うっかりおとすと足の指を砕いてしまいそうなはげしさがその重量には充満していた。

「やっぱり、あかんか?」

「だめだね。俺むきじゃないようだ」

「鉄板を見てみ」

沢田にいわれて堀内は圧延工のそばへちかづいた。鉄板はすさまじい音をたてて床をすべってきた。堀内は猛獣を感じてとびのいた。灼熱してそりかえった鉄板は床のうえにはねまわり、毒どくしい、錆びついたような、青い斑点をうかべていた。人間の皮膚など、ちらとかすめただけでたちまちくらげのようにとかされてしまいそうな兇暴な熱である。

それを圧延工は裸でとびかかり、一本のヤットコでおさえつけ、はねまわるところを八ツ割りで踏みしめるのである。ただの板草履の男もいるが、いずれにしても彼らの足もとからはけむりがたつのである。堀内は天井を仰いだ。高い、複雑な鉄骨の林のなかを電磁式の天井走行クレーンが電車のようにうごきまわっていた。その鉄骨の、力学と幾何学の厖大な堆積のなかで男たちが燃えながら仕事をしているありさまは堀内の眼に異様な印象をあたえた。彼は鉄板の熱やヤットコの重量を計測して、八ツ割りの男に人体の脆弱さと強さを同時に暗示されたような気がした。ここでは近代の最先端で肉体が横行しているのだ。

「なんとかならないのかね？」

堀内が足もとからけむりをたてている男をさしていうと、沢田は一仕事おわってバケツの水を浴びている男をさした。男は全身火ぶくれになったような体へ水を浴びていた。水は彼の皮膚のうえでたちまち蒸発してしまいそうな気配であった。男の快感にみちた罵声が鉄板の騒音とスチームの濃霧のなかをするどくつらぬいた。

「なんせ戦争に敗けたよってにな……」

沢田はつぶやいて堀内をうながし、工場のそとへでた。

埋立地の石炭ガラの荒野をよこぎると、廃液の赤い川が葦を枯らして流れていた。にごった沖に貨物船がうごいている。錆びついた船腹が赤ペンキをぬったように見えた。川が砂に消えるようなぐあいにレールが雑草のなかに消えている、そんな終点の焼跡に二、三台の屋台がとまっていた。焼跡のかなたには爆撃された造船所の整然とした鉄骨の密林があり、坂のうえには二、三台の折れた起重機と、夜の予感があった。

「力《りき》をつけんならんからなあ……」

屋台に首をつっこむと沢田はそういって生《なま》のままのはらわたを頰張って眼を細めた。血みどろの紫色の肉片を彼は指でつまみ、まっ赤に唐辛子をまぶして口のなかへ投げこむのである。そのしたたかな食欲に圧倒されて堀内は彼の手を見た。沢田の手は大きくて厚く、火傷に荒らされ、爪はへしゃげて握力を暗示していた。堀内は自分の骨ばった手とそれをくらべ、重工業と手工業のちがいだと思った。

「……来るかいな?」

「いや」

「どないする?」

「ほかを当ってみるよ」

「まあ、飲みいな」

沢田に焼酎をすすめられて堀内はひと口すすったが、たちまちむせて、せきこんだ。彼は眼に涙をうかべ、胃の火傷をおさえてしゃがみこんだ。沢田はコップをおいて、彼の背をさすった。

「どないしたちゅうのや」

「……」

堀内は昨日の朝からなにも口にしていなかった。屋台の豆炭の匂いに彼はたえられないほどの食欲を感じていたのだ。沢田は血みどろの指をくちびるでたんねんにしゃぶってから、二、三枚の皺だらけの札をとりだし、堀内のポケットにだまっておしこんだ。

「俺の分も払うといてんか」

そういって焼酎を口のなかでコロコロさせながら彼は廃炭の野原を工場へもどっていった。

二度めに会ったとき、沢田は仕事をかえて港ではたらいていた。堀内は共済会でたずねたり、現場事務所で聞いたりして、沢田を防波堤へさがしにいった。沢田は人夫たちとまじって、藁くずや猫の死骸などのうかんだ緑色の水のなかで石をあげていた。堀内が呼ぶと彼は全身から水をしたたらせてあがってきた。堀内は一瞥で沢田の美質を知った。彼の体はやせてはいるが骨太で、胸は広く、肋骨は橋を思わせた。そのたくましさは学生のものではなかった。運動選手の無用な過剰や節約ではなく、あくまでも長時間の単純な労働にたえるための有効性、鉄板や石のための骨であり、筋であり、板のような背であった。水平線を背景に自分が水底からもちあげた石を足下に、明るい日光のなかにたちはだかった苦力の裸体を堀内は正確だと思った。彼のなかでは旋律がおこり、裸体にむかおうとして出口をもとめた。彼が借りた金を返すと、沢田は彼の下宿代をたずねた。その答えを聞いて沢田がいった。

「俺のほうが安いな。よかったら引越しといで……」

堀内はその場で承諾した。

しかし、いっしょに住んでみると沢田はなまけものであった。試験があるとか、べつの仕事口をさがすときでなければ彼は学校へでかけなかったし、堀内は彼が六法全書や辞書を繰っている姿を見たことがなかった。仕事をさせると彼は勤勉で有能な労働者だったが、よくよく困ったときでなければ彼ははたらかなかった。彼は冬じゅう一枚のシャツを着とおし、春になると蛇が脱皮するようにその垢とあぶらで灰色に色のかわったシャツを体からむしりとった。トックリ首のセーターは彼にとって外出着であると同時に寝巻きでもあって、ねるときは背広だけぬいでズボンをはいたまま万年床にもぐりこみ、朝になるとそのまま這いだして背広をひっかけ、町にでかけた。彼のセーターは垢で皮革のような光沢をおび、血や唐辛子がしみつき、異臭を発散していた。

沢田がはたらくのは一杯のカストリとはらわたのためで、けっしてそれ以上ではなかった。彼は革命や思想を口にすることなく、ただ沖仲仕や土工や衛生人夫などをしてふんだんに力を濫費しつつ生きていた。無血革命か流血革命かをめぐる徹夜の論戦、天皇を絞首刑に処すべきか否か、戦争に協力した教授を追放する権利は誰にあるか、共産党以外の誰が戦時中潔白であったか、戦争犯罪人は勝者のエゴイズムによって生れるのか。また、個人は性格を喪失して解体し、存在するものは瞬間だけであり、人間は瞬間瞬間に賭けて生きねばならないなどという、あらゆる学生の額に血管を走らせる観念、血の熱さや胃の重さ、筋肉のきしみなどにみちた渦からまったく遠いところで沢田はただしたたかな食欲にみちて生きていた。

彼は仕事から帰ってくると堀内を闇市につれていった。掘立小屋のような駅裏の酒場でカストリを飲むのである。彼は牛や豚のはらわたが血の泡をたててよどんでいる樽のなかをかきまわし、自分の気に入ったものをえらびだした。暗い樽のなかから手を血まみれにして異物をつかみだす沢田を見ると、堀内は屠殺場にいるのではないかというような気のすることがあった。沢田がはらわたを唐辛子といっしょに食ってからカストリを飲むと、たちまちコップは赤く、重くにごっていった。ときにはコップのふちに家畜の毛がついていることもあった。

「どや、体から虹がたっとるやろ」

酒でしらちゃけたくちびるにまんべんなく血やあぶらをぬって眼を細める沢田に堀内はあさましい迫力をおぼえた。

沢田は酔ってくると女の話をしたが、彼は女についてはたったひとつのイメージしかもっていなかった。たまに女を買いにいった日でも、帰ってきて酒を飲むと、やはりいつものイメージしかくりかえさなかった。彼の女は暗い頭のなかで夜なかに体をおこし、枕もとの薬罐から口移しに水を飲むのである。

「そのゴクンゴクンという音が俺の頭のすぐうえで聞えよる。水がおっぱいのうらをいま流れおちていきよるちゅうことが手にとるみたいにわかるわけや。なつかしい話やないか」

彼にとってすべての女はその強健な旅順の娼婦に席をゆずらねばならなかった。暗い居酒屋の床几のうえで彼は女に圧倒され、乳房が顔にのしかかるのを感じ、脂肪につつまれた体のなかを流れる川の音を回復しようとして耳を澄ませるのであった。

「人間は一本の管や。上から飲んで下からだすだけや。俺はあのときほどはっきりそれを感じたことはなかった。なんとなつかしい話やないか！」

彼は舌なめずりしながら手をこすりあわせた。

沢田の肉感を堀内は処理することができなかった。おなじ六畳の部屋に二人で暮らしていたが、部屋を支配するのはつねに沢田であった。彼はそとからはらわたや朝鮮漬《キムチ》やどぶろくなど、正体の知れぬ熱にみたされて帰ってくる。風呂にも入らず、シャツも着かえない彼の体には、雨にぬれて戸外からかけこむ犬のような、なにかさけようのないものがあった。堀内は自分のつくりあげた孤独の寒い圏がたちまち生温かい異臭のざわめきにみたされるのを感じた。精液や腋臭やあぶら汗。人間は生きてゆくのにどうしてこれほどよごれ、これほどさまざまなものを分泌しなければならないのかと思いたくなるのだ。

甘酸っぱい匂いを、湿った、大きな足から発散させて沢田はねむる。そのかたわらで堀内は原紙にこまかい字をきざんだ。疲れると真鍮の敗戦パイプで吸いがらをふかしてぼんやりと時間をつぶし、また虫のように蠟のうえを這っていった。以前、彼はおなじように窓ぎわで砂埃りや雨しぶきを浴びながら仕事をしたが、そのときにはさまざまな質感が体内にひそみ、彼はたえずなにかを待っていた。窓につたわる町の騒音の一片につよい音楽とその風土の予感をうけたこともあったのだが、空地にインキ瓶をぬぎすててからは、砂にみちた、乾いた風景が季節も時間もなくひろがるばかりである。彼は食事を二度、あるいは一度にきりつめてでもいいから、なるべくうごかないで生きてゆくことを考えていた。水酒も飲まず、放浪もせず、一日じゅう下宿の薄暗い二階にこもって彼は蠟をきざんだ。水底のような冬の薄陽にひたり、砂の白くつもった机にかがみこんで彼は一字一字たんねんに鉄筆をうごかし、ときどきはらわたをぬかれたような孤独の衝動がおこると、九分どおり書きあげた原紙を惜しげもなくひきさいて、はじめから写しなおしていった。窮乏は日から週を追ってはげしくなったが、彼はいよいよ沈下してゆく自分を手をつかねて眺めるよりほかに息のつきようがなかった。

二

にがい冬だった。とりわけその年は不況であった。暖かい季節なら、ちょっとでも体をうごかさないですむものならすませたいものだと沢田は考えていたが、古背広一着と軍隊毛布一枚のほかに食物も燃料もない冬というのはとうていたえられることではなかった。彼は寝床から這いだして町へでかけたが、職業安定所はどこもかしこも失業者でいっぱいだった。もちろん大学の共済会にも仕事はなかった。学生をもとめる求人カードは安定所から学校に回送されることになっていたので、彼は失業者のひとりから労務手帳を買いとり、身分をいつわってまで窓口にかじりついたが、仕事にはなかなかありつけなかった。たまにあっても一週間か十日ぐらいでおわってしまい、すぐつぎをさがさねばならなかった。

堀内はほとんど外出しようとしなかった。火鉢がないので彼は一日じゅう毛布にくるまって机にむかっていた。筆写の原稿ができると沢田にわたし、沢田はそれを学校の共済会へもっていって、つぎの仕事をもらってきてくれた。沢田は堀内がかつてパン工場やアルミニューム工場などではたらいていたことがあるなどとは知らないので、下宿にこもったきりの彼を自分とおなじようなぶしょう者だと思っていた。堀内は机のうえで仕事をしながら、たえず漏斗型の穴を見ていた。その斜面は平滑で、広く、薄暗く、よこたわる背や足のしたでひきもきらず砂が流れた。その感触は手で確認できるくらい顕著なのである。彼の日常はその感触の圏から一歩もでず、下降の一途をたどっていた。その状態は下宿代をためて町を追われていまの小屋に移ってからも悪化こそすれ、回復のきざしはまったくおこらなかった。町から田舎へ、冬から春へ、座標や季節が移動しても、堀内は日光の直射する粗壁のなかであいかわらず沈下しつづけた。ツタに蔽われ、ハエの汚穢にまみれ、あらゆる陋劣なもの、低いものの影響から彼はまぬがれることができなかった。

沢田は衰弱した堀内の身辺ではじしらずな力をふるった。小屋に移ってからしばらくすると、彼は村の塵芥溜めからキャベツやジャガイモをひろってきた。二人ともそのときはまったくゆきづまって、朝からなにも食っていなかったのだ。

「もったいないことをしよるやないか。あいつら、罰が当るぞ」

沢田はそういって両手に抱えてきたものを畳に投げだした。食える分だけえらびだそうというのだが、堀内は野菜の異臭にたじたじしてしまった。どのイモも、どのキャベツも、皮膚の堅固なものはひとつもなく、かならずどこかにやわらかい傷があって、爪でおすと生温かく甘い膿がにじんできた。小刀で割ってみると、熱をもった紫色の核部からは、あくのつよい腐液が流れだし、爪にからみついてきた。堀内は一箇のゆとりもなく計算しつくしてすてた百姓の爪の敏感さにむざんなものをおぼえた。彼は脆弱な町の人間にたいする百姓の嘲笑をそのくさったイモに感じ、さからいようなく身をひいた。

「こいつはみんなくさってるよ。ここらの連中にむだがあるものかね」

沢田は彼の言葉を聞えぬふりして、しばらく野菜くずをかきまわしていたが、そのうちに顔をあげて吐息をついた。

「ほんまにこすからい奴ばっかりや」

彼はがっかりした表情でひだるい体をささえていたが、そのうちにだまって腰をあげ、そとへでていった。堀内がねころんでいると、しばらくして沢田は藁にまみれたイモをひと抱えもってもどってきた。納屋のちかくにおちていたのをひろってきたというのである。彼はそれを一箇ずつ、買物をする女のように執念深くしらべ、爪でおし、切って、かいで、またでていった。彼はそれを何度となくくりかえし、小屋をでるたびに

「堆肥のところにあったのはどやろな」

とか

「ひょっとしてひょっとちゅうこともあるよってにな」

とか

「今度は牛小屋あたりのを、ひとつ……」

などとつぶやくのである。

沢田が出入りするたびに部屋のなかにはくされイモが堆《うずたか》くつもっていった。堀内は自分の周囲によどむ、熱い腐臭をかいで、劣等感をおぼえた。だまっていたら沢田は村じゅうのイモをかきあつめ、その汚物や牛糞や堆肥にまみれた残骸を部屋いっぱいになるまでつみあげるかもしれない。彼の精力はさいごの一箇のためにあるのだ。百箇や二百箇のむだなど考えてみようともしないのだ。堀内は汚穢の熱と液の充満した部屋を想像して息のつ

けぬものを感じさせられた。方向や節約を知らず、なりふりかまわぬ沢田の濃密な気配に彼は砂の斜面をずりおちる自分を感じてくちびるをかんだ。

「食うて食えんちゅうことはないで。これでも結構いけるがな」

母屋の百姓からしょうゆをもらってくると、沢田はそういって何枚かのしなびたキャベツの葉をむさぼった。キャベツの葉は彼のつよい顎と長い歯にかかって新鮮な音をたてた。堀内がその音をつい信じて、ためしに一枚食ってみると、葉脈にはかゆのような腐液がみちていて、彼は思わず吐いてしまった。そんな腐敗物を沢田がどうして早朝の清浄野菜のようにパリパリと新鮮で栄養にみちた葉にかえてしまうのか。堀内は彼の奇怪な資質をみとめながらも、その構造をまったくつかむことができなかった。沢田は古畳にあぐらをかき、馬のように顎をゆっくりとうごかした。キャベツをつまむ彼の大きな、へしゃげた爪を見て

（……百姓。これは百姓だ）

と堀内は思った。

あるとき、大学の学務課からその月の奨学金を送ってもらったので、堀内は沢田といっしょに隣町へでかけた。

「……なんぞ、こう、ギトギトしたもんを食いたいな。あとでくちびるなめたら**コッテリ**あぶらのつくような、体から虹のたちそうな奴をな」

沢田の主張で、電車をおりると、彼らはさっそく駅裏のマーケットへいって、もつどんを食った。小屋は薄暗くて、溝からあふれた汚水が床に流れ、くもったガラス箱のなかでは赤や紫の巨大な家畜のはらわたがもつれあってさんしょううおのように得体知れずよこたわっていた。沢田はどんぶり鉢がはこばれてくると箸でテーブルをたたき、飯の匂いをかいでうれしそうに笑った。

「こいつまでどぶの匂いがしよる。熱いうちに食わんと処置なしやでえ」

二人がどんぶり鉢をむさぼっていると、半長靴をはいた、眼のするどい男が二、三人入ってきて、兇器の性能について高声でしゃべりつつ焼酎を飲みはじめた。彼らは厚い革ジャンパーを着こんでいたが、そのしたには一触即発の容赦ない筋肉がひそんでいるようだった。マーケットの闇商人らしい彼らの苛烈な話や眼光に沢田は魅せられた様子で、飯のあいだじゅう眼に好意の表情をうかべてそちらのほうをうかがっていた。

　小屋をでてから二人は町を散歩し、銭湯に入った。沢田は町を歩いているとき、理髪店の電燈や魚屋の汚水のバケツなど、なにを見ても食欲を感ずると、あさましいことをいった。食欲は彼の血管のなかでせきをきり、シャワーのようなその猛威を彼は楽しんでいた。女とつれだって歩く米兵の臀部はハムのようだといっているあいだはまだよかったが、そのうちに幻想が汚穢におちこむのを彼はとどめることができなくなった。彼は堀内の肩をたたき、駅のたん壺をさして

「あれは生がきやぞ。ストローで吸うてみ。水がはじめにスルスルとあがってきて、ちょっとたんにひっかかる。それをグッと吸うと、ヌラリ、ツルッと、のどをこすときのさわりぐあいが生がきそっくりやと思うんやがね」

描写したあげくに、腕をゆさぶって

「どや、一発賭けてみよやないか。飲めるか飲めんか……」

などといいだすのだ。彼から描写されてみると、堀内はキャベツのときとおなじ錯覚にひきこまれて、たん壺の白い、なめらかな琺瑯質と、そのなかにうかぶ青い粘体に奇怪な魅力を感じだし、さして抵抗もなくそちらにむかって一歩踏みだしそうな予感をおぼえた。早くもそれを察してたちどまりかけた沢田に堀内は小さく息をつめて訴えた。

「かんべんしてくれ、俺は疲れてるんだ」

沢田は薄笑いをうかべた。子供が工作粘土を見るときの嗜欲のかげを堀内は彼の眼のなかに読んだような気がした。

「ポン酢がわりにニコチンが入って、ホロ苦うて、ええと思うんやがねえ」

堀内のあとを沢田は執拗にそんなことをくりかえしつつ追ってきた。

銭湯でも堀内はにがい失墜を味わった。

ひと月ぶりで彼は湯に入ったのだったが、緑色の古湯はやわらかくて、熱く、重かった。それは彼の皮膚へずしりともたれかかってきたのだ。湯に全身を浸した瞬間、彼は背骨の穴のなかをさざ波のような快感が脳の芯までかけのぼるのを感じてたおれそうになった。現実との関係はこんなことで案外あっけなく回復できるのではないか。思わずそう考えかけたほどのものが、そのみすぼらしい快感の奔流のなかには、あった。

「ああ、ごくらくや！」

二人が古湯にあごまで浸ってうっとりしているところへ、いきなり戸をあけて裸の米兵がとびこんできた。彼は全身栗色の粗い毛に蔽われ、湯の重さでよろよろしている堀内のほうへずかずかと迫ってきたのだ。彼はたちまち手足がこわばるのを感じた。

米兵は浴槽へちかづくと、ふちに両手をかけ、プールへとびこむようにしていきなり両足をそろえて湯のなかへとびこんだ。そして、堀内のまえへたちはだかると、歌をうたいながら石鹸を胸や肩に走らせてたちまち浴槽を泡だらけにしてしまった。石鹸水は啞然としている堀内と沢田の頭へ容赦なく浴びせられたが、堀内には処理のしようがなかった。彼は逃げようとしたが、せまい浴槽いっぱいに米兵がたちはだかっているので、身うごきできなかった。ゆれうごく湯の厚い層をこして彼は米兵のたくましい腿を感じ、わずらわしい気分におちた。

「困るやないか！」

ふりかえると沢田が頭に石鹸の冠をのせて眉をしかめていた。

「こらあ困るやないか。なんとかいうたれよ。お前、英作の先生やないか」

「……」

「……日本の善良な市民は浴槽のなかで石鹸を使う習慣をもたないものであるとか、なんとか、早いとこ一発かましたれ」

沢田は顎まで湯に浸って命令した。

堀内は米兵を眺めた。彼は歌のなかへときどき口笛の拍子を入れながら石鹸を使い、背や腹をかいて眼を細め、くちびるをひきつらせて堀内を見た。彼の青灰色の眼は無邪気なよろこびと快感にみちていたが、ガラス玉に似た瞳そのものにはなんの表情も読みとることができなかった。堀内は自分の言葉が相手にどんな反応をおこさせるか、計測のできない気がし、その腕力にみちた肘や肩や大きな手に恐怖のようなものをおぼえた。いままで彼は外人としゃべったことがなかったのだ。

「なんとかいうたれよ。日本の善良な市民は、や」

沢田に迫られて堀内はしかたなく石鹸水の雨のなかを歩きだした。彼は沢田にいわれた文章の主語、述語、目的語の位置を考え、単語のアクセントをそれぞれ慎重に反復計算しながら湯のなかを米兵のほうへそろそろちかづいていった。

するとそこへ、風呂屋の主人につれられて女が入ってきたのである。彼女はくちびるを赤くぬり、眉を濃くひいていたが、まだほんの少女のような体つきであった。彼女は浴槽からたちのいて米兵を眺めている裸の男たちを見て顔を赤らめた。

「またやってる……」

彼女はつぶやいてからとつぜん眼を怒らせ
「ハイ、ジェリー。ノット・ソープ！」

米兵にむかって叫んだ。

「ノット・ソープ・イン・ザ・ワラー！」

彼女はアイウエオを子供が暗誦するようにたどたどしく叫んだのだが、効果はみごとなものであった。彼女が小さな手をふりあげてちかづくのを見るやいなや、米兵は頓狂に肩をすくめ、陽気な笑声をたてて浴槽からとびだしたのである。

堀内は湯の渦にゆさぶられてみじめによろめいた。少女が粗悪な米語を叫ぶのを聞いた瞬間、短切なものが彼をおそい、単語の鎖をみじんに四散させてしまったのだ。彼は急速な滅形をかくすため、顎を湯に埋めたが、そのときはもうおそかった。沢田がいきなり湯のなかにたちはだかって哄笑したのだ。彼はひるんでいる堀内を露骨に指さして
「あんたの負けや、いちころやがな！」

そういって哄笑した。彼の声は浴室いっぱいにひびき、ガラス窓をふるわせた。その笑声を頭から浴びて堀内はいよいよ屈折し、眼をふせるばかりであった。沢田はひとしきり笑ったあとで体を湯に沈め、浴槽のふちへ頭をのせた。それからなにを思ったのか、とつぜん体をおこすと、堀内の顔へ息がかかるほどちかぢかと顔をよせ

「あいつは女を泣かしよるやろなあ」

骨太の長い肘をぬっとつきつけ、拳をにぎってみせたのである。

「なんぼなんでも、あれは殺生ちゅうもんや。ざっとこんだけはあったやないか！」

彼は堀内の顔をなぐさめとも嘲笑ともつかぬ表情でのぞきこみ、もう一度たくましいのどをのけぞらせて哄笑した。


……そんな陋劣な沈下のうちに夏になった。不況は冬から持越された。あちらこちらでストライキがあり、電車がとまり、ビルの鉄扉がおろされ、学生たちは生活苦か革命の幻想か、いずれかの理由で教室から去った。講義に出席する人数があまりにすくないので、大学では試験を延期して、九月におこなうこととなった。共済会では貧困学生のために講義のノートのプリントをつくる計画をたてた。その筆写仕事のために何人かの学生が雇われ、堀内もそのひとりになっていたのだが、夏休みのため暇になった学生がたちまちそれをよこどりしてしまった。堀内のところへは経済原論のノートが一冊送られてきたきり、共済会からはなんのたよりもなかった。それと同時に、いままで細ぼそとながらもつづいていた受験講座の仕事がなくなり、堀内は完全にゆきづまりを感じた。町の下宿を逃げるとき、彼はいくらかの郵便貯金をもっていた。万一のためを思って、下宿代はためてもぜったい手をつけようとしなかった金である。しかし、それも徒食をつづけるうちにはまったくなくなってしまい、さしあたっては夏休みまえに二ヵ月分まとめてもらった奨学金をなしくずしに使うよりほかに道がなかった。堀内は毎朝おそく眼をさますと、日常の動作を開始するまえに長い幻覚の時間をおいた。彼は土埃りの白くつんだ古畳によこたわって、郵便配達夫の自転車のきしみを待った。そして日光に午後の豊満さの気配がしのびこむ頃になってようやく体をおこし、井戸へ顔を洗いにゆくのである。井戸から帰ってくると彼はまた熱い畳にねそべり、辞書をあてもなく読んだり、壁のしみの地図に山岳地帯を見たりして時間を内在感で過飽和状態にした。漏斗型の穴ではツタがすきまなく繁茂し、ハエが粘液をひいて砂のうえを這いまわり、花が金属板の強打で空気をふるわせていた。部屋の窓には蔽いがないので日光が直射する。まぶたを閉じると、薄い皮膚のうえで陽の斑点の踊るのが感じられ、明るい水のなかをただよっているような気がするのである。堀内はその影ひとつない部屋で苦しい眠りをむさぼった。昼寝からさめると、汗が畳を海綿にかえている。それを見ると堀内はまたしても全身の細胞がことごとく液を流してしまったのではないかというような妄想と疲労感におそわれるのだった。

なまけものの沢田は堀内が収入を失いながらいっこうにはたらこうとする気配を見せないのを知って、しかたなしに腰をあげた。彼は堀内の無為や怠惰の原因を知らなかったが、べつにつっこんで聞こうとする気持も見せず、また非難したりとがめたりもせず、ただ黙って小屋をでて、百姓の半端仕事を手伝いにいった。彼は眼を光らせて村のなかを歩きまわり、ちょっとでもすきがあるとためらうことなくとびついた。そのやりかたもまったく強引であった。牛が野井戸におちたと聞くと彼は村じゅうをかけまわってロープをあつめ、うろたえる百姓に命令して丸太ン棒を三叉に組ませた。そして自分でさっさと井戸の滑車をどこからかとってきて棒の交叉点につるすと、ロープをかけ、牛の前腕をくって、百姓といっしょに声をあわせて牛をひきあげた。そうしたことにかけては彼はまったく機敏であった。彼は仕事がおわると、夢中になって牛をなでている百姓の肩をたたき

「なんぞ喜ばしてもらえるねんやろな」

と、ずうずうしく、大きな手をすかさずさしだしてみせた。そして百姓の眼が感謝から狡智にかわる、そのすばやい計算のまた先手をうって

「酒なんか飲ましてもらわんでもええよってにな、米か、金か、なんぞ実《じつ》のある奴をな、たのむでえ」

などと、だめをおすのである。

百姓たちはこのあつかましい大学生をはじめのうちは不快がっていたが、そのうち彼がただ貧乏なだけで、べつに悪気があるわけではなく、また、なにをやらせても百姓仕事がそれ相当にできることがわかると、便利大工のように重宝がる者もでてきて、農繁期になると沢田はあちらの畑で三日、こちらの田んぼで五日といったぐあいに雇われていくようになった。

空腹で金さえなければ沢田はどこへでも気がるにでかけていってはたらいた。彼はたい

ていズボンの裾をからげ、はだしになって鍬をつかった。堀内はときどき小屋から這いだして、畑にいる沢田を見にいった。沢田の鍬は土によごれているが、露出した刃の部分はナイフのように薄く、するどく光っていた。彼はあせらずたゆまずそれをうごかした。土を削るときは鎌のように、畝の腹をなでるときは鏝《こて》のように、そのほか一本の鍬をさまざまに彼はつかいわけて、綿密な仕事ぶりを見せた。また、水田で雑草をむしるとき、彼の十本の指は水のなかを蛇よりすばやく走りまわって根をまさぐり、茎にとびついた。彼は窒息している苗を発見すると、手にその喘鳴を感じ、爪が満足を訴えるまで雑草の群れを飽くことなく殺しつづけて泥のなかを前進するのである。堀内はそのありさまを見て、この男こそ物質と結婚しているのだと思った。圧延工場や防波堤でもそうだった。鉄板、石塊、鍬、土、雑草。すべての素材と彼は友情をむすんでいるのだ。鍬でも、ヤットコでも、彼はその肌理《きめ》を触知した瞬間にその方向、力点や弱部をさとってしまうのではないか。たとえ物質が逃げようとしても彼は頑固な体力でむりやり癒着し、信頼と服従を強制してしまうのだ。ベアリングの輪胴のように堅固な時間のうえを生活がまわっていた頃、堀内は沢田とおなじように効率にささえられた友情を物質の群れとむすんでいた。彼は旋盤の刃《バイト》の硬さに酔わされ、材料のたてる悲鳴と熱につよい快楽をおぼえていた。自分の削りあげた金属体をコンクリート床にそっとおくとき、彼はしばしばその小さな固体によって床を支配するよろこびを味わった。さまざまな機械で分割された平面がとつぜんおきあがり、そのキラキラ光る小さな円管をめざして面積が流れこみ、吸収される。堀内は騒音と埃りのなかでそのささやかな奇蹟を楽しんだのである。ところが、町工場のうらの空地で、堀内はとつぜん、この、手の世界から裏切られてしまった。それが張りボテのインキ瓶による疲労のためなのか、文具会社の契約のわずらわしさのためなのか、または仕事の効果が体でたしかめられないことからくる空虚感のためなのか、原因や構造をたしかめる余裕もなく、彼は後退に後退をつづけたのである。彼は回復のための努力をすべて拋棄して、インキ瓶を文具会社の倉庫に投げこむと同時にそれまでの自分の姿勢を一挙に拒んでしまったのだ。

沢田が物質から反撥を浴びることがあろうとは思えない。畑で鍬をつかい、水田を四つ這いで這いまわる彼は虫のように正確で、機械のように美しい牡なのだ。それに堀内は幻惑されるのだ。あとで自分の衰弱が見させる虚像ということがわかったが、沢田がキャベツを変貌させ、たん壺をよみがえらせるのに接したとき、堀内はそのしたたかな力に対して抵抗できなかった。かゆのような腐液を葉脈にみたしたキャベツや、琺瑯質の白い容器とそのなかにただよう青い粘体、そんなものに一瞬おぼえた密度ある食欲。それをさしめす沢田に堀内はなにか効用だけでわりきれぬ、得体の知れない力を感じさせられたのだ。

ある日、沢田は百姓に聞いて電器会社の工事場へでかけた。電器会社は農地を買い占めて工場を新築していたのである。沢田は現場事務所へいって、身分をいつわり、学生であることをかくし、日雇労務者として自分を売り込むことに成功した。そして彼は工事場に泊りこむと日当のほかに食費と宿泊手当がでることを聞きだして、その場で承諾してしまった。彼は帰ってくると堀内に報告した。彼は小屋の戸口にもたれ、ねころんだまま畳をむしっている堀内の姿に眼をとめた。室内には壁と畳のほかに、古毛布と飯盒があるきりだった。

「セメントかなんかをかきまわしてたらええのや。お前どうする？」

「……」

堀内がだまっていると沢田は戸口にもたれたまま、かさねて聞いた。

「おれは当分帰ってけえへんで？」

「……いいよ」

「そのあいだどないするのや？」

「はたらきたくなったらいくよ」

沢田の眼に冷酷な嘲罵の表情があらわれて、すぐ消えた。彼はしばらくなにもいわずに大きな手をぶらさげて戸口にたたずんでいた。小屋は静かだった。堀内はねころんだまま眼じりを涙と埃りでよごして沢田を見あげた。沢田はじっと堀内を見おろした。彼は頑健でたくましく、ゆっくりと自信を呼吸していた。すべての条件は平常どおりで、なんの兆候もなかったが、堀内は異常なものを感じた。沢田も堀内の眼になにか読んだのか、ぎこちなく口ごもった。

「まあ、な。なんとか、な……」

彼はそうつぶやいてから窮屈そうに戸口で厚い肩をまわし、そのままでていった。その足音を聞きながら堀内はもう沢田は二度と帰ってこないのではないかと思った。

それから二週間ほどのことを堀内はよくおぼえていない。彼は粗壁のなかで虫のようになって日を送った。彼は壁ぎわにねころんで、土のくずれる音や風のもれる気配を聞いて一日じゅうをすごした。軽快な日光と微風に飾られた朝があり、たえがたいほど豊満な肉の円熟にみちた長い午後の苦痛があり、夜の暗い炉がそれにつづいた。壁は湿って、乾いて、また湿り、堀内は日光にあぶられてせまい部屋のなかをあちらこちら体を移して歩きながらとりとめもなくつぶやいた。それは漱石の小説の一章であったり、ムンクの画題であったりして、とどまるところがなかった。朝からほとんど夕方ちかくまで

「仏来たれば仏を刺し、祖さえぎれば祖を殺しても……」

ただ茫然とそんなことをくりかえしくりかえしつぶやいて暮らすこともあった。また、窓を蔽うツタや庭の赤の集団を見て

「自然の叫びが聞える。自然の叫びが聞える」

などと何時間かをついやすこともあった。

壁や畳のいたるところに沢田の匂いがしみついていた。彼は汗ばんだ、大きな足が畳を

踏みしだいて歩きまわる気配や、夜ふけに女の体のなかを流れる水の音を考えたりした。飢えに苦しめられて彼は過去にさかのぼった。暗がりにはところどころ光線が射して、彼は直撃弾で頭が肩にめりこんだ少年工や、廃炭原のかなたにうごめく貨物船などを眺めることができた。いつか夜汽車のなかで仕切壁ごしに聞いた、若い女の言葉を彼は思いだした。彼女は青ざめた、疲れた顔をして、復員兵らしい、めくらの男にもたれていた。男は用心深そうに、膝にのせた大きな荷物をしっかりにぎりしめていた。堀内は薄暗い車内燈と車輪のひびきを考え、女のもっていた質量を回復しようとして何度となくためしてみるのだった。

「私たち、幸福です。私たち、幸福です。私たち、幸福です……」

そして、また、なにも思わず、なにもつぶやかず、ただ午後と夜にうどん玉だけ食ってすごす日もあった。

沢田が町で新しい仕事を見つけてもどったとき、小屋の戸はあいたままになっていた。なかへ入ってみると時間が形を失い、汗と垢の匂いがよどんでいた。うつらうつらしている堀内に沢田は大きな声で

「どないしたちゅうのや?」

「……」

堀内の眼は乾いてよどんでいた。

沢田が畳を踏みしだいてちかづくと、堀内の薄い体は毛布のしたで影のようにふるえた。彼はあえいで手をあげたが、それはすぐ木の枝が折れたように畳へ力なくおちた。沢田は音をたてて彼の枕もとへすわりこみ、買ってきたものをドサッと投げだした。

「暑いこっちゃないか」

彼はそういって焼酎を飯盒の蓋にあけてすすり、唾を鳴らしてイワシのてんぷらをむさぼった。堀内にはその一片の黄の量感もたけだけしすぎて吸収できなかった。彼は油の匂いにむせてのどをつまらせるばかりだった。

三

三日間ほど小屋で堀内が体力を回復するのを待ってから沢田は彼を町へつれだした。堀内は沢田のいうままについていった。沢田は電車にのったりおりたりして工場地帯の貧民街へ入っていき、一軒の選挙事務所に堀内をつれこんだ。表通りの商店街とはいいながら、荒物屋、パン屋、喫茶店など、あたりの店の看板や壁にはいたるところ錆びと金属の埃りがつもっていて、工場地帯の気配がありありと感じられる、みすぼらしい町だった。

選挙事務所は、もともと家屋斡旋業者の家を借りたものらしく、壁のところどころにはビラやノボリとまじって土地家屋の値段表がのこっていた。土間では何人かの眼のするどい男たちが股をひらいて椅子にかけ、高声にしゃべりながらコップ酒を飲んでいた。堀内は壁に眼を奪われた。そこにはさまざまなスローガンや人名を書いたビラにまじって、ほとんど床から天井まで、壁いっぱいになるまでギッシリ、五十銭紙幣や十銭貨が貼りつめてあったのだ。壁は手垢と皺に埋もれていた。それを眺めてぼんやりしている堀内の腹を沢田は肘でついた。

「この金、なんのおまじないや知ってるか?」

堀内が答えに窮していると、沢田は顔をちかづけ、耳もとで

「トーセン、ゴトーセン、御当選やちゅうわけや。笑《わら》かしよるやないか!」

鼻に皺をよせて沢田は笑った。

しばらく待っていると、二階からひとりの男がおりてきた。彼は夏にもかかわらず羽織、袴をつけ、土間におりると、ゴム裏の雪駄をはいた。顔色がわるく、頬やくちびるにはほとんど血色がなかった。薄い眉、こけた頬、赤ちゃけた髪。ひげのない、黄いろい皮膚をしている。埃りひとつない白足袋や、筋の正しい袴などを見ると潔癖らしいことはわかるが、全体としてはなんとなくみすぼらしく、砂埃りをかぶったような印象を消すことができなかった。

男は足音ひとつたてずに二人のほうへやってきた。そのやわらかい身ごなしに堀内は猫を感じさせられた。沢田は堀内をうながしてその男のまえへつれていった。

「この男もひとつたのみます。学もあるし、筆も弁もたつ奴です。ちょっと、いま、困

っとりますんで……」

男は爪をしがみながら沢田の言葉にうなずき、小さな眼をうごかして堀内をちらっと眺めた。沢田がくどくどと説明をならべるのを男はだまって聞き、話がおわると、かみとった爪を舌のさきでくちびるにおしだし、土間へプッと吐いた。

「結構でしょう。明日から来て頂きましょうね。お仕事は沢田さんとおなじだから、聞いてくださったらわかります」

男は消えそうな低声でそれだけいうと、背をむけた。そして奥の部屋へひっこみしなに、土間でコップ酒をあおって議論していた男の肩にそっと手をおいた。

「あまり派手にやらんでくださいな。供応したということになると……」

彼は両手をうしろにまわしてみせると、それだけいって姿を消した。

声をかけられた男は眼に間のわるそうな苦笑のいろをうかべてコップをおいた。ほかの壮漢たちもなんとなくだまりこみ、眼をふせて、所在なげにコップをなぶる様子であった。口調は女のようだが、羽織の男は意外な力をもっているらしかった。

「あれは後藤とかいう男でな。油川のマネージャーで参謀総長、つまり選挙屋や」

沢田はそとへでてからそう説明した。そして堀内をふりかえり
「お前の体、オムツみたいな匂いがしよる」

といって何枚かの札をさしだした。

沢田は小屋を去ってから工事場に泊りこんではたらいていたが、不景気のために人員縮少で解雇された。二週間分の給料をもらって彼は現場事務所をでると、その足で学校へいってみたが、夏休みなので、共済会には誰もいなかった。しかたなしにもどるとちゅうで油川五郎の選挙事務所を見つけた。彼はその立候補者になんの知識もなく、また、参議院選挙があるという事実すらも知らなかったのだが、ちょうど野井戸におちた牛を発見したときのように、ふと足をとめてそこへとびこみ、羽織の男に会って、ビラ貼りでも応援弁士でもやるから二人雇ってくれないかと、堀内の分まで申しこんだのだということであった。彼は後藤に学生証明書を見せ、大学では弁論部に席をおいたこともあると、とっさに「ハッタリを一発かましてな。それから油川先生のことはかねがねお耳にしておりましたと、ホラ吹いた」

「信用したかい?」

堀内が呆れて聞きかえすと

「誰がいな?」

沢田はせせら笑うだけだった。

堀内は沢田にもらった金でシャツを買った。彼は町を歩きながらそれに着かえた。古シャツは汗と垢で皮膚に癒着したようになっていた。むしって、どぶにすてると、風が肌を切った。新しいシャツは硬くて軽く、ガーゼの造花をかぶっているような気がした。町と風がそれをすかしてはばかることなく流れこむ。建物や電柱のあいだを歩きまわりながら堀内は新鮮さと不安を味わっていた。五十銭札で埋められた壁のことを考えると、その陋劣な力がどういうふうに殺到してくるのか、またそれをどう処理したらよいのか、彼にはまったく見当がつかなかった。

翌日から堀内の身辺は油川五郎で埋められた。鉢巻き、腕章、メガフォン、どれを見ても油川五郎の名前の書いてないものはなかった。堀内の役目はその製靴業者の名前を人びとの大脳皮質に刻印することだった。彼は頭のさきから足のさきまで油川五郎を背負いこみ、ビラ貼りに町へでかけた。彼は毎朝、後藤からその日の地図を聞くと、ビラの山とノリのバケツをもってでかけ、掲示板や壁や電柱にビラを貼り、それがおわるとメガフォンで連呼して歩くことを命じられた。彼はいわれるままに工場地帯や貧民街に空白部をもとめて歩いた。埋立地、塵芥捨場、焼跡、運河、防空壕住宅。油川の運動地にはそんなものしか見つからなかった。川ではメタンガスがわき、道は木煉瓦を剝がれて穴があき、どぶの岸、壕の底に人びとが住んでいた。たえずどこかで尿の匂いが流れ、運河のほとりを歩いていると、ときどき家畜のはらわたや密造酒をみたしたバケツをさげた男に出会った。そのあたりは戦争の爪跡がもっとも深くきざまれた地帯で、視界の隅にはかならず汚水の倉庫や、折れた煙突、煉瓦塀、鉄骨の林などがあった。

堀内がおどろいたのは、そんなわびしい荒地でも人間の欲望が縦横に入り乱れ、流れ交っていることであった。彼はたんねんに油川五郎の名前をばらまいたが、どこへいってもすでに犯行の跡が見られ、ほかの候補者の名前のでていない場所はひとつもなかった。ある日彼はためしに埋立地をよこぎってみたことがあった。彼は残飯や油紙包みの散乱した、厚い、やわらかい野をよこぎり、爆撃をうけて沈んだままの防波堤の突端までいってみたが、そこにもやはり一枚の新しいビラが貼ってあった。退潮時にセメント壁のしたへとびおりて貼ったものであろう。日光をすかした緑色の水のしたに人名がただよっていた。あたりには風と水と日光しかなく、人家や工場は広漠とした埋立地のはるかかなたにかすんでいた。くらげのように海のなかでのびたり、ちぢんだりする人名を眺めて堀内は欲望の執拗な触手を全身に感じた。

駅前の掲示板はこれにくらべると、さらに苛烈でむなしかった。この板のうえでは昼となく、夜となく、無数の人間が格闘していた。赤と黒、黒と白、太字、細字、カタカナ、感嘆符、さまざまな色と記号で飾りたてられた人名が貼ってはやぶられ、消えてはあらわれ、二十人三十人とつみかさなって通行人に哀訴、怒号していた。堀内が油川五郎をこの泥濘におしこんでやろうとして板をひっ掻いてみると、糊と古紙のしたから際限なく人名が這いだしてきた。午前中に堀内が油川のビラをそこへ貼り、午後に通りかかってみると、油川はすでにおぼれかかり、夕方、帰り道にのぞいてみると、彼は糊のはるか底に閉じこめられてしまっていた。堀内は醜怪な板塀を眺めて、そこでくりかえされる新陳代謝と風化のはげしさにおびただしい疲労をおぼえた。古い板塀のかたむきに彼は権力への渇望の重量を読むような気がした。

堀内は後藤に命じられるまま油川五郎の鉢巻きをしめ、腕章を巻き、メガフォンをもって町を歩いたが、どうしても彼は油川の名前を連呼することができなかった。ビラを貼ることはすすんで何枚でも貼ったが、それは効果を信じない気持があったからだ。町を埋める無数の声のことを考えれば、連呼することもビラを貼ることもおなじように無効であるはずだったが、堀内はメガフォンを口にもっていくたびに、ある衝動を感じて、油川に自分の肉体を通過させることができなかった。連呼の声は信条ではなく、メロディーであろう。それは発声者の内的なものとなんの関係もなく調子づけられ、哀願を礼儀の枠におしこんで、ただ唱えているだけですむはずのことだったが、堀内にはどうしても声をだすことができなかった。彼はただノリのバケツを手にさげて、あてもなくせっせと歩きまわるばかりであった。

沢田につれられていった日の翌朝、堀内は油川五郎の選挙事務所で一群の学生に会った。なかには堀内と顔見知りの、おなじ大学の学生もいた。彼らは服装も年齢もまちまちだったが、いずれも背を焼くような生活苦に追われている点では一致していた。後藤は時間がくると学生たちを事務所の裏の路地へつれこんだ。そこは汲取人の出入りする通路で、せまく、薄暗く、尿の匂いがただよっていた。学生たちはおしあいへしあい汲取口につめこまれて、もうもうと劣等感を発散させた。彼らは堀内や沢田とおなじように冬以来の不況で追いたてられ、ほかに仕事を見つけることができなかったのだ。そして、その日の食事にも事欠く生活苦のためとはいいながら、見も知らぬ保守党の候補者の応援をしなければならぬ傷の意識から過敏になっていたのだ。彼らは汲取口の悪臭に自分たちの汚辱をかぎとり、焦躁と苦痛で眼を光らせていた。帽子をポケットにねじこんで身分をかくそうとしたり、学生服をぬいでまるめこんだり、油川のプラカードを足で蹴ったり、わざと大声で猥談をさけんだりして、彼らはめまぐるしく反応していた。堀内と沢田はそのとげとげしい、敏感な群れのなかへこっそり入りこんだ。

後藤は彼らにむかって、靴磨きの小僧から身をおこして営々辛苦の果てに今日の大製靴工場主の地位を築きあげた油川の経歴のあらましを説明し、彼がその意志と体力で議会進出をはかろうとしている悲願のほどを語った。彼の言葉によれば油川は選挙資金調達のために多年の蓄財を投じたが足りないので、小工場二つを抵当に入れ、在庫製品を問屋に破格値で放出し、親類縁者はおろか、会社の工員や販売員まで、手のあいている人間は集められるかぎり集めて動員したというのであった。それでもなお油川は初登場の新人なので地盤が確保できず、見通しは暗くて、悪戦苦闘日に日にはげしいという悲観論を後藤は説明したあげくに

「……学生さんには学生さんの主義主張がございましょう。しかし袖ふりあうも他生の

縁ということがございます。今日あなた方は油川を応援し、明日学校にもどられたら共産主義を勉強なさる。それはそれで立派なことであり、それはまたそうなければならぬのですが、せっかく油川の飯を食ってやろうとおいで頂いたかぎりは、どうぞこの男を助けてやって下さい。これはもう、ほんとに竹を割ったような男なんです。腹の大きい男なんです。なろうことなら選挙が終ってもあなた方と親兄弟のまじわりをしたい。めんどうもみてあげたい。そんな哀れなことを正真申しておるのでございます」

爪をかみさえしなければ後藤はその低い人情主義で学生たちに雑巾のようにからみつくことができたかもしれなかったが、学生たちはそのみじめなしぐさと貧血質な風丰《ふうぼう》のために彼をまったく黙殺してしまった。彼らは後藤のしゃべっているあいだ、その一語一語に対して肩をすくめたり、眉をしかめたり、いらいらと足踏みしては舌を鳴らしたりした。

話が終ると後藤は地図を見せて、その日の目的地をさした。

「これこそ油川の重要拠点なんで……」

と彼がいいかけると

「そこは埋立地で海が見えるよう」

学生のひとりがあからさまな悪意にみちた、しかし地理をはっきりわきまえたらしい口調でさけんだ。みんなが笑声をたてると、後藤はしかたなしに苦笑し

「しかし世のなかにはむだと見えて案外ばかにできないこともありますもんで……」

といった。

「むだでばかにできねえのはてめえのことじゃないか」

堀内のよこにたっていた学生がにがにがしげにつぶやいた。彼は灰色に色のかわったランニングシャツを着ていたが、ズボンは復員以来のものらしい海軍兵学校のズボンであった。あちらこちらについたその機械油のしみや火焦げのあとをみて堀内はこの男も圧延工場やパン工場ではたらいてきたのだろうと思った。彼は後藤を軽蔑しながら後藤にあごでつかわれる自分の立場に憎悪とも自嘲ともつかぬ眼を光らせていた。堀内はその彼の屈折が手で触知できるような気がした。後藤は彼の嘲罵がはっきり耳に入るほどちかくにたっていたにもかかわらず、その栄養不足な、ねむたげに青ざめた頰になんの表情もうかべなかった。彼は話しおわると袴の裾をひるがえして路地からそっとでていった。

学生たちは後藤が職業安定所から狩り集めてきた失業者や油川の靴工場ではたらいている工員たちといっしょに町を連呼して歩くことを命じられた。彼らは事務所をでるときはふしょうぶしょう運動員の恰好をしていたが、駅前広場へやってくると誰もいわないさきから腕章やタスキを体からむしりとって群集のなかへまぎれこんだ。うっかり腕章なんかつけていて、おなじ保守党の運動員から、めざとく

「さあ、油川さん、しっかり追いこみましょうぜ!」

などと声をかけられると、みじめな自嘲の笑いをうかべ、くちびるをゆがめて人ごみの

なかにすごすごと消えるのであった。

駅前広場では、連日、狂乱が発生していた。ここでは各党各派の候補者の運動員たちがノボリやプラカードを林立させ、拡声器やメガフォンで口ぐちに怒号していた。彼らは広場に充満し、歩道にあふれ、車道にはみだし、電車がつくたびにありとあらゆる声で絶叫した。その叫喚は疲れた群集にむかって殺到し、体内をとおりぬけて、空へ巨大なこだまをひびかせた。こだまは、ある瞬間、星雲状態で静止したかと思うと、つぎの瞬間にはくずれて無数の声と人名と哀願に分散した。油川の名をさけぶことに堀内ははげしい抵抗を感じたが、自分の声の限界をさぐろうとしてひと声発してみると、それはたちまち日光と埃りのなかに霧散してあとかたもなくなった。誰ひとりとして自分のさけぶ名前を信じていないのに、誰ひとりとして他人より高く叫ばない者がない。その狂騒は金属の破片を充満した、巨大な桶をゆすぶりたてるのに似ていた。刺戟と、ただそれへの反応だけで、人びとはさけび、汗を流し、わめきたてているのだ。堀内はこの群集のなかでつきとばされたり、もまれたり、耳もとで絶叫されたりしているうちに、油川や後藤を忘れ、ふたたび漏斗型の穴が自分の内部によみがえってくるのをじっと眺めるばかりだった。ほかのどの場所でも見られないほど濃密な人間の気配があるにもかかわらず、堀内は厚い殻をかぶされているような気がした。その非現実感を彼はどうしてもやぶることができなかった。

ある日、堀内は外語大学の生徒といっしょに広場の歩道にたっていた。油川のノボリをもつことはもっていたが、彼はなにもせず、ただぼんやりと佇んでいた。外語生は後藤を聞えよがしに侮辱した海兵からの引揚学生である。彼はやはり灰色のシャツを着て、冬ズボンをはいていた。彼はアスファルトをとかす八月の白光にうだり、狂騒に疲れ、たいくつまぎれに堀内にむかって手旗信号のイロハを教えた。すると、そこへ、赤旗をなびかせた共産党候補者のトラックがやってきたのだ。外語生はめざとくそれを見つけて手旗をやめ、メガフォンで声援を送った。トラックにも学生はのっていたが、外語生の声援に微笑して手をふりはしたものの、油川の声援はしようとしなかった。外語生はトラックが消えるまで声援をやめないばかりか、油川のメガフォンで通行人に共産党への票を哀願するような真似までした。傷からの反動で彼はそんなことをやったのだ。

「油川なんて、誰が、ばかばかしい……」

彼は怒りともさびしさともつかぬ感情をそんなつぶやきでまぎらした。

すると、そのとき、とつぜん背後に肉薄する足音を聞いたかと思うと、堀内と外語生の体は舗道に音たててなぐりたおされたのだ。堀内は転倒しながら自分の薄い筋肉のなかで骨がきしむのを聞いた。めまいしながら体をおこすと、ひとりの中年の男が形相かえてたちはだかっていた。腕章を見ると、保守党の選挙運動員であった。

「小便くさい真似するな!」

堀内は激昂した相手の眼のいろに憲兵を感じた。とっさに彼はさとった。この男はずっと監視していたのだ。彼は殻の一部が裂けるのを感じた。舗道の固さは政治の苛烈さだった。いつのまにか彼は力の圏にまきこまれていたのだ。

男はなおも筋肉を怒張させて、足踏みしながら二人を狙ったが、とつぜんなにか思いついたらしく、はげしい舌うちをのこして走った。あとで知ったところでは後藤に電話をかけにいったのだった。外語生は男が走り去ってからようやく体をおこした。彼はたおれるはずみにそのたくましい背で街路樹の幼木をたわめていた。木は彼がたちあがったとたんにミシリと音をたて、白い傷口をひらいて道におちた。彼のシャツは裂け、ズボンはタールと土埃りにまみれていた。彼は一度たちあがってから

「またなぐられたか……」

そうつぶやいてしゃがみこんだ。彼は疼痛にたえかねて、しばらくうなだれたままおきあがろうとしなかった。それを見て堀内は、この男もまたありじごくを見ている、と思った。彼は腰から手拭いをぬくと、外語生の肩へだまって投げた。

その日の夕方、堀内と外語生が事務所へ帰ると、後藤が呼んだ。彼は二人をまえにして、運動員から電話があったことを告げた。

「……そういうこともございますから、気をおつけになって」

彼はそういったきり、口をつぐんだ。怒りも軽蔑もしないのである。はじめて会ったときとおなじように消え入りそうな低声で、やわらかい口調だった。ようやく堀内はその陰

性な反応につかみようのない刃の気配を感じて警戒心を抱かせられた。

学生たちは堀内と外語生から話を聞いて不安におちた。彼らは自分たちがたえまなく監視されているらしい事実を発見しておびえるとともに、後藤はすべてを知りながら黙っているのではないかと想像したのである。彼らは毎日後藤から日給をもらいながら、なんとかして怠けようとばかり考えていたのである。ビラの貼りかたはいいかげんだし、連呼はしなかったし、すきさえあれば腕章やタスキをはずしていた。そんな行動がくまなく後藤に報告されているのではないだろうか。後藤は陰険な反撃を考えながらなに食わぬ顔でだまされたふうをしているだけなのではないだろうか。学生たちは彼の沈黙にクモの巣を感じた。どこから視線に狙われ、どこから力がとんでくるか、予測のしようがないのだ。生きるためにはやはり契約を履行しなければならないのだと彼らは思いめぐらした。

その翌日から彼らは苦痛をこらえながら油川の鉢巻きをしめなおし、駅前広場にたつと自虐の衝動から躍起になって油川の名を叫んだ。傷をまぎらすために彼らは狂騒のなかにとびこみ、狂騒を高めるために衝動のまま叫んだ。わざとまのびのしたアクセントで油川の名を叫んだり、お経のようにだらだらと呼んだり、蚊の鳴くような声をだしたりする者もでてきた。彼らのこの傷は油川五郎が立会演説会で大失敗をやったとき、手のつけようのないほど深められた。

油川という男は政見らしい政見をなにひとつとしてもっていなかった。彼は選挙ごろにあおられ、後藤にそそのかされ、自分でも制禦しようのない権力欲と焦躁に追われて体力と資産を濫費しているにすぎなかった。学生や失業者といっしょにトラックにのって連呼してまわっているあいだはまだよかったが、演壇にたつと彼は支離滅裂であった。昂奮のあまり、ただしどろもどろの哀訴をならべたてるだけなのだ。あるとき後藤はこの男に策をさずけた。出身地の貧民街でしゃべるときは政見発表や方針演説など固苦しいことはなにもいわず、ただ頭をさげて職工言葉でたのんだらいいと、奇怪なせりふを教えこんだのである。油川が教えられるままそのせりふをしゃべってみると、貧民街では哄笑がおこった。ところが、あまりたびたびそれをやったので、ある夜油川は演壇で言葉につまったはずみに、それをそのまま口走ってしまったのだ。彼はそれをなんの加工もせず、どぶや残飯のぷんぷん匂う迫力を盛りあげて会場をふるわせた。文化住宅地の小学校の演壇で

「どうか、この……」

と頭をさげた彼は、ついで頭をあげたはずみに、あろうことか

「腕一本、まら一本の私を助けてください！」

と大声で叫んでしまったのだ……

その翌日から堀内は仕事をもとめて町をさまよい歩いた。彼は職業安定所を見つけると手あたりしだいに入っていき、求人のビラが貼ってあればどんな家の戸でもあけた。ふたたび手の仕事にもどることを彼は考えた。外部で内部を規制しようと計ったのだ。鉄、メ

リケン粉、石、木。材質はなんでもかまわない。手が物質を知るときにはかならず旋律と支配力がおこる。それに集中するよりほかに解体をふせぐ方法はなにもないのだ。彼はなぐられて裂け、汚辱の熱い腐液にひたっていた。肉体はあまりに混乱しやすく、分散してとめどがないのだ。二、三の単純な道具と堅固な物質が必要である。指の腹で刃《バイト》を撫で、鉄片の肌理《きめ》をさぐるときにおこる抵抗感とそれを克服するよろこび、それはどんなひっ掻き傷のひとつにも行為が硬い、不動の形のもとに皮膚の外にのこり、いつでも手でたしかめられる快感なのだ。その短切な物質との関係を回復するよりほかに道があるだろうか。

しかし、不況は冬以来、深刻をきわめていた。どこへいっても堀内は素材と出会うことはできなかった。電柱やガラス戸の求人ビラはことごとく期限ぎれのものであった。安定所の中庭には失業者が充満していた。彼らは夏の陽にあぶられてものうげに汗ばみ、尿の匂いのする土にしゃがみこんでいた。彼らはぼろをまとって、うなだれ、おたがい肌を接してゆるやかに息づいていた。それはひとりひとりの人間の群れというよりは、むしろなにか不潔な粘液のよどみ、形を失ってとけあった肉のかたまりにすぎなかった。ひとりの土工らしい男が舌うちして土から体をおこし、その強烈な筋肉で堀内をおどろかしたが、彼のやったことといえばパン売りの老婆から一箇十円のコッペパンを五円で半分だけちぎって買うばかりであった。パンを手にすると男はふたたび土に沈みこんだ。彼はほんのかすかな動作でもはっきり二頭筋がうかがえるほど敏感な筋肉につつまれていたが、だらしなくしゃがみこんでパンを口に運ぶ姿勢はそのみごとさをうらぎってあまりあるものがあった。堀内は自分の薄い肩に絶望を感じて中庭から去った。

油川のための群集は彼にとって素材ではあり得なかった。メガフォンやビラや哀願の言葉は道具ではあり得なかった。そんなものはいくら使っても、道具に固有の、あのつよく快い限界が感じられないのだ。立会演説会の失敗以来はことに汚辱が神経を疲れさせるばかりである。堀内はたえまなく監視の眼を背に感じながら広場を逃げまわり、貧民街をほっつき歩き、あわれな成上り者から遠ざかろうとあせった。ところが、ある日、彼はついに油川五郎のトラックのうえでマイクロフォンをまえにたたねばならぬことになったのだ。

その日、彼は選挙事務所で奇怪な学生と会った。どこかの大学の弁論部の連中である。彼らは〝技術の勉強〟と称して立候補者を歴訪して歩いていたが、その技術は濃厚な政治色をおびていた。彼らは保守党の候補者だけを選んで歩いていたのである。後藤は彼らが自動車でのりつけると、もみ手をせんばかりにかけだして扉をひらき、息子ぐらい年齢のちがう彼らを〝先生〟と呼んで茶菓の手厚いもてなしをした。彼らはしみひとつない大学の制服制帽をかぶり、ゆうゆうと白扇を使いながら後藤と政界の噂話をした。そして堀内たちといっしょにトラックを駅前広場へくりだしたのである。堀内たちがたじたじして見ていると、彼らはいっこうに臆する様子もなくマイクのまえにたって、深呼吸をしたり、発声をためしたり、慎重にマイクの高さを調整したりしたが、それはスタートラインにつくまえの運動選手が足や腕を点検するのとそっくりであった。

彼らの演説はみごとであった。声は粒だちがそろってよくとおり、はっきりひびき、一語一語が抑揚ゆたかに広場へひびきわたって、なにひとつ具体的な政策をしゃべらず、また油川個人についてもなんらふれるところがないにもかかわらず、広場の群集はたちまちトラックのまえに黒山だかりとなり、しまいには共産党の運動員までが連呼をやめて聞きにくるというありさまであった。堀内はこのはじしらずな学生たちの流暢なエネルギーに圧倒され、アクセントだけで群集を加工する力に、異様なものを感じさせられた。彼らは交互に何分かずつしゃべって、三十分もたたないうちにたちまち広場の全群集を吸収し、トラックのまえへ緊張感と量感にあふれた沈黙の圏をつくりあげ、うやうやしく頭をさげてひきさがった。

「これくらいの時間が手頃ですな。ゆとりをのこしてやめられます。ありがとうございました」

主将らしい学生は後藤にあいさつし、仲間のひとりに自分の赤い革鞄をもたせてトラックをおりていった。

ほかの学生たちはこの得体の知れぬ晴業におびえ、堀内が茫然と佇んでいるあいだにすばやくトラックから逃げてしまった。彼らはまったく敏感であった。事は彼らの予感どおりに運んだのだ。堀内が気のついたときはもうおそかった。弁論部の連中が去ると同時に後藤が腰をあげ、堀内のまえにたちはだかったのだ。

「やって頂きましょう、堀内さん」

堀内は後藤のやさしい口調に冷酷きわまりないものを感じさせられてたちすくんだ。

「もうすぐ油川先生がかけつけておいでになる。それまでつないで頂きましょうかな。前座に負けずにね、ごく利くところを一席……」

彼はそれだけいうと背をむけ、いつものように足音をしのんでひきさがった。トラックのうえにはほかに誰もいなかった。

マイクをまえにたったとき、堀内は手足がふるえ、全身にかかる圧力で息もつけなかった。彼のまえにはおびただしいかたまりがひろがり、停滞していた。彼らはだまりこんで声を待っていた。堀内はその沈黙におびえたのだ。自分のアクセントとリズムがこのとらえようのない群集に拡散をおこさせるのか、集中をおこさせるのか、彼にはまったく予測できなかった。彼は透明な厖大な壁が発生してたおれかかってくるのを見た。マイクを片手でひきよせたとき、彼は圧力にたえかねて、自分の内部のもっとも脆弱な部分がやぶれるのを感じた。その言葉を発した瞬間、彼は四散した。

「戦争をおこしたのは誰だ！……」

甲高い悲鳴が広場をつらぬいた。

堀内は熱い腐液でのどをつまらせ、窒息しそうになるのをおぼえた。彼は自分の言葉の意外さに茫然とたちつくした。言葉はそれきりつづかなかった。

群集のなかにやがて私語と失笑のざわめきがおこった。かたまりのあちらこちらにひびが入り、堀内はひらく口や白い歯を見た。意味のない雄弁、明快に整序された抑揚の快感、約束された起伏の流れ、ただそれだけを待っていた群集は、堀内が皮膚をやぶった瞬間、その異様な密度にうたれたが、彼が絶句したままたちすくむばかりなのを見とどけると、たちまち劇を解消した。緊張はくずれ、量はゆらぎ、かたまりは無数の疲れた破片に分散した。人びとは町の東西南北にむかって汚水のように流れだし、舗道にしみこんでいった。そのひとりひとりの体からたちのぼる侮蔑や嘲罵の気配に堀内は眼をあけていられなかった。彼は汗にまみれ、くちびるをかんで、干潟が日光に輝きながらひろがってゆくのを薄膜のかなたに眺めた。漏斗型の暗い穴に屋根や壁や窓が散乱していた。男がひとり、舌うちとともに袴を鳴らしてたちあがる気配が薄い背をおそった。堀内はたちまち熱い砂のなかにのめりこんだ。

## 四

事務所にはさまざまな人間が出入りした。選挙の日が近づいて町の狂騒が高まるにつれてそれははげしくなった。保守党の代議士や市会議員や選挙区の顔役たちが入れかわりたちかわり、昼となく夜となくやってきた。得体の知れぬごろつきたちがどこからともなく集まってきて二階にあがりこみ、終日酒を飲んでさわいでいた。彼らはもろ肌ぬぎで政論をたたかわし、大臣や代議士を君呼ばわりで噂しあい、昼寝して、二、三日するとどこかへ去っていった。油川や後藤はしじゅう彼らに酒肴を供し、煙草銭や車代をにぎらせたが、彼らはいっこう応援演説にでかけようともせず、ただ大声で議論するばかりであった。油川がビタミン注射をうって辻から辻へ必死になって走りまわるあいだも彼らは事務所の二階で酔っていた。彼らはそうやって候補者の事務所から事務所へ流れて人生をすごしてきたらしいが、生活苦の暗いかげは蔽いようがなかった。パンツ一枚で杯を投げあいながら議論をしているときは血気さかんな壮漢のようでも、風呂場や廊下ですれちがうと重い吐息を聞くことがあったし、むざんな老醜を目じりにきざんで洗面所で入歯を黙々と洗っているものもあった。彼らの服やズボンはこんぶのように皺だらけで、靴の踵はすりきれていた。それにもかかわらず、二、三人集まるとたちまち反応して政戦を論じはじめるのだ。堀内は彼らの高声を壁ごしに聞いて、その狂熱の支柱はなんだろうと思った。

油川は夜おそくなると町からくたくたに疲れてもどってきた。不眠のために彼の眼は血走り、声もしゃがれて、そとから帰るとしばらくは畳にねころがったままあえぐばかりであった。後藤は彼があんまにたすけられて体をおこすのを待ってからその日の戦果と会計を報告した。戦果というのは学生や失業者たちが連呼をしたり、ビラをまいたりした地区のことで、後藤は毎日、市内地図をひろげて赤鉛筆でぬりつぶした。油川は後藤やごろつ

きたちから予想をあれこれと聞かされ、壁の地図が日一日と赤くひろがってゆくのを見て

「いっそ五十銭札で印をつけたらどうじゃい！」

などと高笑いした。そして後藤のいうままに小切手を切り、伝票に判をおし、請求書に署名をした。後藤は油川やごろつきたちから酒をすすめられても飲まず、応援の代議士たちとつきあうときも

「私はこちらのほうなんで……」

と夏羽織のふところからキャラメルをとりだして口にふくんだ。そして、いろいろな術策や演説法を油川に耳うちはしたが、自分から議論を買ってでるようなことはしなかった。金を油川からひきだすだけひきだすと彼はそっと狂騒の群れをかきわけて消えていった。

学生たちの苦痛ははげしかった。はじめのうちはビラ貼りだけでなんとかすませられたのだが、堀内と外語生がなぐりたおされた頃から選挙戦は激化して、早朝から深夜まで休むひまなく彼らはトラックやオートバイで走りまわらねばならなかった。内部の傷を確認して計量している余裕もないのだ。新聞では大学生が保守党の応援演説をしていることの破廉恥ぶりを投書者が糾弾し、町ですれちがう共産党応援の細胞学生たちは露骨な嘲罵を浴びせてきた。そして後藤から逃げようといくらあせっても、監視の視線がたえまなく執拗に背後から迫ってきて、手も足もでなくなってしまうのだ。投書者や細胞学生たちに対しては生活のためという弁解を用意してはいたものの、彼らは間断なく不安と焦躁にくる

しめられていた。小学校の演壇で油川が口走った卑猥な言葉を思いだすと、彼らはいてもたってもいられなかった。ところが、ここにひとり、弁論部の学生たちとかわらぬくらい破廉恥な男がいた。沢田である。彼ははじめのうちはほかの学生とおなじようにビラやメガフォンをもって事務所から町へでかけていったが、気質があわないためか誰ともいっしょに行動しなかった。堀内は手の仕事をさがし歩くためにひとりだったし、そのうち沢田が事務所に寝泊りするようになってからは、おなじ事務所にいながらまったくはなればなれになってしまったのだ。沢田はそのうち事務所に出入りするごろつきたちと親しくなり、彼らといっしょに車座になって酒を飲みはじめた。彼は夕方になって後藤に流しを命じられた地区から帰って来ると、二階へいき、ごろつきたちの飲みのこした徳利や杯を集めてコップ酒をすすった。例によって眼を細めくちびるにつばをため、舌を鳴らしながら吸うのである。杯に他人の指紋がついていようが、つばがついていようが、かまうことはないのだ。ただ飲みたいから飲み、うまいから飲むだけなのだ。自虐や自棄からではない。彼は屈折を知らない牡である。ごろつきと酒を飲んでいるところへ油川がもどってくると、沢田はたっていって、その大きな百姓の手で靴屋の腕をつかみ、疲労困憊している相手にむりやり飲ませた。そして

「あんたはアホや、大アホや、底なしバケツで水汲んでるようなもんや」

などとやくざ口調でののしってみせたりするのである。

ごろつきと飲んでいるだけならまだよかったが、そのうちに彼は学生たちから決定的な憤怒を買った。ある日彼はトラックにのってみんなといっしょに連呼にでかけた。その日は郊外の農村地区が目的地だった。町の要所要所では油川が後藤に書いてもらった原稿をのぞきながら演説をしたが、そのあいだあいだは学生が連呼しなければならなかった。彼らは油川と後藤に見守られていやいやながらマイクを手にしたが、沢田は平然としていた。自分の順番がまわってくると彼はやおらたちあがった。そしてマイクに向うと

「………………!」

油川より大きな声で叫んだのだ。

マイクのなかでその声が振動し、ふるえ、ぶつかりあって日光のなかへ拡散するのを聞くと堀内たちはいきなり全裸にひき剝がれたような衝動を感じて眼をふせた。彼らは背後からとつぜんおそわれたような焦躁と狼狽に歯をかんだ。彼らは自分たちの恥部が容赦なく公衆の面前にさらけだされたのだと思って、花より早く衰弱した。堀内は外語生が青ざめた顔でうなだれ、自分をかくそうとしてトラックの側板にぴったり体をよせるのを見た。

その日、夕方、事務所に帰ると沢田は二階へあがった。堀内たちは後藤の命令でそれからふたたびトラックで立会演説会の会場へでかけなければならなかった。疲労と汚辱で重くなった血管を抱いて彼らが夜ふけに事務所へもどってくると、沢田は酔いくたびれて、バネのとびだした長椅子のうえで泥睡していた。厚ぼったい顔や大きな足から酒と汗の匂い

をたて、あたりには腋臭や口臭など、人間のあらゆる分泌物の匂いが薄暗くよどんでいた。長い砂袋、血と脂肪と骨のつまった、重い砂袋を見て、学生たちはそれまでの疲労をどうにかささえていた沢田への憎悪と侮蔑が力なくくずれてしまうのを感じた。

「ばかには勝てねえな」

「うらやましいようなもんだ」

彼らは舌うちしながら粘液質の異物のまえからたち去った。

このときからはっきり学生たちは沢田とわかれた。彼らは後藤の命令で連呼にでかけるときは二人、三人と組になったが、沢田はひとりで行動した。どんなに夜おそくなってでも堀内は郊外の小屋へ帰ったが、沢田はなにかと飲む口実をつくって事務所に泊った。そのため、堀内は沢田がなにをしているのか、まったく知らなかった。駅前広場のまんなかで絶句して血まみれになった日、堀内は滅形にたえかねて、事務所へ帰るとちゅう、後藤の眼をぬすんでトラックから逃げだした。彼は埋立地や焼跡をあるきまわり、建築工事場のスチームハンマーを眺めた。それは荒野の地平線上で正確な上下運動をくりかえしていた。音もひびきも聞えないが、鉄槌は緩慢につりあげられると、つぎにある予感をともなって落下した。鉄骨がそのたびに地殻をつらぬいて沈みこむ。堀内にはその一センチ、二センチのうごきが遠方からでも肉眼にハッキリ映るような気がしたのだ。そしてその構図が自分を誘惑するのは、ただ二つの無機質な力しかそこには表現されていないからだと彼は考えた。彼は、自分を、うたれる鉄骨としたり、うつ鉄槌としたりして、夕闇が血管のすみずみにみちわたるまで、埋立地にすわりこんでゆるやかな上下運動をおこなった。何時間かのちにたちあがったとき、彼は夜を吸いこんで、かすかだが確実な回復の合図を足に感じた。

翌朝、事務所で沢田に会った。彼は、前夜、事務所に泊ったのだが、すでに堀内の失敗の話を人から聞いて、全部知っていた。彼は堀内の顔を見るやいなや、さけるすきをあたえなかった。なにもいわずに、いきなり指さして笑いだしたのだ。それは浴槽で浴びせられたのとおなじ哄笑であった。沢田は野卑で狡猾で原形質的な男だが、彼の笑いにはなにか苛烈で容赦ないものがふくまれていた。堀内が、聞かれるままに、埋立地でスチームハンマーを吸収していた話をすると、沢田はようやく笑いをおさめた。そして、しばらくだまってから、堀内の眼をしげしげとのぞきこんで彼はいった。

「やっぱりあんたは町の人間や」

その指摘にするどい資質を感じさせられて堀内はだまるしかなかった。

後藤から地図をあたえられると、その日、沢田は堀内をつれてでかけた。堀内は油川の鉢巻きやタスキやメガフォンに膿を感じながら町を歩き、だまって沢田のあとについていった。沢田は広場につくとあたえられた地図とは反対の方角に歩きだした。そして陸橋をわたって植物園の前庭に入ると、長い坂をおりていった。坂のしたの広場は闇市で、あちらこちらに掘立小屋やテントがならび、野外炊爨所《すいさんしょ》のように食物と火の匂いをみなぎらせていた。土はぬかるんで野菜くずや飯粒が散乱し、ぼろをまとった人びとがあてもなく歩きまわっていた。はらわたの樽があり、煮こみの大鍋があり、賭博師や香具師や闇商人がするどい声で叫びあっていた。

沢田は人ごみをぬけると、堀内を一軒の貸将棋屋につれこんだ。沢田は顔見知りらしく、その店の主婦をなれなれしく呼びつけると、二人の持物を全部わたしてしまい、さっさと部屋にあがりこんだ。薄暗い部屋のなかには煙草のけむりと人いきれがみなぎっていた。沢田は人ごみをかきわけると、やぶれた押入れの板戸をあけて、自分の家のように将棋盤をもちだしたのである。堀内がすわると、沢田はだまって駒をならべた。彼は駒の配置をおわると、煙草に火をつけ、眼を細めて堀内を見た。

「どや、ごくらくやろ……」

「…………」

勝負を一番おわるあいだに堀内は沢田の口からいっさいの事情を聞きとった。沢田は油川にやとわれた日からまったくはたらいていないのだった。

彼は毎朝事務所をでると、まっすぐこの将棋屋にやってきて、将棋をさしたり、昼寝をしたりして一日をつぶした。日によっては将棋屋もあれば麻雀屋もあり、ときには植物園の前庭で昼寝をしたり闇市をぶらぶら歩きまわったこともあるという。そして夕方になるとタスキをかけ、腕章を巻いて事務所に帰り、後藤に〝戦果〟を報告してからごろつきと酒を飲んだというのだ。油川と後藤はこの男に将棋をさせるためにせっせと日当を払い、昼弁当をもたせ、煙草をやっていたのだ。

「…………」

堀内は駒をさすのを忘れて沢田に見とれた。沢田は大きな頭を将棋盤にかたむけ、子供でもとけそうな詰手の解決にうめいていた。堀内は囲みを一箇所ほどいてやりながら沢田に聞いた。

「ビラはどうしたんだい？」

沢田は一度もちあげた駒をまたもとにおろしてうめいた。

「どぶにすてた」

「全部？」

「全部や」

「…………」

「一枚のこらずや」

沢田はやっと駒をうごかしてから、顔をあげ、薄く笑った。

「おれはビラも貼らんし、連呼もせえへん。演説会場へいってもなんとなくうろうろしてただけや」

そういわれて思いだすと、すべて事実であった。ビラのことはさておいても、堀内は沢田が叫んでいるのを見たのはたった一回、あの油川の言葉をそのままわめいて学生たちを絶望におとし入れたときだけだ。堀内が運動員になぐりたおされたときも、トラックのうえで破散したときも、附近に沢田の姿はなかった。堀内は自虐の衝動でもがいている学生たちを思いだした。そして沢田は堀内自身や学生たちの傷を利用していたのではないかという疑いを抱いた。自分ひとりの処理にこころを奪われ、圧力の排除に腐心するあまり、誰ひとりとして沢田をかえりみなかったのだ。そして、この不潔な男が、結局、もっとも清潔で無傷で健康を保ってきたのだ。堀内は呆れたまま、ものがいえなかった。

まわりでは老人や退職者や、闇商人、保険勧誘員、失業者などが、湿った異臭をたててひしめいていた。彼らはたえまなくつぶやき、体をうごかし、つばの音をたて、古ゴムのようにひからびた時間にむかって将棋をさしていた。ときどきはげしい舌うちがひびいた。なにをあせっているのだ。なにを追い、なにを詰めようというのだ。駒はすりへり、角をまるめられ、彫りを垢で埋められている。つよくおせばあぶらがにじみでてきそうなのだ。それは執念によって木から変質し、粘土のような重量をおびた記号であった。

「おれは尻の毛をむしられるのは好かん」

沢田はふてぶてしく笑って駒を盤にたたきつけた。彼はまわりの物や人と完全に癒着して畳にのさばっていた。

翌日から堀内は将棋屋にかよった。彼と沢田は事務所をでると、一度べつべつの方角にわかれてから前後して将棋屋でおちあった。彼らは夏の日光と砂埃りを浴びながら将棋をさしつづけた。勝っては負け、負けては勝ち、疲れるとその場でごろ寝した。壁も畳も浮浪者のような匂いをたてていた。堀内の皮膚は埃りにまみれ、日光にあぶられて、何日かたつと町を歩いていてもその部屋とおなじ匂いを発散するようになった。彼は他人の足や腰にはさまれてよこたわり、あたりを眺めた。沢田は汗にまみれ、ときどき直射日光にまぶたをけいれんさせながら、いぎたなく口をひらいて眠りこけていた。そのむこうでは、そばによられるとじんましんのおこりそうな、ぼろをまとった敗残者たちが駒をののしっていた。

この湿地帯は颱風の眼だ。町にひしめく正体の知れない人間のエネルギー、その気配はここにも濃密にある。しかしそれはただ気配としてたちこめるだけで、どこかに奇妙な安心感がある。ここでは監視されたり、とつぜんおそわれたり、熱い砂のなかへおぼれたりすることはない。ただ汗にひたって皮膚と畳が癒合したような悪寒にたえるだけでよいのだ。ここへおちるよりほかに自分を守ることはできないのだ。

しかし、と堀内は思う。この部屋にはなにか緩慢な自壊作用をさそうものがある。手足につたわる感触がそっくりなのだ。あの炉のような粗壁のなかで漏斗型の砂の斜面に体をよこたえ、あらゆる力のままにおちるにまかせていたときの、あの感触とそっくりなものがある。窓に殺到する闇市の音。将棋にふける男たち。そしてはげしい日光。この配置があのときのツタやハエや日光とどこがちがうのか、堀内にはわからない気がするのである。なによりもここには外界がないのだ。消費はあっても加工はないのだ。下降か停滞があるばかりなのだ。このままだと足や腰のしたにふたたび深い砂がしのびこんで、身うごきできなくなるような気がしてくる。

堀内は焦躁をおぼえてそとへでかけた。彼は闇市を歩きまわり、坂をのぼりおりし、植物園の前庭をぬけた。彼は素材をもとめて一日じゅう歩きまわったが、町は不況の透明な壁で無数に細分化されて、どこへいってももぐりこむことはできなかった。閉められた戸、やぶられた紙、音の死んだ工場、人びとの沈んだ中庭に出会うばかりであった。夕方になると堀内はがっかり疲れてもどってきた。植物園の前庭には高射砲陣地の跡があり、深い壕がのこっていた。堀内は坂をおりるまえに、きっと一度はそこへたちよって、壕のなかに住む人びとを眺めることにしていた。

壕のなかは坑道が迷走し、いくつもの家族が入っていた。あちらこちらの横穴からたえず男や女や子供が出入りし、土のなかで人声が聞えた。彼らはみんなほとんど全裸で、はだしだった。飯盒を炊こうとして女がかがみこむと、海藻のようなぼろから赤土色の乳房がはみだした。あたりの土と草には人間の親密な異臭がしみこんでいた。堀内は壕の土壁のうえにすわってそのしめやかな、さすような匂いをかぎ、薄青い夕靄のなかで呼びかわす牡のつぶやき、牝の声に耳をかたむけた。その声は静かで単純で、必要なことしかしゃべらず、疲れてはいるが、どこか器物に似た親密感を抱くことができた。堀内はそうやって長いあいだじっとすわってすごし、音や声や匂いがたっぷり吸収されて焦躁をやわらげるのを待ってから腰をあげた。

……こうして、毎日、堀内と沢田が一日をつぶして事務所にもどると、後藤が待っていて、二人の報告のままに地図を赤くぬりつぶした。油川はそれをうけとって欲望のしみをひろげたが、堀内はむなしい気がした。油川は後藤の指図のままに東奔西走し、資金を調達するために製靴工場を抵当に入れ、在庫品を放出し、いくつかの売店を売った。彼が立候補したのは皮革組合や製靴業者などの組織票に対する自信からだということで、後藤は機会さえあればそのことを力説していたが、堀内たちは彼らがその方面でどんな努力をしているのか、なにひとつ知らされていなかった。彼らは浮動票の獲得しか命じられていないのだ。しかし、堀内の眼から見ると、この方面では、油川の資産はまったくの濫費にすぎないように感じられてならないのだ。彼が過去に蓄積した力は町の壁に吸われ、広場の狂騒に四散し、将棋屋の畳にしみこんで、あとかたもなかった。ビラはいくら貼ってもつぎからつぎと貼りかさねられて消えたし、学生たちがいくら連呼しても他の候補者たちの拡声器がそれを追いちらした。なによりも油川自身の演説は拙劣をきわめて、自殺行為にひとしいのだ。五十銭札を貼った壁や、党首からの激励電報を三宝にのせた床の間、そして疲労のあまり口もきけなくなって、杯や徳利の散乱した部屋に寝ている油川、またそのまわりでめいめい気ままに放言しているごろつきたち、そんなものを見るたびに堀内は破局の濃い予感をあたえられるのだ。

その予感は日一日と大きくなるのだが、事務所内のすべての現象の起点にたつ後藤は冷静をきわめていた。彼は代議士や有力者の応接に忙殺され、学生や失業者に命令をくだし、印刷屋を呼んでビラを刷らせた。彼は一日じゅう電話をかけ、帳簿をつけ、トラックを走らせ、油川を走らせたが、自分自身はまったくといってよいほど活動力の印象を人にあたえなかった。その青ざめた顔や低い声、キャラメルの甘い匂い、人のうしろをそっとしのんで耳うちして歩くやりかた、支配力を感じさせずに人を支配する手口、そうしたものを見たり感じたりするたびに堀内は、つかみどころのない、しかし執拗な精力を想像して、なにか危険をおぼえるのだった。

あるとき堀内は二階の宴席のすみで後藤が電話をかけているのを聞いた。断片的だが、前後の話の様子で、つぎの市会議員の候補者の一人にかけているのだということがわかった。市会議員の選挙は油川たちがおわったあとでおこなわれるはずだった。

後藤はその候補者に自分をマネージャーとしてつかってくれるようにたのみこんでいるのだった。彼は耳を指でふさぎ、壁ぎわにしゃがみこんで、ささやくように相手を誘惑していた。それはただの取引にすぎなかったかもしれないが、堀内は暗く、重い直感を得た。

彼は後藤の後姿を見て、牙も爪も警戒色ももたないが猛獣であることにはちがいない、陰湿な小動物の姿勢を感じた。その印象はほとんど確信にちかいものであった。

（死ぬまでに何人破産させるのだ……）

後藤がたちあがると、電燈がその赤ちゃけた細い髪をすかして、頭蓋骨の線をクッキリと影にうかびあがらせた。堀内はその猫背の非力な小男が陰険な精力に充満しているのを感じた。後藤は明るい電燈のしたで飲みくずれ、笑いくずれている油川を静かに眺めた。そしてなんの表情もうかべずに背をむけると、足音をしのんで暗い階段に消えていった。

学生の生活苦のために延期されていた試験が新学期の九月におこなわれるので、堀内と沢田は何ヵ月ぶりかで登校した。さまざまな仕事場ではたらいていた学生が、さまざまな服を着て廊下や教室をうろうろしていた。航空ズボンに半長靴というのもいれば、紺の背広にダンス靴というのもあった。職工服もあれば、兵隊服もあった。闇トラックの運転をしていた元航空兵がケインズ理論のノートをかかえて、ダンスの助手をしていた法科生とイモの闇値の話にふけっていた。そして教室といわず廊下といわず、いたるところに学内細胞署名のビラが貼られ、共産党の当選者たちの名と檄文が赤と黒の劇を氾濫させていた。

午前中の講義がおわって堀内が食堂へゆくと、おなじ油川の運動員をしていた二、三人の仲間に会った。食堂の壁には赤旗がピンでとめられ、あちらこちらで細胞の学生たちがするどい声で激論をたたかわしていた。参議院選挙の開票があってから一週間ほどたったところで、細胞の学生たちは応援演説にいったときの話や新議員の噂話に没頭していた。

堀内の仲間は遠くからそれを眺めて、たがいにおびえたまなざしをかわしあった。油川は落選したうえに選挙法違反の疑いで検察庁から摘発され、逃走中であった。油川の名の読みちがえや書きちがえを無効票とさせまいために後藤は予想されるかぎりの名を書いて管理委員会に提出したが、むだであった。読みちがえ、書きちがえられるほど油川は人びとにおぼえられていなかったのだ。開票の翌日の新聞を見ると、油川は全立候補者の写真と名の洪水のはるか岸辺に小さな数字をかかえてかすんでいた。二、三日してから学校の帰途にたちよった者の話では、事務所はもとの家屋の周旋業者の事務所にもどり、ガラス戸は土地家屋の値段表で埋まっていた。壁には一枚の五十銭札もなく、二、三人の男が古びた長椅子にもたれてのんびり茶をすすっていたということであった。

細胞の学生たちがはげしい高声で選挙の苦闘ぶりをあれこれと話すのを聞いて、堀内の仲間は不安になっていた。いまにも告発されはしまいかと思ったのである。仲間のひとりはイモ雑炊のどんぶり鉢をおいて誰にいうともなくつぶやいた。

「……食えなかったんだからな。なにしろな、あのときはな……」

それは誰しもおなじ思いであったが、だからといって憂鬱が消えるわけではなかった。彼らは駅前広場の昂奮にまきこまれて連日連夜、油川の名を叫んでいた事を思いだすと、食うためということだけでは立場を確認しきれないような気がした。わけても開票日の前日は法定時間の夜十二時という制限時間いっぱいまで絶叫していたのである。その記憶は胸苦しく彼らの内部によどみ、血をにごらせ、そのうごきをにぶらせていた。胃を圧するその不快な緊張をやわらげるために、やがて彼らは口ぐちに油川や後藤をののしりはじめた。

「……靴屋の票が入ってなかったな。それが最大の原因さ。あいつは組織票をあてにしていたんだからね。それがこの始末じゃ、演説も下手だが現ナマも足りなかったってことよ」

「後藤だと思うね。あいつが油川を食いものにしたんだよ。あいつははじめから当選させてやる気なんかなかったんだよ」

「おれは党だと思う。党の指令で後藤は油川をおさえたんじゃないかな。つまり古顔の連中を当選させるために新顔の動きをおさえる。そうしないと票が共食いで散ってしまうからな」

「そういやあ、あいつはなんだか気合いが入っていなかったな」

一座の空気がにぎやかにうごきだしたとき、とつぜんひとりが叫んだ。

「野郎の演説！……」

その声がすべての意見を殺した。みんなはピタリと口をつぐみ、油川の悲鳴を思いだした。彼らは頭をかいたり、煙草をふかしたりして、しばらくだまっていたが、とつぜんいっせいに声をそろえて笑いだした。彼らはテーブルをたたき、煙草の灰をちらして笑いくずれ、なかにはすばやくたちあがって身ぶりたっぷりに油川の叫んだ一語一句そのままを叫ぶ者もあった。彼らはひとしきり笑ってから、やがてめいめい容赦のない吐息をつくのだった。

「ばかだったなあ……」

「ばかだった」

すでにその憐憫のつぶやきには傷のするどさがなかった。彼らの血はふたたびよどみなく流れはじめ、優越感で温かく音をたてていた。堀内は仲間が笑いさざめくのをだまって聞いた。彼は体のまわりにやわらかい愛撫と妥協の霧がただようのを感じた。仲間はみんな油川が落選した事実で自分たちの汚辱がなかば消えたことを感じ、のこりの傷は彼を戯画化することでまぬがれてしまったのだ。彼らの批判はかなり正確で、よく観察もしているが、それはすべて劣等感の訂正のためにおこなわれていた。彼らは劣等感をすくい、劣等感を補償するために批判しているのである。この整序は快いが、つぎに衝撃がおそったとき、なんの役にもたたないのではないか。堀内は不安をおぼえた。彼は群集のざわめきにみちた講堂の暗がりから遠いところにいるが、けっしてあのときよりつよくなったわけではないのだ。彼は時間のままに流され、現実を現実のままにのこし去ってきただけなのだ。

なおも仲間は芋雑炊をすすったり、コッペパンをかじったりしながら、油川や後藤をたいいた。彼らの口調は軽快で辛辣で機智に富んだものになり、沢田がやってきたときは幸福な嘲罵ができるまでに回復していた。彼らは沢田が椅子につくと、待ちかねたようにしゃべりだした。そして沢田がごろつきと酒を飲んだことや、油川の卑猥なせりふを大声で叫んだことなどをとりあげて彼の破廉恥さや不潔さや無節操をからかったり、さげすんだりした。

「おめえはよろしくやってたな」

というものもあれば

「油川を先生って呼んだっけな」

「後藤と握手もしていたぜ」

などとかぞえたてる者もあった。

堀内は彼らの反感や侮蔑がほんとの速度ととげをおびはじめたら沢田のために弁明しようと考えていたが、沢田自身はなにをいわれても、ただ皮膚の厚い、毛孔に垢のつもった顔へ薄笑いをうかべるだけで、聞き流していた。堀内はその朝、小屋をでがけに飯盒でふかしたイモパンを新聞紙からだして沢田にわたした。沢田は大きな爪でそれをむしり、みんなの嘲笑を浴びながら重い顎をゆっくりうごかしつづけた。

肩にやわらかい手がさわるのを感じて堀内はふりかえった。いつのまにしのびよったのか、息もふれんばかりの身近に猫背の小男がたっていた。男はやさしい声で

「みなさんおそろいで……」

と頭をさげた。

「…………！」

後藤だった。後藤がやってきたのだった。彼はあいかわらず羽織袴で白足袋にゴム裏草履をはいていた。

「…………？」

堀内が眼でうながしても後藤はすぐに口をきこうとしなかった。そしてぼんやりしたまなざしで共産党の檄文が貼りつめられた食堂の壁をひとり眺めまわしてから

「ちょっとお話し申上げたくて……」

といったきり口をつぐんだ。

その様子にはどこかしぶといものがあって、堀内はにが手に思った。後藤の出現はあまりとつぜんで、堀内はなにか計算を感じさせられた。彼はずっとまえから背後から狙われていたのではないかと思った。仲間たちはいまのいままで高声でしゃべっていたことがすっかり立聞きされたのではないかと思い、あわてて口をつぐんだが、誰の眼や頬にも狼狽の表情はかくせなかった。彼らはだまりこんで眼をふせ、そっぽをむいた。テーブルのう

えにしらちゃけた緊張が流れるのを後藤はしょんぼりと肩をおとして眺めた。

沢田がおもむろに顔をあげた。彼はイモパンを頰張りながら、ずけずけした口調で聞いた。

「どないしたちゅうのや？」

「ちょっとお話ししたいことがありまして……」

後藤はおなじことをいってから
「どこかお部屋をあらためて……」

と女のようにささやいた。それはよわよわしいが、しかし、結局は相手をうごかさずにはおかない執拗さをひそめていた。

「うるさい奴やな！」

沢田がパンを投げたのをきっかけに堀内たちはいっせいに椅子を鳴らしてたちあがった。そして沢田をかこみ、二階の大講堂へあがっていった。

後藤の話は選挙違反の後始末のことだった。彼は講堂のベンチに腰をおろすと学生たちに選挙中の礼をいい、油川が選挙費用の公定限度を超過した疑いをかけられて逃走中であることを打明けた。彼ははばかるようなまなざしであたりをちらとうかがい、声をひそめたので、学生たちはどうしてもそのまわりへ集まらなければ聞きとれなかった。

「こんなことはままありがちなもんでして、ほんのちょっとした誤解なんですが、なにしろ油川は落選しましてな。それで気がたって逃げずにもすむところを逃げて騒ぎを大きくしてるんです。根はあんな男で、それはもう、潔癖なもんでして……」

後藤はくどくどと何度もだめをおしてから、ついては費用の明細書をつくって検察庁へ証拠書類として提出しなければならないから、あらためて賃銀簿に捺印して頂きたいというのであった。後藤はそのとき、学生が一日四百円ではたらいていたのを五百円ということにして捺印してほしいといった。そのことを沢田が聞きとがめて

「嘘いいな。一日三百円やったがな」

すかさず指摘すると、後藤はちょっとあわてて

「あ、そうでしたかな。なにしろ金の出入りが多いもんでして、つい……」

すばやく訂正したが、そのとき彼の眼のなかを走って消えた、危険なひらめきに、堀内は暗いものを感じた。失業者や学生をふくめて運動員はざっと二十人いたから、一人百円として一日二千円になる。この男はぜったい計算ちがいなどするような人間ではなかったはずだ、と堀内は考えて、油川をあわれに思った。運動員の日当など全体から見ればたかの知れたことだが、それだけでもすでにこのありさまなのだ。

（いくらかせいだのだろう……）

堀内は後藤のやせた首すじを眺めて、さむざむしいものをおぼえた。後藤は学生たちを毒しはじめた。はじめのうち学生たちは虚偽の記録に印をおすことを迫られて、めいわく

がりながらもはっきり口にだしてことわったが、そんなことで後藤はひきさがる男ではなかった。彼は雑巾のような人情論でからみついてきた。

「油川は暗いところで手をあわせておりました」

とか

「お腹立ちは万々承知のうえなんでやんすが……」

とか

「生涯兄弟のちぎりで……」

あるいはまた

「油川はばかでございまして、助けてやるとひとりで恩に着ては苦しみたがる、そんな、もう、人情餓鬼なんで」

などともいうのだ。

彼はそうしたことをちょっとほのめかしてはだまりこみ、ひとしきり爪をかむと、またなにか暗示してひきさがり、あまりだまっているのであきらめたのかと思うと、またはじめからやりなおすのだ。いんぎんで、やさしくて、抑揚のない、陰湿なやくざ口調でからみつくのだ。学生たちは湿って重くなり、口ごもりだした。彼らはあがけばあがくほど身うごきならなくなるのを感じて、焦躁のあまり足踏みしたり、頭をかいたり、熱っぽい眼を見かわしたりした。

堀内は全身を白い、粘っこい糸でびっしり蔽いかぶされるのを感じた。ほっておけば後藤は一日でも二日でも、そこにそうやって両棲類のようにすわりこみ、相手が疲れはててたおれるまで待ちつづけるのではないか。この精力はなんだろう。どんな世界にこの男はいままで生きてきたのだろう。後藤のやせた首すじには、色の薄いにこ毛が藻のように生えてからんでいた。それを見て堀内は、いつか油川の宴席のすみで電話をかけていた彼の姿勢を思いだし、あらためて

（……猛獣）

と感じた。

後藤はすっかりだまりこんだ学生たちをひとりずつ眺めた。彼の視線に舐められた者はみんな顔をふせるか、くちびるをかむかした。堀内はすばやく顔を窓にそらした。後藤は、やがて、学生のひとりになれなれしく呼びかけた。

「終盤戦のときは泣いていただきましたねえ」

というのだ。

「油川はそりゃもうよろこんで、みなさんのことをしょっちゅう噂しておりましてね、私は他人様の財布をあずかるだけで薄情いっぽうなんです。失礼ですが、お名前はなんと？……」

学生はついにたえられなくなって口走ってしまった。

「ぼくは、ぼくは、自分では判がおせませんが、それでも、しかし、かりにですね」

彼は息をつめて早口にいった。

「かりにここにぼくの判がおちていたとして、それをあなたがひろって使うんなら、それは、もう、ぼくの知らないことだから……」

彼は昂奮して混乱におち、そんなことを支離滅裂に口走るだけ口走って椅子へ背を投げた。そして、注意深く上眼使いに自分をうかがう後藤に憎悪とも嫌悪ともつかぬ、熱く光る視線を投げた。彼はついさきほど後藤は党の指図で油川をおさえたのではないかという怜悧な臆測をくだした男であり、沢田が後藤と握手していたといって非難したばかりのところだったのだ。後藤は彼の顔をじっと眺めて、その言葉の意味を考えた。学生たちは広い大講堂いっぱいに手でさわれるほど硬い沈黙がそびえたつのを感じてうなだれた。するとそのときはげしい罵声が靴音とともにひびきわたったのだ。

「とろくさいことをぬかすな！」

沢田であった。彼は重い軍靴で床を蹴ってたちあがった。彼は後藤にむかって
「おれはかんにんしてもらおう。誰があんたらの片棒かつげるか」

吐くようにいいすてて背をむけた。

後藤の顔に意外そうな表情がうかび、それはついで狼狽のいろにかわった。それは学生たちでもまったくおなじであった。彼らはいまのいままで沢田と後藤を共犯だと思ってい

たので、すっかりうろたえてしまった。沢田から罵倒されようなことは思いもよらぬことだったのだ。学生がざわめきだしたのを感じて後藤は沢田の腕に手をかけ
「まあ、そうむげにはおっしゃらず、とにかくいっしょにいそがしい目をした仲でもあるんですから……」

沢田は狡猾な表情で後藤を眺めた。彼の眼は薄笑いで豚のように光り、露骨に後藤の顔や体の弱点をさがし歩いた。

「あんたの思いちがいや」

沢田は酒焼けでしらちゃけたくちびるをなめていった。

「堀内に聞いたらわかるがな、おれは将棋をさしただけのこっちゃ。将棋をさして、昼寝して、ビラはどぶへほった。えらいすまんが、ま、そういうこっちゃ。かんにんしてんか」

彼は早口にそれだけいうと、足音をたてて講堂をでていった。

後藤は袴の裾をひるがえしてかけだそうとしたが、すぐに思いとどまってもどってきた。はじめて堀内は彼の眼がくるしんでいるのを見た。暗く、はげしい光りがあった。彼は傷をかくそうとしてあせったが、手おくれであった。学生たちは彼にすわりこまれるよりさきにたちあがり
（とにかく、とにかく……）

と思いながら、さきを争って沢田のあとを追ったのだ。堀内は彼らにまじって、つまずいたり、おされたり、よろよろしながら小走りにいそいだ。彼は後藤から遠ざかろうとあせりながら、ひとつの絶望を味わっていた。彼は汗ばむ思いで沢田の罵声を考えた。

（また負けた……）

意味はわからないが、背後で、なにか露骨な、陰惨きわまる言葉を吐くはげしい気配を堀内は聞いた。その声は人生でははじめての暗さをもっていた。堀内は背に兇器のようなものを感じて走りだした。むつかしい、まったく生きることはむつかしい、と彼は走りながら思いつめた。

# 森と骨と人達

八月の末頃だった。

新宿の伊勢丹で買物をしたあと、紙袋をかかえて人ごみのなかを歩いた。紙袋のなかは粉の洗濯石鹼、歯ブラシ、練歯磨、チリ紙などである。

一年ちかく会っていない友人が下駄をはいてやってくるのに出会った。中学校の先生をしながら詩を書いている男である。まるい、小さな、澄んだ眼をしている。いつもすこし体のまわりの世のなかのことをびっくりしたような表情で眺めているようなところがある。その澄んだ眼は、ときどき人のまえでも澄んだまま魚の眼のようになることがある。いま眼鏡のなかをのぞきこむと、体のまわりを渦巻いて流れてゆく人と物の関係になんとなく微笑を送りたい気持になっているらしかった。

小さな喫茶店に入って、少し話をした。詩人は、この頃すこし腹がでてきたといってアイスクリームをなめた。いつもはわからないのだが、風呂に入ったりすると、それがはっきり見えるのだそうである。ピグミーのように手足は細いまま腹だけがふくれてきた。どんなに眼をそらしてもだめだ。体をかがめてのぞきこむと、臍が、透明な湯のなかからかなしい生きもののような顔をしてこちらを見るのだそうである。

「……それは梶井基次郎が梅毒をもらって夜なかに下宿の二階でしらべているときのせりふじゃないか」

詩人はうろたえたようなまなざしになり、口をとがらした。仲間が〝ウィーン少年合唱団〟といってひやかすときの顔になった。

私は旅行の話をした。広島で堀田善衛に会ったらこの話を紹介してくれた。ルーマニアの平和委員会が葛飾北斎の記念祭をするので美術評論家を一人と小説家を一人呼ぶことになり、堀田善衛が名ざされたのだがいそがしくていけないからゆずろうといってくれたのである。彼は何でも島原の乱を取材しにゆく途中、広島でおりる気になったらしい。旅館で話をしているうちに、これから町へくりだしてお酒を飲みにゆこうというところで、とつぜん彼は私を庭の暗がりにつれこみ、この話を英語でしゃべりだした。ぎょっとするほど蚊や羽虫がうなっている植木のかげであった。

「……というわけだ。どうするかね？」

英語でたずねるので、

「うえお……」

つぶやいたままだまりこんだ。私の友人のいうところによると、アメリカ人は〝ウェル〟のことをそう発音して、発音したあとこちらの肩や腕をやたら撫でさするそうである。

詩人が笑った。

「それで君はどう答えたんだ?」

「いや、どう答えるもこう答えるも、ルーマニアってどんな国なのかさっぱりわからないからね。それで、ルーマニアってどんな国だと聞いたんだ。すると堀田氏も何も知らなくて、とにかく、ルーメーヌとか、ロマーナとか、ロマンとかいう言葉と関係があるにちがいないから、そうであってみればこれはきっとローマ文化と何か関係があるにちがいないというんだな。平凡社の百科事典をひいてみろというんだけれど、まだ調べてない」

私は堀田善衛がやった笑声を苦心してやってみせた。アッ、アッ、アッ、ホッ、ホッ、ホッ、ケッ、ケッ、ケッの三つをかきまぜてにごらし、否定とも肯定とも、晴れとも曇りともつかぬ、独特の工夫のいる笑声である。なにやら煙幕を張ってごまかしてしまうのにはたいへん効果のありそうな笑いだと思う。

しばらく詩人と話したあと、ポーランドにもいきたいと思っているということを説明した。計画を話すと、肥りだしかけた少年合唱団は体を起し、眉をしかめた。

「どうかなあ、それは」

といった。

「いまさらって気がするなア、もういいんじゃないかなあ、それは。もっとも……」

気弱そうな、澄んだ眼を伏せて口ごもり、いそいでつけたした。

「もっとも、これは君の旅行だからね、君の自由だけど」

翌日の午後おそく、市ケ谷の薬王寺町にあるポーランド大使館へいった。銭湯、駄菓子屋、自転車屋、文房具屋などがマッチ箱をよせあつめたようにひしめいているところをダンプカーやタクシーが屋根瓦をふるわせて走る。厚い排気煙と土埃のなかに湿気がたちこめ、あたりはにごった、熱い粥をよどませたようになっていた。

表通りからすこし横町を入ったところがお屋敷町になっていて、大使館があった。いわれるままに二階へあがると、小さな男がでてきて、部屋に通してくれた。名刺をくれた。英文と和文で書いてある。和文のほうを見ると、『一等書記官　アレキサンデル・レイフエル』とあった。厚い、やわらかい、すこししめった手をしていた。すすめられる椅子にすわり、すすめられるタバコに火をつけながら希望を話した。

レイフェル氏は私の話がすむと、テーブルからたちあがり、べつの椅子をもってきて私のまえにすわった。もう一本、タバコを私にすすめ、いんぎんな優しい微笑をうかべていうのであった。

「率直に話しあいましょう」

「ええ。もちろん、率直に」

「私の国はごぞんじのとおり解放以後もまだ貧しいのです。だから、あなたを招待できるかどうか、ここでお約束はできかねる次第です」

「いや、招待して頂こうとは思っていません。私はいくらかドルを持っていますから、自分の費用でゆくつもりです」

レイフェル氏は晴れやかな微笑をうかべ、うれしそうに笑った。そして、ぽんぽんと、膝のうえの私の手をかるく愛撫した。この人にはすこし男色の趣味があるのではないだろうか。

用件はすぐに終った。ヴィザのことはブカレストかプラーハのポーランド大使館に連絡しておくから向うについたらすぐ訪問してほしい、とレイフェル氏はいった。なぜもっと早く来てくれなかったのです、明日出発するのではどうにもできないではありませんか。ああ、ホクサーイ、よく知っています。いい版画家ですね。日本の戦後文学の最良の五人は誰だと思いますか。ところで一つ聞きたいのですが、日本人における天皇制とは何でしょうか。誰に聞いてもみんな答えがちがうので困っています。あなたには経済学の知識がありますか。構造改革論はマルキシズムとどのような関係にあるのでしょうか。一つ一つに口ごもっている私に向って彼はつぎからつぎへ質問をだした。そして、私が閉口しているのを見て、またしてもやさしい、いんぎんな微笑をうかべ、ぽんぽんと、撫でるように手をかるくたたいた。

ほかのことはどうでもいい。一つだけたしかめておきたいことがあった。それが聞きたくて来たのだった。私はレイフェル氏がおしゃべりをやめるのを待ち、そのことをたずねた。レイフェル氏は椅子からたちあがって、自分のテーブルにもどった。

「大丈夫です」

微笑を消して彼はいった。

「そのままにしてあります」

「外国人の私でも見られますか?」

「もちろん」

聞きたかった答えであった。

あと三十分ほど雑談をしてから別れた。レイフェル氏はポーランド煙草を一箱くれ、部屋をでて階段の踊り場まで私を見送りに来た。握手をしようとすると、両手を膝まで垂らし、日本式に頭をさげておじぎした。すばらしく魅力的な笑いかたをした。謙虚な気質の人らしい。それまでに外人と会ったときの経験から、ふと、この人はユダヤ人ではないだろうかという気がした。

プラーハから夜汽車でワルシャワに入ったのは十一月一日の朝だった。駅でしばらく待っていると文化省から案内の人がやって来た。レイフェル氏は国が貧しいから招待できないといっていたが、ブカレストについてからポーランド大使館の人がホテルにたちよって、一週間だけ招待することになった、費用は文化省が受けもつことになった、ということを教えてくれたのである。文化省からやって来た案内の青年に、私は、自動車のなかで、一週間では何もわからないからせめて一カ月滞在させてほしい、あとの費用は自分がだすからとたのみこんだ。青年は、考えておく、といって、『ブリストル・ホテル』に送りこんでくれた。

夜汽車で疲れたのですこし眠ってから散歩にでかけた。このホテルは市の中心からすこしはずれたところにあるが、ポーランド人が『古い町《ヴィユウ・カルチェ》』と呼んでいる一画に接している。第二次大戦でヒットラーはワルシャワ全壊命令を発し、この市は九十パーセントまで破壊しつくされた。復興は新計画に沿っておこなわれたが、この一画だけはもとの形のままに建てなおすことになった。教会の煉瓦や尖塔が一個一個、まったくもとあったとおりに新しく組みたてられた。古色をだすためにわざわざ薬品をかけて錆びさせたり、腐らせたりもした。舗道を見ると、表皮はパリとおなじように時間を吸いこみ凍結させて黒くなっているのに、道のはしなど、なにかのはずみに剝げている部分を見ると、まったく白い、するどい石が無垢のまま顔をのぞかせていることがある。その後、作家や批評家と会うたびに、この『古い町』へいって食事をしようとか、『古い町』のどこそこの酒場で待っているとかの言葉を聞かされた。そのたびに私は哀切さをおぼえさせられた。

ホテルをでてあてもなく歩いていった。いたるところに焼跡がある。古いアパートの壁は弾痕に蔽われている。弾はコンクリートの表皮を裂き、煉瓦の肉をやぶっている。柱がたおれ、鉄骨がむきだしになって空に踊っている。やぶれて、裂けて、ゆがんだ壁のなかに窓があり、着物がさがっている。どこか盲目の寡婦がぼろをまとい、ずりおちそうになっている眼帯をそのままにして土のうえにすわりこんだ、といったような気配がある。十五年たったというのにここではつい昨日、戦争が終ったばかりだというような様子があった。スラヴの薄暗い冬空のしたに激情と虚脱の奇妙に結合した風景がころがっていた。

その日は『死者の日』だった。カトリックのウラ盆のようなものではないかと思う。町は静かに荒廃と優雅のなかで仮死をまどろんでいた。商店は戸をしめ、飾窓には鉄網がおりて錠がぶらさがっている。ひっそりした壁のなかを、ときどき人影がうごいてゆく。厚い雲の裂けめから陽が射すと、あたりが水底の世界のように輝いたり、翳ったりした。画廊のように小さな飾窓がならんでいるのを一つ一つのぞいていった。美術書。猟銃。琥珀の首飾り。靴。地球儀。どうしたことか、一軒の店の窓には金魚鉢ほどのガラス鉢がおいてあった。金髪の少女がのびあがり、鼻を窓におしつけていっしんにのぞきこんでいた。何だろうと思って、見ると、それはガラス鉢のなかで一匹の小さな蛇が眠っているのだった。少女はちらと私の顔をみたが、そのまま顔を、また窓におしつけた。私は微笑し、なんとなく、今日は大丈夫だ、安心していいと思った。

しかし、ある町角まで来ると、とつぜん、ワルシャワが顔をのぞかせた。たくさんの人が群がっているので、のぞきこむと、舗道に小さなグラスがいくつもたてられ、かぼそい、透明な火がゆれていた。花輪もあった。何人もの人がたたずんで眼を閉じたり、跪《ひざまず》いて祈ったりしていた。子供は寒そうな顔をし、ぼんやりとお燈明の火を眺めていた。そこは新築されたばかりらしい書店だったが、その白い壁には無数の人名と年号が刻みつけられていた。意味は年号でわかった。十六年前、ワルシャワ蜂起でナチスに抵抗してたちあがった人びとが地下水道からひきずりだされ、ここで集団銃殺されたのである。すでにプラーハでもそうした町角の壁はいくつか眼にしている。しかし、ワルシャワはほかのどのヨーロッパの都市よりもはげしい。この日はいたるところでひとかたまりの群集に出会った。ある一群れのなかでは、老婆が舗道にたおれ、コンクリートを爪で掻くようにしてなにごとかをひくいはげしい声でつぶやきつつ泣いていた。

ちょうど一年後のおなじ十一月、私はレニングラードでエルミタージュの壮麗な宮殿を半外套のたてた襟のなかから眺めてたっていた。まだ凍ってはいないが、ネヴァ川をわたってくる風は骨のなかに音をたててしみこんだ。エルミタージュの内部を輝かせている過剰な金箔のロココ趣味にはやりきれない気持を抱かせられるが、宮殿の外壁の微妙な淡青色は好きだった。この街は水と石でつくられ、泥の膿《うみ》がどこにも見られず、街路が規則正しく方形に交わりあっている。そして街を歩いていて、とつぜんエルミタージュの宮殿に遭遇すると、ボードレールの『旅への誘い』はこの市のためにつくられたのではないだろうかとさえ思いたくなる。

あそこには　ただ
奢りと　静寂と　逸楽と

ここは三年間、ナチスに包囲され、夜となく昼となく爆撃された。徹底的に破壊され、徹底的に攻撃されたが、飢えて血が水のようになりながらも人びとは耐えぬき、ついに陥落しなかった。いまはその痕はどこにもない。街は金属を水で洗ったように清潔である。水と、石と、秩序と、平安と、生活のなかに淡青色の壮大なエルミタージュがそびえている。案内の人が十六年前の苦闘のことをつつましやかな口調で話してゆくにつれて私は憂鬱になっていった。ワルシャワのことを思いだしたからである。そこでも人びとはおなじように堅忍不抜と激情をもってたたかった。そしてやぶれ、二十万の人びとは惨殺されるか暗黒の泥水のなかでのたれ死するかして劇が終った。十六年たった。エルミタージュとレニングラードは完全に傷を癒やした。しかしワルシャワは十六年たってもなおはらわたを冬空のしたにさらけだしたままになってよこたわっている。エルミタージュの壮大と美はワルシャワの犠牲のうえにたっているのではないのか。私はソヴェト人にそのことを指摘することをしなかった。おそらくいたましげな沈黙か、スターリンに対するなめらかな雄弁の攻撃かのいずれかが答えられることだろうと思う。ロシア人は個人としてはまったくたったいま土をこねてつくりあげたばかりなのではあるまいかと思いたくなるほど善良で素朴な人間が多い。彼らが皺だらけの顔のなかでなにかのはずみにうかべる笑いにふれると、自分がどれほど悪ずれして率直さを失っているかを恥じ入らせられる。世界的名声をになっている、しかしそのことについては何ひとつ意識しないでいる〝スラヴの笑い〟の幾つもを思いだすため、エルミタージュの美のすぐうらにひそむ政治のエゴイズムとグロテスクさを私は全力あげて攻撃することができなくなる。個人の資質と政治とをいっしょくたにすることのおろかしさとあやまちを知っていながらそのおろかしさとあやまちをつい犯さずにはいられなくなってくる。これは偽善だろうか。それとも、私はよほど古風なのだろうか。にもかかわらず、スターリンがわるかったのだという答えにはどうしても満足できないのだが……

朝からたそがれたような空と氷雨のなかで生活がはじまった。劇場へ行く。音楽会にゆく。作家に会う。文学新聞の編集者に会う。映画を見る。ときには一人で、ときには一人で。ワルシャワ大学日本語科のミコワイ・メラノヴィッチ君。彼にはおどろかされる。いつか二人で『古い町』を歩いていると、またしても氷雨が降りだした。レインコートの襟をたてて歩いていると、よこで米良野美地君がうめきはじめた。日本語である。たどたど

しいところがあるが、何をいっているのだろうと思って耳をちかづけると、

雨ニモマケズ
風ニモマケズ
…………

あちらへよろよろ、こちらへよろよろしながらもあの長い詩をとうとう一句のこらず暗誦してしまったのには、アッといわされた。

それればかりではない。ある夜、大学のちかくの小さな大衆食堂で、〝マカロン・イ・ヤイク〟という、ウドンを油でいためたうえに目玉焼の卵を一個のせたきりという、涙のでそうなのを酸乳といっしょに食べているとき、彼は私の横顔をじっと眺めていたのであろう、とつぜん顔をテーブルごしによせてくると、やりだしたのだ。

何を？

中原中也を……

ヨゴレッチマッタ悲シミニ
キョウモ小雪ノフリカカル

ヨゴレッチマッタ悲シミニ
キョウモ風サエ吹キ過ギル
…………

私は匙をおいた。

「おい、メラさんよ、君は日本へくると博士になれるよ」

「ソウデス。私ハネエ、私ノ大学デ宮沢賢治ニツイテ論文ヲ書キマスネエ。ソシテ、〝マギステル〟ニナルト思イマス。イイデハナイカ？」

私はうろたえ、いそいで匙を酸乳の広口瓶につっこんでさいごのひとかたまりを頬張った。米良野美地君は金髪をかきあげながら皿にかがみこんだ。

「……おどろいたなあ。中原中也まで知ってるとはね。一杯おごるよ。ハンガリアの〝牛の血〟にするか、ウォートカにするか」

「ヨゴレッチマッタ悲シミニ、キョウモ〝マカロン・イ・ヤイク〟食ベルネ。アナタハ長ク旅シテ淋シイノデショウ」

彼はそんなことをうめきうめき油いためのウドンを頬張った。私はポケットのなかを手さぐりして金をたしかめ、彼が食事をおわるのを待って、酒屋へいった。ポーランド人は飲みすぎるので、土曜日の夜はウォートカを売ってくれない。しかし、ぶどう酒ならいくらでも売ってくれる。ぶどう酒の酔いは酔いのうちに入らないかのようである。二人で酒屋へいくと、ハンガリア産の赤ぶどう酒を買ってホテルに持ちこみ、大いに酔った。

中国から帰ってからのことだった。中国革命についてもう一度勉強しなおしてみたくなっていろいろと本を買い、いままでに読んだ本といっしょに読みなおしにかかった。ある晩、エドガー・スノーの『アジアの戦争』を読んだ。これには日本軍の例の南京虐殺の事件が詳述されている。その当時の写真もついている。二十万人の中国人が強姦・銃殺・放火・掠奪された。死体を川に投げこんだので、土堤の草が脂でぬめった。

読んでいくうちに私はがまんならなくなって本を伏せた。そのことがすこし意外に思えたのである。この本ははじめて読む本ではない。また南京虐殺について読むのもこれがはじめてではない。虐殺そのものについてなら、ヨーロッパ、アメリカ、アジア、アフリカ、この戦後にどれくらい読んだか数が知れない。が、そのときでも、本を伏せるというようなことは一度も起ったことがなかった。いや、むしろ、私はすすんでそういう本を読んだり、映画を見たりした。これでもかこれでもかとあらゆる民族がよってたかって阿鼻叫喚、手を変え品を変えしてぶっつけてよこすのをたじたじしながらも踏みとどまって、眺めた。それには一種の快感すらともなった。私は神経を鋼鉄のロープのごとく鈍感に、頑丈なものにし、皮膚を象のごとく、犀のごとく、あるいは靴の半皮のごとくに分厚くする必要があった。いちいちおどろいていてはいけないということになった。紙や絹幕のうえを人間がつぎからつぎへ剝がれたり、裂かれたり、飢えて薪のようになったり肉屋の店さきのニワトリのようになったりして通過していった。それは、もう、果てしなくつづいた。残虐に対する人間の想像力と遂行力のあさましいたくましさにはほとほとあいそがつきたが、それでもここで、私は音をあげてはいけないのだった。読むにつれ、見るにつれ、また、たとえば李承晩政権の暗黒地獄から這いだして日本に密入国してきた朝鮮の若い詩人などから説いて聞かされるにつれ、私はうめいたり、感嘆したりしながら、いったいこの大学はいつになったら卒業できることかと思った。

だから、エドガー・スノーの本を読んで頁を伏せてしまったときには、どんな変化が起ったのだろうといぶかった。いつから気が弱くなったのだろう。以前の私なら、もしこの本を読んで頁を伏せる人がいたら、やっきになって偽善の匂いをかぎあさり、その人道主義の甘ったるさを攻めたてあざけることにふけっただろうと思えるのである。しかし、中国から帰ってきて、これにかぎらず、いままでに読んだすべての本を読みかえしてみると、どれくらい自分が何も読んでいなかったかということをあらためて知らされるような気がしたのである。南京虐殺についてもそうである。私は何も読んではいなかったのだ。何ニモオドロイテハイケナイゾ。あれはとんでもない幼稚な思いあがりじゃあるまいか。ほんとに私は靴の半皮なのか？　……木の枠と土の壁でかこまれた小さな部屋のなかにすわっていた。腕と胸に小さな電燈の光線が射し、耳からうしろの頭部と肩が暗がりのなかにとけていた。私はヨーロッパへいきたいと思った。パリのルーヴル美術館よりもローマのコロッセウムよりも、どこよりもあそこを見たいと思った。あそこを見てヤスリに自分をかけてみれば何がのこるだろうか。のこるものがあるだろうか、ないだろうか。あそこはこの十数年、たえず紙や絹幕に消えてはあらわれ、あらわれては消えして、私が象のごとき、犀のごとき、靴の半皮のごとき不感症を養うにあたって大いに力を貸してくれた。ネエ、アリョーシャ、コレデモ人間ガ愛セルダロウカ。カラマーゾフの兄弟の一人のいらだたしげな叫びを口にしたくなるような衝動をおぼえるときには、きっと私の薄暗い頭のすみに、写真で見た、映画で見た、活字で読んだあそこの風景が閃いたものだった。

こっそりと、読んだり聞いたりして調べにかかった。あそこはどこにでもあった。ルブリン、トレブリンカ、ダハウ、マイダネク、ザクセン・ハウゼン。ポーランドでも、ドイツでも、それが原形をのこしているのなら、どこへでもゆくつもりだった。しかし、十六年たっても、そのままにのこっているのは、結局、アウシュヴィッツだけとわかった。満足だった。

ある夜、ワルシャワ駅へいった。深夜にでる汽車がある。寒いので駅のビュフェでビールを飲んでいた。仕事を終って家に帰るところらしい駅員が二人、やはりビールを飲んだ。

片手でジョッキを持ち、片手にくたびれた鞄をかかえている。その鞄のなかから仔猫が首をだして鳴いていた。ビールを飲みおわってから凍《い》てついたプラットフォームにでて、汽車にのりこんだ。

米良野美地君は寝台室の鏡をだまって永いあいだ眺めていてから小さく舌うちし、うめきうめきつぶやいた。

「私ハ、私ノ顔ガ、キライデス」

「………」

「猿ニ似テイルノデハナイカト、思イマス」

「………」

「イヤナ顔デス」

「人間は誰でも自分の持っていないものをほしがるようだぞ。それに、鏡というものは、あまりいつまでも見ていてはいけないものではないか？」

彼は私の言葉に満足せず、なおも舌うちしながら、狭い寝台の毛布のなかにもぐりこんだ。

翌日の朝、七時頃、クラコウに到着した。その日一日は町のなかをあちらこちらかけまわり、文学新聞の編集部へいったり、劇作家や小説家と会ったりした。『放浪者《フリガン》の悲しみ』と題したモダン・バレーのパントマイムをやる〝前衛〟酒場の地下室でヴェルモットを飲み、夜は劇場へシェークスピアの諷刺喜劇を見にいった。

その翌日、ホテルで自動車をやとってアウシュヴィッツ収容所へいった。二時間か、二時間半ぐらいで、到着した。すべてを見てから、案内のおばさんにたのみこんで、英語版の、赤軍が一九四四年に解放した当時の記録映画を何本か見せてもらった。そのあと、自動車で三分とかからない、すぐよこのブルゼジンカ(ビルケナウ)収容所へいった。ここには、かつて、ガス室と死体焼却工場があった。低湿地帯の松の疎林のなかには池がいくつもあった。工場で〝処理〟しきれない死体を焼いた穴のあとである。あたりには草むらのなかに無数の骨片と匙が散乱するままになっていた。ガス室と死体焼却工場をナチスが爆破したあとには巨大なベトンのかたまりがその瞬間の火薬の力の走った方向のままに散乱し、淡い冬陽のなかで女学生の一群が先生の話を聞いていた。彼女たちのうしろには、女囚、男囚を収容していた無数の馬小屋のようなバラックが規則正しくならび、雲が松林のうえにかかっていた。三百万人、二十九種のヨーロッパの諸国から来た人間を焼いた松林である。

やがて、ワルシャワにもどった私は、ふたたび〝ブリストル・ホテル〟の五階のおなじ部屋で〝生活〟を送った。帳場でドルをズローティに替える。替えたズローティでウォートカを買う。『新世界通り』にでかけて本屋をあさる。詩人に会う。劇場へいく。学生食堂で〝マカロン・イ・ヤイク〟を食べる。『古い町』の夜の酒場で美しい娘たちに見とれる。雨のなかを歩きながらアパートの窓から洩れる旋律のかけらを耳たぶでひろう。若いアラブ語学者や、詩人や、ガーネットの『狐になった奥さん』を翻訳している画家夫婦などの集まるパーティーに階段を六階まで歩いてあがってゆき、議論したり、飲んだり、サムライの歌をといわれるままに『青葉茂れる桜井の』を大声でうめいたりする。やがて時間が迫ってきて、パリ行きの切符を買うため旅行代理店の事務所へいって時間表を繰ったり、値段を聞いたりする。

こうした毎日は小さな円をひらいてはじまり、小さな円を閉じておわった。私はその円周のうえで、ときどき走ったり、ときどきたちどまって考えこんだりしながら、日を送った。私の言葉は人びとに通じたり、通じなかったりするが、日常には何のさしつかえもない。二日酔いであったり、二日酔いでなかったりするが、ほぼ胃は正常で、排便も着実正確なような気配であった。町を歩いていて、ときには口笛を吹いたりすることさえある。

しかし、ここには、いつもなにか異常なものがあった。日常のこまごました事務や会話をすすめながら、いつも、なにか、ためらわずにはいられないものがあった。人と話をしながら、たいていの場合、私はその気配を、耳のうしろや、肩のあたりに感じた。英語や、フランス語や、日本語をしゃべりながら、いつも、なにかのはずみに、ふと、いったいこんなあやふやな符号にたよっていてよいのだろうかという気持におそわれるのである。あそこでは、人間が物質資源でしかなかった。切りとられた髪はカーペットになった。人体らを焼いたあとの灰は肥料として農家に売られた。焼くときにでる脂肪からは石鹼がつくられた。金歯は釘抜きでぬかれ、とかしてインゴットにしてベルリンに送られた。どこにもぬかりがない。むだなものはどこにもない。松林のなかには赤煉瓦の貯蔵槽があった。私の聞きまちがいでなければ、それは囚人たちのウンコをためておくための建物であった。なんのために？……機械油をとるために。私があやふやな言葉をただ一つのたよりにして、買ったり、飲んだり、歩いたり、笑ったり、握手している、そのすぐうしろ、のろい汽車で七時間かかるかかからないかの場所に、その世界がある。物だけの世界がある。厖大な量の、老若男女の髪が、ガラス室のにぶい、蒼白い蛍光燈のなかでピラミッドをなしてそびえ、夜や昼や会話となんの関係もなく形を失ってからみあっている。その山の気配はまぎれもなく、私がさしだしたり、ひっこめたり、にぎったり、ひらいたり、ふったりしている腕や肩のあたりに執拗にからみついてくるのである。品物や、飾窓や、男女の人体のまえで、たちどまらずにはいられない。人びとはそうした物を扱うにつけては、ときには自分のささやかな支配力を信じているようでもあったり、信じていないようでもあったりする。店に入っていって、黄いろく輝いているものを指さして、〝それを見せてくださいと〟とつぶやくと、ガラス箱のなかから琥珀の首飾りがでてくる。それが、私には、ときどき、どうしてもふしぎでしようがないことのように感じられることがあった。まるで、なにかの小さな手品をしているかのように感じられる瞬間があった。

作家同盟が選んで贈ってくれたり、町の本屋でさがしてきたりした本を、夜、ホテルの部屋の簡素なベッドにころがって読む。『戦後ポーランド文学短篇選集』。『ビルケナウのけむり』。『アウシュヴィッツ』。懊悩。離別。激怒。哀愁。孤独。裏切り。背信。母性愛。忍耐力。復仇。抵抗。挫折。抒情。疼痛。数字の表。いささか古風だが誠実さは疑うべくもない、それらさまざまの物語を私は読みにかかった。ことごとくナチスに関係した物語ばかりである。短い註もついている。セヴェリナ・シュマグレウスカ。この女《ひと》はガス室と焼却工場のあったビルケナウ収容所の女囚バラックに収容され、イタリア人、ハンガリア人、フランス人、オーストリア人、ギリシャ人などの女たちの行方を観察した。戦後は、ニュルンベルグ国際法廷で証人席にたったこともある。『ビルケナウのけむり』。きめこまかな抒情で激怒をひかえめに述べている。タデウシ・ボロースキー。ワルシャワ大学の学生だったときに暗鬱で情熱的な詩を書き、抵抗運動に参加してアウシュヴィッツに送られた。そこでは夜となく昼となく全ヨーロッパの首都や都市から到着する囚人列車を待ちうけて、到着とともに有蓋貨車から囚人をたたきおとしてガス室に向わせる仕事にたずさわった。ときには偽装のために囚人列車のつくプラットフォームからほど遠くないところでフット・ボールをさせられることもあった。彼が一点入れるあいだに背後の野原のガス室では二百人の人間が死んだ。戦後、ミュンヘンへゆき、闇屋をし、アメリカ兵の〝兵隊文庫〟のハードボイルド小説を読みあさった。ワルシャワへ帰って活躍をはじめ、文名がみとめられたところで自殺をした。二十九歳。『みなさん、ガス室へどうぞ』……

サイド・テーブルにウォートカの瓶をおき、暖房を信頼して股引一つになってベッドにひっくりかえって私はつぎからつぎへ作品を読んでいった。戦後のポーランドに多彩な技術を持った作家たちが生れたことを私は知らされた。それはまぎれもない事実のようであった。一つ一つの作品を読んでいるあいだ、私はその説話の技術と世界にひきずりこまれた。そして、解決のない、どうにもこうにも暗澹とした作品に出会うと、そのまま、自分も、解決のどこにもない、暗澹とした気分におちこんでいった。が、しかし、読みおわると、タバコを一本か二本吹かすあいだに、彼らの開示した小世界の迫力が、たちまち消えてゆくのを感じずにはいられなかった。たとえばボロースキーである。註と作品内容をくらべてみると、彼が私小説を書いたことはあきらかであった。私は彼が、自分の経験を描写するために、アメリカ人の、外からだけ人間をつかまえる技術に助けを求めるべく走ったことにまったく賛成する。おそらくそれよりほかにあの異境を描く方法はなかったであろう。が、しかし、『みなさん、ガス室へどうぞ』という短篇は、きわめて具体的な細部の描写にみちているにもかかわらず、読後に、なお、私を説得しつくしたという印象をあたえることができなかった。その作品は、異様で非現実的な、しかし、あの当時であってみれば空のしたに毎日進行していたまったく正常で現実的な世界を描いているのだが、それでも、やはり、私の肩のすぐうしろにただよっているあの執拗な感覚に壁をつくるものではなかった。おそらくありとあらゆる人間悪を考えることと想像することで昼の世界を夜の世界とおなじように生きぬいたダンテや、サド侯爵や、ドストエフスキーも、あの上部シレジアの低湿地帯の骨の原と自分の書斎のあいだに壁をつくることはできなかったであろう。ナチスは彼らをしのいだ。いや、人間の持てる、ありとあらゆる悪と残虐についての想像力を、彼らは、いっさいがっさいあの松林のなかで消費しつくした。

ドイツ人なら、

「カプート！……」

というところだ。

やっぱりだめだった。

私は肝をぬかれ、腑ぬけみたいになってしまった。透明な霧のようなものがかかっているようだ。体のまわりを時間や人、色や音や匂いが乱雑にざわめきながら流れていくばかりで何もとらえることができなかった。三百メートルも向うの自動車がよけられなくて広い十字路のまんなかで立往生してしまうようなことが三、四度起った。バカみたいな単語が思いだせなくて、また、五分前にさがしだした言葉をつい忘れてしまってまたぞろいま繰ったばかりの辞書の頁を繰りなおしたりした。毎日、五度ほど財布のなかのドル札を勘定しなおさずにいられなかったのはどういう狼狽からだろうか。一度はビデで用をたすという代議士なみの失敗をやってしまった。薄い紙をとおして手のひらにズシリともたれかかってくる、重くて温かくてやわらかく豊饒なやつらをよこの便器に捨てながら、私は、すっかり自信を失ってしまった。もう、そろそろパリへ行っていい頃だと思った。

細い腸の奥、しめって重い壁のなかを手さぐりして歩いてゆくと、とつぜん丘のうえにでたことがわかった。凱旋門が淡青色のガス燈に照らされて夜空にそびえていた。灯の海を見わたしながら、短くいうと、いわば、

（……生きよう！）

水のようなもの、音楽のようなものが、一瞬、噴きあがって、散っていった。

小さなキャフェの奥で深紅の壁にもたれ、すこし背をかがめたシュザンヌ・ロッセ夫人が、タバコを灰皿におしつぶした。彼女はひくいがはげしい口調で言った。

「ドイツ人ハネエ、フウ、コマン・ディール、何ト言イマスカ、ソウ、気違イネ。ドイツ人ハ心ノ病ヲ持チマス。They repeat every time, "Never more, never more. No more war." But, you know, I don't believe them. I don't believe German hypocrisy……」

朝の四時頃、汽車の駅のちかくにある徹夜酒場から帰ってきた。市場通いのトラックが通ったあとなのだろう。小さな、細い、まっ暗な路地のなかで野菜屑が鮮烈な匂いを発散

していた。どこかで小さな足音がして、するどく呼びかける子供の悲鳴が聞えた。どこかに母親がいるらしい。イタリア移民ではないだろうか。

声が壁にこだまして、

「ママ、ママ！　バンビーノ、ミーオ！……」

意味はわからないが、そのように聞きとれた。しばらく歩いているうちに、私はうたれた。いまの声はあの沼沢地の松林のまわりでも何万回となくひびいたのではないだろうか。どいつもこいつもこの路地よりまっ暗なやつらは子供も大人も見さかいなしに命令を遂行した。金髪のけだもの。けだものと言われると胸をそらして哄笑し、よろこんで拍手した。

「……ワルシャワに帰ってからも私はなんだかぐったりと疲れて、しばらくはものをいう気になれなかった。アウシュヴィッツについての事前の知識は記録映画や被害者の手記や小説やその他さまざまのもので知り、またこの史上空前のデモーニッシュな状況を生みだした背後にあるドイツおよびドイツ人の特性というものについては文学作品や哲学などでなじんでいないわけではなかったが、ホテルにもどってベッドにころがっているときに思いうかぶ壁や焼却炉や餓死室や広大な高圧電線の領域、また白骨の散乱したままの草むらなどは私にのしかかって息苦しいまでに日常生活をおしひしぎにかかったのである。ひとことでいえば私は混乱におちこみ、幻想の限界を破られて、アウシュヴィッツをどうとらえてよいのかわからなくなったのだ。

文学的に見ればトマス・マンの『ファウスト博士』をでも私の代弁に使うよりほかなかった。ドイツ人の伝統的な抽象性、神秘性、ロマンティシズム。いっさいの肉体性を排除して一つの観念に自身を捧げつくしてやまぬその傾性。たとえそれが『アリアン民族純潔』であろうと『力と栄光』であろうと、さては『世界に冠たるドイツ』であろうと、またはは第一次大戦のヴェルサイユ条約に対する敗北感と屈辱感と復仇の観念、ニーベルンゲン伝説以来の全的破滅のロマンティシズムの観念であろうと、いかに愚劣な観念であろうと一度身をゆだねて発動しはじめたとなれば人と機構を問わずいっさいをあげて下へ下へと、あるいは上へ上へと全身的な内的行進を起して絶対回避することを知らず、また回避もできずにのめりこんでゆくその特性がナチズムの発展とアウシュヴィッツの膨脹と、そしてヒトラー自身を促し、築いたと想像される。おそらく道徳の最初の基礎は肉体的嫌悪感である。その排除のための自己防衛の本能が道徳とヒューマニズムの基礎であろうと思えるが、ドイツ人は観念の頂点をめざす行進を開始すると他のどの国民よりも無器用にかたくなに情熱を肉体から分離する作業に没頭してしまう。その極度の収斂の現象がアウシュヴィッツ収容所の徹底的な科学性と経済性と計画性となり、いっぽう同時にいっさいの観念から自由になった肉体の原始性が氾濫して、チベット貴族も顔面蒼白のサディズムが金髪の端麗な美貌をともなって横行したのだ。日本人には南京虐殺、アメリカ人には朝鮮戦争、フランス人にはアルジェリアの残虐行為がある。けれどこれらはすべて〝情熱〟がほとんど性欲にちかい段階で起した暴発といってよく、ドイツ的なサディズムにまでは拡張され得ない。なぜなら彼らは器用に肉体の思考と妥協する術を知っているからだ。ある場合、ヒューマニズムの基礎は、そのような、ドイツまたはナチスの眼には〝不純にして蒙昧な動物的感傷〟と映るもののうえにたっている。けれど不幸にしてアウシュヴィッツの低湿地帯ではその結合が起らなかった。（以下略）」（六一年二月号『文藝春秋』）

東京にもどって、かなりの時間がたち、疲れがなおってから薬王寺町のポーランド大使館へいった。秘書役の土方与平氏がとなりの部屋からこの雑誌を持ってきた。レイフェル氏と挨拶をし、ポーランドで私が会った人びとのことを話しあった。土方氏はレイフェル氏のよこにすわって翻訳をはじめた。一語一語、逐語訳をした。〝おそらく道徳の最初の基礎は……〟の部分でレイフェル氏は顔をあげた。何度も土方氏にだめおしをしたり、くりかえさせたりした。翻訳がおわると、レイフェル氏はしばらく考えこんでいてから顔をあげて、〝スラヴの笑い〟を眼じりにうかべ、用心深そうな、ひくい声でいった。

「……賛成します。異議ありません。よい批評だと思います」

タバコをすすめられたので一本とって火をつけた。彼は微笑しながらたちあがり、椅子をひっぱってくると私のまえにすわって、またしてもこちらが答えるひまもないほどにつぎからつぎへ質問しはじめた。戦後の日本文学の最良の五つはあなたなら何をあげますか。

日本人における天皇とは何でしょうか。誰に聞いてもみんな答えがちがうので困っています。構造改革論はマルキシズムとどう関係するのでしょうか。今度は新しい質問がくっついた。いま民話の要素をもつ作家がいますか。日本の農民の精神構造の本質は何でしょうか。この人の知的貪欲にはいつも感心させられ、また、好感を抱かせられるが、いんぎんに微笑しながらこちらが考えている余裕もないほどつぎつぎと主題から主題へ跳んで歩くのには弱らせられる。答えているうちにだんだん自信がなくなっていく。汗がでてくる。そのうえ強いコーヒーをだされたので持病のアレルギーが起って、指のさきまでつめたくなってきた。中学生がはじめてタバコを吸いこんだときのようになるのである。この病気はどうしてもなおらない。うっかり忘れてときどき失敗をするのである。私に飲めるのは駅の売店の瓶詰めの『ミルク・コーヒー』とパリの牛乳入りコーヒーだけなのである。この二つだけが好もしいのである。嘔気と冷汗がこみあげてきて、指がつめたくなり、ふるえた。戦後日本文学と、天皇と、構造改革論と、民話と、農民が、奇怪にくっついたりはなれたりして、レイフェル氏の〝スラヴの笑い〟は次第に困惑の果てのお愛想笑いに変っていった。彼はすわりなおし、指をかるくふった。

「あなたは疲れていますね。別の機会に話しあいましょう。ところで、さいごに一つの質問をします。あなた自身は天皇を愛していますか？」

「まったく愛していません。以前は憎みました。戦争の責任をとらなかったからです。

いまは憎んでもいませんし、愛してもいません。気の毒な人とも思いません。むしろ彼自身の善意如何にかかわらず危険だと思っています。私たちの憲法では彼は日本国の象徴という言葉で表現されていますが、この言葉はよく理解できません。あなたにたずねますが、象徴という言葉は人格をあらわすのですか、それとも思想をあらわすのですか？」

「私にはよくわかりません。私は日本人ではありませんから。しかし、日本に来てから少し研究したところでは、いまの憲法がつくられたときの政治的な背景が疑問に思えます。あなたの意見はときどき日本人から聞く意見ですが、象徴という言葉は、私の意見では……」

「ちょっと、失礼」

私はたちあがった。眼がかすみ、足の指さきまで冷えこんだ。土方与平氏は雑誌の翻訳がすむと、すぐに、用事があったらしく、どこかへいってしまってそこにいなかった。レイフェル氏に場所をたずねて、部屋をでた。ハンカチを口にあてて廊下を走った。

このぶざまな幼児体質(?)の発作のために、話はそのままで終ってしまった。やがて私はイスラエルへいき、ソヴェトへいくこととなったし、レイフェル氏は任期がおわってポーランドへ帰ってしまった。ソヴェトからの帰りに三度めのパリで遊んでいると、ある日、たまたまパンテオンのまえのスーフロ通りの坂をのぼってくる彼とばったり出会った。このときはレモン汁を飲みながら、ワルシャワ蜂起と、スキヤキと、パリのストリップの話をしただけで別れ、彼は国へ帰っていった。

私は彼が好きだった。

いつごろからワルシャワで私の肩のうしろあたりにいつも執拗にただよっていた感覚が消えはじめたのだろうか。ずいぶん注意して自分を眺めていたつもりだけれど、わからない。夜明け頃の路地奥で聞いた子供の悲鳴とか、黄や黒や赤や金が輝くキャフェの温かいざわめきとか、タクシーの運転手と交わす小さくて短い冗談とか、下宿の薄暗い階段の踊り場ですれちがう見知らぬ人の挨拶や笑顔のひとかけらとか。地下鉄のヴァヴァンの駅のちかくにある居酒屋で、朝の五時頃、五十ぐらいの百貫デブの娼婦が、戸外からつめたい風のひとかたまりといっしょに入ってきて、あたりで酔いくたびれている男や女たちに向って、

「朝だよ、朝だよ。もう朝だよ……」

腹だたしげにつぶやくのを聞いた。彼女が手に持っていた新聞を酒台のうえにひろげて、あきれるような食欲でホット・ドグを食べにかかるのを見た。クートー旅館の小さな女中、メッキーは、裸になると、お尻のうえにくっきりと小さな二つのえくぼができた。

東京はあいかわらずだった。盛り場をてんでんばらばらの方角に向って行進するおどろくべき大群集は、楽しむわよといいながらだまされたり、訴えたりして、きょとんとした

眼つきをしていた。満員電車におしあいへしあいしてとびこむと、いまラグビーの試合をした人びとが座席にありつくやいなや、一瞬ののちに居眠りするか、本を読むか、ささくれだった眼つきで人をジロリと見るか。酒場へいけば、あいもかわらず作家や批評家や編集者が、おきまりのへらへら笑いでその場かぎりの思わせぶりにふけって、おまえはバカだ、大バカだ、だからえらいんだ、とか。あいつもあれで根はいいやつなんだよ、とか。あげくはわけもわからぬ、うそさむい、疲れ果てたウワッハッハッとか。お世辞たらたら。二日酔いの胃をなだめようと思って大好物の『即席、チキンラーメン』を買いにいくと、これが店によっておなじ品が『一袋、35エン』であったり、『三ツ、百エン』であったり、『一ツ、三十エン』であったりする。どれがほんとなのだ、と聞くと、店員はいわくありげな、しかし、人を食ったような顔つきで笑い、いや、それはご家庭の事情で、というようなことをいうのである。なんのことやらさっぱりわからないが、おなじ品ならと思って、『一ツ、三十エン』の店へのろのろ入ってゆく。

しかし、いえることはあった。たとえそれがドイツ人であっても、フランス人であっても、ユダヤ人であっても、あるいは、子供であろうが、百貫デブの老娼婦であろうが、彼ら、または、彼女たちの、声を聞いたり、顔を見たりしていると、きっと私は、あそこの松林を思いださずにはいられなかった。百貫デブの、ヴァヴァンの老娼婦が、皺だらけの顔に人生苦の妙な威厳をただよわせてホット・ドグをパクついているのを見ると、私は彼女の姿態を、すこしはなれたところから眺める。この膨脹に膨脹しきった、老いくたびれた体を焼くと、脂が何キロでてくるのだろう。灰は何キロになるのだろう。骨を集めると、それは犬小屋ぐらいになるのだろうか。それとも、馬小屋ぐらいになるのだろうか。時が時なら、それは、もう、まったく、今日のカレンダーの数字を見るぐらいのようなことであったのだ。彼女がひょんなことでパリ巡察中の気まぐれなゲシュタポにひっかからなかったとは誰もいえまい。たまたま彼女が疲れを癒やすためにボージョレの赤を一杯かさねたとして、そのうえでふらふら石の腸のなかを歩いていてなにかのはずみに、すこし高い声で、「豚、豚、豚……」とつぶやいたら。それなりけりではないか。わずか十六年前なら。わずかにである。わずかに、十六年。そうなれば、たちまち彼女は有蓋貨車のなかにおしこめられ、どこへゆくとも知らずに汗や、不眠や、ノミや、糞やのなかにやがて埋もれてゆくということになり、あげく荒れ果てた、厚い、紫いろの皮のなかでつぶやくのだ。おまえさんはカザノヴァだよ、とか。まあ、そんなもんだね、とか。そして、松林の沼沢地の巨大な穴のなかの、ひとかたまりの灰となる。ポーランドの憂鬱な大学生、タデウシ・ボロースキーがやってきて、嘔気で涙を流しながら彼女の体を有蓋貨車の糞と死体の山のなかからひきずりおろした。

「朝だよ、朝だよ。もう朝だよ」

酒台のところに樽ぐらいもある乳房をのっけて新聞を読んだり、ホット・ドグを食べたりにふけっている彼女を、私はねじくれて氷結した想像と、旅愁や生活の温かい血のうごき、二つ、矛盾した感情のなかでゆれつつ、眺めた。ある日、大群集のなかをひょいひょいかいくぐってチャップリンの『独裁者』を見にでかけた。うしろの席に妙な男がいて、はだしの足を私の椅子のふちへのっけた。そのため、男の足で私は首をはさまれた恰好になった。その足はどうやら汗かきらしく、映画を見ているうちにあたりの暗がりにたまらない異臭がたちこめた。おまけに、ときどきもぞもぞと指をうごかす。それがちょいちょいと私の耳にあたる。いきなりそいつをくすぐってやろうかと思うのだが、この男は泥酔しているうえに、冬のさなかにもかかわらずシャツ一枚で、しかもやせた腹から胸へかけてサラシを巻きつけていた。出刃庖丁をどこかに一本のんでいそうな気配であった。そいつが顔にふすぼったゴリラの憂鬱をみなぎらせ、ふてくされかえって南京豆をいっしんに食っているのだ。

ゴリラ青年の水虫の足に首をはさまれながら、私は、チャップリンの妙芸に哄笑した。見ているうちに、さいごの大演説の場面がはじまった。おわって場内に電燈がつくと、私ははずかしさから顔を伏せた。不覚にも涙がでてとまらなかった。よくわからないがこれは一九三〇年代につくられたのであろう。ヒトラーがウィーン合併と称して世界強奪にのりだした前後の頃ではあるまいかと推察された。すでにヘルマン・ラウシュニングがヒトラー政治の本質を見ぬいてドイツからのがれ、『ニヒリズムの革命』を書いていた。いまとなっては、それは、あたりまえすぎるくらいあたりまえの常識となったが、当時は誰も見ぬくものがなかった。ヨーロッパも、アメリカも、ヒトラーの意味をつかまえきれないでいた。その日暮しにふけっていた。孤独なヒトラーは孤独な青年をかきあつめ、〝分析〟精神にくたびれきった、行方知れずの袋小路から一挙に〝生の飛躍〟をおこなえとそそのかした。ヒトラーはそんなことを何一つ信じていなかったかも知れない。信じているふりだけしていたのだったかも知れない。彼にとっては、自分を眺める自分というものは存在しなかった。他人から眺められる自分しか存在しなかった。しかし、チャップリンは、どうした直覚からか、それを見ぬいたらしかった。彼は聡明なだけでいることができなかった。必死になって、一人きりで叫びはじめた。私はその哀切さにうたれたのだった。

しかし、映画館をでて、行方知れずの大群集のなかをおされるままに歩いてゆくうちに、妙なことを考えてしまった。つまり、この映画は、諷刺なのだろうか、戯画なのだろうか。ここでヒンケルとナパローニが国境強奪をめぐってスパゲッティの投げあいをやる。その種の笑いが全篇にみなぎり、ちりばめられて、走っている。ところがヒトラーはまさにこの映画のままのことを現実にやってみせたのである。ウィーンを強奪したあと、彼はプラーハをつぎに狙った。このときの手口である。例によって国境紛争をでっちあげた。ズデーテン・ランドにいるドイツ人をそそのかして暴動を起させ、世界には、チェコがドイツ人をいじめていると発表した。そしてズデーテン・ランドはドイツのものであるといいだし、やがて、チェコはドイツのものであるといいだした。このときのこの小国の大統領はハーハといった。彼はフランスやらイギリスやらに必死の警告を発して、助けてくれ、といったが、誰もいいかげんな返事しかせず、孤立無援ということになってしまった。ソヴエトにたのむことは資本家連中が承知しなかった。さんざんいやがらせと脅迫をやったあとでヒトラーは、ある日、ハーハをベルリンに呼びよせた。駅についてみると、カーペットを敷くやらファンファーレを吹くやらの大歓迎をされた。よしてくれ、よしてくれといってふるえながら、ハーハは総統官邸についた。部屋にテーブルがあり、テーブルのうえに紙があり、紙のよこに万年筆がおいてあった。紙を読むと、それはチェコのあけわたし状であった。あとは署名だけすればよいまでになっていた。ハーハは泣きだしそうになり、かんべんしてくれといった。ゲーリングがせせら笑った。よろしかろう。いまから一時間以内に空軍も出動させ、プラーハを爆撃するぞ。ハーハがそれを聞いて、その場に気絶した。それからである。ここがかんじんなところなのだ。ハーハが気絶するのを見ると、部屋のすみから医者が鞄を持ってかけつけ、注射をうったというのである。この医者はヒトラーの侍医であって、あらかじめ命令をうけていたというのである。命令をうけて、鞄のなかに注射器を入れ、ハーハが気絶するのをちゃんと待ちうけていたというのである。そして目をまわしたのが起きあがったところでかかえ起し、椅子にすわらせてサインさせたのである。

この事実はシャイラーの『第三帝国の興亡』のなかでふれられている。アラン・バロックの『アドルフ・ヒトラー』の第二部でもみとめられている。バロックはつぎのように書いている。

「……ハーハは卒倒してしまった。ハーハはヒトラーの侍医モレルの注射で息を吹き返した。この医師は周到な配慮から、その席にちゃんと呼ばれていたのである。」(みすず書房・大西尹明訳・一〇三頁・下段)

〝周到な配慮〟から!?……

うならされた。

またしても価値転倒だ。

しかもこれが一つではないのである。気をつけて読むと、この精緻な記録のあちらこちらにおなじようなことはいくらでも見つかるのである。私は頭をかかえてしまった。そういうことをヒトラーは〝政治〟と呼んでいた。いや、〝現実政治〟と呼んでいた。しゃにむにがむしゃら、ゴリ押しに押しまくって彼は喜劇映画を地でいったのだ。なにが現実でなにが虚構なのか、事と物とのあいだのいっさいの膜やら防壁やらをひき裂き、たたきこわしてしまったのである。何百万、何千万と知れぬ人びとが死んでいったのは喜劇映画のなかでだった。こういうのをフランス人は〝黒いユーモア〟と呼ぶのだろうか。あげく彼は防空壕のなかで口のなかにピストルを射ちこんだ。その外、あの上部シレジア地方の松林のなかの巨大な池では、いまだに岸から底まで、そして何メートルもの層をなして、ギッシリと骨が埋まっている。黄いろい水のなかで淡い冬陽をうけ、無数の白い貝殻の微粒が清冽に炸裂している。

こういうことはすべて戦後の世界の常識だったはずである。腹のでた少年合唱団の詩人が、なにをいまさら、といった。私はなにごとにもおどろいてはいけないはずであった。象のごとく、犀のごとく、靴の半皮のごとくであらねばならぬはずであった。池のなかをのぞきこむときは眠たげな眼を薄くひらいておくだけでよいはずであった。そそりたつ髪のピラミッドを見あげるときは魚のような眼をしているだけでよいはずであった。うろたえてはならず、音をあげてはならず、肝をぬかれてはならず、混乱のあまりベッドにあぐらかいて一日に五度も六度もおなじ札をかぞえるようなことをしてはならず。ビデに大便をするというような、そんな、陋劣な、子供くさく甘ったるいうろたえかたをしてはいけないはずであった。それがどうしたことだろう。いまになってさも事新しげにさわいでいる。まるで何も知らなかったかのようである。これは甘ったるい、ふやけた説教坊主の偽善じゃあるまいか。キンキン声の少年合唱団のボーイ・ソプラノではあるまいか。なぜチャップリンに涙を流したとだけ書いて、あとは伏せ、価値転倒だの、現実と虚構の境めがわからなくなっただの、ユムール・ノワールだのと書きたてないで、そのままにしておけないのだろう……

ネエ、アリョーシャ、コレデモ人間ガ愛セルダロウカ。徹底的に綿密にあの異境を記述してから、ポンとこの一行をほりこむ。それでキリッとしめあげる。自分の虚無や、想像力や、不感症に、限界を発見してはいけないはずのものであった。牛のようにうるんだ眼をして人間を眺めてはいけないはずである。作家は現世の地獄を描き、醜悪を描く。ギリギリの、ドンづまりの、ガク然とする、虚無の極北の、解体の無限の、鬼の眼の、もっぱらその、描き得て悽惨の形相である、といわれるようなところのものを描いてほめられなければいけないのである。新たなる戦慄の創造をして、日常に深淵を眺め、テレッとした顔でおちょぼ口してうかうかと暮している読者の頬ッペタをぶんなぐらなければいけないのである。いや、その、はずであった。パ・シュクレ(あまくない)、パ・ユミード(ぬれてない)、パ・エマーブル(あいそのよくない)、パ、パ、パ、パ、パ、パ……パの、はずであった。すべて、そのはずであった。

またしても叱られそうだ。

今度は水虫の足ではさまれなかったが、『真夏の夜のジャズ』というジャズ映画を見ていると、五十貫くらいもあるかと思えるマハライア・ジャクソンという名の黒人のおばさんが、その全身をゆさぶりたてて黒人霊歌を絶叫しだした。そのさいごの場面にいたって、歌詞がさっぱり聞きとれないのに私は泣きだしたのである。いや、そう書いてはいけない。せめて、もうすこしおさえて。ひかえめに。私の眼から水がこぼれたのである。

「ドイツ人のファナティックな性格はこうなんだ。南方ドイツ人は狂信的なイデオロギーに献身するだけの想像力と情緒性を持っている。しかし、自然の性格としての人間らしさがあるのでふつうは極端に走ることがない。ところが、プロシャ人とくると、抽象的な民族、とか、政治的理論、とかいうような言葉でものごとを考えるだけの想像力も持ちあわせてはいないのだよ。ただ、なにかしろといわれると、やっちまうのだ。命令があれば考えやしない。それがつまり彼らの〝絶対至上律《カテゴリカル・イムペラティヴ》〟だね。ナチス制度というのはこのプロシャの盲目的服従を南方の情緒的な反ユダヤ主義感情に結びつけてとけあわせた。ほかに、カトリックの権威主義をプロシャの軍国主義と結合させたということもある。狂信的イデオロギーが権威主義と結合すれば、走ってとどまることがないのだ」

　これはザイス・インクワルトの説明である。彼はナチス時代はオーストリアの首相であった。ナチスの最高級幹部の一人である。ニュルンベルグの国際裁判のとき、ある日、独房にたずねてきたアメリカ人の精神医に向ってそう語ったのである。この精神医はニュルンベルグで、国際法廷の開始から終末までずっと毎日、全被告につきっきりについて、いちいち法廷や独房にでかけ、その日その日の被告たちの表情と感想を記録した。G・M・ギルバートといって、『ニュルンベルグ日記』という本を書いている。精密な報告ではあるが、ずるいところがある。たとえばゲーリングである。ゲーリングははじめからおわりまで傲然とふんぞりかえり、勝てば官軍、敗ければ賊軍。正義は勝ったやつのものだ。この裁判は典型的なアメリカ式ユーモアだ……という言葉をくりかえす。そして、いまになってドイツ国民はおれたちを非難しやがるが、おれたちが勝っていた頃は大喜びして拍手したじゃないか。民衆とはそんなもんなんだ。どこの国民でもおなじようなものだ。民主主義国も、社会主義国も、国家社会主義《ナチス》も、みなおなじようなものだ。結局は政府のあとについてくるのだ。するとギルバートが抗議する。民主主義国においては少なくとも抗議の表現の自由があたえられているが、ナチス体制のなかではそれがなかったではないか……というようなことを言って、ゲーリングに抗議するのである。するとゲーリングは独房の壁にもたれてせせら笑うのである。冗談言っちゃいけないよ、君たちはヒロシマに原爆を食らわしておいていまさらそんなことを言えた柄か。ギルバートはだまってしまって何も言わない。ただおとなしくゲーリングのつぎの言葉や身ぶりを書きとめることにだけふけるのである。それがこの本の偽善である。何度となくおなじゲーリングの嘲笑が登場するのだが、ギルバートはヒロシマについてはひとことも言わない。ひとことも苦痛の言葉を洩らさない。あるいはそれは、そういうゲーリングの言葉を忠実に報告することで、そしてそういう本をアメリカ国内で出版することで、トルーマン政府に抗議をつきつけているのであるのかも知れない。そう考えられないことはない。この本がほかの版でもっと早く出版されているかどうかは知らないのだが、私の持っている大衆普及版の『シグネット・ブック』の版では、去年の三月に出版されたばかりである。もしそれ以前に一度も出版されていないのなら、あるいは彼は用心深くマッカーシズムの時代を逃げて沈黙していたのであった。そういう想像ができないとは言えまい。私は、そう思う。

インクヮルトの言葉にもどろう。

これにそっくりの言葉をガラス箱のなかでアイヒマンが、ある日、答えているのを、去年の七月と八月、イェルサレムにいるときに、イヤホーンから聞いたことがある。

判事が聞いた。

「……君は民族理論の立場から自分を〝ノルディッシュ・ディナリッシュの型〟と呼んだらしいが、これはどういう意味ですか?」

アイヒマンが答えた。

「私が自分で自分をそんな呼びかたをするはずがありません。医者がそう言ったのです。しかし、これは、北方ドイツと南方ドイツの結合ということです。南方ドイツ人は〝ディナリック・タイプ〟と呼ばれます。アルプス地方に住むドイツ人のことです。ですから、〝ノルディッシュ・ディナリッシュの型〟とは、全ドイツ人に適用される、混合の型です」

インクヮルトの言葉に一致する。

自分で自分をそんな呼びかたをするはずがないと、彼は言うのだが、この頃の彼の言葉には信用のおけないことがありすぎた。どうやら彼はなんとかして生きのびようという考えをふたたび抱いたもののようであった。毎日毎日、必死になって、しかし、まったく無感動・無表情の顔つきで、あらゆる質問をはぐらかすことにふけっていた。どんな質問をだされても、知らぬ、存ぜぬ、忘れた、記憶がない、なにかのまちがいだ、そんなことはいまはじめて聞いた、という言葉をくりかえすことで、ぼろぎれのようになった自分の戦線を守っていたのである。あるとき、検事が、虐殺指令書をひっぱりだしてきて彼につきつけたことがある。ここにある署名は君の筆蹟かどうかを言って頂きたい。アイヒマンは眼鏡をあわただしくかけかえて、じっと紙に眼をちかづけ、やがて顔をあげて答えた。そうです。まちがいありません。これは私の筆蹟です。そして言ったものだ。たしかにこれは私の筆蹟ですが、けれど、これは私の人格とはまったく無関係です。法廷にドッと哄笑がわきおこった。ハウズナー検事総長はキッと傍聴席をふりかえった。薄桃色の卵みたいな彼の禿げ頭の皮が見る見る血を差していった。クルッと向きなおり、机を両手でつかんで衝動に耐えた。しかし、やぶれた。絶望の身ぶりで彼は両手をさしあげ、憤怒の声を走らせた。ドイツ官僚主義の典型的用語だ！……アイヒマンはガラス箱のなかから、法廷の哄笑と検事のまっ赤な禿げ頭とを、きょとんとした顔つきで、まじまじと眼を瞠《みは》って眺めていた。

彼が、自分で自分を、〝ノルディッシュ・ディナリッシュの型〟と呼んだということを、事実として法廷でみとめれば、それはきわめて不利なことになる。北方ドイツと南方ドイツの性格を結合した性格であるということを自分で肯定し、証言することとなる。それは、ナチス時代に関してそのことを言えば、自分が骨の髄からの、生えぬきの、パリパリの、信条を抱いたナチス主義者であった、ということをみとめることとなる。組織の歯車にすぎなかったのだという一貫した主張が、ガタガタッとくずれおちることとなる。ここは是が非でもみとめちゃいけない。笑われようがどうなられようが、何が何でも否定しなければなるまい。当然すぎるくらい当然な防戦にでたわけであろう。

ナチス時代と、そのいっさいの営為を、うけ入れ、可能にし、膨脹させたことの背景においてのドイツ文明とドイツ人の性格というものは、いくら読んでも、考えても、私には、いつまでも暗い秘密としてのこってゆく。いまインクヮルトの言葉の範囲にだけかぎって考えてみれば、まず私は、南方ドイツの性格を知らない。北方ドイツの性格というものも知らない。その〝想像力〟と〝情緒性〟という言葉も、彼らドイツ人の日常生活の深奥部でどのようにとけあい感じられているものをさすのか、私にはわからないのである。カトリックの権威主義という言葉も、教会信者でない、神も仏もない罰あたりの私にはさっぱり内容が理解できない。プロイセンの軍国主義という言葉も、それを直輸入して発展させた日本の明治以来の軍国主義の過程と結果については身にしみて知っているつもりであるが、〝プロイセンの軍国主義〟そのものについて何を知っていると言えるだろうか。だいたい、最初の一歩において、そもそも〝反ユダヤ主義感情〟というものがどんな感覚をともなうことなのか。このかんじんかなめのところが、ユダヤ人と接触を持たぬ日本人の私には、さっぱり何もわかっちゃいないのである。

イェルサレムの街角で、ある午後、靴をみがかせたことがある。くたびれきった老人が、みがいてくれた。靴の皮の毛穴の一つ一つから垢をほじくりだそうというような熱心さでやってくれた。老人は靴をみがいて、一刷き一刷き、日光にあてててためつすがめつしながら、短いフランス語で、私にたずねるのであった。一つの質問をだしては考えこんで私の哀れな豚皮の靴をみがき、また一つの質問をだしては考えこんで、靴をみがく。

彼がそうやって聞いた。

「ヴェトナム人ですか?」

「ちがう」

「中国人ですか?」

「ちがう」

「アメリカ人ですか?」

「ちがう」

老人はブラシをうごかすのをやめ、ちらりと私の顔を見あげた。当惑したらしい表情をみとめて、私はいくらか愉快になってきた。老人は顔をあげて、たずねた。

「どこの国から来たんです?」

「日本だよ」

「じゃぽん⁉　うい、せ・たんでゅ！　じゃぽん……」

老人はやっと納得したようにうなずき、顔を伏せて、またせっせと毛穴の垢をほじくりにかかった。しかし、彼は、まもなく、ふたたび知的、宗教的好奇心にとりつかれたらしい。私の精神的身分検証にとりかかった。またしても一つの質問をだし、靴をみがき、一つの質問をだし、靴をみがきということをやりだした。

「ユダヤ人の日本人ですか？」

「ちがう」

「ユダヤ教信者ですか？」

「ちがう」

「カトリック信者ですか？」

「ちがう」

「では、プロテスタンですか？」

「ちがう」

「仏教徒ですか？」

「そうでもあり、そうでもない」

老人は靴をみがくのをやめ、ふたたび私の顔を見あげた。その近東民族系の特徴をおびた顔（あとで彼はトルコから移住してきたユダヤ人であると言ったが）、生活の荒いヤスリに削られて皺だらけになっている彼の顔に怒りと疑惑がハッキリとうかんでいるのを見て、私はさらに愉快になった。からかわれたと思って彼は怒っているのだ。

「いったいあなたは何です？」

と聞いた。

私が答えた。

「無神論者だよ」

老人がやっと満足して、

「あてえ。おお、うい。こむぷり」

ひくくつぶやいた。

言っておきたいことを私はつけたした。

「おれは宗教を持たん。だから、人種的偏見は何も持たん。それだけだ。あぶぇ・ぶぅ・こむぷり？」

老人はうなずいて、今度は、何も聞かずに靴をみがきはじめた。その横顔は、私の言葉を信じているようでもあり、信じていないようでもあった。

全ヨーロッパとアメリカとソヴェトにおいてすらしみこんでいるらしい執拗でひそやかな反ユダヤ感情というものを私は理解できないのである。だからして、あのシレジア地方での大虐殺をうながした中心的な衝動を、私は何一つとして理解していないのかも知れない。これはみとめざるを得ない。ユダヤ人が殺されたのではなく、人間が殺されたのだ。反ユダヤ感情とまったく無縁な私の立場はそういう短い言葉になる。

なぜあれほど彼らは憎まれたのだろう。

一つの有力な解明がある。史的唯物論の立場である。サルトルの『ユダヤ人』という論文に代表されている。これによれば、事実としての祖国を持たなかったユダヤ人は贖罪の羊である。彼は透明であり、空白である。ユダヤ人は金と芸術にあこがれる。なぜなら、祖国を持たない彼は普遍性の世界に生きることを選ぶより道がなかったからである。資本主義社会の権力者は、つねに民衆を、〝情熱〟にさしむけ、眼をそらさせ、その状態に永遠にとどまらせようとする。そして、ユダヤ人に対する憎悪において、自分はなにものにも犯されないのだという自信と錯覚を彼らにあたえようと、資本主義社会の権力者はたくらむ。人間は誰でも、この、〝不滲透性〟の自尊心を持ちたがっている。資本主義社会の権力者は、民衆に対する階級制の圧迫と苦痛のいっさいを、ユダヤ人の肩に背負わせようとたくらみ、そして、成功する。つねに、成功してきた。ここまではいい。私も納得する。論理としてそれはみごとに定着されている。それはまぎれもない史的事実であった。けれど、それでは、どうやらまぎれもない事実であったらしいソヴェト社会における反ユダヤ感情というものをどう説明するのか。スターリン時代においては、有名な〝ユダヤ人医師事件〃というものが発生した。社会主義社会においても反ユダヤ感情というものは、あきらかに存在するようなのだ。これはみとめざるを得まい。この点についてサルトルは何も触れていないのである。彼の理論を延長してゆくと、社会主義社会においては反ユダヤ感情というものは一掃されるはずのものなのである。ただし、地上に存在したスターリン社会においては、それは、果されなかった。サルトルはハンガリア事件に際して、結局は左翼を支持するより外ないという立場をとりながら、いっぽう、痛烈にスターリン主義を攻撃した。したがって、ユダヤ人問題に関するかぎり、サルトルの求める〃社会主義〃は、理想としての社会主義であって、現存する地上のそれではなかったのではあるまいか。彼のこの論文のみごとさと弱点はそこにあるような気がする。この論文は戦争直後に書かれた。それはフランスがアメリカとの関係において〃幻滅〃におちこむ以前の時期であった。その、昂揚の、短かすぎた蜜月の時期において、サルトルは、ほとんど〃無邪気〃といってもよいくらいの史的唯物論に対する信仰を表明していた。その一つが、この、『ユダヤ人』という論文である。じっさいこの論文は、それ以前とそれ以後の彼の他の論文に見られる精緻さと柔軟さをふしぎに失って、あどけない誠実さといってもよいくらいの史的唯物論に対する全面的信仰の言葉にみちている。みごとな論証と同時に……

依然として私は反ユダヤ主義の感情そのものを、肉体において理解できない。と、すれば、しばらくそれから離れてみたい。

二人のドイツ人、いや、二人の人間の姿態が、しばしば私の眼のまえにうかんでくるようになった。東京にいても、イェルサレムにいても。その二つの像を視野から去らせることができなくなった。

一人はたちあがって何かをやりはじめた人間である。一人はたちどまってすわりこみ、何もしないでいる人間である。二人ともこわい。無原則、無階級的に言って。

けれど、どちらがより無気味かといえば、私にとっては後者である。たちあがって何かをやりはじめた人間に対しては、私は用意し、考え、対策を練ることができる。しかし、たちどまってすわりこみ、何もしないでいる人間に対しては、私はどうしてよいのかわからない。とりわけ、この男が、〝純粋〟に対する妄執を持っている場合には、無気味である。

彼はすこし猫背になって、小さな、静かな部屋のなかにすわっている。眼は澄んで、魚のそれのようであり、自分の内側をだけ眺めているようである。一瞥の気配でそれを知らされる。彼は、人間を、二つの部分に純粋に分離したいと感じているのである。外の世界の、色や、音や、匂いが、乱雑にからまりあったまま内の世界に入ってきて、熱い混乱した瞬間と変化を発生させることにがまんならないと彼は感じているのである。それを、彼は、〝不純〟なことと眺めている。

彼は、徹底的に、内と外を分離し、その分離を徹底的に、純粋に、想像され得る極限まで遂行したいと感じている。外にどのような力がひしめいても、もし内と外とを純粋に徹底的に分離して、透明な不動の薄壁を境界に築くことができるなら、彼は、それが、〝自由〟であると感じる。その瞬間にこそ、豊饒な、果てしなく深い、無限界の〝自由〟が開かれると、感じている。その自分の欲求を、ひそかに彼は、〝明晰の精神〟と、名づけたいと思っている。私の予感では、彼は根本的な一つの錯誤を信じこんでいるかのようなのである。なぜなら、明晰な精神それ自体を明晰にすることは、万人を問わず、地上ではぜったいに不可能なことなのだと私には思えるからである。彼も、また、内と外の混乱のままに生きている他の人間とおなじく暗い存在なのであり、錯覚に生きる存在なのであり、狂信者にすぎないのではあるまいか。明晰もまた一種の迷妄の情熱ではないのだろうか。とりわけ、外の自由が完全に失われて彼の内の自由もまた侵犯される日になってもなおかつ彼が内の自由を信じ、しがみつこうとする、その狂信が、私には無気味に感じられるのである。そのときになって、彼は、内と外の混乱のままに生きている人間よりはるかにはげしく外に生きることができるようになるのである。なぜなら、そのときになっても純粋に分離されたままの外は、彼にとっては、まったく無関係なものであり、したがって、どのようなこともゆるされる〝自由〟なのであるから。このことが私には無気味なのだ。この無気味さの感覚が執拗に私を苦しめ、いらだたせるようになった。彼の、澄んでむなしい魚のような眼が……

ナチス体制下の、ドイツの、繊細で、敏感で、まぎれもなく自己に〝誠実な〟知識人というものを、そのように想像するように、私はなった。

ほかの国の知識人はどうなのだろうか。

いま私はナチスのことだけ考えている。


十月、モスコーへ行った。

ソヴェト作家同盟は私と大江健三郎君の二人を〝一カ月〟招待する旨の電報をくれた。

滞在費と、国境までの運賃は、ソヴェトの作家たちが自分の印税で負担してくれる。往復の旅費その他はいっさい私の負担である。承諾し、借金して、でかけた。

モスコーについてみると、大江君はまだワルシャワから来ていなかった。一週間ほど、ひまがある。作家同盟の事務所の〝熊サン〟という渾名の若いフランス文学研究家が、私をつかまえて、妙なことを言った。彼は、ロシア語では、ナントカカントカという名前を持っているのだけれど、それを日本語に直訳すると、〝熊サン〟ということになるのだそうである。リヴォーヴァ夫人が、私に、今後この人のことを、〝クマサン〟と呼んでいい、と言ったので、そうすることにした。

その熊さんが、私に、にやにや笑いながら、モスコーについた日に告げた。

「……私たちがあなたを招待した条件は、お二人を一カ月招待するということでした。

お二人を一カ月です。大江さんはまだ到着していません。したがって、私たちの事務所の帳簿のうえでは、あなたもまだ到着していないのです。大江さんが来て、はじめてあなたはソヴェト領土内に存在することとなります。したがって、現在のあなたは、いわば、幽霊であります。透明なお化けであります。このことを承諾しておいてください」

私はちょっと考えてから質問した。

「結構です。お化けはウォートカを飲むことができますか?」

彼が答えた。

「そんなお化けはまだ見たことも聞いたこともありませんが、お化けであれば、何だってできないことはないのじゃないか?」

「お化けは写真をとることができるでしょうか?」

「もちろん。透明なんですから、どこへでも入ってゆけるでしょう。もし、お化けがどこかの街角で巡査にひっかかってカメラを没収されるというような事件が起ったら、私は断言しますが、アルメニア産のコニャックを一本おごる覚悟です」

「いいですね。そういう官僚主義なら私は歓迎します」

そして、〝ブダペシュト〟というホテルに送りこまれた。モスコー大学の日本語科にいる、ヴォロージャ君というおとなしい学生が通訳についてくれた。彼はドリス・デイとワグナーと甘ったるいカクテルを長い麦藁で吸うのが大好きで、死ぬほど日本にゆくことをあこがれ、しばらくたつうちに便所のことを『最高科学アカデミア』と呼んだり、ウォートカのことを『霊感』と呼ぶようになった。もっともこれは私のせいである。便所についてはルーマニアのオウレリア・マグダレナが女学生の頃からそのように呼ぶ習慣であったと教えてくれたので、それをヴォロージャに紹介したまでである。モスコーの町ではいたるところで行列にぶつかった。吹雪のなかでは、それが、いったい、アイスクリームを買うための行列なのか、菊の花を買うための行列なのか、それとも帽子を買うための行列なのか、さっぱりわからない。そこで、ヴォロージャに、

「……ちょっとロシア語を教えてくれませんか。モスコーでいちばんたびたび使われるロシア語だ。コノ行列ハ何デスカ、というのはロシア語でどう言うの？」

ヴォロージャはたちどまって、空を眺め、すこし考えてから言った。

「イイエ。ソノ言葉ヨリモ、コノ言葉ノホウガヨイノデハナイカ。クトーポスレーニ。ソウ言イマス」

「何だね、それは？」

「誰ガ最後デスカト言ウ」

「なるほど。何でもかんでもとにかくならんじゃえというんだね」

「ソウ」

私が哄笑すると、ヴォロージャは、あのたまらない〝スラヴの笑い〟を顔にうかべ、ま

ったくあどけない眼で笑った。

ホテル・ブダペシュトは古いホテルである。巨大な食堂が、ギリシャ風の円柱と、帝政時代のロココ風のシャンデリアで飾られている。中央でダンスをするようになっていて、バンドの舞台があり、ダンス曲を演奏するようになっている。演奏される曲は、ほとんどがあの中産小市民的な、やわらかく甘ったるいグレン・ミラーである。ミュートをつけ、ことさらに甘ったるく演奏する。

「……何だ、これは。まるでウォートカを水で薄めたみたいじゃないか」

私が注意しても、ヴォロージャはいっこうに平気で、いつもうっとりとなっている様子であった。

しかし、ほかに一つ、私をはげしくゆさぶりたてるものがあった。ベン・ユッダの作曲の円舞曲である。はじめてそれをこのホテルで聞いたとき、私は二カ月ほどまえにいたイエルサレムのたそがれの公園を思いだした。あそこでもこの曲を聞いた。子供や大人が曲にあわせて、腕を組みあい、円陣をつくって踊るのを見た。

モスコーではそれが異様な光景を生んだ。トランペットが高らかに曲の第一節を吹くやいなや、いままで食卓についておとなしく食事していた男や女が、あちらこちらで、いっせいに歓呼の声をあげてたちあがるのだ。ぶどう酒。ウォートカ。野菜サラダ。キャヴィア。口説き。放心。議論。なにもかも捨てて彼ら、彼女らは、たちまち電気が流れたように眼をかがやかせて食堂のまんなかに集まる。そして、曲の進行とともに、巨大な腕を組んだ円陣ができ、彼ら、彼女らは、狂ったような歓喜の声をあげ、進んだり、退いたり、頭をさげたり、手をうったりして、うたったり、踊ったりするのであった。この曲にはハンガリア人のつくる旋律のような熱い激情があり、おわりにちかづくにしたがって炸裂するような急テンポがひらいたり、閉じたり、ふるえたりする。その転調とともに彼ら、彼女らは、体をよじり、眼をギラギラかがやかせ、ネクタイがほどけようが、スカートがまくれあがろうが、まったく、もう、なりふりかまわず歓喜に狂うのである。

私は顔を注意して眺めわたした。

「……ユダヤ人だね。これはみんなユダヤ人でしょう？」

「ソウデス。ベン・ユッダノ人タチデス」

「どこのホテルでもみんなこんなふうなの？」

「イイエ。コノホテルガ特別デス。コノホテルハ、昔、ベン・ユッダノ人タチガツクッタ。ソレデ、今デモ、ミンナ、ココニ来ルノデス」

一晩のうちに何回となくこの曲が演奏された。ホテルの食堂が閉じる深夜頃になると、たてつづけに何回となく演奏された。それが、人びとは何度おなじ曲を踊りながらも、毎夜毎回、まったく衰えない精力と歓呼の叫びをあげて床を踏み鳴らすのである。それが毎夜毎夜のことなのである。いまのいままでこわばったりたいくつしきったりしていた中年者の夫婦や、青年や、眉の黒く濃い娘たちは、この曲がはじまるとその瞬間にはじかれたようにたちあがる。顔はひらかれにひらかれ、眼が歓喜でかがやき、あらゆる顔がすべて内心の振動をさらけだしてはばからないのだ。私は、ゆさぶられた。このような狂喜の率直さをいままでどの都市でも見たことがない。一小節の吹奏だけでたちまち皮膚のしたに噴きあがる。ととのえられ、炸裂する。そのような感情の新鮮さを、いままで、どんな都市でも見たことがないのだ。北京は安全保障条約に対して激動を起した。しかし、あの街と人には、いつも、情熱がつつましやかさと結婚しているようなところがあった。けれど、このこれは、異様である。娘の頰が、まるで、血がにじまんばかりになっている。

彼らの歓呼と拍手が何を意味するのか、かならずしも正確には私にはわかっていなかった。曲が鳴るとその瞬間にまるで待ち伏せでもしていたようにヘブライの顔があちらこちらからたちあがってくる。曲がおわるとたちまち水銀の粒のように散ってゆく。無数の食卓についている無数のスラヴの顔のなかに消えてゆく。とつぜん小さな共和国ができあがり、とつぜん解体してゆくのである。あのしっかりと見知らぬ人間どうしが腕を組んで踊り狂う円陣は、ひろがったり、ちぢんだり、ふるえたりする円陣は、小さな共和国なのだろうか。流亡の民の望郷の叫びなのだろうか。

「……彼ラハ自由ナノデス。私タチロシア人ハ彼ラニ偏見ヲ持タナイ。マイノリティーズ、何ト言イマスカ、数ノ少ナイ人タチ、数ノ少ナイ民族ハ、ベン・ユッダノホカニモタクサンソヴェトニイルネ。彼ラハイズラエルニ帰ッタガ、マタイズラエルカラモドッテ来タ人タチモタクサンイルネ。イズラエルハ悪イ宣伝ヲシテ、彼ラガソヴェトデイジメラレテイルト言ウケレド、ソレハ嘘デスヨ」

私の質問にヴォロージャが答えたのであるが、彼はそれ以上の関心を示さなかった。円舞を眺める彼の眼は、円舞のまわりにたって眺めているほかのロシア人たちとまったくおなじ平静さしか見せていなかった。あまりの狂乱にはいささか呆れたというような眼をして、少し苦笑のまじった表情で私の顔をふりかえるが、それだけであった。

アメリカに五百万、ソヴェトに三百万、東ヨーロッパと西ヨーロッパに百万人か百五十万人のユダヤ人がまだ住んでいる。この事実をさして、イスラエルの外務省のアジア局長は私に、ユダヤ人はまだ亡命の民族なのだと言った。しかし、イスラエルの国土と経済能力から見て彼らをいま全部収容することは不可能なので帰国願書はよく選択してから許可をだすようにしているのだとも言った。アメリカのユダヤ人は豊かな社会に住んでいるのであまり問題はないのだが、ソヴェトその他の社会主義国からユダヤ人がイスラエルにもどろうとするとなかなか出国許可がだしてもらえないのだとも言った。ヴォロージャの言った〝悪イ宣伝〟の一つを聞いたわけである。それがほんとに〝悪イ宣伝〟なのであるか、事実なのか、あるいは何かの誤解なのか。まだ知らないので、このことを書くのはしばらく保留しようと思う。

ただ、私は、彼らの狂喜の表情にゆさぶられたのだ。このふしぎな流亡の民族の歓喜の叫びが私をうった。イスラエルにいるとき、海岸でも、山でも、街路でも、満員のバスのなかでも、私は彼らを幻影なしに眺めることができなかった。テル・アヴィヴの海岸で泳いでいるときも執拗にあの感覚がもどってきてならなかった。波にたわむれたり、陽を浴びたりして、地中海のさいごの青い輝きと、やわらかい水音のなかで、彼らはうごきまわっていた。たくましい二頭筋や、ゆたかな乳房を誇りながら、彼ら、彼女らは、笑ったり、叫んだり、走ったりしていた。渚をみたす裸体の群れを眺めながら、私は、厖大な数の剝がれたニワトリが散乱する風景を眼の底から消すことができなかった。コンクリート壁や、壕や、炉のなかの、肉の薪。あそこの薄暗い像が明るい南国の白昼のなかによみがえってならなかったのである。ある瞬間には、もう何もわからなくなった。感じたことだけが事実であって考えたことはいっさいむだだったという気持にもなった。

　モスコーについた最初の夜に狂乱の歓喜の踊りを眼にした。一瞬、私はよく感じ慣れた気配が起るのを体のあちらこちらに感じた。私は、静かに椅子にもたれ、眺め、待った。気配は体を起しただけのようであった。一刷きの感触だけのこして、去った。音楽が血管のなかに走りこみ、炸裂した。拍手と、足踏みと、ヘイ、ヘイ、ヘイ！……短い、圧力のよくきいた叫びが体のなかを、まばゆい深紅の血の輝きでいっぱいにしたのだ。

　それだけだった。

ある旅が終りにちかづいたことを感じた。

アイヒマンが死刑を宣告されたことを十二月のある日の『ル・モンド』で知った。すこし乾いた馬小屋のような、いがらっぽい安煙草のけむりでいっぱいのキャフェで記事を読んだ。失望した。ソヴェトをもふくめて全ヨーロッパがイスラエル人たちの決定に拍手を送っている。当然すぎるくらい当然な結論ではあろう。誰もみとめざるを得まい。けれど、金と芸術という普遍性のほかに彼らは律法師の民でもあったはずではないか。彼らは口をひらけばつつましやかに、しかし、確乎とした自負をもって言う。私たちはほかのどの民族にもできないことをやってきたのです。世界で最初の一神教をつくりだして西欧文明のドアをひらいたのも私たちですし、世界で最古最良の文学作品を生んだのも私たちです。旧約聖書のことですが。ノーベル賞受賞者からユダヤ人をとり去るとどの民族が何人のこることでしょうか……けれど、それなら、その選良の自負と独創性はこの判決のなかに表現されていると言えるだろうか。これならどの民族にだってできることではないだろうか。君たちは新しい知恵を示すことに失敗したのではあるまいか。世界をおどろかさなかった。みんなは納得しただけで、誰もだまりこんだり、考えこんだりせず、いずれおなじものの一つとして忘れてゆくのではないだろうか。

観光バスの案内人が安ぶどう酒の匂いをぷんぷんさせながら説明にふけっていた。いつか私は疲れて、厚い、透明なガラス窓をあたためるひとかたまりの日光のなかで居眠りをはじめた。なにかのはずみに眼をさましたとき、ボルゲーゼの公園のなかをバスが走っていた。案内人が何かを説明していた。何かわからなかった。木の茂みのなかに白い彫像がちらと見えて消えた。

案内人が言った。

「……あの彫像の台座のところには碑銘が書いてあります。それはラテン語の有名な句であります。《来たり、見たり、勝てり》と申します」

ちょっと間をおいてから案内人がクルッと体の向きを変え、そのうしろにすわっていたドイツ人夫婦に向って、

「来たり、見たり、勝てり」

もう一度くりかえした。

そして笑いながら、

「それはドイツ人のことであります」

といった。

妻のほうはだまっていたが、夫のほうが笑いだした。五十歳ぐらいの男であった。背はひくいが、胸も肩もタンスのようにたくましかった。首が短く、腸詰のように赤くて、血

と肉で充満しきっている。眼はまるくて小さく、鼻がつぶれてひくい。ゲーリングの型のドイツ人である。〝豚〟と呼ばれる型のほうのドイツ人である。その男が全身をふるわせて、だぶだぶの腸の内奥から野太い声をあげ、愉快そうにビール笑いをやりだしたのだ。ウワッハッハッハッハッハッ、ハアーッ……

呆れるような哄笑であった。

腹と肩をゆさぶって笑いながら彼は妻のほうをふりかえった。妻はだまったまま知らぬ顔をしていた。ほかの客はこの男に関心を示さなかった。イタリア人の案内人は客を笑わせたことに満足しきって、片目をつむって見せた。ドイツの中年男は小さな眼でバスのなかをちらと見わたしてから、ようやく笑いをやめた。

まっ赤な腸詰のような首すじを眺めているうちに私は、とつぜん、はげしい衝動をおぼえた。五十歳か。二十年前は三十歳か。親衛隊だったのだろうか。突撃隊だったのだろうか。国防軍の班長か。下士か。それとも一兵卒だったのか。あるいは、国家秘密警察員か。耳たぶが充血してきた。そんな感情を起させる笑声というものもあるのだ。まぎれもなく彼のはその哄笑であった。

一時間ほどしてから、ふと、私は、窓から流れこんだ雨まじりの冬の木の匂いのなかで、ようやくおれは回復しかけたのかも知れないと思った。恐怖よりは憎悪にちかいものの刷き跡が、まだ、手のさきにのこっていたからである。

夜でもないが、朝でもない。

手足がひえる。

天井で何かがきしんだ。

まだ旅疲れがのこっているようだ。空腹のようでもある。ここ二年のあいだ、あちらこちらでいつもそうしていたことをしようと思う。台所へおりてガスに火をつける。『即席チキンラーメン』をつくる。その、熱さ、甘さ、辛さに心から舌つづみうちながら虐殺された人間のことを考えるのである。

すこし眠いようでもある。

# 兵士の報酬

## 第一日

終った。

ピリオッドをうちこむと、吐息をついて椅子の背にもたれた。朝から働きつづけてきた肩が痛み、胃がむかむかした。私は吸いすぎ、飲みすぎた。部屋いっぱいにタバコの濃霧がたちこめ、ゆるやかにうごいている。散乱した原稿用紙を一枚一枚拾って番号順に整理した。ボーイを呼んで中央電報局へ持ってやらさねばならない。今日はクー・デターがないから電報局はすぐうってくれるだろう。クーがあると局が閉鎖される。尖兵たちは将軍の命令でまず放送局と電報局をおさえるのだ。解除されても外国通信社や記者たちが一度に殺到するので、いつ送稿してもらえるかわからない。けれど今日はクーもなく、派手な展開戦もなかった。私の原稿はすぐ送ってもらえるだろう。

濃霧を追うため、窓ぎわへいって鎧扉のハンドルをまわした。鎧扉は鉄製なので、ひどく重い。いつ街路から手榴弾を投げこまれるかわからないのでどの窓にも鎧扉がついているる。この都のホテルでいちばん必要なのはルーム・クーラーよりも鎧扉であろう。窓外には私のもっとも愛する時刻が開花していた。テーブルからコニャックのコップをとりあげると、窓ぎわにたち、脹れあがって毛虫のようになった舌で一滴ずつ舐めながら空を見た。黄昏の空がこの都の宝石である。毎日、奇跡が起るのだ。巨大で、異様で、華麗、すさまじい無言の劇がのしかかってきている。川の対岸の椰子と蘇鉄の原野に太陽がおち、紫いろに輝く血が空にみなぎっている。鋭く暗鬱な、浪費を惜しむことを知らない激情が蘇鉄の原野、小さな船工場、『キャプスタン』タバコの看板、灰褐色の泥岸、みじめなニッパ椰子の小屋、黄濁した速い川などを浸しているのだ。おろされたばかりの深紅のフランス・ビロードの緞帳や、感動をとげた瞬後の膣や、数トンの出孔圧のライフル銃弾を至近距離から浴びせられた傷口といったものをきまって私は想像させられる。昨日の黄昏、ジャングルのなかの葦の泥沼をこけつまろびつ敗走しているとき、サブ・マシンガンの銃弾にかすめられて泥水へ顔をつっこんだ瞬間にもおなじ夕焼を私は見た。それを文字に変えようとしていままでタイプライターをたたきつづけてきたのだったが、みじめな失敗であった。コニャックが舌にヤスリをかけるようなぐあいはタバコや疲労のせいだけではない。

ドアをたたく音がしたので炎上する窓からはなれた。

「……アントレ！」

テーブルにもどって原稿の頁番号をたしかめにかかり、ポケットから電報の着地払い証明カードと金をとりだした。ボーイにわたすチップのことを考えているうちに、まだベルをおしてなかったことに気がついた。いそいでドアのところへいって、ノブをまわすと、野戦服を着たアメリカ兵が、ほの暗い廊下にたっていた。小さくて、樽のようにまるまると太り、どこか熊を思わせる。ウェストモァランド曹長であった。

「ウェスト、君か！」

「おれだよ。おれだよ」

「入ってくれ。入ってくれ」

「よき兵士ウェストモァランド曹長がサイゴンへやってきたのさ。日本のアーニー・パイルに会いにな。調子はどうだね」

「あれからまだ寝てない。いまやっと記事を書きあげたところだよ。これからボーイを呼んで電報局へ持っていかせようと思ってたんだ」

ウェストモァランド曹長は私が砦に忘れてきた日本航空のバグをベッドにそっとおさ、古い革張りの安楽椅子に腰をおろした。昨日の未明に部隊は砦を出発してジャングルに浸透したのだが、粉砕、敗走、夜の十一時に命からがら砦のちかくの戦略村にたどりついた。今朝ヘリコプターが村へやってきて私を運んでくれたのだが、砦の上空で降下しなかったから、バグはそのままおき去りにしたのだった。〝大作戦〟を待つために私はCゾーンのはずれの、ジャングルとゴム園にはさまれた砦で何日も暮した。いつ八一ミリ迫撃砲の夜襲があるかわからないので毎夜靴をつけたままベッドによこたわり、朝がくると塹壕からもどってきた曹長にどうだねと声をかけられて、まだ生きてるよと答えをかえす習慣になっていた。近くの国道を通過する輸送大隊防衛のためのハイウェイ・パトロールにいっしょに出たこともある。ほしかったらナイフからバズーカまで何でも貸してやるといわれたが私はいらないと答えた。武器を持ったら人を殺さなくちゃいけないから、といったのだ。武器を持たなくたってあんたは殺されるよと曹長は答えた。すさまじい密林の黄昏のなか、塹壕の上で、微風を額にうけながら短く話しあったことがあった。シヴィリアンが人を殺したら国際法に問われるかも知れないが、この国の場合は正当防衛ということになるだろう。これは重大な問題だ。よく考えておけ。あんたがほしいといったら何でも貸してやる。操作も教えてあげる。曹長は優しく、寡黙にそういうと、弾薬の木箱を塹壕のなかへ投げこんで小屋へもどっていった。

「……ウェスト、まだ生きてる?」

「生きてるよ」

「作戦はどうなった?」

「今朝もう一回やりなおしということだったけれど、とりやめになったんだよ。次はいつか、まだわからない。だからおれは休暇をとることにしたんだ」

「休暇って何日もらえるんだい?」

「三日だよ、あんた。月に三日だよ」

「たった三日かい？」

「そうさ。ちきしょう《シーッ》めッ」

「フレンチ・コニャックを飲んでくれよ。今晩、あんたといっしょにすごしたい。どこかへ招待する。フランス料理、中国料理、ヴェトナム料理、どこでも招待する。何がいいかな。イタリア料理もあるし、まがいものだけれど日本料理店も一軒あるんだよ。なかなかいいニセモノなんだ。ポーク・カツがうまいんだ。どこでも希望をいってくれよ」

「どこでもいいさ。まかせるよ」

「はじめにいっとくけれど、今日はおれが払うからね。食事をしたら、それからあと、どこかへ飲みにいこうや」

「いいよ、アーニー。まかせる」

　私はベルをおしてボーイを呼び、チップをやって、カードと原稿をわたした。曹長は安楽椅子にもたれてコニャックをすすりながら、ひょいと私の原稿をのぞきこみ、日本人が英語で記事を書くとつぶやいた。奇妙な顔をしているので、私は笑いながらメモ用紙に、漢字、ひらがな、カタカナで『箸』と書いて説明した。日本人は一つの文章をこの三種の文字で書いたうえ、しばしば外国語から日本語になった単語をカタカナで混入するのだ。新聞社の外信記者たちは私のように英文タイプライターを使い、日本語の文章を発音のままラテン文字でうつ。東京ではそれを三種の文字の文章に分解し、組みたてる。

「めんどうなもんだな、ちきしょうめッ」

「習慣の問題だね」

「まるで暗号だな、あんた」

「そうだよ」

「日本人て、頭がいいんだな」

「むつかしいのは文字じゃないんだよ。何をいってるのかよくわからない文章ほど日本では尊敬されるんだよ。わかるところとわからないところをかきまぜる技術がむつかしいんだよ、ウェスト。ハッキリと語るのはまずいんだ。あいまいにしておくのがいいんだ。いつでもイエス、ノー、どちらでも答えられるようにしておくのが安全なんだよ」

「東洋人の心ってのはわからねえや」

「芸術なんだよ、ウェスト」

曹長はコニャックを飲みほし、一時間後にレ・ロイ街角の『ジェヴェール』で会おうといって部屋をでていった。私が指定したのだ。この店とチュ・ドー通りの『ブロダール』は新聞記者がよく集まるパリ風のキャフェ・レストランである。

窓を見ると、もう黄昏の絶頂の光輝はすぎていた。燦爛として暗鬱な血は空から消えて、川と波止場には薄青い、静謐な、水のような夜が漂っていた。部屋の床にもその水のようなものがしみだし、広がりつつあった。私は浴室に入って、電燈をつけ、ヒゲを剃った。陽焼けして、ひきしまった、眼の鋭い顔を鏡のなかに見た。アエロ・メントを頬と顎になすり、剃ったあと、ランヴァンのオー・ド・コローニュをすりこんだ。化粧タイルの床に汗と泥にまみれたオリーヴ・グリーンの野戦服がうずくまっていた。わき腹と背に大きなジャングル・ダニがしがみついていた。しっかりと食いついているので、ひっぱると腹の皮がついてきて、血がにじんだ。タバコの火で焼いた。Dゾーンをうろつく虎や象とまちがっているのだ。ジャングルのなかで枯葉に伏せて何時間も黄昏のしみるのを待っていたあいだにもぐりこんできたのにちがいない。

ヒゲを剃っても眼の鋭さは消えなかった。醜悪なまでに太った贅肉のだぶつきのなかで眼だけはつきつめるようにキラキラ輝いているので、かろうじて満足することとした。ほかに誇ってよいものは何もない。東京に送った従軍記事は、いまごろ、中央電報局のせっかちでまちがいだらけのキーでたたかれ、暗い夜空を走っているであろう。東京はそれを漢字とひらがなとカタカナに変えることに二時間腐心するであろう。しかし、まなざしのごとくすばやくうつろな、飽きっぽい日本人は、もう戦場報告に食傷していることだろうと思う。最前線に住みついて生死を賭けたのは私だけではないのだ。私は葦の沼地の泥水にとびこむ一瞬の眼に映った亜熱帯の黄昏の美しさ、戦闘直後に鳴きかわす名も知れぬ鳥類のざわめき、頭上をかすめる銃弾のしぶきの鉄兜のかげで見た賢いアリたちの営為などを語りたかったのだが、タイプライターをたたいているうちに思いがけぬ、つまらない、ほかのことばかり語ってしまった。ウェストが胸に至近弾を浴びてたおれているヴェトナム人の将校に肘で這いよって、サイゴンのＰＸでおれの名でフレンチ・コニャックを買い、ひとくち飲んでからヘリコで送ってくれと訣別の辞を優しい熟練の口調でささやいてから、枯葉の上をふたたび肘で去っていったことも、語りおとしてしまったのだ。ジャングルのなかでは銃弾が木の幹に乱反射してとびまわるから、いま私が生きのこったのも、ただの偶然にすぎないのだということも、いいおとしてしまった。それは、ただの偶然にすぎなかった。誰も私を防衛してくれなかった。サイコロの目が右へころぶか左へころぶか、ただ一ミリの差の偶然で私は生きているにすぎなかった。

服を着かえて『ジェヴェール』にいくと、しばらく待ってウェストがおなじ野戦服姿であらわれた。空気調節のきいた、涼しい、パリ風のキャフェ・レストランのなかへ彼はおずおずと入ってきた。ヴェトナム人、フランス人、アメリカ人、いずれも身ぎれいな、無節操でシニックな眼つきをした、額の高い連中のなかへ一歩踏みこんで彼はきょろきょろと眼を走らせた。ジャングルのどん底戦でもついに鉄兜をかぶろうとせず、さいごのさいごまでカービン銃の引金を引こうとせず、そして結局、あれだけ乱射されながらついに一発も射たなかった古兵が、ヴェルモットやジンやデュボネの瓶がいっせいに逆立ちしている亜鉛張りのコントワールのまえでうろうろしているのを見るのは、私には興味深い光景であった。

「……おい、ウェスト、ここだよ！」

「ちきしょうッ。アーニー」

「十分待っただけだよ」

「なぜ早くいわねえのかよ」

ウェストが色とりどりのビニール糸で編んだパイプ椅子にすわるのを待って私は東京の本社から送ってきた七色パンティのプラスチック筒を彼にわたした。

「……砦で見おぼえたんだが」

と私はいった。

「一〇五ミリは砲弾と火薬がくっついてた。一五五ミリ無反動砲は砲弾と火薬がべつべつだった。これはちょうど一五五ミリの火薬の筒に似てる。サイゴンのものいう花にあんたが今夜一五五ミリを射つんだったら、ちょうどいい火薬だと思う」

「…………」

ウェストモァランド曹長はびっくりしてボタンみたいな眼を瞠《みは》り、七色パンティのプラスチック筒を胸に抱いた。ぼんやりとスターリン風のヒゲのなかで、何かもぐもぐといった。おめえ、そんな、とか、おれには女友達なんていねえんだよ、とか、いったようであった。アメリカ語を聞くのが上手ではない私にはよくわからなかった。

床の鉄板がやぶれて道路がそのまま大穴からのぞけるルノー四ッ馬印の甲虫に乗って私たちは中国人街のショロンへいき、『天虹菜館』へ入っていった。ここは経営者がフランス人で、支配人が広東人、中国料理店のほかにバー、キャバレ、ダンスホールも経営している。まだ一度も手榴弾を投げこまれたことがないのはフランス人がよほど高額の税金を解放戦線に払いこんでいるからなのだろうか。料理の味もわるくない。四川搾菜が食べられるのはこの店だけである。

アワビを食べ、ドライ・マーティニを飲んで、私と曹長は口数少なく昨日のジャングル戦の話をした。葦の沼地であれだけ乱射されながらたどりついたブッシュ地帯で一発も待伏せされなかったのは、ヴェトコンのお慈悲によるものではあるまいか。もし彼らが退路を断って待伏せしていたら部隊は一人のこらず沼地で殺されたのではあるまいか。アワビを食べながら私がそういうと、ウェストモァランド曹長は、いつもの考え深い、慎重な口ぶりで、いや、それはVCのお慈悲ではあるまい、昨日は朝から一五五が後方から援護射撃していたし、〝チョッパー〟や〝L-19〟もたえず上空から狙って掃射していたから、われわれの後方を断つゆとりはVCにもなかったのじゃないかと、いった。私はほとんど信用しなかったが、新しいマーティニの霜をふいたグラスを彼のグラスにカチンとあてた。

絹のアオザイでぴっちり首をしめた、美しく、しとやかで、傲慢なまなざしをしたヴェトナム娘や、混血娘《メティス》をつれたアメリカ人、フランス人、ヴェトナム人、中国人の紳士たちが塵ひとつない背広に蝶ネクタイをつけて、テーブルについたり、バーにとまったり、ボール・ルームに入っていったりした。階上からはたえまなく京劇のアリアに似た転調の、暗愁にみちた歌をうたう声が洩れてきた。ときどきそれは、『おお、聖者来たりなば』のバンド演奏に変ったりした。昨日の戦闘はここからわずかに北東四十キロか五十キロの地点で起ったのであるが……

「……あんたはおれといっしょに飲みにいこうというが、あぶないぜ、アメリカ人といっしょにいると殺されるんだぜ。いつでも、どこでも、アメリカ人は殺されるんだ。早くマジェスティックへ帰って寝たくないかね?」

「寝たいことは寝たい」

私は答えた。

「とても寝たいね。しかし、今朝ホテルへもどったら鍵箱に情報の紙が入っていた。それによると、今後、韓国人とフィリピン人はアメリカ人同様に扱えという指令をヴェトコンがラジオとパンフレットで全国に流したというんだ。ときどきデマが入るけれど、おれの情報はかなり信用できるんだよ」

「…………」

「もう日本人も安心していられない。日本人は顔で韓国人やフィリピン人と区別できない。おれたちも君たちといっしょに殺される。マジェスティックに来てる先発隊の韓国人たちは日本名で泊ってるという噂を、今朝、聞いたよ」

曹長は暗い顔になり、黙ってドライ・マーティニをすすった。しずくが口ヒゲにつくと指でまんべんなくのばした。

食事のあと私たちはふたたびルノーの甲虫でサイゴンにもどり、一軒のキャバレと二軒のバーによって、ジン、スコッチ、コニャック、ビールなどを漏斗《じょうご》のように飲んだ。キャバレ『チュ・ドー』で混血娘のモニクに会った。父がイタリア人、母がヴェトナム人の混血娘で、肺を病んでいる。英語はまったくできない。フランス語はほんの少し片言がしゃべれる。暗がりでたえず咳をし、私の顔さえ見ると、明日、医者ニ行ク、金、オクレというのである。やせこけて、顔は蒼白、膚が青銅のようにつめたい。病んだ眼のしたが薄黒くなり、ナイフでひとえぐりえぐったようになっている。美貌で、性悪で、ひどく貧しく、あまりに貧しいので、いつも誘惑されながらこちらが強姦しているような気持におちこむ。その夜私はアルコールの輝かしい濃霧のなかで、銀のしずくを光らせてしとどに濡れた、臍から下を蔽うおびただしい漆黒の茂みの巣、その奥にひそむやわらかくて、熱い、やせくぼんで小さな部屋をこのうえなく慕ったが、注射代だけおいて席をたった。

## 第二日

耳もとをかすめる無数の乾いた弾音を宿酔《ふつかよい》の熱さと苦しさでどうやら避けることができ

た。眼がさめるとマジェスティックの一〇三号室のベッドに靴をはいたまま私はおちていた。どうして帰ったのかわからない。額が熱で唸り、耳のなかで無数の蜂が騒いでいた。ざらざらの舌が今日はナマコのようにふくれあがって、口いっぱいになっていた。ふるえる手で電話をとりあげ、コカ・コーラを持ってこさせた。ベッドからおりると浴室へ入っていき、コルゲート歯磨を少しのみこんでビデに嘔吐した。黄いろくてにがい粘液だけしかでてこなかった。栓をひねって水を流したあと、ビデに頭をもたれさせた。足も翼もない、ぐにゃぐにゃの熱い怪物みたいな頭をビデの白くてつめたい陶器のふちで軽くうってみると、鈍痛が快かった。四つン這いで化粧タイルの床を這って浴槽にちかより、熱湯と水をみたした。

「……ムッシュウ、ムッシュウ！」

「ウイ」

「サ・ヴァ？」

「パ・ビアン。ナンバー・テン」

「コカ。コカ。ヴォアラ」

「メルシ！」

足を踏みしめ踏みしめ部屋にもどると、中年のボーイに金をわたした。肝臓薬をコカ・コーラで呑みくだしてから浴室にもどり、熱い湯に体を浸した。

眼を閉じて波のような熱を手足で吸っているうちに、少し眠ったらしかった。ふと眼がさめると、湯がすっかりつめたくなっていた。皮膚と脂が湯にとけてしまったような気がしたが、眼、額、手などがどこからかもどっていた。熱がひき、蜂の唸りが消えていた。頭は水を吸いきった海綿のようにやわらかくて重かったが、どうやらたって歩けそうだった。私は浴槽からでて鏡に向った。

「………」

ふくれた唇。黄ばんだ眼。むくんだ瞼。白い苔の生えた舌。一夜ですべてが消えた。鉄兜の形どおりに額に白い線が入っているのは変らないが、昨日の黄昏に私を魅したものが手のつけようなく消えてしまっていた。亜熱帯の午前十一時の日光のなかには中年にさしかかった新聞記者、薄穢なく脂じみた、無節操でシニックで臆病な新聞記者が宿酔でくらくらしながらたっていた。戦闘のことを語る資格は、もう、私にはないようだ。茫漠とした、つめたい、魚のような眼が瞠られて東京の顔を眺めていた。

ベッドにもどり、電話を何本かかけた。AP、ロイター、UPI、『サイゴン・デイリー・ニューズ』、ほかに数人、仲間の日本人記者を呼びだしてみた。タオ大佐の行方はあいかわらず不明。カラヴェル・グループの青年将軍たちの数人が昨夜、サン・ジャック岬の別荘で秘密会合したが、会議の内容はわからない。ジャロン宮殿の奥で首相は内閣改造案を進行させているらしい気配だが大越党と国民党、仏教系とカトリック系の構成比率がはっきりした形をとるにはまだ二、三日かかるだろうとのこと。仏教徒の平和運動は沈黙。カトリック教徒の反政府闘争も潜行。学生の反共運動は内紛を含みつつもさらに右寄りを合議したらしい様子だが、宣言、行動には至らない。北京はあいかわらず熱い。ハノイは忍耐づよく黙っている。モスコーはワシントンから片手をそろそろとひきだし、もう一方の手をふりあげてアメリカを罵倒したが、その手はまだ北京にのびることを決心していない。ＡＰのピーター・アーネットを呼びだして聞いてみた。彼の事務室の入口にはクーの予想の寒暖計が紙に書いて貼ってある。

「……宿酔で今日は寝ていたいのです。クーはここ一週間ないと思うけれど、寒暖計は今日は何度でしょう？」

「うん。『たぶん《ポシブリ》、まあまあ《ライクリ》』をさしてます。ヴィタミン注射をして寝るんですね。わが社はいつも正確な情報を提供しますよ。キュウリのピックルスを食べるのもわるくないですな」

「ありがとう」

バス・タオルを体に巻きつけたままベッドによこたわった。ナイト・テーブルにオー・ド・コローニュの瓶があったのでこめかみにすりこんだ。ぼんやりタバコをふかしているとボーイが東京からの電報を持ってきた。そろりそろりと入ってきて、そろりそろりとでていった。封を切ってみると、『ゲンコウ　サンクス　ベスト・サンクス　チョウカンシヤカイメンヲアッス　トウキョウヨリアイヲコメテ』とあった。

昨夜のことをおぼろげに思いだした。ウェストモァランド曹長はまっ暗なキャバレのすみっこで、酔って泣きだしたようである。私は体をかがめてモニクの胸からたちのぼる香りにふけっていた。曹長が野戦服のズボンから白いハンカチをひきだして鼻にあてたのをおぼえている。モニクの肩を抱いていた手をほどいて闇のなかで曹長の顔をまさぐってみたら、頬がぬれていたのでおどろいたのだった。おい、ウェスト、どうしたんだと聞いた。するとウェストモァランドは真剣にしくしくと泣きながら、おれは卑怯だった、義務を果さなかった、といった。全身剛毛に蔽われて左腕の手首に陰毛入りの女の裸体のイレズミをした、ニュージャージー出身、三十四歳、朝鮮戦争従軍三〇カ月の古兵が水に浸った綿のようになって泣くのであった。ふざけてるのかと思ったが、黙っているといつまでも彼はめそめそと泣きつづけた。

「……沼地をわたるときにおれたちはうしろから射ちまくられた。そのときによ、ヴェトナム兵のチキンどもは負傷した仲間をよ、その場にほりだして逃げやがった。おれもいっしょになってよ、逃げた。傷ついた奴らを見捨ててよ、おれは逃げてしまったんだ」

「あんたは最善をつくしたんだよ。あのときにはほかにしようがなかったんだ」

「いや、そうじゃねえ。おれは卑怯だった。おれは何もしなかった。何もしなかった。ちきしょうめッ。おれはいっしょについて走った。犬みたいによ、逃げてしまったんだ。

おれはチキンだ。最悪の状況だったが、おれは逃げてしまったんだ」

かたくなに、まじめに彼はそういい張って泣きつづけた。そこで私はモニクに注射代をわたしてたちあがったのだった。ウェストモァランド曹長のまるまるとした、巨大な肩に手をかけて階段をおりたが、手がまわりきらなかった。曹長はまっ赤な眼をして、小学生のようにおとなしくついてきた。

それから私たちはどこかをぐるぐると歩いて二軒のバーに出たり入ったりした。戒厳令時刻の一時まで徹底的に飲んだ。いくらか思いだしてきた。さいごのバーは淫売屋のようなものだった。真紅のプラスチックが壁に貼りつけてあり、床は煉瓦だった。やせてくたびれきった少女たちが曹長と私を小さな手で、よってたかって攻めたようだ。少女の一人がスカートをパッとかかげてとぼしい小鳥の巣を私の鼻さきにおしつけた。もう一人の少女がたどたどしい広東語で歌をうたっていると思ったら日本語だったので私は一語一語しつこく教えてやったのを思いだした。ペニスをへし折らんばかりに握られてくらくらしながら私は歌ったはずだ。

ヤマノ
サビシイ
ミズウミニイ

…………

……

少女はたしかこう歌った。

ヤミノ

サビシイ

ミジューミニイ

………

……

ウェストモァランド曹長はそのバーにくると泣きやみ、にこにこと笑いだした。少女たちに七色パンティのプラスチック筒を強奪されそうになって彼はまじめに怒り、ひしと腋のしたにかかえこんで、『33』ビールを飲んだ。そして今度は、嗄れた、優しい、おちついた小声で、この少女を二人で一人ずつどこかへつれていき、一つベッドで一五五ミリの射ちっくらをやろうじゃないかといいだしたのである。そのときアルコールの波が眼をこえてゆくのが蒼白な蛍光燈のなかに見えたので私はあとを見ずに逃げだした。バーをでてから、家に帰ろうとしていたシクロの老人に、マジェスティック、マジェスティックといって哀願したはずである。

いくらか回復してきた記憶力に私はわびしい満足をおぼえた。電話をとりあげて受付に、誰もくるまいと思うが、誰がきても外出中だといって通さないでくれとたのんでから、毛布のなかにもぐりこんだ。昨日曹長が砦から持ってきてくれたバグのなかからガーネット訳の『白痴』をとりだした。砦では白熱の永い午後が耐えられないので、ムイシュキンの激情的な饒舌をたどることで、倦怠と恐怖をかろうじてしのいだのだった。小屋にはアメリカ将兵が読んだ文庫本が何冊もおちていて、『真昼の暗黒』、『一九八四年』のほかに、ハクスリの『このみごとな新世界』、パッカードの『浪費を作る人たち』、辛辣で痛快なコラムニスト、アート・ブックウォルドの『水を飲むのは安全か?』などがあった。西部小説もうんとあり、シェクスピアもあった。一頁も繰られたことのない本もあり、手垢ですれた本もあった。たいていの兵隊たちは上半身裸になって『ラ・リュー』ビールや『セギ』ジュースを一日に五、六本から七、八本、緩慢な発作にかかったようにアイス・ボックスからぬきだして飲んだ。氷はちかくの町へジープでカービン銃持って命がけで買いにゆく。夜になると命がけでヘリコプターが運んできた映画『ドノヴァン珊瑚礁』を命がけで見物し、『ラ・リュー』、『セギ』。終ると鉄兜、防弾チョッキ、軽量機関銃、手榴弾、ナイフ、ピストル、ポケットというポケットに弾丸のカートリッジをつめこむ。マラリヤ蚊防ぎの薬を手や顔にぬりこんで塹壕にもぐりこみ、夜明かしする。

午後おそくに眼がさめた。誰かがドアをたたいたのだ。体を起すと、手も、足も、頭も、すべてがもどっていた。ベッドからおりてドアをあけると、ウェストモァランド曹長がいくらかテレくさそうに微笑してたっていた。彼は野戦服姿のままゆっくりと熊のように部屋のなかへ入ってくると、安楽椅子にどっかり腰をおろした。

「昨夜は……」

私がいいかけると彼は静かに手をふり、

「何もいうなって。戦闘は終った」

といった。

「どこで寝たのか知らないけれど、ウェスト、そこのベッドに寝てもいいよ。朝からひどい宿酔でね、いままで寝ていたんだ。服をぬいで、寝ろよ」

この部屋にはベッドが二つあるのだ。私がパンツのまま毛布にもぐりこむと、曹長はおとなしく野戦服をぬいで、樽のような体をよこのベッドに器用にすべりこませ、はらわたの底からの長い嘆息をついた。たのしそうに、つらそうに、オーッとつぶやいて長い嘆息をつくのだ。満月の戦略村の土のうえで寝たときも彼はその嘆息をついた。黒豚が唾の音をたてながら私たちの頭のまわりをうろついた。ウェストは石を豚に投げ、ちきしょうめッ、VCのつぎは豚かといってから、嘆息をついたのだ。

「……妙なぐあいだよ、アーニー」

天井を見ながら曹長がつぶやいた。

「どうしたんだね」

「休暇をもらうまではそれだけが目あてで暮してんだが、いざもらってみるとよ、どう使っていいのかわからんのだ。おれはサイゴンには友達が一人もいないんだ。ものいう花もいないんだ。だからよ、ここへ来たんだけどよ、妙なもんだぜ」

「ラスはサイゴンじゃパンツをはいて暮さないんだといってたよ」

「そうだよ。奴はせっせとものいう花に金をつぎこんで、すっからかんになってからジャングルへもどっていくんだ。強盗されて嬉しがってるんだからよ、サイゴンは金持になるはずだ」

「そのベッドのしたにいまさきボーイがプラスチック爆弾を仕掛けてるのを見たよ。たいくつだったらはずしてくれ」

「サイゴンって、いやな町だ。金持と貧乏人しかいねえ。金持はよ、いよいよ金持になるいっぽうだし、貧乏人はいよいよ貧乏になるばかりだ。田舎ときたら村という村には老人と子供しかいねえ。ちきしょうめ。いまにこの国は兵隊とＶＣだけになっちまうぞ」

　曹長はゆっくりと寝返りをうち、二、三度もがいてベッドに居心地よい凹みを見つけると、いびきをかきだした。

私は床におちていた『白痴』をひろいあげ、ムイシュキンの死刑についての議論を読みかえしにかかった。巨大な肉塊がたてるフイゴの音は邪魔にならなかった。むしろ規則正しさで安らぎを感じさせてくれた。ムイシュキンの議論は一行も私の内部に入らなかった。私は荒れた空白であった。文字は額にもとどまらず、耳のうしろにも漂わなかった。本を伏せてナイト・テーブルにおき、静かにタバコをくゆらせながら、ウェストモァランド曹長のいびきを聞いた。彼は上官のまえでも仲間のまえでも、平気で、この戦争は結局のところヴェトコンの勝ちだといい放った。インドシナ半島はいずれコミュニストの手におちる。コミュニズムは一党独裁だからおれは反対だが、この国の農民がろくに食うものも食えないでいる以上、コミュニズムに走るのをどうして責められようか、というのが彼の持論であった。上官や仲間は黙って彼の説を聞いていた。国家権力の戦車《ジャガーノート》が行進してきたときに私は彼ほどの自由さと果敢さで『否』といえる気力があるだろうか。

「じゃ、ウェスト、なぜ戦争するんだ?」

私がたずねると、彼はしばらく黙っていてから、にがにがしげに、

「義務は義務だ」

とつぶやいた。

昨夜泣きじゃくられたのには狼狽したが、彼は乱暴な兵隊言葉に、深い単純さとでもいうべき翳りや襞を感じさせ、浮きあがらせてしゃべる術を知っている。彼のやわらかい、

静かな声を聞いているのは気持がよい。ときどき私は彼に洞察力の不意うちをうけておどろくことがある。一昨日もそうだった。ジャングルをぬけ、沼地をわたり、ブッシュを走り、ゴム林を足音しのばせてくぐったあと、へとへとに疲れて戦略村にたどりついた。ものもいえずに私が道に寝ころんで荒い呼吸をしていると、彼は暗がりをのっそりとやってきて寝ころび、ポツリと、戦争に勝利者なんていねえのよといった。これも彼の好きな言葉の一つであった。二、三度聞いて私は知っている。しかし、おどろかされたのは、ぜいぜいのどを鳴らせて私が喘いでいるのにこの男は、またポツリと、おそろしく的確なことをいいだすのだった。

「これであんた」

彼は低く笑いながらいった。

「これであんた、東京へ帰ったら、女の子にモテるぜ。でっかい話ができてな。酒場の人気を独占できるよ」

私は喘ぎ喘ぎつぶやいた。

「しかし、ウェスト。東京には嘘しかないんだよ。戦争さえなければ戦争はわるくないと思う。少なくとも嘘はない。それだけはいい。東京は嘘でつくった町だ。神経がくたびれてかなわない」

曹長は低く笑って、答えた。

「戦争そのものが嘘かも知れねえぞ」

私は喘ぎをおさえつつ、

「そうかも知れない、そうかも知れない」

といった。

静かに起きあがるとベッドからぬけだして浴室に入り、もう一度私は浴槽に湯をみたした。青い湯のなかに体をのびのび伸ばしながら、今夜はどこで食事をしようかと私は考えた。昨夜は中国料理だったから、フランス料理がいいかも知れない。『ブロダール』のブイヤベースはあまりよくないが、『ボナパルト』の伊勢エビはいい。この都のエビとカニはすばらしい。白ぶどう酒によくあう。肉が肥えてひきしまり、混血娘の太腿のようだ。ウェストがよろこぶだろう。クリークの死体を食べて育つのかも知れないが……

## 第三日

未明にグリーズ・ガンをこめかみに連射されてとび起きた。暗い部屋のなかではこわれかけのルーム・クーラーが低く唸っていた。窓はサイゴン河岸の蛍光燈をうけて蒼白に輝いていた。M―一一三重装甲車が三台、河岸を海軍省の建物のほうへ地響たてて去ってゆくところだった。舗道が街燈に照らされて鋼青色のベルトのように光っていた。全身がつめたい汗にぬれていた。銃弾がこめかみを破った瞬間にひきつった足が毛布のなかでまだこわばっていた。声をたてなかっただろうか。スタンドのスイッチをひねり、タバコに火をつけた。戸外のM－一一三に影響をうけたのだろうか。

三角砦の一角が八一ミリ迫撃砲で粉砕され、暗い朝霧のなかから黒シャツ、黒パンツ、十八歳のやせた少年たちが跣《はだし》やゴム・サンダルで鉄条網をかきわけかきわけ乱入してきたのだ。誰かが〝ヒューマン・ウェイヴ！〟、〝ヒューマン・ウェイヴ！〟と叫んでいるようだった。濃霧なのによく見えた。少年たちの着ている農民の黒シャツ、黒パンツ、粗末だが丈夫なゴム・サンダル、腰にさげた手製の手榴弾、両手に抱えて走りつつ乱射するグリーズ・ガンはアメリカ製で、〝合衆国財産〟の刻印と番号がうちこんであった。私が塹壕からとびだすと少年たちは猫のようにすばやく追いついてきた。私は体を投げ、必死になって土を手で掻いた。そうすればかくれられると思いこんでいるらしく、夢中になって土を掻いた。一人の少年がゆっくりとちかづいてきて、グリーズ・ガンの銃口をこめかみにあてた。たった一つ知っているきりのヴェトナム語で私が汗まみれになって、〝トイ・ラァ・キジャァ・ニポン（私ハ日本人記者デス）！〟と叫んだ瞬間、銃口が火をふいた。足がひきつれた。

（……若かった）

ぬれしょびれた枕に頭をおとした。

（まるで中学生だった）

私はタバコを口にくわえ、ジャングル・ダニに嚙まれたわき腹の傷口を指でかるくおさえた。小さな、硬い根ができて、熱くなり、少し痛かった。

（ヒゲも生えてなかった）

Cゾーンのはずれの砦へある日つれられてきた少年が登場したのだった。Dゾーンのジャングルからちかくの村へ正月《テット》の休暇で帰ってきたところを政府軍に逮捕された少年である。一人は十七歳、一人は十八歳だった。うしろ手に縛られて小屋の暗がりにうずくまっていた。やせてはいるが、白い、やわらかそうな頰をしていた。タバコ、酒、どんな毒もしみたことがないような肌理《きめ》だった。不安なまなざしで、ぶるぶるふるえていた。

「VCはみんなあれくらいの子供です。若いものほど心を変えやすく、年をとると絶対に捕まっても心を変えません。石と話をするようですよ。すばらしい信念です」

ウェストポイント出身のヒューズ中尉が小屋を去りながらそう説明した。殺すのですかと聞くと、わかりませんといった。アメリカ顧問団には何の権限もないから、すべては政府軍のするままです。おそらく殺さないで、訊問してから師団司令部へ送るのでしょう。それからどうなるかはわかりません、という説明であった。いずれ私を射殺する人間がヒゲもろくに生えていない少年であることを見とどけて、亜熱帯の正午前の白熱した赤土を踏みつつ私は緊張していた。何のために私は死なねばならないのか。ヴェトナム人でもアメリカ人でもない私が何故こんな赤土地帯のジャングルのほとりで死を待機しているのか。

こんなところにこなくとも、サイゴン、香港、パリ、ニューヨーク、どこでも私は暮せたはずだ。東京で外信部の仲間と有楽町裏の酒場でメザシをかみつつ罪のないバカをいって暮せたはずだ。〝アジアの戦争の実態を見とどけたい〟というのは東京やサイゴンでの傲語であった。私はランボォでもなく、ロレンスでもない。私の臆病さをおごそかな口調でののしる東京の臆病者たちとおなじだ。その一人にすぎぬ。東京の本社が従軍の命令を送ってきたのでもなかった。むしろ東京は禁じてさえいた。沈黙を守りつづけていた。スクープ合戦をするにはあまりにもこの国は危険すぎる。私がここにきたのは純粋に個人的な動機によるものだった。明確にそうだった。私にはハッキリわかっていた。ただ私には何故そうなのかがわからなかったのだ。まったくわからなかったのだ。毎夜毎夜、迫撃砲の落下を暗い小屋によこたわってヤモリの鳴声を聞きつつ待ちうけていると、さらにわからなかった。想像力ほど人間にとって残酷、苛烈、御しがたいものはないことを思い知らされた。それはとめどなく、あてどない、切れば切るだけ再生してくる、精力絶倫の多頭の蛇であった。太陽神経叢の一本、一本がヤスリにかけられ、すりつぶされた。広大な亜熱帯の夜は無数の音にみたされて額におちてきた。一五五ミリの兇暴な絶叫がおわるとたちまちつぶやきにみちた夜があらがいようなく浸透してきて私をおびえさせるのだった。爪にも、背骨にも夜がしみた。

タバコを消したあと、タオルで冷汗をぬぐってから私は毛布にもぐりこんだ。家畜のように数時間眠りこけたあと、電話のベルで目をさまされた。舌うちしながらとりあげると、潮騒の底に、遠く小さく、ウェストモァランド曹長の声を聞いた。『ジェヴェール』からかけているのだという。

「どうしたんだね？」

「今日これから帰るんだ」

「どこへ？」

「砦さ」

「まだ休暇は終ってないじゃないか。今日一日あるじゃないか。どうして明日の朝帰らないんだ。『牛乳配達』は明日の朝ないのかい？」

「『牛乳配達』はいつでもあるけれどよ、おれは今日帰るんだ。いろいろおごってくれてありがとう。楽しかったよ。また砦へこないか？」

「命令がきたのかい？」

「命令じゃねえよ」

「とにかくそこにいてくれよ」

電話をおくと、いそいで私は浴室に入り、口をゆすぎ、顔を洗った。シャツを着かえて部屋をでると、階段をおりた。ホテルの入口でいつもの少女から『サイゴン・ポスト』と『サイゴン・デイリー・ニューズ』を買って、チュ・ドー通りをレ・ロイの町角までいそいだ。タマリンドの並木道は涼しくて晴朗だった。軽い、乾いた、よく閃く午前の陽が葉の一枚一枚に射し、つややかに踊っていた。チャアシュウメン屋の若者はよごれたパジャマを着てメンをふり、タバコ売りの老婆はガラスの小箱のふちに長い線香をたてて火をつけていた。どこにも戦争はなかった。

『ジェヴェール』に入ってみると、エスプレッソ・コーヒーの香りのなかにウェストがPXで買ったらしいタバコのカートン箱を何本となく紙袋につめたのをテーブルにおいてぼんやりしていた。昨夜はおとなしく『ボナパルト』で伊勢エビのテルミドールを白ぶどう酒で平らげてから別れただけなのに、彼は肩をがっくりおとして、力のない眼で、ガラス戸ごしに朝のレ・ロイ街のざわめきを眺めていた。ここは、いわば、サイゴンのシャンゼリゼである。無数の自転車がおかれ、アオザイ姿の娘たちがにぎやかに話しあいながら歩いていた。日本語はつぶやくが、ヴェトナム語は歌うのである。娘たちがしゃべりつつ流れていくのにすれちがうと、まるで鳥が甲高くさえずりかわすのを聞くようである。

給仕にキャフェ・オ・レとクロワッサンを注文して、椅子にすわった。ウェストはレモン・スカッシュをまえにし、どことなくひしがれたような様子をしていた。私を見た眼もにぶくて、力なく、つめたかった。

「どうしたんだい、ウェスト」

「何でもない。おれは帰るんだ」

「宿酔かね？」

「いや、昨夜はあのまま『チュン・ナム』ホテルへ帰ったよ。一杯も飲まなかったよ。あんたもマジェスティックへ帰ったんだろ。だからおれも帰ったんだ」

「それで？」

「それだけさ」

「何もしなかったのかい？」

「何もしなかった。シャワーを浴びてから寝たんだ。それだけさ。今朝目がさめたらおれは帰ろうと思ったんだ。だからよ。おれは帰るんだ」

「今日一日ゆっくり遊べるのにどうしてそういそいで墓場へ帰るんだね。まだ休暇が一日あるじゃないか？」

ウェストはぼんやりとしたまなざしで、しぶとい口調で、つぶやいた。テーブルにこぼれたレモン・スカッシュのしずくを毛だらけの太い指でのばしたり、ひろげたりした。

「サイゴンではよ、おれはすることがねえんだ。ここはいやな町でよ。金持と貧乏人しかいやがらねえ。アメリカ人はホテルでウイスキー・ソーダ飲んでるだけだし、新聞記者は娘を追っかけてるだけだ。何も知りやがらん。おれはこんな町、大きらいだ」

「新聞記者は砦や基地にもいくよ」

「何度も見ておれは知ってんだ。サッと着陸、一時間話を聞いて、サッと離陸だ。〝荒鷲作戦〟ってやつよ。〝ぴょんぴょん跳《と》び作戦〟ってやつさ。そのあげく、でっけえ物語をでっちあげやがってよ、それだけさ。ちきしょうめッ」

「君と関係はないじゃないか?」

「おれは帰るんだ」

「人を殺しに帰るのか?」

「殺されに帰るのかも知れねえよ」

給仕がキャフェ・オ・レとクロワッサンを持ってきて、テーブルにおいた。クリームが泡だててないので妙な味がする。ひとくちすすってから私は金を払った。ウェストはちらと見て冷笑を頬にうかべた。たいていのアメリカ将兵とおなじように彼もフランス嫌いでは徹底していた。フレンチ・コーヒー、フレンチ・ブレッド、フレンチ・ガールと口のなかでつぶやいた。黙っていると、かさねて、ナンバー・テンといって舌うちした。やっと力がでてきたらしかった。けれど、つぎの瞬間、ふと眼をガラス戸にうごかしたはずみに、もとのように薄暗くて冷酷な、石化したまなざしになってしまった。

「一昨日の夕方、マジェスティックの部屋へ入ってきたとき、君は、よき兵士ウェストモァランドがサイゴンへやって来たんだといったじゃないか。一カ月砦で暮して、サイゴン、サイゴンといいつづけている。三日休暇をもらってやってきて、三日めにはもう帰るといいだす。命令がないと、どうしていいのかわからなくなるんじゃないのか?」

「本気でいったのかよ?」

「君はこの町に友人もいないし、女友達もいないらしい。今日はクーがないようだからひまなんだ。散歩するか、食事でもするか、おしゃべりでもしようかと思うんだ。じゃまだったら消えるよ」

「消えろよ」

「もう会えないのだろうか、ウェスト」

「……………」

曹長は黙ってたちあがった。暗鬱で、冷酷な、こわばった眼は誰に向けられているのでもなかった。砕けた夢を憎み、生の脆さを憎み、なによりも自分を憎んでいた。オリーヴ・グリーンの野戦服のしたで終りかけた休暇の哀愁と憎悪がすさまじい精力をみなぎらせていた。鋼鉄のようにこわばった筋肉の束にふれたら服が火花を散らすのではあるまいか。しかも彼はどことなく、おびえてすくんでいるようでもあった。敗北せる巨人はどこか闇の戸口にたたされた子供のようでもあった。紙袋をかかえ、握手の手をさしのべながら、彼はのろのろとつぶやいた。

「さようなら、アーニー」

「さようなら」

「たのしかったよ」

「…………」

ガラス戸をおして彼はでていった。ちらともふりかえらず、たいくつしきった、わびしい足どりで、輝かしい陽を浴びた並木道の人ごみにゆっくりと消えていった。一カ月ジャングルのはずれで生死を賭けたあげくに灰をつかんでしまった不運な男のまるまるとした、巨大な背は、自転車の列、タマリンドの幹、闇タバコ売りの線香の煙のなかに消えていった。とりとめもない哀愁に浸されて、私はタバコをふかし、さめたコーヒーをすすった。ふたたび私は砦へもどることがあるのだろうか。あらがいようのない寡黙な力が、匿名の、あの、やみがたい力が私をふたたび襲うのは、いつだろうか。

曹長が消えて十分たってから、とつぜん私は眼を瞠った。とつぜん感じた。小石にさわったように確実な予感が私を鞭うった。私は愚鈍を恥じた。そうだ。あのこわばりとおびえに気がつくべきであった。そうなのだ。

（……人を殺したがっていたのだ！）

私はたちあがった。

# 飽満の種子

永続的快感の状態にある阿片喫煙者を見て堕落だと責めるのは、例えば大理石を見て、これはミケランジェロにそこなわれた結果だと言い張り、画布を見て、これはラファエルに汚されたのだと叫び、紙を見て、これはシェークスピアにけがされたのだとあわれみ、沈黙を見て、これはバッハに破られたのだと云うと同じことになる。

阿片喫煙者、これほど不純でない傑作はまたと他にはない。だがすべてに分配を求めてやまない社会が、この傑作を、目に見えない美、切売りの出来ない美だと認めて、排斥するのも、また極めて当然だ。

ジャン・コクトォは『阿片』(堀口大學訳)の一節にそう書いている。これは阿片中毒を治療するために療養所へ入ったとき彼が思いつくままにメモをとった語録である。《訳者あとがき》によるとコクトォは一九二五年と一九二八年の二回、療養所へ入ったが、阿片そのものとはその後も〝中国人流の上手な喫み方〟で接しつづけ、一生切れなかったらしい。一九三六年に世界一周旅行の途中、日本に立寄ったときも夜ふけにホテルのボーイたちが寝静まった頃を見はからって浴室にかくれて喫っていたらしい。香港で入手した〝パリあたりでは絶対に得られない最高級品、赤獅子じるしのソル・カンペアドール〟と訳者は親しく目撃したらしい筆致で書いている。そのときのコクトォの態度は〝いじらしいほどつつましく、人目を恐れて〟いたとある。

阿片中毒を治療するための禁断療法で患者がどれほど苦しむものか、私は知らない。コクトォはその苦痛をつぶさに、あらわに描出していないので、彼の場合どういうぐあいだったかは、ほとんどといってよいくらいわからないのである。あえてそれを書こうとしないところに彼の剛毅な克己の力を感じさせられはするのだが、その苦痛を想像するとなれば、たとえばヘロイン患者の闘病記や観察記などで読んだことをおぼろに思いだしたりするよりほかに、補いようがないわけである。

阿片につきまとう誤解、偏見、幻想、神話、伝説の類を彼はこの語録のなかで思いつくままにかたっぱしから論破している。そして阿片のひきおこす澄明でおだやかな静謐の特質を、それにおびえつつ、さまざまな角度から分析している。ときには即興でつぎのような小話を創作しているのだが、これには痛烈な正確さがある。

普通人――のらりくらりしている阿片喫煙者よ、なぜそんな生活をしているのか。いっそ窓から身を投げて、死んだ方がましではないか。
阿片喫煙者――駄目、僕は浮ぶから。
普通人――いきなり君の身体《からだ》は地べたへ落ちるから、大丈夫死ねるよ。
阿片喫煙者――身体のあとから、ゆっくり僕は地べたへ行くはずだ。

＊

その夜、宿へ帰って、わたしはアヘンの白夜なるものをはじめて経験した。のびのびと横になって、少しも睡りたいとは思わず、頭が冴えているのである。さまざまの思いに心みだれているときには、眼の冴えているのは苦しいものだが、この状態にあるときには心はまことにのどかである――幸福であるというのさえも当らないだろう――幸福なときは脈搏がみだれるものである。そうしているうちに、突如として、何の予告もなく眠ってしまう。これほど深い、完全な一夜の睡眠を味ったことがないほど眠って、さて眼がさめ、壁の時計の発光塗料の文字盤は、いわゆる現実の時間としては二十分しか経っていないことを示すのだ。（田中西二郎訳）

これはグレアム・グリーンが一九五三年にサイゴンを訪れたときに阿片を吸った経験の一節である。ヴェトミンとフランス連合軍の戦争が末期にさしかかっていた頃である。グリーンはヴェトナムに四度出かけ、『ライフ』や『サンデー・タイムズ』の特派員として記事を送ったりした。サイゴン、ハノイ、ヴィエンチャン、ルアン・プラバン、プノムペンなどと活潑に移動しながら行くさきざきで阿片を吸ってその経験を書きとめたが、しばしば最前線にも出かけ、砲声のとどろくなかで食事をしたり、村の教会で祈ったりした。それらの経験を蒸溜してできたのが『おとなしいアメリカ人』である。作品とルポを読みくらべてみると彼が経験のうちの何を捨て、何を生かしたかがよくわかって興味が深い。ときにはルポにも作品にも共通してとりあげられているものがいくつかあり、そのうちの一つが阿片、一つが戦場体験である。いずれもかくしておくことができず、作家として不利だとわかっていながら、二度書くのである。こういう点を読んでいると、フィクションを書くことを職業としているはずの人が、ことに私小説家ではないはずのイギリス人の作家なのに、意外に不器用で野暮で、やっぱり自身からは逃げられないものなんだなと、あらためて感じさせられる。一羽のアヒルを十六通りに料理しわけてみせる中国人のコックのみごとさをグリーンは指摘したことがあるが、彼ほどの才能ゆたかな作家でも、そういう点ではコックには譲らざるを得ないものらしい。そうと知らされても軽視どころか、むしろ好感を抱かせられるし、ときには尊敬をおぼえることさえある。おそらくそれは自己弁護や自己宣伝として書いているのではないからであろう。

　グリーンのこの『インドシナ日記抄』を読むと、ある夜などはヴェトナム人の警察署長と私服刑事二人がさきにたって彼をフュームリー(阿片窟)に案内していたりする。当時この市ではかなりおおっぴらに、半ば公然と阿片が吸われていたものらしい。小さな予備校の二階、煉瓦のような革張りの枕のある裏町のアパート、漢方薬屋の倉庫の二階、運転手の杭上家屋、床を這っていかねばならないくらい屋根の低い藁葺小屋の二階、ネズミとゴミ箱のひしめく空地のなかの家など、ロンドン紳士の眼から見ればほとんど塵芥捨場と映るような場所にもぐりこんでグリーンは吸い歩いている。四服から八服と、分量が次第にふえていく。はじめは白夜だったのに次第に夢が登場したりする。どんなにひどい悪夢でもそれが夢であるかぎり眼がさめさえすれば陽に出会った霧のようにたちまち散ってしまうはずだが、その二つ三つをくわしく書きとめているところを見ると、さめてからすぐにメモをとったか、一日中忘れるまいと意識を凝らしてすごしてから夜になって書きつけたか。どの感想も精密なのは阿片がまだ珍しくて新鮮だったからだろうと思う。そして、どこかで、『飽満の種子』という熟語を書きのこしている。

　コクトォはマルセイユ・サイゴン航路の船に乗ったとき、ある港で阿片趣味のある事務長にさそわれて夜ふけにこっそり脱船して港町の阿片窟へいったことをメモしているが、それは東南アジア、近東、インド、地中海岸の何処とも知れない、何処ともとれる場所のように描写してある。しかし、彼の語録は大半の努力を阿片のひき起す内面的効果の分析にそそいでいるのが特長である。グリーンは中毒にはならなかったように見えるが、内面的効果のほかに煙管の持ち方や軟膏を火にあぶるそのやりかたなども簡潔にだけれど描写している。ド・クィンシーは阿片をチンキにしたものを液のままで服用するのだが、コクトォとグリーンは煙管でいちいち煙にして吸っている。しかしコクトォは煙管の使い方をまったくといってよいほど書きのこしていないのにグリーンは簡潔だけれど的確に書きのこしている。二人に共通しているのは二人ともがこの煙管で吸う愉しみを何よりも好ましいものとして歓迎していることである。

喫む者が阿片を見棄てることは極めて稀だ。阿片がすべてをめちゃめちゃにして、喫む者を見棄てることはよくある。阿片は生きており、気ままで急に喫む者に矛を向けることもする。分析しても解らない物質だ。阿片は病的に鋭敏な晴雨計だ。湿気の多いお天気の日は、パイプが漏る。海辺へ行くと、阿片は脹らんで、燃えなくなる。雪や、雷雨や、北風《ミストラル》が近い時は、利かなくなる。ある種のおしゃべりが席にいたりすると、まるで効力を失ってしまう。

コクトォはそう書いている。

グリーンはあるときこう書いた。

ヘリコプターの音はアヘンの吸飲に奇妙な効果をおよぼした。そのために焰の上にかざした軟膏の泡をたてるひそやかな音が聞こえなくなり、したがって煙管が何の音もさせないためにアヘンがその異香の大部分を失ったような気がするのである——戸外では巻煙草が味がなくなるのと同様に。

サイゴンでの私のわずかな経験では、南国の乾季なので雪や雷雨や北風のために煙りがきかなくなるということはなかったけれど、ヘリコプター、気まぐれな町角の銃声、日本製オートバイの洪水のような狂騒などの雑音がたえまなくひしめいていたから、それに耳や意識を奪われて、いわゆるユーフォリア、拈華微笑《ねんげみしょう》といいたい状態は十回のうち三回生じたかどうか。しかも、私は完全な健康体であったし、黄昏になれば毎夜きっとなにがしかコニャック、ウィスキー、ウォツカ、焼酎、手もとにある酒なら何でも、口に含まずにはいられない習慣だったので、阿片につぎこんだ金のかなりの額はただの煙りとなって消えてしまったことになる。阿片はコクトォのいうように嫉妬深い。魔力はあるけれどひめやかな性質で、雪、雷雨、北風などのほかに、満腹、酒精、牛乳、酸っぱい匂いなどに出会うと、まるで日なたにおかれた薄氷の一片みたいに消えてしまうのである。たしかに戸外の物音に気をとられると魔力は半減するし、たっぷりした中国料理のあとではいつものチンキの小瓶一つでは足りなくてもう一瓶使って八服喫っても効果はあやふやなものだった。ことに一九六八年のテット攻撃のあとではサイゴンの空は昼となく夜となくヘリコプターのとどろきにみたされ、地上ではひっきりなしの日本製オートバイの爆音がとどろきわたっていたから、異香のかなたに異郷としての彼岸をかいま見るのはなかなか容易ではなかった。

満腹、酒精、牛乳、酸っぱい匂い、騒音などのほかに、このケシの実の敏感さを語る例としては、強い茶を一杯飲んだあとではただそれだけでもう阿片はそっぽ向いてしまうのだと教えられたこともあった。とくに増量しなくても、ひたすら飲まず、食わずで、タバコも吸わずに、静かな場所に体をよこたえて阿片を吸えば、初心者の四服でもたちまち効果が――ただし眩暈ではなくきわめてゆるやかな、おだやかな、そしてさからいようのない潮として――手や足にあたたかく霧がさしてくる。ここに阿片の秘密と毒の特質があるように思われる。阿片の魅力を精緻に味わいたいばかりに富者も貧者とおなじように自身を無化しにかかる。富者は貧者とおなじ栄養状態に陥ちこみ、貧者は餓死までにあと一歩という状態へ陥ちこんでいく。嫉妬深いこの煙りは純粋主義者で完全主義者だから、吸う人の体内が完全に空白であるか、それにきわめて近い状態にあることをひたすら求め、拍手を一身にうけるかわりに一人で完璧な演技をやってのけようと肚をきめていて、ほかには何の関心も野心も抱いていない役者のようなところがある。吸う人はそういう性格を一種つつましくいじらしいとさえ感ずるようになって、それに呼応しようとしていそしむために、いよいよ破局を招いてしまうのであるかもしれない。ふつうに肉を食べ野菜を食べ、酒を飲み茶を飲みしたうえでけっして阿片につけ入らせることなく増量することなく吸っていたら——コクトォの〝中国人流〟というやり方だが——つまり垣根ごしに握手すれば、阿片は温和で爽快な疲労回復剤であるにとどまることだろう。南米のインディオがコカの葉を噛むのよりはいくらか程度の進んだものといったところにとどまるのかも知れない。しかし比類ない静謐という阿片の魔力はそれでまったくそこなわれてしまうだろうから、そんなものを何も無理して吸うことはないともいえる。彼岸をつくづくと眺め、しかも毒につけこまれずに引返すには、旅にでるしかない。

＊

短いけれど燦爛たる黄昏の雲の炎上が消え、無数のツバメとコウモリの乱舞も消えてしまうと、ウォツカのゆれる体をベッドから起して部屋をでる。薄暗い廊下を歩いて階段をおりていくと壁のあちらこちらに夕食のために這いだしたヤモリがキ、キ、キと鳴きながら影のように閃めき、小さな帳場には蒼ざめた蛍光燈がついて、顎に肉のつきかけた中年すぎの女主人がアオザイの首のホックをきっちりかけたまま、けだるそうに両足をそろえてソファに横坐りに坐ってカボチャの種を噛んでいる。じめじめした露地は立小便とニョク・マムと夕暮れのむらむら醗酵した匂いをたて、そこから表通りのレ・ロイ大通りに出ると無数の日本製オートバイとシクロとシクロマイの奔流で、眼が痛くなるほどの排気ガスの濃霧である。ポン引や闇ドル屋や新聞売りのはだしの子供がうろうろするチュ・ドー通りをゆっくりと歩いてサイゴン河岸に出ると、おしゃべり岬と名のついた銀塔酒家が河につきだしたテラスにアルミのパイプ椅子を並べている。右側の突端から二つ手前の席に私は腰をおろし、33ビールとカニを注文する。カニは河口の汽水区のねっとりとした泥に棲むマッド・クラブだが、巨大な、頑強な鋏のなかに精妙な、白い、しまった、甘い肉をひそめている。それをいくつとなく叩き割ってニンニク、ニラ、タマネギ、コショウ、それに油をたっぷりまぜて大鍋でがらがらと炒める。五年前にも、八年前にも、おなじ席にすわって食べたカニである。八年間に私は白髪だらけになったが、このカニの味はまったく変らない。

カニでなかったらハト、ハトでなかったらカニ、そうでなかったらハトとカニを同時にとるのがこの店にきたときの私の習慣である。しかも二日にあげず来るのだから、ボーイは私がつぶやいただけでビールとカニと殻を割るためのナット・クラッカーを持ってくる。そしてしばらくすると、手を拭くための蒸しタオルを持ってきてくれる。よく冷えた、ねっとりしたビールの泡がアパートを出がけにひっかけた二杯のウォツカの小さな炎を鎮め、散らしてくれる。河はすっかり昏れて暗くなり、黒人が白い歯を見せて哄笑している対岸の野立看板も、小さな漁船の造船所の火花も見えない。テラスのはしのほの暗い灯のまわりに無数の羽虫が舞い、ぼんやりした円光のなかを黄いろい河水が流れ、ウォーター・ヒヤシンスが小さな紫色の花をふるわせながら塩辛い南支那海へ流れていく。どうしてかこの花は《ニャット・ホア(日本花)》と呼ばれている。五年前にも八年前にもこの時刻にはおなじ席にすわっておなじ花が流れていくのを毎日のように眺めていたものだが、頭上にはたえまなくヘリコプターの爆音が聞え、夜空を赤い灯が点滅しながら旋回し、十分おきに照明弾がゆっくりと落ちてきて蘇鉄の林、椰子の木立、野立看板、河、花を蒼白にキラキラと照したものだった。砲声や銃声がひびきわたることもしじゅうだったがテラスにいっぱいの客たちはカニかハトか議論かにふけるばかりで誰一人として顔をあげるものもなかった。

ホテル、レストラン、宝石店、カメラ店、酒場などが軒なみにおしあいへしあいしているチュ・ドー通りもほとんど灯が消えて、暗い、長い洞穴のようである。ホテルやレストランは窓という窓を手榴弾よけの金網で蔽い、入口には砂袋を積みあげて兵と機関銃をおいていたのに、いまは何もかもとってしまい、やっとホテルらしく、レストランらしくなったと思ったらアメリカ人が去るのといっしょに客がこなくなったので、大戸をおろしてしまった。無数のアメリカ兵、無数の新聞記者、無数のポン引、闇ドル屋、靴磨き、若い娼婦たちの眼や歯でこの通りはみたされ、ジャズと叫喚で沸きかえっていたのにいまは穴だらけの老人の口を見るようである。ところどころ暗い穴に灯がつき、がらんとした店内ではバーテンダーが肘をついて新聞を読み、何人もの娼婦たちが乾いた眼でけだるそうに戸外を眺めてぼんやりしている。田舎へ帰って口紅を落して爪を短く切って水牛を泥まみれになって追うことを考えているのか。びしゃびしゃ濡れた、くさい露地のなかの小屋のハンモックに寝かせてある六歳と四歳の子供に今夜食べさせるお粥があるかないかを思いめぐらしているのか。早く熟して早く老いる南の貧しい女たちは二十七歳になると人形から突如として老婆になるが、その小さな乳房とぺしゃんこの腹にはおびただしい疲労と寄生虫があるだけではないだろうか。

毎週土曜日の夜はきっとファン・ヴァン・スン氏を訪ねることにしてあるので、酒屋でコニャックを一本買い、ビールとカニとハトで熱く重くなった体をシクロにのせ、町名と番地をいう。スン氏の家はレ・ロイ通りをショロンに向ってまっすぐいき、ショロンの二つ手前で右に折れ、オートバイの修繕屋が店さきに積みあげたタイヤの山を左に入ると、そこにどこにでもある暗い露地が口をあけている。その長屋の二軒めである。私が声をかけようとするよりも早く家の内部で背の高い、やせた中年の男が体を起すのが見える。そそくさとドアがあいて、やせた、小さな、敏感なスン氏の顔が微笑しながらのぞく。タイル張りの玄関はさほど広くないが、そこに大学生の息子のオートバイを入れるので、私たちの小さなソファとテーブルはすみっこにおしこめられている。すでにそこには氷を入れた発泡スチロールのバケツと、ソーダ水の瓶と、コニャックが並んでいる。コニャックは私が持っていくから買わなくていいと何度いってもスン氏は毎週新しい瓶を買う。私と会う土曜の夜以外にはほとんど飲まないらしいことが、瓶の中身の減り方でよくうかがえるのだが、それでもスン氏は毎週新しい瓶を買うのである。私たちはバネのとびだしかけたソファにならんですわり、おたがいTシャツ一枚になり、スン氏は足を二本きちんとそろえてのばしたり折ったりし、私はあぐらをかいて、コニャック・ソーダのコップをカチンと鳴らしあう。スン氏の小さな、やせた顔は過労と、心労と、私の想像だがいささかの阿片のためにやつれてしぼんでいるが、眼を細めて笑うと、子供のようになる。骨の薄そうなその頭のなかにはいつでも自由にスイッチを切りかえられる四カ国語と、いきいきした博識と、数十冊のアメリカのSF雑誌がつまっている。

スン氏はコニャック・ソーダをそっとすすり、泡が氷と遊んでいるさまをじっと眺めながら、ひそひそとたずねる。

「今朝の『タン・ニェン』を読みましたか?」

「いや。読んでません」

「ひどいもんです。ひどいにもほどがある。ナンバー・テン。兵隊にいわせればナンバー・テンです」

「兵隊ならナンバー・テンではなくてナンバ・テン。または、ナンバ・テン・タウ(Numbah Ten Thau(sand))でしょうよ」

「それ。それだ。それです。私は『タン・ニェン』の編集部に勤めてる友人に電話をして事情を聞いたんですが、明日もう一回その記事の続きを出すというんですね。しかも第一面にですよ。バン・メ・トットの近くで墜落したエア・ヴェトナムのスチュアデスの一人が蝶々になってサイゴンの家へもどってきたという話なんです。今日の第一面のヘッド・ラインは拳骨ぐらいもある字で、スチュアデス、蝶々となるというんですからね」

「蝶々……」

「乗客全員が即死した飛行機です。それは確認されてるんです。事故の原因はまだわかりませんけどね。それが、乗ってたスチュアデスの一人が蝶々になって生きかえって、バン・メ・トットからサイゴンまで飛んで帰ってきて、お母さんに会って事故の模様を全部語ったというんです。大衆は新聞では小説と占いの欄しかこの国では読まないということになっていますけどね。だからどの新聞もこの新聞もゴースト・ストーリーでいっぱいなんですが、これはひどすぎる」

「面白いじゃないですか」

「何が？」

「読者ははじめから嘘だと承知してるんでしょう。それなら突飛な嘘のほうが面白いじゃないですか。その新聞の記者はよほど頭がいいのじゃないかしら。嘘をまじめに嘘らしく書くのはむつかしいですよ。嘘をまじめにほんとらしく書くよりむつかしいです。私はそう思うな」

「シニックだ。あなたはシニックすぎる。この国に何度も来れば、いずれ遅かれ早かれ、そうなります。そのことは私もわかってるつもりです。しかし、ヴェトナム人としては、私は、がまんできない。『タン・ニェン』の友人に今朝はくどくど文句をいってやったのですが、組んだプランはもう崩せないというばかりです。明日、もう一回、マドモアゼル・パピヨンが第一面に出るらしい」

「一カ月前のことですけどね。ワシントンとハノイのあいだに和平協定が成立して、日本の新聞はすべて第一面に拳骨みたいな活字で平和来たると書きましたよ。私は協定の内容を読んでとてもダメだと思ったんです。げんにその和平会議の大立者の一人だったアメリカの高官が、これは第三次ヴェトナム戦争を誘発することになるかもしれないといってるんです。ところが日本の新聞はみんな、今度こそは本物だといってサイゴンが喜びの声で湧きたってると書いてるんですね。ところがその翌日から政府とコミュニストはそれぞれの旗を家やらタクシーやら椰子の木やらにたてようとしてたちまち殺しあいがはじまったですよ」

「サイゴンはあのとき全然、騒がなかったですよ。学生も労働者も湧かなかったですね。

サイゴンが湧いたのはゴ・ディン・ディエムがクーで殺されたときだけです。あのときは若者が町角のあちらこちらでツイストを踊ったもんです。それは私も見ています」

「こちらに来て私が個人的に一人ずつ会って話を聞いてみると、記者たちは誰もサイゴンが湧くなどとは信じていなかったというんです。だけど、そういう記事をテレックスで送ってる。信じてもいず見てもいないことをまるで事実として見たかのように一日前に記事を書いてるんです。そしてその翌日からまるでアベコベの戦争のニュースが氾濫したんですけれど、みんな平気でしたね。こういうのにくらべればスチュアデスが蝶々になったというほうがよっぽど罪が軽いですよ。私はシニックじゃない。私はリアリストですよ。日本では歓迎されない。右からも、左からも」

「それは知りませんでしたね。旗をたてあってあちら側とこちら側が面積のとりあいで戦争を再開することになるかどうかまでを見通していたかどうかは別として、私たちはあの協定をまったく信じなかった。日本からは何十人もすでに入れかわりたちかわり記者が何年も来てるんですからそんなことはわかってるはずだと私は思っていましたけどね。私は東京へいったことがある。新聞社を訪問したこともあります。日本の新聞にくらべると『タン・ニェン』など、巨人と小人ですよ。だけど、あなたの話では、どちらもどちらということになりそうです」

「いや。こちらのほうがいい。蝶々のストーリーのほうがいい。嘘をまじめに嘘らしく書くのはむつかしいですよ」

スン氏はにがにがしく気弱に笑って、やつれた小さな顔をゆがめ、コニャック・ソーダをちびちびとすすった。いつかの年の暮れ、はじめてこの人と知りあいになって、毎日のようにその半官半民の経営のみすぼらしい新聞社のガラス張りの事務室にかよってこの国の人文、風俗、政治、文学、ニョク・マム、アオザイ、いっさいがっさいの教えをうけるようになったとき、まるで句読点のようにひとしきりの会話のあとで、きっと、そういう気弱な、やつれた笑いを小さな顔に浮べるのにこのうえない好感を抱かせられ、それ以後この都へくるたびにかならずこの人と会う習慣になった。彼がそういうやつれた微笑を浮べるときには、いっさいを知っているがすべて無益だと捨棄しているような澄明とおおらかさがどこかにあらわれてくる。内閣が新しくできて首相が新しくきまったけれどその就任演説に動詞がないので英語に翻訳しようがないといって草稿をいまいましげに爪ではじいたときや、アルバイトに毎日、七つの新聞に七つの論説を書いて六人の子供を養っているのだけれど、あちら側もこちら側もほどよく批判しつつどちら側からも暗殺されないように書くのはまったくくたびれてしまうといって深夜の便器のような長嘆息をついたとき、自宅の玄関のすみっこでコップをすすりつつウェルズや、チャペックや、ヴォークトや、ブラウンなどの悲痛と機智をくつろいでつぎつぎと語ったときなど、私はただいたましさにうたれて、耳を傾けるばかりだった。ここではときどき思いがけない場所で思いがけない人材に出会っておどろかされることがあるが、それが新鮮な愉しみである。塩辛い断食僧の体臭にみちた寺の小部屋で、突如すみっこから肉のあるボロぎれといった様子で上半身を起した若い仏僧から、流暢な英語で、挑むようなまなざしで、ドストイェフスキーと三島由紀夫の比較論を聞かせられたこともある。

夜の十二時はカーフュー・タイム(外出禁止時刻)だから、それまでにレ・ロイ通りのアパートへ帰っていなければならない。蝶々の話が終って今日一日の悲憤を晴らすと、人ン氏はいくらか気が楽になったらしく、コニャック・ソーダをちびちびすすりつつ中国の古典の武俠小説にあらわれる幻想のうちのSF的な要素についてひそひそと語った。私はそれに耳を傾けるふりをしながら、すきをうかがい、この人の口から一度も阿片吸飲者であることの告白は聞いたことがないけれど、そして、かねがね私が阿片を吸いたいというそぶりを示すたびに断固とした気配でさりげなく話題をそらすやりかたで彼は私の希望をすでに熟知しているものと考えることにして、コニャックの華やぎにまぎれ、一歩ずかずかと踏みこむことにした。

「ところで、スンさん。アドレスを一つ書いて下さい。フュームリーのアドレスです。私は五年前にきたとき一度やってるんですけれど、今度そこへいってみたら、見つかりませんでした。私は旅行者だから中毒にはなりませんよ。あれで中毒になるにはよほどの時間と金がかかります。旅行者にはそんなことはできません。ただの好奇心です。一つ、紹介してください」

スン氏はコップを手に持ったまま、その小さな、鋭い、黒い眼でしばらく私をまじまじと凝視した。教えていいのか、わるいのか、迷っているらしい気配があったが、阿片吸飲者だと私に見抜かれたことにまったく狼狽している気配がないこと、そこにむしろ私は彼の疲弊の深さを示されたように感じた。同時に、そのためらいのなかに、私のことを気づかってくれているらしい友情の一片が、かいま見られるようでもあった。

彼はひとりごとのようにつぶやいた。

「日本には阿片を吸う煙管《パイプ》がない。ランプはあるだろうけれど、煙管がない。あなたには金があるから阿片は買えるでしょうけれど、中毒になるほどは買えない。煙管がなければ阿片は吸えないから、いくら日本に持って帰っても無駄です。そして、あなたは永くサイゴンに滞在するわけではない。そうすると、私が紹介したことが、知られるかどうかだけの問題だ」

私はいそいでいった。

「忘れっぽい小説家ですよ、私は」

スン氏はいたずらッ子のように微笑した。そして軽く頭をふり、いやそれは信じられないとつぶやき、かるくたっていって紙とボールペンを持ってくると、何か書きつけ、明日は日曜日だけれど、夕方の七時にこの家へいってみなさいといって、その紙片を私にくれた。電話はしておくけれど、ぜったいに私の名をだすことはないと、スン氏は短く淡々としているけれど断固とした口調で、つぶやいた。

＊

翌日の夕方七時、スン氏のくれた紙片を持ってアパートを出た。熱くて湿った女の掌のような空気がねっとりと頬にからみつき、全身にたちまち蒸暑さがしみて、湯につかったみたいになった。めざすアドレスは市場前の広場を抜けたあたりだが、塩魚と果実と米袋の匂いがあたりにたちこめ、敷石のすきまに落ちた米粒や野菜屑をやせこけたニワトリがせわしくついばんで歩いていた。老婆たちの吐きちらしたキンマの真紅のしみが血痕のように見える。八年前のある早朝、この広場で一人のやせこけた青年が銃殺刑にされたか、それは六時のことで、正午近くにきてみると消防車ののこした水たまりがあちらこちらにあり、その一つ、二つでは血が赤い煙りのようにからまりあってよどみ、やっぱりニワトリがあたりを歩きまわっていたものだった。米粒、野菜屑、キンマの滴落、すべてそのままである。棺にうつ釘と金槌の音が暗い朝のなかでひびき、まるで広場のすみからすみまでとどろきわたるようだったが、無数のオートバイの爆音のなかにそれを聞きわけることは、できるようでもあり、できないようでもある。

市場をぬけて住宅地区に入り、ライターでナンバー・プレートを一軒ずつ照していくと、すぐに見つかった。荒れた小さな庭と木立のある小さな二階建の家だった。呼鈴をおすと三十五歳ぐらいの髪をきれいにわけてなでつけた男が微笑しながらいそいそとあらわれ、ぎごちないが使いなれたらしい英語で、さあどうぞ、さあどうぞといいつつ、小さな鉄門をひらいた。男に案内されるままについていくと、明るく灯のついた玄関に入ったが、二、三人の若い女の笑声と揚げものをしているらしい熱い油の匂いが家のなかに漂っていた。男は私を玄関からそのよこにある部屋へ案内したが、そこはちょっと広いホールで、すみっこにテーブルと、楽譜台と、二つのドラムがあるほかは何もなく、天井にむきだしの蛍光燈がついていた。私の手も男の顔もその荒涼とした光のために死んで乾いた蛙の腹のように見えた。男はたえまなくニコニコ笑いながらいそいそとうごきまわり、どこか古いパイプ椅子を二つ持ってきて部屋のまんなかにおき、その一つにすわるよう身ぶりをした。そしてどこからか照明のスタンドを一台ひきずってくると、ライトをとりつけ、タイル張りの床にみすぼらしいテープ・レコーダーをおき、それからあちらこちらのカーテンをひいて庭が見えないようにして、姿を消した。しばらくして男は古いアルバムを何冊か抱えてあらわれ、私のとなりの椅子に腰をおろした。それと同時に三十歳ぐらいの女と二十歳ぐらいの女があらわれた。年上の女は私を見て微笑し、男とおなじような英語でうやうやしく、ようこそおいでになりました、くつろいで楽しんで下さいといって、テープ・レコーダーのスイッチを入れて、壁にもたれた。『青きドナウの流れ』が、かすれかすれ流れはじめ、がらんとした室内にひびいた。すると若い女が微笑しつつパ・ド・ドゥーの足さばきで進み出て、ゆっくりと踊りはじめ、踊りながら一枚ずつ着ているものをぬいで優雅に小指をたててタイル床のあちらこちらへ投げた。やせこけた、貧しい裸が一心になってワルツを踊り、それを見て男はニコニコ微笑しながらアルバムの頁をつぎつぎと繰ってみせた。どの頁にも彼と年配の女が笑ったり、レイを首にかけたり、レストランで乾杯している写真があった。ダラット、バンコック、シンガポール、ペナン、ホンコンなどの地名がそれぞれの写真のしたに読みとれた。どうやら彼はダンサーである妻のマネージャーとして東南アジアをわたり歩いているらしかった。何枚となくステージの写真があって、どれでも彼の妻が歌うか踊るかしているが、ヌードにはなっていない。

男は裸の踊り子を眺め、

「私の財産です。みんなの財産です。ティーズを勉強しはじめてから間がないのですが、ちゃんと踊れます。来月、マニラへいくんですよ。いい子でしょう。ね」

満足して眼を細めて顎をひくと、肉が二重になった。彼の妻も壁ぎわでうなずき、つつましやかだが満々の自信をこめて微笑し、踊り子をはげますように低く『青きドナウの流れ』をハミングした。

踊り子がブラジャーをそっと投げたときには眼をそむけたくなった。少年のような胸に二つの乳首がボタンみたいについているが、すでにまっ黒である。細い肋骨がざらざらの淡い茶褐色の薄い皮膚のしたで揺れると、いまにもこわれそうな鳥籠と見える。下腹はぺしゃんこで、盲腸の手術の痕が光り、そこにストリングが痛いたしく食いこむ。肉の落ちた太腿の内側はげっそり凹んで深い影になる。瀕死のスズメがもがくのだ。

あと三曲ほどテープが回ってスズメは一心になって踊ったが、ずっと私は眼を伏せてタイル床の幾何学模様を眺めつづけた。ときどき男が上機嫌で何かいい、いつのまにか壁ぎわから移って夫の椅子のうしろにたった妻が何かいい、二人は満悦していたが、私には何も耳に入らなかった。踊りが終るとみんなはたって窓のカーテンをあけて庭の夕風を入れ、テーブルを部屋のまんなかに持ちだし、踊り子は洗いさらしたアオザイを着て台所からつぎつぎとチャジョを山盛りにした大皿やニョク・マム用の小皿などを、いそいそとはこんできた。チャジョというのはここの人の常食でもあり、御馳走でもある。エビ、カニ、豚肉などをこまかくきざんで米の皮でしっかりくるんだのを油で揚げ、それをレタスなどで巻いて食べるのである。みんなはいそいそとテーブルにつくと、すっかりくつろいで、小鳥のさえずるような声音で笑ったり、冗談をいったりしながら、つぎつぎとチャジョをレタスに巻いてニョク・マムにつけて頰張った。男はときどき顔をあげて一座を見まわし、私の顔を晴れ晴れと眺めた。

「今夜はまるで家族のようですね。家族の夕食のようです。しっかりチャジョを食べて下さい。あなたはまるでヴェトナム人のようにニョク・マムを食べますね。おどろきましたよ。これは私たちだけが食べるものだと思っていたんですが、ほんとに、ほんとに、おどろきです」

彼の妻は何度となく同意してうなずき、箸をおいて、ほんとに、はんとに、おどろきとつぶやいて私の顔をじっと瞶《みつ》めた。微笑するその眼は大きくて丸くて、うっとりとうるみ、十年前の美貌が思いやられるようだった。私は顔を伏せてもぐもぐし、日本にもショッツルといってこれとそっくりのがある、私ははじめてサイゴンにきたのではない、今夜は家族のようだなどと、つぶやいた。一時間ほどして私はいたたまれなくなり、丁重に礼をいって席をたった。みんなはニコニコ微笑しながら暗い庭をよこぎってわざわざ鉄門のところまで私を見送りに出てきた。私は市場をぬけてアパートにもどると、ベッドにころげこみ、小倉百人一首を何枚か読んで寝た。

「阿片のコックとは連絡がついたんですが、阿片が急に手に入らなくなったんだそうです。それであなたを失望させまいとしてヌード・ダンスを提供したというわけです。近頃、取締りがとてもきびしくなりましてね。憲兵隊長が邸を一軒借りきりて、邸のまわりをジープと武装憲兵で固め、そうしたうえで自分は一室にこもり、全部処女だという評判のコンガイを全裸にして阿片をこしらえさせている。そういう噂も聞かないではないですが、取締りが非常にきびしくなったのは事実です。それはまことに当然で、少し遅すぎるくらいなんですがね」

翌日の夜、スン氏はそう説明した。そしてショロンの中国人で新聞社を経営している友人がいてチャン・ダイ・ティエットという名前ですが、この男をたずねてごらんなさいといい、紙片にそのアドレス、電話番号、社名などを書きこむと、コニャック・ソーダごしに私にわたした。見ると、少したどたどしいが正確な漢字で『陳大哲』とあり、社名は『人人日報』とあった。私がよたよたと中国語でそれを『レン・レン・リー・パオ』と読むと、スン氏は静かにうなずき、歌うようなヴェトナム語で『ニャット・バオ・ニャン・ニャン』といった。

＊

翌朝、十一時頃に紙片を手にしてたずねたずね訪れてみると、『人人日報』社は運河のほとりにある小さな新聞社で、東京なら名刺の印刷屋とまちがえられそうなくらいであった。印刷機と植字室と校正室が仕切りなしにすべて一室に入っている、二階建ではあるけれど外観はマッチ箱にそっくりの家であった。名刺をインキまみれの植字工にわたすと、その男が印刷機のむこうに消えてしばらくしてから、真摯な顔だちの初老のでっぷり太った男がにこやかに微笑しながらあらわれた。彼は私を箱みたいに小さな階段下の小部屋に案内し、椰子の実の保温箱から欠け土瓶をとりだして茶をすすめてくれた。土瓶の口は欠けてからかなり古くなるらしくて茶渋で茶色になっていたが、茶は熱くて香ばしく、鉄観音の系統と思われる爽やかな香り高さが、くたびれて苔だらけになった舌にしみてきた。

「いい茶ですね。バオロックのヴェトナム茶ではないようです。香港で買いましたか?」

「バンコックです。あそこのチャイナ・タウンにはいい茶屋があります。友人がこないだ買ってきてくれたんです。バオロックの茶もいいんですが、豆の花を入れたのは感心できません。趣味のちがいですな」

陳氏はしっかりした英語でゆっくりとそういい、熱い茶を少しずつすすった。そして、淡々と、スン氏から電話で聞きましたが、阿片を吸いたいとのことですな、とつぶやいた。阿片はいまとても取締りがきびしくなっているのですが、ここから自動車で二十分ぐらいのところに自由村という村があります。そこではたいていいつでも阿片が吸え、私もときどき買いにいく。この村は蔣介石の国民党軍が第二次大戦後に進駐してきてそのまま一部が残存してつくった村です。阿片やウイスキーや武器の密輸をして生計をたてています。その村長が私の友人です。いまからいってみましょう。

いささか他聞を憚かりそうなことを陳氏はこともなげに説明し、悠々とたちあがった。一メートルはあろうかと思えるその巨大な腰のあとについて私はインキの匂いのつんつんたつあばら家をでた。陳氏はゆっくりと歩いてどこかに消え、しばらくすると、ランプもフェンダーもないよれよれのフォードをころがしてきた。乗ってみるとドアはノブがとれ、床には穴があき、シートはスプリングがとびだしそうになっているし、計器盤はあることはあるけれど、うごいている針は一本もなかった。しかし、陳氏が何かをどうかするとその車は身ぶるいを起してけなげに走りだし、町角での右回り、左回り、ストップ、すべて陳氏の巨大な掌の制圧下にあってのびのびと反応した。ショロンはサイゴンのすぐ隣りにあるチャイナ・タウンだが、サイゴンのヴェトナム人でここに一歩も入らないで一生を終ってしまう人はたくさんいるし、ショロンに生れショロンに育って中国語だけ喋り、ヴェトナム語を一語も解さないままで生涯を終る中国人もたくさんいるのである。パリに生れ育ってセーヌ河を一度も見ないままに一生を終るパリジャンもたくさんいるそうだが、そういう挿話は何度聞かされても私には体で理解できない。二つの隣りあった孤島、櫂でもモーターでも帆でもわたれない急潮でへだてられた孤島の住民の話を聞くようである。しかし、事実としては二つの町は堂々とした大路でつながれているのである。それでいてそんなことになるのである。二つの町の住人の心にはよほど根深く奥深くひめやかな執着と拒否があると思いたいが、かつて私はそれに触れたことがない。いつだったか、チャジョをだされてうっかりこれは中国料理の春巻の一亜種でヴェトナム料理は中国料理の一亜種ではないのかと洩らしたとき、たまたま同席したサイゴン大学の学生が蒼白になって怒りたち、中国は中国、ヴェトナムはヴェトナムだ、チャジョはチャジョだ、われわれは断固として中国人の馬のよこを歩いたことはないのだと、まるで叫ぶような声で一気にまくしたてたことがあったが、それが深淵をかいま見た一瞬といえば、いえた。ナショナリズムは食卓と戦場で発露されると抑制を知らなくなる。

陳氏のフォードはショロンをぬけてミト街道にさしかかったあたりで左へ折れた。そこはいかにも町はずれらしく広大な残飯と塵芥の捨場になっていて、水田がそれらの有機物と無機物の大群を呑みこみにかかったままで呑みこみきれず、口のまわりに吐きだしてのたれ死にしている。甘酸っぱい、強烈な、むらむらした腐臭が壮年の男の汗ばんだ肉からたつ体臭のようにあたりにみなぎり、眼にしみてくる。そのはずれに小さな住宅区があり、入口の柱に『自由村』と大書してあった。村はうるんだような白い暑熱と陽のさなかでひっそりと静かだったが、家はどれを見ても一部屋きりのマッチ箱のようだった。戸がついているかどうか、便所がついているかどうかも怪しまれるような掘立小屋の集群であった。

巨大な陳氏はフォードをとめると、機敏だがひっそりした口調で、

「ポリスがいる」

とつぶやいた。

広大なゴミ捨場のよこの道を、私たちのフォードのあとをつけるようにして、一人のヴェトナム人の警官が拳銃を腰にしてゆっくりとこちらへ歩いてくるのが見えた。

陳氏は、

「そこのミエンジャ（麵家）で待ちましょう」

とつぶやいてフォードからおり、道ばたの湯麵屋へ入っていった。これまたつぶれかか

ったような、みすぼらしい麵家だが、道をへだてて自由村の入口に面している。陳氏と私はそこへ入り、ぐらぐらする椅子に腰をおろして茶をすすりつつ警官を観察した。警官は私たちのほうをちらともふりかえらず、はげしい日光にうんざりしたそぶりで、のろのろといったりきたりする。倦みきったそぶりだけれど、しかし、しぶとい。いつまでも消えようとしない。

結果からいうと、この日も私は目的を果すことができなかった。自由村に入っていって村長と会い、話をし、そのあと村のなかを歩いて二、三人の中毒者が小屋のセメント床に蛙のようにのびて蒼白な顔で昏睡しているのをつぶさに観察はしたけれど、それだけだった。陳氏は悠々と歩いていき、小屋をのぞきこんで中毒者を見つけると、そのたびに親指をちょっと口にくわえ、四本の指をひらひらさせて合図してみせたが、怒り、侮蔑、絶望、焦燥、何の表情も示さなかった。ただ淡々とそうやって合図しただけである。昏睡者はいずれも若い男たちだったが、みんなやせこけて肩と肋骨と腰骨がとびだし、セメント床に貼りつくようにして眠りこけていた。眼をあけていられないような正午の白熱の日光のさなかでも、パンツ一枚になって昏睡している彼らはいずれも汗一滴にじんでいないようだった。五年前にショロンの阿片窟にもぐりこんだとき、壁いっぱいにシャツやズボンがぶらさげられ、まるで古着屋の倉庫のようなネズミの巣のなかで貧しい人たちがおしあいへしあい眠りこけていた。甘い煙りのみっしりたちこめるなかをすかして見ると、老人、中年者、青年、あらゆる年齢の肉を失った残骸が寝息の音をたてていて、その体の餓鬼ぶりは今日見るのとまったくおなじだが、なかには秋霜の塵労に削られつくした、とがった頰に夕焼けのような血色を射しているものもいないではなかった。だから、この耽溺も人と段階によっては生体を活性にみちびくか、その相貌を帯びさせることもあるらしいと知らされたのだが、この村の耽溺者はことごとく蒼白であった。

村長の名は、わたされた名刺を見ると、劉練生といった。越南嘉定省平治東自由村主任、越南退伍軍人會華僑區會顧問、中華民國旅越難民代表、中華民國華僑總會理事……その他いくつとなく肩書が並んでいて、名刺の大半が字でまっ黒に埋もれていた。肩も首も腹もすべてが牡牛そっくりの逞しさであり厚さであった。それが革のサンダルをつっかけて家に入ってくると小さな家はいっぱいになってしまい、陳氏と私は戸外へはみだしてしまった。家といってもそれは小さな土間が一つあるきりの小屋で、あぶなっかしい、ブリキ板を張ったテーブルと、小さなぐらぐらの椅子が二つ。すみにハンモックがぶらさがり、板壁に黄いろくなった孫文と万寿山の写真があった。劉氏はざらざらの巨大な手でそっと柔らかく私の手を包み、豚のような眼を細くしてニコニコ笑った。よこから陳氏がしっかりした英語で通訳してくれたが、劉氏はたてつづけに一人で喋り、ほとんど口をはさむ余地がなく、喋るだけ喋ると、それで会談は終りとなった。ようこそ遠方をおいで下さいました。大歓迎であります。ここは自由村といって国民党軍の若干が居残って開いた村であります。大陸光復がわれらの理想でありますが、それまではヴェトナム国籍を持ち、ヴェトナム人として税金も払い、兵役にもつく。若者が見当らないのはみんな軍隊に入ったからです。われわれの息子たちは意志強健な精鋭部隊を作りました。五年前の正月にヴェトコンがサイゴンになだれこみ、えらい騒ぎになり、この村も戦場になりましたが、子供も婆さんも総出でたたかい、棍棒で追いかえしてやりました。意志あるところ道ありであります。大陸反攻を実現するまでに経済的実力を蓄積しなければなりませんが、それには貿易です。日本国政府は台北の政府を承認しておりませんが、政府と人民は別です。われらの友人は日本人民です。大いにおたがいに交流して、われらは阿片でも何でも輸出して村を振興させ、一日も早く大陸を光復したい。意志あるところ道ありです。今日は警官が来てるのでちょっとまずいが、他日かならず光臨頂きたいものです。大歓迎いたします。

「トーチ、トーチ！」

ニコニコ笑って巨大、盛大な劉氏は私の手を握ってふった。トーチは字で書くと、《多謝》なのだろう。はじめて聞く訛りだが、どの地方のだろう。

劉氏と別れると阿片村を一巡し、陳氏はふたたび私をフォードに乗せてショロンへもどり、豪奢な中華料理店へつれていった。フカの鰭のスープからはじまるみごとな、たっぷりした料理を食べながら陳氏はいろいろと私に日本の小説や詩のことをたずねた。そして自分は子供のときから『紅楼夢』が好きで愛読しつづけてきた。いまでも三年に一度は全巻を読みとおす習慣である。あのなかでもとくに傑出しているのは葬花之詞で、全部暗誦できる。この詞はいつでも慰めてくれる。御存知であろうか。

爾今死去儂收葬　未卜儂身何日喪
儂今葬花人笑癡　他年葬儂知是誰
試看春殘花漸落　便是紅顏老死時
一朝春盡紅顏老　花落人亡兩不知

陳氏は箸袋をひろげてボールペンでさらさらと書き流したが、詞もさることながら、毛筆でしたたかにきたえたらしいその字は飛翔するような達筆であった。そのことに私はうたれてしばらく見とれた。自由村の猪八戒のような村長から大陸光復の演説を聞かされたあとで人と花のはかなさを訴える詩を読まされるのは怪異に似た距離であったが、陳氏は悠々と箸をさばいた。陽焼けして荒《すさ》んだその初老の逞しくて厚い頬に、鋭い、暗い捨棄のいろが漂っていて、意外さに私はうたれた。

「よろしい。明日は日曜日ですね。夜の八時にアパートで待っていて下さい。阿片コックがあなたをたずねていきます。今度こそは絶対に確実です」

その夜、スン氏は私の話を聞いたあと、しばらく黙考してから、そういった。ソファにもたれたままそういい、たって紙片をとりにいこうとはしなかった。甘酢につけた干海老をつまみながらコニャック・ソーダをすすっていると、スン氏の長女が小さな琴を抱いてはだしであらわれ、椅子にすわると、膝に琴をのせて爪弾きした。深夜の谷に水が一滴ずつしたたり落ちるようにその曲はひっそりと壁にこだました。

＊

日曜日の夜八時にドアをノックする音がし、やせこけた、小さな、事務員か教師を連想したくなるような男が猫背で私の部屋に入ってきた。無口な男だったが、ときたま口をきくと、低いけれど流暢そのもののフランス語だった。彼は部屋を見まわすとベッドのシーツをとってタイル張りの床に敷き、さっさとそこによこたわった。よれよれの古鞄から豆ランプと煙管をとりだし、豆ランプに火を入れたあと、鋼鉄の細い針で煙管の火皿のふちにこびりついた滓を掻き落した。私はズボンをぬいでパンツ一枚になってその男とならんでよこになる。男は小さな茶色の瓶をとりだし、栓をとり、ねばねばの液を鉄針のさきに一滴ひっかけて豆ランプにかざす。滴は泡だってふくれ、パチパチと鳴る。それを瓶に浸して抜くと、針さきの滴はちょっと大きくなっている。二、三度そうやって滴を火にかざしてふくらましてはチンキにつけることを繰りかえし、たっぷりした玉になると、素速く煙管の火皿のまわりに塗りつけ、火皿の中央の穴にもさしこむ。そこで男が両手で煙管をささえて私にさしだす。それを両手でうけ、火皿を裏返してランプの火にかざす。このときにコツがある。大きく一息で吸いとってしまわなければならないのである。タバコを吸うように呼吸するとたちまち阿片は燃えて散ってしまう。大きく一息で煙りをことごとく肺に入れてしまい、それからゆるゆると吐いていくのである。

男は低い声で、

「吸う《フユメー》のではありません」

つぶやく

「食べる《マンジェー》のです。私たちはそういいます。食べる。阿片は食べるものなんです。吸うのではありません。食べるのです」

これを四回やると、小瓶のチンキがなくなり、男は金をうけとると、道具をまとめて部屋を出ていった。ランプの火でチンキを練って軟膏の玉にするとき、男の指がまるで鳥足のように細くて骨張っていることに気がついた。眼の焦点がぼやけていることにも気がついた。手首、肩、腰、ことごとく子供のように薄くて細くて脆そうであった。彼が部屋にいたのは三十分か四十分くらいだったが、口をきいたのは阿片は食べるものなんだと説明したときと、またつぎの日曜日にといって部屋を出ていったときの二回きりであった。かなりの重症者と思われる。これから以後、何度も彼がやってきて、豆ランプをはさんで床《ゆか》に二人で寝ころびあうことになるのだが、直視されたという感触や記憶がほとんどない。

彼の顔は私の顔と向きあって近ぢかと迫ってくるけれど眼はけっして私を見ない。いつも彼の眼は遠景でもなければ近景でもなく、その中間のどこかをさまよう。スン氏も、スン氏に紹介されたたくさんの人も、しばしば話をしていてそんな眼をする。阿片のせいだけではない。この国の壁には耳と眼があるのだ。これまでも、今後も……

　食べれば阿片はきっと全容を見せてくれるというものではなかった。この煙りは一杯の強い茶に出会っても散ってしまうくらい敏感で、それゆえに気まぐれであった。コックが夜の八時にくるとわかっているのについうっかり酒を飲んだり食事をしたりすると、そのあとの阿片はふつうのよりはいくらか深い甘睡を分泌するくらいで終ってしまうのである。その眠りが満点だったか五〇点だったかは醒めてしまったあとでふりかえって評価するしかない。他のおびただしいこととおなじようにこれもまた去るか消えるかしたあとではじめて見えてくるものだった。しかし、たまに出会う満点のそれは、比類ない、気品ある、澄明そのものの無窮であり、静謐であった。三時間にも感じられる三十分を眠ったあと、ベッドによこたわってうとうとしていると、血管にほのぼのとしたあたたかい静かな潮がさしてきて、ふたたび甘睡にひかれていくのだが、耳は醒めきっていて深夜の遠い町角の銃声や、救急車のサイレンや、夜明け頃のオートバイのざわめき、窓の下をいくウドン売りの女の声など、ことごとくを聞いている。しかし、それは意識に掻き傷も爪跡ものこさないのである。昂揚もなく、下降もない。沸騰もなく、沈澱もない。暑熱もないが、凍結もない。希望もなく、後悔もない。期待もないが、逡巡もない。善もなければ、悪もない。言語もなく、思惟もなく、他者もない。ただのびのびとよこたわって澄みきった北方の湖のようなもののさなかにありつつ前方にそれを眺め、下方にそれを眺める。おだやかで澄明な光が射し、閃めきも翳りもなく揺蕩している。それほど淡麗な無化はかつて味わったことがなかった。これは夢のない夢——いや、夢ともいえないように思う。澄みきった北方の湖とたったいま書いたばかりだが、それは、のようなものである。湖を目撃しているのではない。水や、森や、空を眺めていたのではない。何ならそれは稀れにしか出会えないどこかの渓流のようなものとおきかえてもいいのである。夢ならイメージや光景や感触に、汗ばんだり、こわばったり、恍惚となったり、おびえたりするけれど、戸外の物音のさなかによこたわって、そのため眼をあけているという知覚をときにはおぼえることすらあるのに、冴えきった無があるだけなのである。いつからはじまり、いつから終りかけたともわからないうちにそれは去る。戸外の物音が叫喚となって部屋になだれこみ、かけぬけていく。私は手をのばし、ウイスキーの瓶につめた高原の茶を、ラッパ飲みに一口、二口すする。回復した体は爽快だが、汗や、骨や、肉もまたふたたびもどっている。ふたたび言葉や意識やイメージなどがつぎつぎとしのびよって無数の菌糸のように私をからめとり、釘づけにする。期待や諦観がはじまる。逡巡や決心がはじまる。懈怠や希望がはじまる。私は穢されはじめる。

*

ある正午、銀塔酒家のいつもの席にすわって、私は眺めるともなく河を眺めていた。軽快な脂と肉汁のつまった鳩をたっぷり食べたあとで、体内のあちらこちらでビールが泡だっていた。陽が白熱して黄いろい水や小さな紫の花などのうえでゆらめき、眼をあけていられないほど暑かった。私は電撃をうけたように一つの啓示にうたれたのだが、それが何であるのか、わからないでいた。ただ、もうこの国には二度と来ることがあるまいと、ひたすら思いつめていた。

淋しかった。

# 貝塚をつくる

カー・ヴォンラウというのはナマズの一種である。海にも棲むが、海水の出入りする河口の汽水域の泥底にも棲む。ヒゲがあって猫のような顔をしているということでは他のナマズとおなじだが、銀・灰・青色をしていて、美しいのである。朝早くの市場のびしゃびしゃ濡れた薄暗いなかで跳ねまわるところを見ると幅広の大剣が閃めくようである。ナマズは何種類もいるけれど、これがもっとも美味なので高価である。この魚を釣る名人を二人、噂を聞いてから見つけるまでに約十日かかったが、一人は大統領の身辺護衛の若いガン・マン、もう一人はキャラヴェル・ホテルのまえでいつも客待ちをしているタクシーの初老の運転手であった。二人を料理屋に呼んで話を聞いてみると、カー・ヴォンラウは餌をとるのが上手なので釣りにくい魚である。だからみんな追いかけるのだ、とのことであった。餌にいちばんいいのはゴキブリで、これはふだんから台所のすみでパンのかけらにバターをたっぷり塗ったのを食わせて箱のなかでまるまると太らせる。これを三匹か四匹、鉤に刺し、足をちぎって、川にうちこむ。足の穴からたまらない匂いと汁が流れ、それをしたって魚がやってくる。つぎにいいのはニワトリの腸で、なるべく緑いろの糞のつまったのがいい。それを兵隊の食うような安物のニョク・マムにまぶしてたまらない匂いのものに仕立てる。さいごにいいのは牛肉だが、これは安物でいい。場所はいろいろあるけれど、今ならニャベである。ここはサイゴン河に二つの河が流れこむところで、三つの河が一つの大きな三角点をつくっているから、いろいろの魚がいったりきたりする。

二人と別れてアパートにもどると、私は顔なじみの日本の新聞社の支局の一つを電話で呼びだして事情を話し、ナマズ鍋の用意として春雨、豆腐、青いレモン、春菊、それにニョク・マムと白ぶどう酒、ニョク・マムはフークォック島産の極上の紅茶色をしたの、白ぶどう酒はチュ・ドー通りの『タイタック』で、先日、モンラシェの七一年を見かけたからそれを買っておくようにといった。電話のむこうでヒ、ヒ、ヒと品のわるい笑声がし、市場で買うにしては口上が長すぎるというようなことを冷たく呟いて切れた。その翌日、緑いろの糞のむっちりとつまったニワトリの腸に腐りきった魚の汁といいたいようなニョク・マムを顔をそむけそむけまぶしたのをビニール袋いっぱいにつめて出かけたが、釣れなかった。一日かかってやったが、あたりもかすりもなかった。朝の六時、戒厳令がとけるのを待ってアパートを這いだし、夕方の六時まで、合計十二時間、白熱のゆらめく黄いろい川のうえですごしたのだが、一匹の魚もこなかった。餌はいつもまめにとりかえ、そのたびに息をつめ、顔をそむけするのだが、どれだけ新鮮なひどい匂いを川に流しても、からかいにくる魚さえいなかった。アパートにもどって割れ鏡をのぞきこむと眼がまっ赤に充血していた。そのままベッドにころげこんでねとねとの腐臭にまみれたまま泥睡したが、頭が熱くて、ギラギラ輝く赤い眩耀に全身を侵され、たえまなく浮いたり沈んだりした。夜おそくになってから三度か四度、しぶとく電話が鳴りつづけたが、ほっておいた。

それから何日かして、たまたま新聞社の支局に遊びにきた商社員に、あなたの取引先の紳士にきっと釣狂が一人いると思うが、ヴェトナム人でもいい、中国人でもいい、その人に紹介してもらえないものだろうかとたのんだ。四日ほどして、はずんだ声の電話がかかり、VIP級のが一人見つかった。ショロンの華僑の大物で、三つか四つの会社の社長をしている紳士だ、とほうもない釣狂らしい、釣りならいつでも御案内するが、そのまえに人物を見たいから菜館においで願いたいといっている、とのことだった。そういう電話があったのが朝で、その午後、昼寝をしているとドアをたたく音がした。でてみると、少年が一人微笑しながらたっていて、招待状を私にわたすと、すたすた帰っていった。招待状はどっしりと厚い紅唐紙で、みごとな達筆で、明後日の夜七時、チュ・ドー通りの『雲園』に光臨下されたく、とあり、差出人の名は蔡建中とあった。あとで聞いたところでは、蔡は私のことを聞いたその場で招待の決心をし、『雲園』にでかけて二、三品の料理をとってコックの腕を見た。それでちょっといいと思ったので、その場でメニュをつくってコックに検討させ、五日後なら材料が全部そろえられるとわかったので、それから家へ帰って招待状を書いたとのことであった。その後の蔡との往来から見たところでは、彼は事にあたって即断即決をするいっぽうで慎重と丁重をきわめるが、一度思いきめると、全精力をあげてとことんうちこむという気質のようだった。社長室や銀行での彼の姿態を見たことはないが、饗宴、歓楽、海岸、沖などでは、彼はしたたかに貪欲、性急、好色で、精巧をきわめた美食家でもあった。プラスチック、金融、不動産、罐詰などの四つの会社の社長をしているが、サイゴンでは彼の事業は四つとも彼の精力を消化しきれない。午前十一時に社長室にあらわれ、一時間で事務の処理と指示を終り、あとは友人たちと食事をしたり、麻雀をしたりですごすのだが、その麻雀も一卓で四〇〇万ピアストル、七〇〇万ピアストルの金をうごかし、遊びとか賭博というよりは、金のまわしあいであるらしかった。それでも時間が余ってならないので、女漁りか釣りかに精をだすのだけれど、いつもおなじ顔ぶれの仲間なので、いささか食傷しているところへ私があらわれたので、僻怠の眠りからむっくり体を起した、というところであった。貪婪は貪婪、精巧は精巧のまま、全域で質と量を更新したらしかった。ことに釣りは彼の少年時代からの、ほとんど宿痾といってよいほどの耽溺であり、研鑽であったから、蜂がとびたつように私にむかってきた。

『雲園』ではじめて会った蔡は、中背、小肥りの中年紳士だったが、顔は日焼けして浅黒く、唇が厚く、眼光炯々《けいけい》としていた。どちらかといえば寡黙だけれど、ジョークには素早く反射して声をたてて笑う。しかし、眼はめったに笑わなかった。眉や頬をのびのびひらき、顎をそらせて哄笑するときでも、眼はけっして笑わなかった。ときたま眼も笑うことはあるのだけれど、すぐもとの鋭さにもどって沈思するか、観察するのである。

「潮だ。潮がわるかったのだ」

「潮ですか？」

「そうです。潮です。ニャベは私もよく釣りにいきますが、場所としてはたいへんいいところなんです。しかし、潮がわるいと、どう手のうちようもない。干満の差が、あそこは、たしか、四メートルか五メートルある。あなたがいった日は今月でも最悪の週でしたね」

ニャベでの私の大敗をつぶさに聞くと蔡は日付を聞いてその場でそういって断定した。ゆっくりとした、正確な、あちらこちら水洩れしていない英語で、彼は自信にみちて話をした。そのゆっくりとした英語にときたまフランス語と中国語の単語をはさむのが、これからあと私と話すときの彼のエスペラントとなった。インドシナ銀行で何年間か働いたことがあるのでフランス語はよく会話に挿入した。しかし、自身の母語である中国語は稀れにしか挿もうとしなかった。私のおぼえているところでは、新鮮な魚を蒸す《清蒸》料理のことを、彼がしきりにチンチン、チンチンというので、それは北京語でチンジョンというのではないかと私がいったとき、彼が鋭く眼をあげ、おれたちは北京語は喋らないのだといったのが一度と、コミュニストのやり方はワンタオ（王道）を看板にしたパータオ（覇道）

だと、黄昏のフークォック島のタマリンドの大樹のかげで茶をすすりつつ呟いた、その二度きりであった。

二匹の昆虫が道で出会うと、軽く二度か三度ヒゲを触れあっただけでおたがいを了解しあったそぶりで別れあう。『雲園』のみごとな食事は二時間つづいたけれど、蔡と私が釣師としてたがいに相手をうけ入れあうのには三十分もかからなかった。おたがい静かに駒をすすめた。彼はヴンタウ沖でのバラクーダ釣り、インドネシアの沖でのカジキ釣り、フークォック島の沖でのめちゃくちゃ釣りの話をひそひそとした。私は川師だから、アラスカの川でのキング・サーモン釣り、スウェーデンのアブ社の山荘に招かれたときのパイク釣り、チロル国境間近の西ドイツの高原の牧場でのマス釣りの話などをひそひそとした。彼は私の話をだまって眼を光らせて聞いていたが、眼が乱れて、一瞬、和《なご》んで揺いだのは、アブ社の山荘の話をしたときだった。私がその話をするあいだ、彼はじっとおとなしく紳士ギャングのような顔を伏せて聞き入り、ときどき子供のように首をふってうなずいた。その話が終ってから私はドイツの高原のマス釣りの話に移ったのだが、彼は上の空であった。いらいらしたようにうなずいて、

「よし。わかりました。いっしょに釣りにいこう。まず、ヴンタウの沖。ここにはいいバラクーダがいます。夜釣りです。それから、フークォック島へ二人で飛行機でいこう。ここの釣りは、以前にくらべると魚がちょっと小さくなり、ちょっと少くなったというこ

とがありますが、ちょっとです。まだまだ楽しめます。ここの釣りこそ、釣りだ。男の遊びだ。あんたはレインコートとスリッパを買うだけでよろしい。あとは一切私にまかせて頂きたい」

せかせかと早口にいった。その鋭い眼には満々の自信がひろがっているけれど、冷徹が消えて、焦燥と雀躍があるようだった。彼を挑発するために私は話をしたのではなかったけれど、知らないうちにバネに手を触れてしまったらしかった。

食事が終るのを待ちかねて彼は丁重をよそおいつつもそそくさとたちあがり、私の脇腹を軽くつついて蒸暑い戸外に出ると、舗道にとめてあった運転手つきの巨大なクライスラーに私をおしこみ、ゆらゆらと揺れつつ、ショロン、グェン・チャイ通り六〇九番地の自宅へいそいだ。ここはショロンも入口からあまり遠くない場所だが、田舎廻りの京劇団が朝も夜もなくがんがんボンボンと銅鑼をたたきまくっているような中華街のざわめきからはいくらか遠くてひっそりしていた。蔡は暗い舗道のわきにクライスラーをとめ、私を一軒の三階建か四階建の家につれこんで、階段をのぼっていった。階段は荒涼としたコンクリートのうちちっぱなしで、粗い灰白色の地肌がざらざらと裸のまま剝きだしになっている。しかし、いくつかの階段を曲ったり上ったりして、突然ひらかれたドアのなかへ一歩入ってみると、爽快で深遠な森と花の香りがせまってきた。どうやらその室は彼の寝室であるらしかったが、トランポリンの体操ができそうなくらい巨大なダブルの寝台が室の中央にあった。周囲の壁には床から天井までぎっしりと黄金色の厚織クロスが貼りつめてあり、天井は硬木の沈々とした格子になっている。そして、ほの暗い灯のなかで、壁と天井のそこかしこに、荘重な朱の『囍』、双喜字の印が光を吸いつつ輝いていた。寝台のよこには黒檀らしい重厚そのものの鏡台があり、何十本と香水瓶が、まるで町の塔のようにならべられてあった。第一歩で嗅いだ森と花の香りはここからひめやかにたちのぼって、部屋いっぱいにゆっくりとうごいているらしかった。

蔡は寝台にも鏡台にも一瞥も払わず、壁ぎわにずらりと並べてある釣竿とリュックサックの群れに私を導いた。私は注意深くそれらを観察した。釣竿はことごとく海釣用の物で、金具が潮焼けして灰白色にただれて泡を吹いているところ、一本のこらずそうであるところを見ると、多年にわたってよほど使いこんだものであることが、一瞥でわかった。三、四の例外はあるけれど、ことごとくがアメリカのガルシア製とスウェーデンのアブ社製の物であることもわかった。さきほど『雲園』で彼がなぜアブ社の山荘に招待されたときの私の話に眼を輝かしたかが、これでよくわかった。何本と数知れない釣竿のよこにこれまたいくつとなく、おなじように使いこんでよごれた米軍のリュックサックがころがしてある。それを一つずつ指さして蔡は、このリュックはリールだ、このリュックは糸と鉤と錘だ、このリュックはランプとスリーピング・バグだと、説明していった。それだけでは足りなくて、壁ぎわの黒檀の、たじたじとなるほどみごとなテーブルの両袖にあるひきだしを一つずつひきだして、これは糸、これは錘、これは鉤と説明した。どのひきだしにもおびただしい用具がきちんとビニール袋や紙箱に入って、いくつとなく整然と積みかさねられてあり、底が見えなかった。茫然となって眼をあげると、この寝室には寝台と香水と垢まみれの釣道具のほかには壁の双喜字があるだけだと、わかった。

ものうげだが注意深いまなざしで壁にたてかけてあるガルシア製のボート竿をとりあげ、竿やリールを点検しながら、蔡がゆっくりと正確な英語で、呟くように話をはじめた。

「昔、中国に詩人がいた。詩人はたくさんいたけれど、この男は傑出していた。花や鳥のほかに、魚や獣のことについて、とくにそれの料理について、たくさんの詩を書いた。その詩の一つに、こういうのがある。松の河という名のついた河で、口が大きくて鱗が小さい、とてもうまい魚がとれるという。そういう詩を書いた。この詩人は誰だ。この魚は何だ？」

それぐらいならわかる。私はいそいでシャツやズボンのポケットをさぐったけれど紙がなかったので、左の手のひらに『蘇東坡』とボールペンで書き、よこに『鱸魚』と書きそえて、つきだした。

「その詩人と魚の名だ」

蔡は私の指をつまんで手のひらに眼を近づけ、かすかに、見えるともなく微笑して、頭をかるくさげ、フムといった。彼はゆっくりとつぎの竿に移り、トローリングの中型用のリールをとりつけた頑丈な竿をとりあげて、つくづくと眺めつつ、またしても呟くように話をはじめた。

「昔、中国に哲学者がいた。その哲学者が、ある日、弟子をつれて散歩にでた。河岸へくると、魚が泳いでいるのが見えた。それを見て、哲学者は、魚が楽しんでいるといった。弟子は、あなたは魚ではないのにどうして魚が楽しんでいるとわかるのですと、たずねた。すると哲学者は、おまえはおれではない。それならば、おれが魚の楽しみをわかってはいないと、どうしておまえにわかるのだといった。すると弟子は、私はあなたではないのだからもちろんあなたのことはわからない。あなたはもちろん魚ではないのだから、あなたに魚の楽しみはわからない。これはたしかだ、といった。この哲学者は誰だ。弟子は誰だ?」

よかった。それぐらいならわかる。それは有名すぎるほど有名な論争だ。読んだのはもうずいぶん昔のことになるが、こういう状況でなら思いだせる。私は左の手のひらに『荘子』とボールペンで書き、よこに『恵子』と書き、さきに書いた蘇東坡と鱸魚を消してつきだした。蔡はふたたび私の指をつまんで手のひらに眼を近づけ、竿をおいて、

「フム」

といった。

「手を洗いたいな」

「トイレはそこだよ」

めだたない厚織クロスのドアをあけると、そこが浴室になっていて、タイル壁も、浴槽も、タイル床も、ことごとく清潔無比に洗われて輝いていたけれど、洗面台に林立するオー・ド・トワレットや香水の瓶はまたしても小さな町の塔の群れをつくっていた。ここは完全にヨーロッパ・スタイルであった。そして、その輝かしく深遠で澄明な町の塔の群れには、浴室も寝室もおなじように、まざまざと女の香りがした。それも一人の女ではなく、何人もの女のそれである。そういうことはどんなにベッド・メイキングをしても、浴槽を洗っても、消せないものである。

トイレからでてふと見ると黒檀のテーブルによれよれの小さな雑誌があった。よほど読み古したらしくて表紙も裏表紙もとれてしまい、垢じみた頁がむっちりとふくらんでいる。いささかこころを躍らして私はそれをとりあげた。一瞥で驚いたようにそれはまちがいなくスウェーデンのアブ社が毎年一回発行している英文の『タイト・ラインズ』である。これは七一年の号だった。手垢でよれよれになった頁をめくっていくと、一人の男の釣姿の写真がでてきた。早朝の森がのしかかる川に白い霧がわきたち、無数のアブの群れが金粉をまきちらしたように見えるなかで、川のまんなかにつきだした白い桟橋の突端に、一人の男が白いチョッキを着て竿をかまえ、リールを巻いている。

それをさしだし、

「これは私ですよ」

と蔡にいった。

ベッドのはしに腰をおろして手近の竿をとりあげてリールをまわしていた蔡は、写真と私を見くらべ、はじめてその眼から鋭さを消して子供っぽい驚愕をみなぎらせた。ガルシアとアブの用具に熱中しているらしい彼が香港あたりの釣道具屋でお愛想にこのパンフレットをもらったことは充分察しがつくところである。しかし、たった一回私が登場しているその号がこんなショロンの寝室にあるとは、暗合もいいところだった。むしろ私のほうが驚愕していた。アブの山荘に招待されたのは六九年、同行のカメラマンがその早朝の川の写真をとってどう使ってもいいからといってアブ社に送ったのが七〇年、掲載されたのが七一年の号である。

「ほんとか?!」

「この男はうしろを向いている。ごらんなさいよ。これは私ですよ。いずれ東京へ帰ったらあなたに本を送ってあげます。私の釣りの本です。そこにこれとおなじ写真がでていますよ。ごらんなさい、ホラ」

私はくるりとうしろ姿になってみせ、それから、もとにもどって、彼とならんでベッドのはしに腰をおろした。彼はすっかり不意をうたれ、ぼんやりとなって、雑誌の写真に見入っていた。そして、もう二度と、蘇東坡や荘子を持ちだして私をためそうとはしない気配であった。私は私で、もしこれ以上つっこんで質問をされたらどうしたものかと、内心はらはらしていた。

「……『雲園』でさきほど聞いたところでは、あんたは、サイゴンは教育によくないから奥さんとお子さんを香港に住まわせているということだった。けれど、こんなにたくさん香水瓶がある」

ほんの口さきの冗談としてそういってほのめかすと、蔡はちょっとうろたえて、眉をしかめた。じろりとあたりを眺め、早口でそそくさ、

「おれはときどき密輸をやるんだ」

と呟いた。

*

フークォック島は漢字で書くと『富国島』である。ヴェトナム領だけれど、カンボジアとの国境線上にある。三角形を細長くのばしたような形をし、北には刑務所がある。島は全体が灌木の密林で蔽われているが、巨大な鹿が棲み、ちょっと以前までは川にはクロコダイル種の鰐がいた。精妙で香りの高い胡椒と、まったりとして柔らかく豊潤な味のするニョク・マムが特産品である。ニョク・マムはどんな魚でつくってもいいのだが、ここのはカー・コム、シコイワシだけでつくってあるので名声が高い。カー・コムとは米の魚と

いう意味だそうだが、日本の漁師がイワシのことを海の米と呼ぶのにそっくりである。この島は南支那海ではなく、シャム湾に浮かび、シャム湾は波がないことと栄養の豊かなことで定評があるが、網をひくとこのシコイワシの小さいのがめちゃくちゃにとれるので、この島の漁師たちは他の魚をあまりとろうとしない。ことに糸と鉤で一匹ずつ釣りあげなければならない底魚にはほとんど手をつけようとしない。彼らが狙うのは一度の網で大量にとれるイワシ、イカ、エビなどである。そこで蔡はこの捨てられたままの底魚を狙う。ことに彼が熱中するのは石斑魚、ハタである。この魚の清蒸に彼は眼がない。

ヴンタウの岬のはるかな沖に広い岩礁が海底からせりあがってきて、かなりの波がたっているが、夜半になるとそこへ巨大なバラクーダが浮上してきて餌をあさる。鉤にかかると一挙に海面に突進し、大跳躍をするが、コールマン・ランプの小さい円光のなかではそれが水しぶきを散らしてそそりたつ銀の塔のように見える。夜半にならないとこの魚は釣れないのだ、それまでは海岸のホテルでシエスタ(昼寝)だと蔡はいったが、海岸につくとがまんできなくなり、まだ午後三時のガンガン照りだというのにそわそわとランプや釣竿をとりだして私をせきたて、舟で沖へでた。その舟というのがサンパンで、これは舟べりが水面とすれすれぐらいの浅い舟だから、潮が上下するたび岩礁の波に木片のように翻弄され、しかもつかまるところが何もないので、背と背骨がたちまち音たてて痛がりはじめる。徹夜をして三匹の二メートルほどのバラクーダを釣りあげ、史前時代の大火を見るような積乱雲の朝焼けのなかを海岸へもどったのだが、サイゴンに帰ってベッドを見るやいなや、どろどろネバネバの潮をシャワーで流すゆとりもなく、そのまま倒れて眠りこんでしまった。ところが翌朝十時に蔡から電話があり、ベン・チュオン・ドゥオン三五番地の彼のオフィスへきてくれないかという。いってみると彼はガラス張りの社長室にすわっていて、飛行機のチケットを二枚とりだした。そして、無断でプランをたててわるかったが、二人分のフークォック島行きのチケットを買っておいた。フークォック島の釣りこそは男の釣りなんだ。こいつをあんたと二人で一週間ぐらいやりたいのだ。どうだという。いつ いくのだとたずねると、明日だという。明朝六時にアパートのまえで待っててくれ。自動車で迎えにいくからというのである。南支那海の海水を落した翌々日にシャム湾の水を浴びにいこうというのである。

たじたじとなったが、

「よし、やろう。やりましょう」

というと、蔡は顔をくしゃくしゃにして笑い、何かよく聞きとれない叫声をたてた。そして巨大な、みごとなチーク材のデスクをまわってかけより、私の両手をとってカーハットのうえで二度、三度、子供のように跳ねた。いいぞ。今夜は宴会だ。今日の夕方六時にグェン・チャイのおれの家へきてくれ。いいな。いいな。といった。社長室を出しなにふりかえってみると、もう彼は椅子にもどり、テーブルにのしかかってせかせかと書類を繰り、仕事に没頭していた。

夕方六時にショロンの彼の家へいくと、屋上に案内された。そこでヴンタウへでかける前夜とおなじようにさっそく饗宴がはじまった。一つの大テーブルの中央に直径が一メートルほどもある真鍮製の巨大な火鍋をすえつけて炭火をたっぷり底へ入れる。もう一つの大テーブルに牛、豚、鹿などの肉の山を並べ、そのよこにカニ、エビ、イカ、石斑魚、春雨、魚の浮袋、豚の網脂、春菊、豆腐、香菜《シャンツァイ》などをこれまたそれぞれ小山のように盛りあげて並べる。たくさんの中皿が並んで香辛料が入れてあるが、それは澄んだニョク・マム、赤いニョク・マム、花椒塩、蝦油、芝麻醬、醬油、マスタード、ケチャップ、酢、赤い唐辛子、緑の唐辛子などである。そのまわりに彼の仕事仲間、賭博仲間、釣り仲間などの老朋友や大人《たいじん》などがすわり、悠々と箸を使って、とめどない食事と乾杯にふけりはじめるのである。夜の十二時が戒厳令で、その時刻にうろうろ町を歩いていると自警団の少年にカービン銃で射たれても抗議はできないということになっているから、それまでには饗宴は終らねばならないが、もし戒厳令がなかったらこの人たちは一晩でも二晩でもそうやって談笑と飲食をつづけるのかもしれなかった。それでいてどれだけ飲んで食べてもけっして乱れることなく、ネクタイをゆるめるものもなければベルトの穴をずらすものもない。どこまでいっても開始したときとおなじ快活さと謙虚さである。こういうのを以食為天、悠々蒼天、肉山脯林、大漢全筵というのであろうか。あちらこちらの菜館の壁でうろおぼえに読みおぼえた対聯の句が明滅する。蔡は終始、眼光炯々、ときどき箸をうごかし、友人の冗談に軽くうなずいて一言、二言、口をはさみ、『サン・ラーシュ』（年齢不詳）とだけレッテルに書いたコニャックの稀品を私についでくれる。口をきいてもきかなくても、飲もうが飲むまいが、まったく気にしないでのびのびとしていられるが、それはことごとく達人ぞろいだからなのだろうか？……

「……フークォックには、昔、クロコ（ダイル）がたくさんいたけれど、もうすっかりいなくなった。クロコを釣るのにフークォックでは面白いことをする。魚の腐った肉や豚肉の腐ったのに大きな鉤を刺して岸においとくとクロコが河からあがってきて一口に呑みこむ。それをロープで二人か三人してひっぱる。これがマレー半島のクロコ釣りだが、フークォックのはそうじゃない。右手に木の棒、左手にさきを尖らした鉄の棒を持って河にもぐる。クロコがいたら、その顔のまえに木の棒をつきだす。クロコはそれに嚙みつく。嚙みついて放さない。クロコの咽喉に水が入るが、それでもクロコは棒を放さない。あれは信じられないくらいバカなんだ。それで息ができなくなってジタバタしはじめる。つぎに鉄の棒でクロコの腋の下をちょっと突く。ここは柔らかいのだ。クロコはたまらなくなって泳ぎだす。そうやって鉄の棒でちょいちょい腋の下を突いていくと、クロコはくすぐったくてもがきもがき泳いでいくうちにとうとう岸へあがってしまう。これがフークォックのクロコ・ハンティングだ。愉快だったたな」

蔡はコニャックでゆっくり舌を洗いつつ、眼光を沈痛にひそませ、かすかに微笑しながら、ひそひそと呟く。

エンジン部分のビスのあちらこちらから油洩れがしている双発のプロペラ機でサイゴンのタンソンニュット空港から飛びたち、ゆらゆらよろよろとメコン・デルタをよこぎり、ぼうぼうとした草むらのなかに干割れた滑走路が一本あるきりのフークォック島の空港につく。蔡の友人が一人、ハーフ・トラックで迎えにきていて、その荷台にあの双喜字にみちた香港ゴールドの寝室から総ざらいしてきたリュックサックをいくつとなく積みこんで、漁港のそばの旅館へいった。旅館といっても倉庫のようながらんどうの部屋が一つあるきりで、めいめい壁や柱にハンモックを縛りつけて寝るのである。数知れない男から滲出した脂と汗と垢でハンモックはまるで革のようにてらてら光っていたが、蔡は何もいわずによこたわり、長嘆息を一つついて寝返りをうったかと思うと、もう鼾をかいていた。夜なかに用便に起きると、蔡は泥のかたまりのようになって眠りこけ、部屋いっぱいに鼾の音をとどろかしていた。闇のあちらこちらでたくさんのヤモリが低く短く鳴きかわし、その声を聞いていると、ふと胸を小さな雪崩れのように落下していくものがあった。蔡のせりだした、丸い下腹が呼吸のたびに上ったり下ったりしているのを見ると、奇妙な幼さと、はかなさをおぼえさせられる。戸外には草と木にみたされたシャム湾岸の少し塩辛くてねっとりと蒸暑い夜がみなぎり、怪物的な活力がギシギシと音をたてんばかりにひしめきあい、つい土壁のむこうにまで針一本たてられないくらいの濃さで肉迫しているのがまざまざと感じられる。

翌朝、漁師の杭上小屋で熱い粥を食べたあと、水と食料と果物、それに蔡のリュックサックと釣竿を一つのこらず積みこんで川をおりていった。この舟はヴンタウで雇ったのよりは大きいけれど、船艙らしいものはどこにもないから夜になれば甲板でごろ寝するしかない。舟べりが例によってごくわずかの高さしかないから寝返りをうつときには注意しないと海にころがり落ちる。舟は、黄いろい、とろりとした川をゆっくりとおりていく。川岸では屋根と柱しかない小さな魚市場で女たちの叫声や笑声がひびき、杭上小屋では赤ン坊を竹籠に入れて半裸の老婆がキンマでまっ赤になった口をひらいて笑い、椰子、蘇鉄、バナナなどの葉さきで日光が水のように燦めいている。初老だが頑強な体をした漁師夫婦が二人の助手の少年にあれこれと指図をしながら舵輪を操る。少年二人のうち、年下のは、やせこけて小さく、ぼろぼろのパンツ一枚をつけているきりだが、よく見ると小さな顔に端正な目と鼻をつけていた。よく働き、よく笑うが、ロープを持つとよろよろしていまにも水に落ちそうである。頭に古布をターバンのように巻きつけた漁師のおかみさんが、ジョニー・ウォーカーの空瓶に焼酎をつめて持ってくる。ハエの糞にまみれたコップについで少し飲んでみると、その澄明な滴はヒリヒリと舌にしみこみ、滴の外側でも中心でも茴《うい》香《きょう》のきつい匂いがたちのぼって鼻へぬけた。いつかイスタンブールの公園の木のしたですすったアラックにそっくりの味がした。

この島の岸に沿って沖を北へ、北へとおりていくと、やがて島のはずれとなるが、そのあたりの広大な面積のあちらこちらに小島や岩礁が点々とあって、ちょっと多島海になっている。島や岩礁は海底でことごとく岩の根でつながりあっている。蔡はどの島、どの岩礁のかげが魚の巣であるかを知りぬいているので、漁師を指図してあちらで三時間、こちらで四時間とさまよい歩いた。潮が澄みきっているところもあり、にごっているところもあった。海底にギッシリとトコブシがひしめきあって敷きつめられているところもあり、ウニで海底が見えなくなっているところもあった。碧緑の澄みきった水のなかで華麗な、大きな亜熱帯の魚が右に左にゆれつつゆっくりと浮揚してくるのをのぞきこんでいると、空中に漂って釣りをしているようだった。昼のあいだは小物か中物が多く、暑熱がたまらないので、どこかの島かげに入ってシエスタをし、夕方頃に起きだして食事をし、潮がうごきだす九時、十時頃から、それがさしきって水が止まったところで一休み、しばらくしてふたたび水がうごきだして下げ潮がはじまるとまた釣りにかかる。コールマン・ランプの光のなかで仕事をするのは不自由だが、この夜釣りはしばしばめちゃくちゃ釣りになる。底魚、中層魚、表層魚がいっせいに荒食いをし、しばしばうわずって魚群が海面に盛りあがり、水しぶきたてて争いあったり、疾走したりする。はずしては甲板に投げ、釣っては甲板に投げしていると、たちまち足の踏み場もなくなるし、寝る場所もなくなる。赤、青、金、緑、銀、緑金、星斑、円斑、水に濡れていっせいに燦めいたり、翳ったりし、地下の混沌とした無意識を発掘して一瞬ごとに脳に閃めくまま、思いつくままの色彩をあたえたかのようである。カー・チェム！　カー・ケム！　カー・シンガポール！……釣れるたびにおかみさんが魚の名を叫んで笑う。ヴェトナム語は甲ン高い尻上りのイントネーションになるので誰が喋っても小鳥か少女の声のようにひびくが、中年すぎのおかみさんがまるで十六歳の娘のような声をたててはしゃぐので、慣れたつもりでもときどき思わずふりかえりたくなる。

蔡はバラクーダやヒラアジなどという引きの強烈な魚がかかったときにはフェリシタシオン（お祝い）と叫んではしゃぐが、大小にかかわらずいつ釣れても叫ぶのは石斑魚であった。これは日本でいえばハタにあたる魚だが、赤い模様のついたのが『紅斑』、黒い模様のついたのが『黒斑』である。どちらかというと赤いのが釣れたときに蔡は、セッパン！　ホンパン！　と叫び、慎重に舟のなかへとりこむと、他の魚とはべつにして、大切にひとところへかためておく。そして夜が明けると漁師をせきたてて舟を無人島の岸へつけさせるのだ。数あるリュックのうちの一つを選びだして少年に背負わせ、岸に上陸すると、岩を二、三箇組んで炉をつくり、鍋をかける。そのリュックのなかには台所道具が一式のこらず入っているのである。ある朝、目やにをこすりこすり見るともなく見ていると、蔡はそのリュックのなかからつぎつぎとさまざまな用具をとりだした。鍋、包丁、砥石、おろし金、竹箸、小皿、中皿、大皿、醬油瓶、ショウガ、ニンニク、香菜、唐辛子、ニョク・マム、蝦油、カキ油、砂浜にそれらをずらりと並べ、岩の炉に火を入れて鍋をかけ、昨夜のハタのなかから紅斑だけ、それも念入りに吟味して、調理にかかるのである。魚のさばきかたと包丁のさばきかたにはしたたかな熟練の冴えと、よどみのなさがある。

「その紅斑のどこがうまい？」

私が声をかけると、後姿のまま、彼は魚の、頭、目玉、唇、下腹、内臓などと順に指でついていき、さいごに背と横腹の肉をポン、ポンとつき、私が微笑するのを見て、ニヤリと笑った。やがて清蒸ができあがると、彼は、私や、漁師夫婦や、二人の少年を呼んで食べさせ、ときどき自分も箸をだして、うなずいたり、かるく舌うちしたりする。

「うまい。すばらしく、うまい！」

ときにはほのかに酒の香りがそえてあったりするその白い、脆い魚肉の気品ある淡麗さに私は思わず声をあげる。エビは小さいの。カニはたいていどれでも。この二つをのぞくと南方の海の魚は大半が大味で、ときには妙な脂臭があり、干魚や塩漬にでもしないかぎりあまり食べられたものではないと私はかねがね思っているのだが、石斑魚だけは、とくにこうして清蒸にしたとき、例外的に傑出している。ちょっとした菜館の食譜にはきっと清蒸石斑の字がある。しかし、こうして砂浜におびただしい用具と香辛料、それも多年の手沢でどれもこれもがねっとりと脂光りして、道具というよりはまるでペットのようにうずくまったり、よこになったりしているのを見ると、蔡の食欲の徹底ぶりに感服せずにはいられない。他の国ならいざ知らず、これだけ多年にわたってひっきりなしに戦争のおこなわれてきた国で、銃声をよそに、この男は海岸でひたすら釣り、ひたすら料理し、ひたすら食べることに余念がなかったらしいのだ。以食為天、悠々蒼天も、ここまでくると、呆れたり、感嘆したりするよりさきに、ただ声を呑むしかない至境かと思えてくる。

しばらくして私が皿をおき、

「あんたは料理店が開けるよ、蔡さん」

というと、彼はゆっくりとうなずいて、

「みんなそういうよ」

といった。

上げ潮と下げ潮のときに水がうごいて海はいささか波だつが、潮のとまったときにはまるで湖のようになる。舟べりにぴちゃりぽちゃりと鳴る音もごくひかえめになり、月光のなかにのびのびとひろがるその無辺際の面積は、草も木も砂もない、柔らかい平野のように見えるのである。歩いてわたっていけそうである。しかし、舟べりにくくりつけたコールマン・ランプのほのかな円光のなかで水面をすかしてみると、上下左右、縦横無尽の吹雪である。それがありありと見える。生命体と非生命体の阿鼻叫喚なのである。猛吹雪である。それは数知れぬ魚と貝と海藻の卵であり、幼生であり、プランクトンであり、マリン・スノーであり、ひとつひとつがしりぞけあい、食いあい、吸収し、同化し、反撥し、抗争しあう混沌の運動である。口をあけたままこの大集群のなかを突進する小魚があれば五十センチと走らないうちに胃が濃厚ポタージュで破裂するのではあるまいかとさえ思われる。億でもなく、兆でもない大数を単位として数えるしかない触手、爪、鋏、鉤、牙、舌、眼、鼻、膜、その膜のなかのむっちりとした栄養と汁の、おしあいへしあいの、やるかやられるかの、逃げるか追いつくかの、反射と反射の、大動乱である。劫初からそれは量も変らない。質も変らない。徹底して何も変らない。ただ、形状の変化があるだけだった。気まぐれに私がリールを巻きあげて、竿をふるってみると、六十メートルのかなたへ闇のなかを一本の冷たい鮮光が走るが、釣糸にしがみついた夜光虫たちはふたたび水につかって大動乱にとけこみ、柔らかい、静謐な平野には斑点ものこらず、条痕ものこらない。

ある夜、国境あたりの海面を、錨をぶらさげたまま、潮に舟をのせて、ゆらゆら漂っていると、突然、陸で戦闘がはじまった。銃声は単発銃と連発銃、砲声は一〇五ミリか一五五ミリ榴弾砲であった。しばしば携帯火器のさえずりのなかで重機関銃が野太い咽喉声をたてて吠え、迫撃砲が花火のように鳴って、何発かの照明弾をうちあげた。鋭い、短い火線が闇を裂くのが見え、照明弾の濡れるような蒼白な光がジャングルの長城の線を浮きあがらせて消える。叫喚は三十分ほど連続したけれど、どの一発として腹にこたえなかった。これまでの私の経験ではたとえ一発の花火じみたカービン銃の銃声でも、もし銃口がこちらを向いていたら、それは花火ではなくなる。どんなに遠くでも、火器がどんなに小さくても、それはずっしりと下腹にひびいてくる。ひたひたと迫ってくる圧力波の鮮烈で無気味な迫力が体の前面につたわってくる。狙われているという意識が瞬間に作動してその圧力波を全身に流す。増幅する。想像力が鉤からはずれ、どこかの水門がひらいて、むらむらと恐怖や妄想の大群が走りはじめる。

しかし、その夜はそれだけで終ってしまった。シャム湾はふたたび静寂にもどった。舟で起きているのは蔡と私だけで、漁師夫婦も二人の助手の少年も眼をさまさず、起きてもこなかった。舟はひそかに揺れつつ、錨をひきずって、流れつづけた。しばらくしてランプごしに闇のなかから蔡の手がのびてきて、私に一枚の紙片をわたした。何かが書いてあって、ランプの光では、こう読めた。

月落烏啼霜滿天
江楓漁火對愁眠
姑蘇城外寒山寺
夜半鐘聲到客船

ズボンのポケットに手をつっこむとサイゴンのアパートを出しなにちぎってきたトイレ

ット・ペーパーの残りがくしゃくしゃの玉になっていたので、それをひろげ、蔡からボールペンを借りて、『楓橋夜泊』と書きつけた。それをランプごしに闇へ送ると、蔡のざらざらした手がうけとり、しばらくしてフムという声が聞えた。そしてそれきり彼は何もいわず、何も闇から送ってよこそうとしなかった。ときどき吐息をつくのと唾を吐く音がしたが、それはもぐもぐとドリアンを食べているらしかった。私はランプのかげでタバコに火をつけ、舟べりから体をのりだして、おぼろな円光のなかでの、微塵たちの、無量大数の吹雪に見とれた。

*

「……話があるんだ。今日これから釣りにいく島の近くに、もう一つ島がある。そこにこの舟の漁師の息子で三十歳になるのが住んでいる。たった一人で住んでるんだ。軍隊から脱走したんだよ。第四軍管区で歩兵をしてたんだが、去年のテット(正月)の休暇のときに脱走した。陸じゃ警官もいるし憲兵もいるので、なかなかむつかしい。そこでその島へかくすことにしたんだ。息子は炭を焼いて暮してるんだが、三カ月か四カ月に一度、米とニョク・マムを持っていってやることになっている。それで息子の焼いた炭をこのフーク・ォックで売って、つぎの米とニョク・マムを買う。そういうことになってるんだ。もう一年半になる。その島までいくのに半日かかるから今日の釣りは夜だ。よろしいか」

「賛成だ。全然、賛成だよ」

「暑いけれどがまんしてくれ」

「気にならないよ。慣れたよ」

「今日の夜釣りはいい場所だよ。凄い釣りになる。一等地だね。これは保証するよ。凄いんだ。誰も知らない場所なんだ」

「それは楽しみだね」

三日めの朝、水、食料、燃料などの補給のためにフークォック島へもどったとき、蔡がそういった。肩をたたいて岸を指さすのでそちらを見ると、漁師夫婦と二人の少年が米の南京袋やニョク・マムの白い壺をいくつも肩にのせてこちらへくるところだった。それらを舟につみこむと、もう一度彼らは消え、しばらくすると、ニワトリ、バナナ、ドリアン、焼酎などを大きな竹籠に入れてもどってきた。蔡は竹籠をおろさせるとドリアンを一箇ずつとりあげ、尻の匂いを時計工のようなまなざしで嗅ぎ、もとにもどした。三箇のうち一箇を籠にもどし、二箇を漁師のおかみさんにわたし、もっといいのと替えてこいと、きびしい口調で命じた。しばらくしておかみさんが二箇持ってもどってくると、蔡はまた時計工の視線で一箇ずつ尻の匂いを嗅ぎ、しぶしぶ満足したそぶりで二箇とも籠に入れた。

彼は敬意をこめて、

「ドリアンはむつかしいんだ」

呟いた。

「犬を選ぶのとおなじくらいむつかしいよ」

おそらく彼の精妙と熟練のおかげだと思うが、ヴンタウ沖でも、ここでも、毎日私はドリアンをたのしんでいる。これまで私はその果肉の魔味をアパートでも料理店でも、すべて室内でむさぼってきたが、蔡は夜の海上での魅惑をはからずも教えてくれた。蔡の厳選したこの果実をサンパンの舳《へさき》にころがし、もしそれが風上であると、一晩じゅうたえまなく微風、軟風のたびに香りが流れ、きれぎれながらいつまでもつづく。豊熟の一歩手前のこの果実はむんむんと芳烈な香りのさなかにくっきりと爽涼をも含み、まるで細い、冷たい渓流が流れるようなのだ。豊満と爽涼のこの鮮やかな組合わせがあまりに絶妙なので、いつまでも味わっていたくなり、果肉を食べるのをあとへあとへとのばしたくなる。この香りがあるためにしばしば私は全身にねばつく潮や、きしむ背骨や、板のように張りつめたり縄のようによじれたりする筋肉の苦痛などを忘れ、春の温室にさまよいこんだような忘我に浸ることができる。翌朝になってそれをふりかえり、官能は一つのきびしい知性にほかならないのだと、さとらされるのだ。貪婪な蔡の眼にしばしば近頃の私は冷徹な賢者の片影を見るようになっている。

カモメも舟も波も何ひとつとして見られない白昼の炎熱ゆらめくシャム湾をゆっくりとよこぎってその島についたのは午後の三時頃だった。それは緑に蔽われて渚が砂浜ではなくて岩礁になっているありふれた小島で、そのあたりにいくつとなく点在している島や岩礁とけじめのつけようがないくらいすべてがおなじだった。漁師は沖でエンジンを消し、ゆっくりと静かに島に近づいた。あたりには白熱のゆらめく水平線と積乱雲しかなく、二人の少年が舟の舳にかけよってはしゃぎつつあげる叫声と笑声はまるで室内のようにひびきわたった。それが消えてしばらくすると、突然、渚の、白い、大きな岩のうえに一つの顔があらわれた。つぎの瞬間に顔が消え、オリーヴ・グリーンの野戦服を着た、はだしの青年が岩のうえにとびあがり、両手をふって叫んだり、跳ねたりしはじめた。舟がゆるゆると接近していくと青年は待ちきれなくなって岩から海にとびこみ、舟から投げられたロープを肩に背負って渚へ泳ぎもどり、熟練そのもののしぐさで舟をひっぱりよせてロープを手近の岩にゆわえつけた。父と母は米の南京袋やニョク・マムの壺を二人の少年につぎつぎとわたし、少年たちはそれを青年にわたした。すべての荷が渚にあがると、めいめいが肩にかついだり手にさげたりして持ち、岩から岩へひょいひょいと跳んでいき、深い木立のなかにちらほら見える崖を、木の根や枝につかまりつつ、のぼっていった。

岩から岩へわたっていくのはそれほど苦労ではなかったが、崖をよじのぼるのは楽ではなかった。土の肌は足に踏みならされてつるつるになり、あちらこちらに階段のように凹みがつけてあるのだが、凹みから凹みへわたっていくには根や枝をたよりにするしかない。ニコチン、阿片、酒、内的独白などですっかり蒼白くぶよぶよになった中年のぶざまな肉のかたまりをひきずってその急斜面をよじのぼっていくと、息が乱れ、肺がはためき、ねっとりと脂汗が全身に流れて、中腹にたどりついたときには唇が乾ききっていた。全身汗まみれになり、犬のように舌をだして、蔡と私は、口もきけず、ただ喘いだ。それを見て漁師の一家はおだやかな笑声をたてた。彼らはこの急斜面を南京袋やニョク・マムの壺をかついで苦もなくよじのぼったのだ。それらはすでにきれいに片づけられ、米の袋はさしかけ小屋のなかに、ニョク・マムの壺は小屋の軒下にきちんと並べておいてあった。そればかりか、父は薪に腰をおろしてゆるゆるとタバコをふかし、母はピャウピャウパウパウと小娘のような声をたててはしゃぎつつすでに一羽のニワトリの首をひねり、包丁で首を掻き切って出血しにかかっているのだった。青年は岩を組んだ小さな炉に火を入れ、まっ黒になった鍋をかけていた。二人の少年はあたりを跳ねまわっていた。

「おれが通訳しよう、何でも聞いてくれ」

蔡があえぎあえぎそういったので、好意に甘えることとしたが、蔡も私もしばらくは肩で大きくあえぎあえぎ、頰や顎からしたたり落ちる汗を、手をあげてふるいきることもできないでいた。

枯れた長い木の葉をたばねて編みあげ、それで小屋の壁と屋根がつくってある。小屋のなかには木の枝を蔓でゆわえて組んだベッドが一つあるきりで、入口に手垢で脂光りした山刀が一つたてかけてある。粗末な棚が一つあって、二、三箇の欠け茶碗と、皿、箸と、アルミ製の薄っぺらなスプーン。ほかには何もない。シャツもなく、ズボンもなく、もちろん古新聞もなければ古雑誌もない。小屋の外には二、三箇の岩を組んだ、たっぷりと火焼けした炉があり、貧相なニワトリ小屋がある。山刀で粗くざくざく削った枝を蔓でゆわえたきりの小屋で、ニワトリたちは数羽いたけれど、どれもやせこけてせかせかしていた。戸もなければ敷居もないこのさしかけ小屋からさほど遠くない斜面に炭焼きの竈《かまど》がある。土をこねてつくった小さなものだが、これで炭をつくるにはコツがあるという。炭にするための木を山腹の一方面だけで切ると、そこが裸になるから、沖を通る政府の巡視船から看破されてしまう。そこで、木はジャングルのあちらこちらからまばらに切りとってこなければいけない。つぎにそれを炭にするとき、煙りが濃くなってけ怪しまれるので、煙道に枝道を二つも三つもつくって、山の向う側の腹に煙りがいくつにも薄くわかれてでるようにした。月夜に木を焚くと煙りがめだつので、いつも月のない夜に焚くようにしている。魚は海岸にでるといくらでも釣れるけれど、朝と昼は避け、夜だけしかできないから、あまりあてにできない。そのかわり、貝ならいくらでもとれる。夜になれば海岸へおりて貝やカニをとることにしている。カニはあまり期待できないけれど、貝はたっぷり食べられる。この一年半、ほとんど貝ばかり食べてきた。それに米と、ニョク・マムだ。

「風邪をひいたことはないか？」

「ないね」

「腹が痛くなったことはないか?」

「ないね」

「毒蛇はいないのか?」

「この島にはいない。ネズミのでかいのがいる。ネズミはうまい。とらえるのはやさしくないが、肉がたっぷりある。ニワトリよりうまい。ネズミはうまい」

「マラリアは?」

「ないね」

「病気になったらどうする?」

「おれは病気をしない。おれは生れたときから漁師だ。病気なんかしたことない。この島へきて一年半になるが、病気なんかしたことがない。おれはこのほうが気に入ってるくらいなんだ。うまいものは食えないし、腹はへるけれど、せかせか働かなくていい。漁師よりこのほうがいいよ」

　風邪と腹痛のことを聞いたとき、みんなは声をたてて笑った。青年もおかしそうに笑った。それから漁師生活をするよりこの生活のほうがいいと青年がいったとき、蔡も一同もいっせいに笑い、父はニヤニヤと苦笑いしてそっぽ向いたり、うなだれたりした。青年は、すりきれた野戦服を裸にひっかけたきりで、その裸はやせてごわごわと筋張っていたけれど、筋肉も骨も強健そのものであった。足の指は五本とも、左右の足とも、ひらきにひらいて、一本ずつがしっかりと鉤のように舟べりや岸や岩をくわえるようになっている。

　青年は小屋に入り、二つにわかれた木の股を利用してつくったパチンコを持ってきた。それには強いゴム紐がついているけれど、一羽も鳥がとれたことはないとのことだった。その柄に、おそらくあの長大な山刀でだろう、鳥の横顔が不器用だけれど丹念にきざみこんであった。また、小屋の軒さきには、ふちの欠けた平底の植木鉢が吊してあって、香菜がたっぷりと茂っている。針金はここではいくらでも他に切実な用途があるはずなのに、その貴重品を青年は植木鉢の装飾に使って、日本人が軒しのぶをたのしむように香菜を見て眼をたのしませ、ときどき葉をつまみとって御飯とニョク・マムにそえて食べるらしかった。

「真水は？」

「ある。いくらでもある。海岸の岩に山から落ちてくる水をうけてためるところがあるんだ。それで顔を洗うんだ。服も洗えるし、体も洗える。どんなに使っても朝になったらいっぱいになってるんだ。真水があるとわかったのでこの島に住むことにしたんだよ」

　あとで海岸へおりてみると、青年のいうように、一つの大きな岩の凹みにたえまなく水滴が落ちつづけていて、日光のために表面が熱湯のようになっていた。その凹みはちょうど人が一人、体をよこたえられるくらいの広さと深さがあった。岩と岩のかげにあるこの天工の浴槽につかっていると、沖からはまったく見えないけれど、こちらからは沖が右から左まで眺められるのだった。その浴槽の近くの崖の腹をちょっとえぐって炭がためてあった。例によって木の枝を蔓でゆわえてつくった寝台が一つおいてあり、そこに寝ころぶと、たれさがった木の枝や葉をこして、よこになって肘枕をしたまま、沖が全景、眺められるのだった。青年は山から炭を持っておりてくると、この穴に入って寝ころび、沖を監視しつつ、休憩するのであろう。

蔡は寝台に寝ころんで構図に感嘆し、

「よくできた離れ《パヴィリオン》だ」

と呟いた。

二人でその穴を眺めているところへ父がやってくると、蔡に何かたずね、そのまま向うへいってしまった。蔡はしばらくだまっていたが、父の質問をそのまま直訳したらしく、君はバオチ(記者)だから何でも知ってるだろうが戦争はいつ終るのだと、たずねた。そうたずねたあと、彼はちらと私の顔を眺め、何もいわないでぶらぶらと歩いてどこかへ消えた。私はしばらくそこにたっていたが、誰かの呼ぶ声を聞いたような気がしたので、そちらへ歩いていった。

*

夕方、蔡が指図しておかみさんがつくったニワトリのスープに香菜を入れてみんなですすり、ふたたび木の枝から枝へすがりつきながら崖をおりて海岸へでた。二人の少年は穴からつぎつぎと炭をはこびだして舟につみこんだ。父と母はかわるがわる青年の肩を抱いて何かささやき、舟にのりこむとエンジンをかけ、岸からゆっくりとはなれた。父は舵輪を操り、母と少年たちは舳にたって、いつまでも手をふったり、叫んだり、笑ったりした。青年は岩のうえにたって、それにこたえ、手をふったり、叫んだりしていたが、やがて消えた。史前期の大火のような夕焼けの先駆が島のうえにあらわれかけていた。私の腕や胸が真紅と紫と紺青に光りはじめた。

甲板にすわってタバコをふかしつつ、一刷きの影となって遠ざかる島を眺め、私はさしかけ小屋のよこで目撃したものを思いかえしていた。青年はすべてを徹底的に利用しぬくので、小屋の内にも外にも廃物とかゴミなどはひとかけらもないのだ。しかし、貝殻だけはどうしようもないらしくて、小屋のよこに捨てられるままになっていた。一人の男が一年半のうちに手でひろって食べる貝の殻がどれくらいの量になるかを私はその小さな山を見て思い知らされた。巻貝もあれば二枚貝もあり、トコブシやサザエではあるまいかと思われる貝殻もあちらこちらにあったが、大半は二枚貝であったと思う。そのおびただしい堆積の上層ではひとつひとつの貝の形が見られたが、中層ではすでに溶解がはじまり、底層ではすっかり石灰質が流出して貝の形が失われ、ただごわごわの頑強な襞の群れが見られるだけだった。モンスーン地帯の雨季の雨が稀硫酸のように貝を分解し、とけあわせて、岩塊や壁に似た物につくりかえつつあるのがまざまざと見てとれた。私にはそれが廃物の変化というよりは、若い漁師の渋くて苦そうな肉からの分泌物そのもののように見えたのだ。彼は生きながら遺跡を滲出しているのだ。滲出しつづけるのだ。

蔡が憂鬱そうに眼を光らせ、

「ドリアンをどうだ?」

とたずねる。

私はタバコを捨て、

「いいね」

という。

# 玉、砕ける

ある朝遅く、どこかの首都で眼がさめると、栄光の頂上にもいず、大きな褐色のカブト虫にもなっていないけれど、帰国の決心がついているのを発見する。一時間ほどシーツのなかでもぞもぞしながら物思いにふけり、あちらこちらから眺めてみるけれどその決心は変らないとわかり、ベッドからぬけだす。焼きたてのパンの香りが漂い、飾窓の燦きにみたされた大通りへでかけ、いきあたりばったりの航空会社の支店へ入っていき、東京行きの南回りの便をさがして予約する。香港で一日か二日すごしたいからどうしても南回りの便でないといけないのである。予約をすませてガラス扉をおして歩道へでようとするとき、改行なしにつづいてきた長い文章にピリオッドがうたれたように感ずる。つぎに改行になって文章はつづいていくはずだけれど何が書かれるのかまったくわからないとも感ずる。しかし、その未知には昂揚が感じられない。出国のときには純白の原稿用紙をまえにしたような不安の新鮮な輝きがあり、朦朧がいきいきと閃きつつ漂っているのだが、帰国となると、点を一つうって、行を一つ改めるだけのことで、そのさきにあるのはやはり朦朧だけれど、不安も閃きもない。ちょっと以前までは、そんな、ただ行を一つあらためるだけのことにも、褪せやすいけれどそこはかとない昂揚をおぼえたものだが、年をとるにつれて何も感じなくなってしまった。行と行のあいだに何か謎のような涼しい淵があったのに、いまは水枯れした、しらちゃけた河原を感ずるだけである。ホテルにもどってスーツケースの荷作りをはじめると、確実に体の背後か左右のどこかに黴《かび》が芽をだすのをおぼえる。エレベーターで上ったり下ったりし、フロントへいって勘定をすませ、スーツケースをはこびだし、スーツケースと体を空港行きのバスにつみこみ、せいぜいてきぱきと身ぶりにふけってみても、黴はたちまちはびこって体を蔽いはじめる。肩、胸、腹、足のいたるところにそれはみっしりと繁殖し、私の外形を完全に保ったままでじわじわと蚕食にかかる。東京に近づけば近づくだけ黴はいよいよくまなく繁殖して、私は憂鬱に犯されるままになり、無気力になっていく。長大なジュラルミンの円筒に入れられて綿雲の海を疾過しつつ、数カ月の浮遊をふりかえって、昨日か一昨日かに終ったばかりのことなのに、まるで十年以前のことだったような郷愁をさそわれる。知りすぎて嫌悪しぬいたあげくとびだしたはずのところへふたたびおめおめと帰っていかなければならない。戦争をしないうちに敗れてしまった軍の敗残兵のようにうなだれてもどっていかなければならない。毎度毎度性こりもなく繰りかえす愚行の輪、その一つをふやしただけにすぎないのか。いまさらのようにその思いに圧倒されて、腕も足も狭いシートに束縛されたままになる。羽田につけば税関のどさくさにまぎれてちょっと忘れるだろうが、一枚のガラス扉をおしてそこをでてしまえば、ふたたび黴の大群が、どうしようもなく、もどってくるのだ。一カ月か二カ月すれば私は青や灰のもわもわとした黴に蔽われて雪だるまのようになってしまう。わかりきっているのだけれど、そこへもどっていくしかない。適した場所が見つからなかったばかりにいやいやもどっていくしかない。消えられなかったばかりにはじきかえされる。

九竜半島の小さなホテルに入ると、よれよれの古い手帖を繰って張立人の電話番号をさがして、電話をかける。張が留守のときには、私は菜館のメニュを読むぐらいの中国語しか喋れないから、私の名前とホテルの名前だけをいって切る。翌朝、九時か十時頃にあらためて電話をすると、きっと張の、初老だけれど迫力のある、炸《はじ》けたような、流暢な日本語の挨拶が耳にとびこんでくる。そこでネイザン・ロードの角とか、スター・フェリーの埠頭とか、ときには奇怪なタイガー・バーム公園の入口とかをうちあわせて、数時間後に会うことになる。張はやせこけてしなびかかった初老の男だが、いつも、うなだれ気味に歩いてきて、突然顔をあげ、眼と歯を一度に剝いて破顔する癖がある。笑うと口が耳まで裂けるのではあるまいかと思うことが、ときにはあるけれど、タバコで色づいた、そのニュッとした歯を見ると、私はほのぼのとなる。ニコチン染めのそのきたならしい歯を見たとたんに歳月が消える。顔を崩して彼がいちどきに日本語で何やかや喋りはじめると、私は黴の大群がちょっとしりぞくのを感ずる。それはけっして消えることがなく、いつでもすきがあればもたれかかり、蔽いかかり、食いこみにかかろうとするが、張と会ってるあいだは犬のようにじっとしている。私は張と肩を並べて道を歩き、目撃してきたばかりのアフリカや中近東や東南アジアの戦争の話をする。張ははずむような足どりで歩き、私の話をじっと聞いてから、舌うちしたり、呻いたりする。そして私の話がすむと、最近の大陸の情勢や、左右の新聞の論説や、しばしば魯迅の言説を引用したりする。数年前にある日本人の記者に紹介されていっしょに食事したのがきっかけになり、その記者はとっくに東京へ帰ってしまったけれど、私は香港へくるたびに張と会って、散歩をしたり、食事をしたりする習慣になっている。しかし、彼の家の電話番号は知っているけれど、招かれたことはなく、前歴や職業のこともほとんど私は知らないのである。日本の大学を卒業しているので日本語は流暢そのもので、日本文学についてはなみなみならぬ素養の持主だとはわかっているけれど、小さな貿易商店で働きつつ、ときどきあちらこちらの新聞に随筆を書いてポケット・マネーを得ているらしいとしかわからない。彼は私をつれて繁華なネイザン・ロードを歩き、スイスの時計の看板があって『海王牌』と書いてあれば、それはオメガ・シー・マスターのことだと教えてくれる。小さな本屋の店さきでよたよたの挿絵入りのパンフレットをとりあげ、人形がからみあっている画のよこに『直行挺身』という字があるのを見せ、正常位のことだと教えてくれたりする。また、中国語ではホテルのことは××酒店、レストランのことは△△酒家という習慣であるけれど、なぜそうなのかは誰にもわからないと教えてくれたりするのである。

最近数年間、会えばきっと話になるけれどけっして解決を見ない話題がある。それは東京では冗談か世迷事と聞かれそうだが、ここでは痛切な主題である。白か、黒か。右か左か。有か無か。あれかこれか。どちらか一つを選べ。選ばなければ殺す。しかも沈黙していることはならぬといわれて、どちらも選びたくなかった場合、どういって切りぬけたらよいかという問題である。二つの椅子があってどちらかにすわるがいい。どちらにすわってもいいが、二つの椅子のあいだにたつことはならぬというわけである。しかも相手は二つの椅子があるとほのめかしてはいるけれど、はじめから一つの椅子にすわることしか期待していない気配であって、もう一つの椅子を選んだらとたんに『シャアパ（殺せ）！』、『ターパ（打て）！』、『タータオ（打倒）！』と叫びだすとわかっている。こんな場合にどちらの椅子にもすわらずに、しかも少くともその場だけは相手を満足させる返答をしてまぬがれるとしたら、どんな返答をしたらいいのだろうか。史上にそういう例があるのではないだろうか。数千年間の治乱興亡にみちみちた中国史には、きっと何か、もだえぬいたあげく英知を発揮したものがいるのではないか。何かそんな例はないものか。名句はないものか。

はじめてそう切りだしたのは私のほうからで、どこか裏町の小さな飲茶屋でシューマイを食べているときだった。いささか軽い口調で謎々のようないいかたをしたのだったが、張はぴくりと肩をふるわせ、たちまち苦渋のいろを眼に浮べた。彼はシューマイを食べかけたまま皿をよこによせ、タバコを一本ぬきだすと、鶏の骨のようにやせこけた指で大事そうに二度、三度撫でた。それからていねいに火をつけると深く吸いこみ、ゆるゆると煙を吐きながら、呟いた。

「馬でもないが虎でもないというやつですな。昔の中国人の挨拶にはマーマーフーフーというのがあった。字で書くと馬馬虎虎です。なかなかうまい表現で、馬虎主義と呼ばれたりしたもんですが、どうもそう答えたんではやられてしまいそうですね。あいまいなことをいってるようだけれど、あいまいであることをハッキリ宣言してるんですからね、これは。これじゃ、やられるな。まっさきにやられそうだ。どう答えたらいいのかな。厄介なことをいいだしましたな」

つぎに会うときまでによく考えておいてほしいといってその場は別れたのだったが、張はつよい打撲をうけたような顔で考えこみ、動作がのろのろしていた。シューマイを食べかけたままほうってあるのでそのことをいうと、彼は苦笑して紙きれに何か書きつけ、食事のときにはこれが必要なんですといった。紙きれには『莫談国事』とあった。政治の議論をするなということであろう。私は何度も不注意を謝った。

その後、一年おいて、二年おいて、ときには三年おいて、香港に立寄るたびに張と会い、散歩したり食事したりしながら――すっかり食事が終ってからときめたが――この命題をだしてみるのだが、いつも彼は頭をひねって考えこむか、苦笑するか、もうちょっと待ってくれというばかりだった。私は私で彼にたずねるだけで何の知恵も浮ばなかったから、謎は何年たっても謎のまま苛酷の顔つきの朦朧として漂っている。もしそんな妙手があるものとすればみんながみんな使いたがるだろうし、そういう状況は続発しつづけるばかりなのだから、そうなれば妙手はたちまち妙手でなくなる。だから、やっぱり謎のままでこれはのこるしかないのかもしれなかった。しかし、ときには、たとえば張があるとき老舎の話をしてくれたとき、何か強烈な暗示をうけたような気がした。ずっと以前のことになるが文学代表団の団長として老舎は日本を訪れたが、その帰途に香港に立寄ったことがある。張はある新聞にインタヴュー記事を書くようたのまれてホテルへでかけた。老舎は張に会うことは会ってくれたが、何も記事になるようなことは語ってくれなかった。革命後の知識人の生活はどうですかと、しつこくたずねたのだけれど、そのたびにはぐらかされた。あまりそれが度重なるので、張は、老舎はもう作家として衰退してしまったのではないかとさえ考えはじめた。ところがそのうちに老舎は田舎料理の話をはじめ、三時間にわたって滔々とよどみなく描写しつづけた。重慶か、成都か。どこかそのあたりの古い町には何百年と火を絶やしたことのない巨大な鉄釜があり、ネギ、白菜、芋、牛の頭、豚の足、何でもかでもかたっぱしからほうりこんでぐらぐらと煮たてる。客はそのまわりに群がって柄杓で汲みだし、椀に盛って食べ、料金は椀の数できめることになっている。ただそれだけのことを、老舎は、何を煮るか、どんな泡がたつか、汁はどんな味がするか、一人あたり何杯ぐらい食べられるものか、徹底的に、三時間にわたって、微細、生彩をきわめて語り、語り、語り終ると部屋に消えた。

「……何しろ突然のことでね。あれよあれよというすきもない。それはもうみごとなものでしたね。私は老舎の作品では『四世同堂』よりも『駱駝祥子』のほうを買ってるんですが、久しぶりに読みかえしたような気持になりました。あの『駱駝祥子』のヒリヒリするような辛辣と観察眼とユーモアですよ。すっかり堪能して感動してホテルを出ましたね。家へ帰っても寝て忘れてしまうのが惜しくて、酒を飲みましたな。焼酎のきついやつをね」

「記事にはしなかったの?」

「書くことは書きましたけれど、おざなりのおいしい言葉を並べただけです。よくわかりませんが老舎は私を信頼してあんな話をしてくれたように思ったもんですからね。それにこの話は新聞にのせるにはおいしすぎるということもあって」

張はやせこけた顔を皺だらけにして微笑した。私は剣の一閃を見るような思いにうたれたが、その鮮烈には哀切ともつかず痛憤ともつかぬ何事かのほとばしりがあった。うなだれさせられるようなものがあった。二つの椅子のあいだには抜道がないわけではないが、そのけわしさには息を呑まされるものがあるらしかった。イギリス人はこのことを“Between devils and deep blue sea”(悪魔と青い深海のあいだ)と呼んでいるのではなかったか？……

「これは風呂屋ですよ。澡堂というのは銭湯のことです。ただ湯につかるだけではなくて垢も落してくれるし、按摩もしてくれるし、足の皮も削ってくれるし、爪も切ってくれます。あなたは裸になって寝ころんでるだけでいいんです。眠くなれば好きなだけ眠ればいいんです。澡堂もいろいろですけれど、ここは仕事がていねいなので有名です。帰りには垢の玉をくれます。いい記念ですよ。一つどうです。布を三種類、硬いのやら柔らかいのやらとりかえて、手に巻いて、ゴシゴシやる。びっくりするほどの垢がでる。それをみんな集めて玉にしてくれる。面白いですよ」

明日は東京へ発つという日の午後遅く、張と二人でぶらぶら散歩するうち、『天上澡堂』と看板をかけた家のまえを通りかかったとき、張がそういって足をとめた。私がうなずくと彼はガラス扉をおして入っていき、帳場にいた男にかけあってくれた。男は新聞をおいて張の話を聞き、私を見て微笑し、手招きした。張は用事があるのでこのまま失礼するが明日は空港まで見送りにいくといって、帰っていった。

帳場の男は椅子からたちあがると、肩も腰もたくましい大男であった。手招きされるままについていくと、壁の荒れた、ほの暗い廊下を通って小さな個室につれこまれた。個室には簡素なシングル・ベッドが二つあり、一つのベッドに白いバス・タオルを巻きつけた客が俯伏せになって寝ていて、爪切屋らしい男が一本の足をかかえこんで、まるで馬の蹄を削るようにして踵の厚皮を削っていた。帳場の男が身ぶり手真似で教えるので私はポケットの財布、パスポート、時計などをつぎつぎと渡す。男はそれをうけとると、サイド・テーブルのひきだしにみんな入れ、古風で頑強な南京錠をかけた。その鍵は手ずれした組紐で男の腰のベルトにつながれている。安心しろという顔つきで男は微笑し、腰を二、三度かるくたたいてみせて出ていった。服やズボンをぬいで全裸になると、白衣を着た、慈姑《くわい》のような、かわいい少年が入ってきて、バス・タオルを手早く背後から一枚、腰に巻きつけてくれ、もう一枚、肩にかけてくれる。手真似で誘われるままに個室を出ると、草履をつっかけてほの暗い廊下をいく。そこが浴室らしいが、べつの少年が待っていて、手早く私の体からバス・タオルを剝ぎとった。ガラス扉をおすと、ざらざらのコンクリートのたたきがあり、錆びた、大きなシャワーのノズルが壁からつきでていて、湯をほとばしらせている。それで体を洗う。

浴槽は大きな長方形だが、ふちが幅一メートルはあろうかと思えるほど広くて、大きくて、どっしりとした大理石である。湯からあがった先客がそこにタオルを敷いてもらってオットセイのようにどたりとよこたわっている。全裸の三助が手に繃帯を巻きつけてその団々たる肉塊をゴシゴシこすっている。おずおずと湯につかると、それは熱くもなく、冷たくもなく、何人もの男たちの体で練りあげられたらしくどろんとして柔らかい。日本の銭湯のようにキリキリと刺しこんでくる鋭い熱さがない。ねっとり、とろりとした熱さと重さでたゆたっている。壁ぎわにたくましいのと、細いのと、二人の三助が手に繃帯を巻いて全裸でたち、私があがるのを待っている。たくましい男のそれがちんちくりんのカタツムリのように見え、やせた男のが長大で図太くて罪深い紫いろにふすぼけて見える。それは何百回、何千回の琢磨でこうなるのだろうかと思いたいような、実力ある人のものうさといった顔つきでどっしりと垂れている。嫉妬でいらいらするよりさきに思わず見とれてしまうような逸品であった。それを餓鬼のようにやせこけた、貧相な小男がぶらさげていて、男の顔には誇りも傲《おご》りもなく、ただ私が湯から這いあがってくるのをぼんやりと待っている。私が両手でかくしながら湯からあがると、男はさっとバス・タオルをひろげ、私に寝るように合図する。

張がいったように垢すりの布は三種ある。一つは麻布のように硬くてゴワゴワし、これは腕や尻や背や足などをこする。ちょっと綿布のように柔らかいのは脇腹とか、腋とかをこするためである。もっとも柔らかいのはガーゼに似ているが、これは足のうらとか、股とか、そういった、敏感で柔らかいところをこするためである。要所要所によってその三種の布をいちいち巻きかえとりかえ、そのたびにまるで繃帯のようにしっかりと手に巻きつけてこするのである。手をとり、足をとり、ひっくりかえし、裏返し、表返し、男は熟練の技で、いささか手荒く、けれど芯はあくまでも柔らかくつつましやかにといったタッチでくまなくこする。しばらくすると、ホ、ホウと息をつく気配があり、口のなかでアイヤーと呟くのが聞えたので、薄く眼をあけてみると、私の全身は、腕といわず腹といわず、まるで小学生の消しゴムの屑みたいな、灰いろのもろもろで蔽われているのだった。男は熱意をおぼえたらしく、いよいよ力をこめてこすりはじめる。それはこするというよりは、むしろ、皮膚を一枚、手術としてでなく剝ぎとるような仕事であった。全身に密着した垢という皮膚をじわじわメリメリと剝ぎとるような仕事であった。男は面白がって、ひとりでホ、ホウ、アイヤーと呟きつつ、頭のほうへまわったり足のほうへまわったりして丹念そのものの仕事にはげんでくれた。そのころにはもう私は羞恥をすべて失ってしまい、両手をまえからはなし、男が右手をこすれば右手を、左手をこすれば左手を、なすがままにまかせた。一度そうやってゆだねてしまうと、あとは泥に全身をまかせるようにのびのびしてくる。石鹼をまぶして洗い、それを湯で流し、もう一度浴槽に全身を浸し、あがってきたところで二杯、三杯、頭から湯を浴びせられ、火のかたまりのようなお絞りで全身をくまなく拭ってくれる。

「ハイ、これ」

そんな口調でニコニコ笑いながら手に垢の玉をのせてくれた。灰いろのオカラの玉であった。じっとり湿っているが固く固く固めてあって、ちょうど小さめのウズラの卵ぐらいある。それだけ剝ぎとられてみると、全身の皮膚が赤ん坊のように柔らかく澄明で新鮮になり、細胞がことごとく新しい漿液をみたされて歓声あげて雀躍りしているようであった。

個室にもどってベッドにころがりこむと、かわいい少年が熱いジャスミン茶を持って入ってくる。寝ころんだままでそれをすると一口ごとに全身から汗が吹きだしてくる。少年が新しいタオルを持ってきて優しく拭いてくれる。爪切屋が入ってきて足の爪、手の爪、踵の厚皮、魚の目などを道具をつぎつぎとりかえて削りとり、仕事が終ると黙って出ていく。入れかわりに按摩が入ってきて黙って仕事にかかる。強力で敏感な指と掌が全身をくまなく這いまわって、しこりの根や巣をさがしあて、圧したり、撫でたり、つねったり、叩いたりして散らしてしまう。どの男も丹念でしぶとく、精緻で徹底的な仕事をする。精力と時間を惜しむことなく傾注し、その重厚な繊細は無類であった。彼らの技にはどことなく重量級の選手が羽根のように軽く縄跳びをするようなところがある。涼しい靄が男の強靱な指から体内に注入され、私は重力を失って、とろとろと甘睡にとけこんでいく。

「私のシャツ」

「…………？」

「昨日まで着てたシャツですよ」

「…………」

翌日、ホテルの部屋へやってきた張に、テーブルにのせた垢の玉をさしてそういったが張はひきつれたように微笑するだけだった。彼はポケットから一服分の茶の包みをとりだし、全香港で最高の茶をさがしてきました、東京で飲んで下さいといったが、そのあと黙りこんで、ぼんやりしていた。三助、爪切屋、按摩、少年、お茶、睡眠、一つ一つをかぞえて私はこまかく説明して絶讃し、あれほどまでに人と体を知りぬいて徹底的に没頭できるのは手に爆弾を持たないアナキストとでもいうしかないという意見を述べたが、張は何をいっても発作のようにうなずいたり、微笑するだけで、あとは暗澹とした眼になって壁を眺めて茫然としていた。あまりそれがひどいので、私は話すのをやめ、スーツケースの荷作りにとりかかった。澡堂の個室で私は完全に気化してしまい、形をとりもどして服を着て戸外にでたときは、服、シャツ、パンツ、靴、ことごとく肉とのあいだにすきまがで きて薄寒いほどで、街の音や匂いや風のたびによろめくかと感ずるほどだった。しかし、一晩眠ったら、骨も筋肉ももとの位置にもどり、皮膚には薄いけれど濁った皮膜ができて赤裸の不安を消している。垢の玉はすっかり乾燥して縮んでしまい、ちょっと指がふれただけでも砕けてしまいそうなので、注意に注意して何重にもティッシュ・ペーパーでくるんでポケットに入れた。

空港へいって何もかも手続を終り、あとは別れの握手をするばかりというときになって、突然、張がそれまでの沈黙をやぶって喋りはじめた。昨夜、新聞社の友人に知らされた。北京で老舎が死んだという。紅衛兵の子供たちによってたかって殴り殺されたのだという説がある。いや、それを嫌って自宅の二階の窓からとびおりたのだという説もある。もう一つの説では川に投身自殺したのだともいう。情況はまったくわからないが、少くとも老舎は不自然死を遂げたということだけは事実らしい。それだけは事実らしい。

「なぜです?」

「わからない」

「なぜ批判されたんです?」

「わからない」

「最近どんなものを書いてたんです?」

「読んでない。わからない」

「…………」

ふるえそうになって張を見ると、いまにも落涙しそうになって、やせこけた肩をつっぱっている。日頃の沈着、快活、ユーモア、すべてが消えてしまい、怒りも呪いもなく、ただ不安と絶望で子供のようにすくんでいる。辛酸を耐えぬいてきたはずの初老の男が、空港の人ごみのなかで、眼を赤くして、迷い子のようにたちすくんでうなだれている。

「時間です」

「…………」

「また来て下さい」

「…………」

「元気でネ」

張はおずおず手をあげると、軽く私の手をつまんで体をひるがえし、うなだれたまま、のろのろと人ごみのなかに消えていった。

機内に入って座席をさがしあて、シート・ベルトを腰に締めつけたとき、突然、昔、北京の自宅に彼を訪問したときの記憶がよみがえった。やせこけてはいるが頑強な体軀の老作家が、突然、たくさんの菊の鉢から体を起し、寡黙で炯々《けいけい》とした眼でこちらをふりかえるのが見えた。その眼と、たくさんの菊の花だけが鮮やかな遠くに見えた。なにげなくポケットから紙包みをとりだしてひらいてみると、灰いろの玉はすっかり乾いて粉々に砕けてしまっていた。

# 一日

朝。

六時。

明るくなる。

海で潮が上げから下げに変わるのは尨大なエネルギーの変化と思えるのに何の物音もしない一瞬である。しかし、この町では、カーフュー（外出禁止令）の六時がすぎると、一分とたたないうちにホンダが唸りをたてて突進する。その一台の音をおぼえるかおぼえないかに二台、三台とつづき、たちまちジープ、トラック、バス、ルノー、シトロエン、ヴェスパ、モトシクル、ランブレッタ、シクロ、まともなエンジン、まともでないエンジン、ごったがえしの騒音となる。

はじまったなと思い、汗でびしょびしょになった敷布を体に巻きつけて寝返りをうちつつ、窓の外をいくウドン屋のおばさんの声を聞きつけようと耳を澄ませる。おばさんはハダシで歩道をやってきて、ブリキの破片を結びあわせたのをチャカチャカ鳴らせつつ、フォ、フォと呼んで歩き、過ぎてゆく。その声を合図にして、毎朝、起きることにしてある。ベッドからぬけだして、トイレへいき、顔を洗って、歯を磨く。または、歯を磨いて、顔を洗うことに、してある。おばさんはやせこけて筋張った肩に天秤棒をかつぎ、その両端に竹籠をぶらさげ、ひょいひょいと腰で調子をとって歩いていく。竹籠の一つにはビーフンや細ウドンが入り、もう一つにはニョクマム、トウガラシ、醤油などが入っている。ときには、孫だろうか、下半身むきだしの裸の赤ン坊が入っていることもある。おばさんは呼びとめられると天秤棒を肩からおろし、いそいそと、欠け茶碗にウドンを入れて、オツユをかけ、トウガラシをふりまいて、さしだすが、ピッと赤い唾をとばす癖がある。ビンロウ樹の実と石灰をまぜたのをしじゅう口のなかでくちゃくちゃとおばさんは噛み、のべつ、歩道に真ッ赤な唾を吐くのである。その年頃の女ならたいていそうするので、この市の歩道は、いつも血まみれの光景になっている。客が歩道にしゃがんでウドンをかっこむあいだ、おばさんは、竹籠のなかの赤ン坊をふりかえって恍惚となっている。貧苦にやつれたその顔は皺と辛辣と忍苦にまみれているが、眼はとろけきっている。赤ン坊はまるまると太り、つまらないサトウキビの茎などを噛じって泡を口いっぱいに吹き、バブバブと、ひとりではしゃいでいる。それを見ておばさんは何やら呆れ、いよいよ眼をとろりとさせる。

この下宿の部屋は小さな三階建のビルの一階にあって歩道にじかに面しているので、音も光もなだれこむままである。そのはずなのである。しかし、歩道に面した窓という窓を砂袋でかくし、それは天井近くまで積みあげてあるので、朝も昼も塹壕のように暗い。おまけにいつもじっとりと湿めっている。電気はしばしば切れるのでロウソクや石油ランプを使わなければならないし、水もしじゅう止まる。だからますます塹壕に似てくる。そこへ毎朝のようにロケット榴弾がとびこんでくるから、いよいよ最前線の暮しである。砂袋の壁は厚くてどっしりしているから物音はにぶく聞えるだけで、無数のエンジンのとどろきも遠い潮騒である。ウドン屋のおばさんの声は低くて嗄れているので弱りかかった虫の声みたいなものだけれど、何故か、耳は毎朝聞きつけてくれ、それを合図に寝床から起きあがる。今朝は、その一時間前に眼がさめたので、うつらうつらしていると、ロケットを発射する音が聞えた。これは川向うで、ここからはちょっと距離があるけれど、毎朝よく聞きつけることができる。濡れたタオルで水面をひっぱたくような音である。これは現物をまだ見ていないけれど、三脚にかけても発射できるし、人の肩にかついでも発射できるようになっているのではないかと思われ、持運ぶのにむつかしくない、軽い火器である。一二二ミリRPG(Rocket Propelled Grenade)と呼ばれ、ソヴィエト製である。白力のロケット噴射でとびだし、命中すると無数の灼熱の鉄片となって飛散する。無差別殺傷という榴弾の特性を惜しむことなく発揮する。軽い武器は狂いやすいという鉄則のままこの榴弾ものべつ気ままに飛行し、どこへ落下するか知れたものではない。この町はいたるところに貧民区があり、それは苔の密集地みたいなもので、一部屋に九人、十人とイワシの罐詰みたいにかさなりあって寝ているし、壁は壁でくたびれた厚紙ぐらいのものでしかないから、そこへこれが一発落下すると、シチューの大鍋をぶちまけたような光景になる。

発射音は聞きとれたけれど飛行音は聞きとれなかった。数発の破裂音がして、そのうちの一発はちょっと近かったけれど、それだけで終った。しばらくすると二、三台の救急車が悲鳴をあげつつ走って消えた。昨日もそうだったし、一昨日もそうだった。病院がまたひどいことになるだろうと、うつらうつらしながら考えるうちに夜が明けた。このところ連日のようにこの攻撃がつづいている。あちら側は貧民区にビラをまき、狙うのは軍施設や米軍宿舎や警察署だけであってふつうの人を殺す意志は毛頭ないのだから安全な場所へ待避するようにと、ふれてまわっているとのことだけれど、近郊と農村では戦闘と空爆が荒れまわっているので人びとは着のみ着のままでこの町へなだれこみ、家という家が人体ではちきれそうになっている。はみだした人や新しく入ってきた人は、ホテルの入口や、ゴミ箱のかげや、市場の屋台のうしろなどにかさなりあって寝ている。この人びとが農民であることはボロからはみだした足がはだしで趾《ゆび》が外側へひらいているのを一瞥しただけでわかる。一つの家族がゴザやボロのしたでくっつきあって寝ているところはしばしばくたびれきった多頭の獣を見るようである。人びとはそれきりどこへ逃げることもできないし、かくれることもできない。安全な場所などというものはどこにもないし、誰にもないのである。誰でも知っていることである。あちら側のロケット攻撃は未明だけれど、こちら側のは深夜の一時か二時頃にある。これは超重爆撃機の編隊が出動してやり、五〇〇ポンド(二三〇キロ前後)、七五〇ポンド(三四〇キロ前後)という爆弾を一回に一〇〇トン、二〇〇トンと落すのである。近いときにはここから三〇キロか四〇キロあるかなしというような地点だからこの町は地響きでゆらゆらする。壁が音をたて、窓枠がきしみ、電燈が揺れるほどになる。これもまた毎夜毎夜のことなので、朝のおはようの挨拶にまぎれこむこともあまりない。せいぜいのところゆうべはちょっと荒れましたなと、一言はさむかはさまないか。それぐらいである。新聞は毎日、星座占いのコラムを欠かすことはでさないけれど、空爆が記事になることはない。ここから沖積土平原の南部へいく国道へいってみると、毎朝、かぞえきれない農民たちがだまってうなだれて歩いてくるのを見る。ナチスの強制収容所でも子供が笑っているのを見かけることがあったという体験者の報告を読んだことがあるが、ここでも難民の子供がしばしば笑ってはだしで親の体のまわりで跳ねまわるのを見ることがある。無邪気は非情なまでに不屈である。いつも愕ろかされる。

日中はあちらこちらとあてもなく足と眼で歩きまわるけれど、夕方になると隣りの麵家でチャーシュー麵を食べてから塹壕部屋にこもるというのが日課になっている。乾季の夜の暑熱にうだってパンツ一枚、汗まみれになって文書を読んだり、物想いにふけったりする。電燈で読むこともあり、石油ランプで読むこともあり、ロウソクで読むこともある。

ときどき新聞記者たちがやってきて徹夜で麻雀をやり、朝になってめいめいの下宿へもどっていく。カーフュー時刻が日によって変り、早い夜には九時から外出禁止になることもある。カーフュー時刻に町をうろうろ歩いていると、たいていの町角に自警団の若者がカービン銃を持って詰めていて、身分証明書を見せろと、引金に指をかけて迫ってくる。誰何されてやにわに駈けだしたりするとその場で撃たれ、抗議は一切できないということになっている。だからどの下宿もホテルも部屋という部屋はことごとく窓ぎわに砂袋をつみあげた塹壕であることに変りはないのだけれど、みんな替りばんこに仲間の部屋をまわり歩いて麻雀をして時間を殺すしかないのである。コニャック・ソーダを飲みつつたえまなく性談と食談にふけり、牌をうち、マッチ棒をかぞえる。停電になればロウソクに火をつけ、断水になれば備えつけのバケツに雲古をする。部屋は異臭がみなぎってひどいことになるけれど、誰一人として窒息するものはいない。窓をあけて空気を入換えることはできないけれど、失神したのがいるとは聞いたことがない。異臭が異臭と感じられるのは、たしか、1/15秒だけのことではなかったか。もっと速かったか。もうちょっと遅かったか

……

昨夜のカーフューは、たしか、十一時であった。某社の支局から借りだした米軍情報部の文書を読むのに少しくたびれたので、九時半頃、隣りの麵家へいき、よごれた壁にもたれて豚の胃の醬油煮を肴にして、33ビールを飲んだ。ひっつめ髪の無愛想な、血色のわる

いおかみさんが薄暗い店さきで麺をふり、小さな男の子と女の子がひび割れたタイル張りの床をころげまわってはしゃいでいた。この家の麺は近隣では傑出しているので、毎日、ほとんど毎食ごとに食べにくることにしてあるのだが、どういうわけか、あとの料理はことごとくでたらめである。麺も傑出しているのは湯麺だけで、炒麺となると、とたんにでたらめになるという奇癖がある。これが何故なのか、これから日をかけて観察と分析にふけりたいと思っている。豚の胃をつまみつつビールを飲みだしてしばらくすると、水井君がにこにこしつつ入ってきた。開襟の白シャツに黒ズボン、ざっかけな服装だけれど、シャツは清潔でピンとたっている。この人とはここへ来てから知りあいになったばかりで、日は浅いのだが、ほとんど毎夜のように塹壕部屋でコニャック・ソーダを飲みつつ雑談にふけることになっている。一昨夜も、昨夜も、カーフューぎりぎりまで何やかやとおしゃべりにふけった。この人も新聞記者なのだが、専攻が経済問題なので、ここの米の相場の状況をさぐりにバンコックの支局から出張してきてるのである。社は絶対に危険を犯すなと命令しているので彼はこの町が危くなるたびにバンコックへ待避することにしている。二月に逃げ、五月に逃げ、六月に舞戻ってきたところだとのことである。彼は社の命令を忠実に守っているので、この町でも指折りの安全点に下宿している。たしかにそれは安全点で、半地下室の一室であり、階段を下りて入っていく設計の小部屋だが、窓が四つの壁のどこにも一つもついていないのである。それでいて四つの壁には天井まで砂袋が積みあげてある。モグラの巣のようなものである。水道がこわれているらしくて、床にはびしゃびしゃと水がたまって裸電燈で光っている。用心深さに感心して、ここならOKだねというと、水井君はうんざりした顔で、そのかわり全身がカビと水虫で狂いそうになります、近日中に新築のアパートに引越すつもりです、もう前金を払ったところです、とのことであった。

おなじ33ビールと豚の胃を註文してちびちび飲みつつ、水井君は、今日一日の活動を話すともなく話した。新しいアパートに引越したので身のまわりの品を何度にもわけて運ぼうとしたけれどエレヴェーターがとまったり動いたりで気まぐれだからいちいち階段を上ったり下りたりしなければならないのであきらめた。電気スタンドと今夜読む本とシャツ二、三枚だけはこび、あとは明日にするつもり。そうきめてから米の仲買人の一人に会いにいったけれど約束の時刻をきめてあったのに会うことができなかった。約束をポイにされるのはもう五度めで、つくづく、うんざりさせられる。そういって彼は吐息をつくのだが、眼は忍耐強く微笑している。

「……一人の男に会うか会わないか。それだけでここじゃ一日つぶれます。こちらの約束は平気で破るくせに、こちらにやむを得ない事情があってあちらとの約束を守れないとなると、カサにかかって怒る。むつかしい心理ですよ」

「もうすぐカーフューだ。これから私の部屋へ来て話でもしませんか。昨夜みたいに。

昨夜の残りのコニャックがあるし、スコッチも一瓶買いたしておいた。ソーダもあります。バケツはちゃんと洗ったし」

「そうですねぇ」

「バンコックの話でもしましょう。昨夜のつづきです。昨夜はパクチーを食べるか食べないかでケンカになりそうでした。あれは中国語ではシャンツァイ。英語ではチャイニーズ・パセリといったかな。ヨーロッパではコエンドロとか。コリアンダーとか」

「わかってます。わかっております。何と呼ばれようとかまいません。議論、いくらしたって、私の舌や鼻は変らないですよ。変らない。変らない。変らない。変りません。あれはヘコキ虫です。何かの虫を口のなかへ入れたらピッと一発、スカされたというようなもんです。かなわない。ごめん。今日はアパートをかわったばかりだからそちらで寝ることにしますワ」

「やめられないけどなァ、私は」

「何を?」

「パクチーさ」

水井君は苦笑しつつ、かるく手をふり、にこにこ笑って立ちあがり、けれど律儀に、明日はお宅へいって一晩たっぷりその話を聞かせてもらいましょうといった。そして、タイル床でころげまわる子供をよけ、店さきのおかみさんに愛想よく声をかけ、金を払って、消えた。よほどパクチーが苦手らしい。昨夜も何かの話のはずみでこれが話題になると、いつもにこにこしている彼が露骨に顔をしかめて不快がったものだった。バンコックでもここでもありとあらゆる食べものにこのハーブをつける習慣があるけれど、彼は何度となく努力してはそのたびに吐きだしたらしく、ヘコキ虫だの一言を繰りかえすだけだった。亜熱帯の、乾季の、トルコ風呂のような暑熱と湿気の夜には、そんな話でもするしかない。

それから金を払って塹壕部屋にもどり、パンツ一枚になって組立式の野戦ベッドにころがって文書を読みつづけた。一時頃にいつもの空爆がはじまり、壁が揺れ、部屋が揺れた。珍しく停電にならないで電燈は消えなかったが、トイレへいって部屋にもどると電燈を消して、ベッドにころがり、まっ暗闇のなかでタバコを吸った。セーレムにジッポで火をつけ、短くなると手さぐりでバドワイザーの空罐をさぐりよせて火を消し、また新しい一本に火をつける。それで三年前の記憶がまざまざとよみがえってきた。三年前の二月にここから七〇キロか八〇キロぐらいの前哨陣地の小屋のなかでおなじ緑色の帆布の組立ベッドにころがり、おなじ姿勢で、おなじタバコを、おなじライターでつけて、暗闇でふかしつづけたものだった。パンツ一枚ではなく、毎夜、野戦服を着たまま、靴もはいたままであった。ゲリラの攻撃があるとすれば深夜の一時か二時頃に一波、もう一波あるとすれば未明の四時か五時頃である。一夜に三波以上ということはない。銃声がするか、迫撃砲弾の落ちてくる音がしたら、素速くベッドからとびだして小屋の外の塹壕まで走れと、教えられたのである。そういうよりほかないからそういわれたのだが、砲弾の落ちてくる音を聞いたつぎの瞬間は炸裂なのだから、そうなれば塹壕も何もあったものではあるまい。ただじっとよこたわって汗にまみれつつ殺されることだけを待っていたのである。毎夜、毎夜、そうだった。ミルク・ランとは牛乳配達のことだが、毎日、定期便のように弾薬や、冷凍ビーフや、Cレーション(野戦食)や、娯楽映画などを運びこむ武装ヘリコプターがあるので、そのパイロットにたのめばその場で離脱することができる。何度そうしようと思ったか知れないし、何度となく三角陣地内の発着場へ出かけたものだった。しかし、いつも、何かにさまたげられて、一歩踏みだすことができなかった。死の蠱惑といい、自己破壊欲といい、賭博の完全主義といい、自他の誰にたいするとけじめのつけようのない虚栄心かもしれず、すべて不分明にとけあって渦動していた。夜の恐怖にくたびれてへとへとになりつつ、群集のさなかにあるように、おされるまま、運ばれるままに、歩いていかされる。

ある朝、小屋の壁にぶらさげた鏡に向ってヒゲを剃っていると、小男の黒人兵が入ってきて、並んで泡を頬にのばしはじめた。若くて、固くて、つやつやと輝やく彼の筋肉は、まるで青銅のような質に見えた。

「まだ生きてるよ」

ひとりごとともつかずにそう呟やくと、黒人兵は厚い唇から赤い舌を見せ、真摯にゆっくりとうなずいてから

「おれも一〇〇%生きてるよ」

そういって笑声をたてた。ごぼごぼと鳴るようなその笑声は野太くて、嗄れていて、底が深く、広大であった。つられて微笑せずにはいられず、微笑すると貝殻質の硬い夜がたちまちとけて、柔らかくなり、散っていった。今夜もここにとどまることになるだろうと、一瞬、痛覚させられた。

陽が昇るとたちまち蒸しはじめる。道が、壁が、部屋が、暑くなる。ほどけて、うるんで、汗と魚の匂いをたてはじめる。いつものように隣りの麵家へいき、いつもの席にすわり、キラキラと輝やく戸外とタマリンドの木を眺め、チャーシュー麵を註文する。まんまるい、小粒の南京豆をすりつぶしてふりかけるとうまい。それに緑色の小さなトウガラシはしたたかに辛いけれど、入れずにはいられない。顔見知りの一人の若いカメラマンがジャングル・ブーツをはいて歩道から店内に入ってくると、テーブルの向いの席に腰をおろした。彼は何も註文せず、壁にもたれて、店さきでおかみさんが麵をふるのをぼんやり眺めていてから、声をかけてきた。

「昨夜は水井さんと一緒でしたか?」

「うん。ここで」

「いつごろまで一緒でした?」

「カーフュー前まで。33を飲んだ。このところ水井君とは毎晩いっしょにコニャック・

ソーダを飲んでるんだけど、昨夜はアパートを変ったのでそっちで寝るんだとかいって、出ていった。それまでは二人で豚のガツを肴に33を飲んだよ」

「死にましたよ」

「誰が?」

「水井さん」

「どういうこと?」

「水井さんは昨夜、新しいアパートに引越して、そこの部屋で寝たんですけど、明方にロケットが降ってきたでしょ。その一発がそのアパートに落ちましてね。炸裂したんです。破片の一つが窓からとびこんで寝てる水井さんのこめかみに命中して脳にもぐりこんじゃった。誰も気がつかなかったんですが、そのうち血がベッドからあふれて、それがドアの下から流れ出たんですね。廊下を通りがかりの人がそれを見つけて大騒ぎになり、病院へかつぎこんだんですが、そこで息をひきとりました。病院へかつぎこんだ時点では虫の息だったんですけど、手当てするひまもありませんでした。ぼくはいままでその病院にいたんです。病院からここへ来たんです。知らせてあげようと思って」

カメラマンは冷静な声でそういい、眼をそむけて、戸外の歩道とタマリンドの木を眺めた。朝の日光がシャワーの水滴のように輝やき、葉や、幹や、赤い屋根瓦や、竹籠などにキラキラと跳ねてはしゃいでいる。

病院へかけつけてみると、超満員であった。連日のロケット攻撃の被害者の老若男女が部屋という部屋にあふれ、はみだしたのは廊下に寝かせられ、それもおしあいへしあいだから、三歩とまともには歩けないというありさまである。なかにはトイレのドアをあけっぱなしにして便器のよこへつめこまれているのもあり、病院の入口に寝かされているのもあれば、庭の芝生にころがっているのもある。ここは病院というよりは戦場の診療キャンプである。《いたるところが最前線》というゲリラ戦の特性がここに濃化され、蒸溜されて、肉が削られたり、穴をあけられたり、骨を折られたりしている。担架という担架は汗と血が何重とも知れず塗りこめられて帆布が古革のようになってにぶく光り、なかには負傷者をよこたえたままほりだされているのがいくつもある。それには新しい血がじわじわとひろがりつつあり、しみこみつつあるのが見える。血は肉の穴から出たときは輝やいているけれど、たちまち黒ずんだ茶褐色の古血にしみこんでけじめがつかなくなる。

暗い廊下にひしめく軽傷、中傷、重傷の酸っぱいような、膿んで腐りつつある甘っぽいような、なじみの深い匂いを発散する肉を踏みこえ、踏みこえ、進んでいくと、小さなレントゲン室につれこまれた。そこにレントゲン撮影機があり、ベッドが一つあって、水井君が頭に包帯を巻きつけ、こめかみに白いテープを十字に貼られてよこたわっていた。部屋は薄明でほとんど何も見えないが、水井君が絶対に一触された直後であること、硬直もまだはじまっていないこと、くたびれた人が眠っているような顔をしていることは一瞥でそれと知れた。けれど、おなじ一瞥で唇がすでに乾割れかかっていて、そこからのぞく歯も乾いていることが、知れた。医師がどこからか入ってきてレントゲン写真のネガを小さな電燈にすかして見せてくれる。頭骨のおぼろな円蓋のなかに手の小指の第一関節くらいの白点がある。医師は骨ばった指でそれをつき、おなじ指で自身のこめかみをついてみせて、だまって部屋を出ていった。寝ている人に向ってぶざまに両手をあわせ、うなだれて、眼を閉じる。

全身をカビと水虫に蔽われそうな半地下室で何ヵ月も隠忍して暮したけれど、それに愛想がつきて新築のアパートに引越したのは、当然のことであった。しかし、そのアパートは新築したばかりだったのでどの部屋にも砂袋が積んでなかった。砂袋で窓という窓を蔽ってしまうここ数ヵ月のこの町の新習の常習がおこなわれていなかった。そういう部屋はこの町のどこにもありそうだし、毎日そんなところで寝起きして何事も起らないという人の数はおびただしいことだろうと思う。水井君は瀕死状態で発見されたとき、ベッドの頭板に足を向け、ベッドの裾に頭をおいて寝ていて、よこに本が一冊あり、電気スタンドは頭板の位置でついたままになっていた。もしこのとき彼がふつうの姿勢で寝ていたら、頭板に枕をよせてそれに頭をおいていたら、RPGの鉄片は窓からとびこんできても右足か左足の趾にあたるだけですんだはずである。たまたまそれがさかさまに寝たばかりにこめかみに命中してしまったのだ。たまたま新築のアパートに引越したのがいけなかった。たまたまいつものように小説家の下宿に泊ってコニャック・ソーダを飲む気にならなかったのがいけなかった。パクチーはヘコキ虫の匂いがすると悪口をいいつづけるのをたまたま変えたのがいけなかった。たまたまアパートの部屋に砂袋を積んでなかったのがいけなかった。たまたまベッドへさかさまになって寝たのがいけなかった。どこまでかぞえても〝たまたま〟ばかりである。偶然の負ばかりである。負のカードばかりが集って一挙に役が裏返ってしまったのだ。そんなことであるらしかった。つぎつぎと病院へやってくる日本人記者たちの話を聞いてストーリーを整理していくとそういうことになるのだった。朦朧の混沌から秩序めいたものが浮上することはしたけれど、ただ茫然となるしかない。ふたたびそれは手を触れるすきもなく薄明のアナーキーへもどっていく。

「……毎朝のロケットでこの病院の霊安室は超満員なんだそうだ。おまけにしょっちゅう停電するからフリーズがほどけて仏が腐敗する。水井君の遺体は何としても日本へ送りたいから、そうなると空港の米軍のモーグに保管してもらうしかない。そう思ったんで、さっき大使の私邸に電話を入れた。大使は何とかして話をつけると約束してくれたよ」

「そうするしかないだろうな」

「お寺は?」

「それはこれからあたってみる」

「お寺も満員なんだろうね」

「かもな」

記者たちのひそひそ声を耳にしつつ、そっとぬけだす。明るい外光のなかへ出ていくと、くらくらする。日光はすでに暑くて、ねばねばし、むっちりとふくれて、うるみはじめている。こんなみじめな病院のすりきれた庭にも木は植えられてあって、ブーゲンヴィリアの花叢《はなむら》がまるで噴水のようである。この花の花弁は乾ききっているので、ここでは〝紙の花〟と呼ばれている。

足の向くまま、眼のうごくままに歩いていき、なじみの道も知らない道もかまうことなく歩いていった。それまでの毎日、昼も夜もどこかにいつも砂袋の厚い防壁が体のまわりにあることを感じさせられていたのだが、硬い殻をぬいだばかりの、むきだしの裸の蟹になったような不安と新鮮が漂よっていた。いつ、どこで、どうやって死ぬか知れたものではないという古い覚悟がヒリヒリした新鮮さでよみがえったけれど、とらえようがなかった。驚きが容赦ない強引さでかけぬけ、芽も根も剝ぎとっていったので、悲しみもなく、怒りもなく、ただ冴として淡漠がある。これもまたとらえようがなく、さわりようがなく、形もなければ、重さもない。非情をこころに擬してもつづかず、多感のそよぎだけをめざしてもつづかない。病みあがりの病人のような食慾で、眼で、町と、人と、小さな事物を、貪って歩いた。

果汁屋の店さきでは子供が鉈で竹のように猛だけしいサトウキビの皮をむいて回転する

二箇の小さなアルミの輪胴におしこんで汁をしぼり、ヤシの実に三ツ目錐で穴をあけ、小銭をわたすと、ストローをつっこんでわたしてくれる。青臭い匂いのするその水を一口ずつ吸いながら、のろのろと歩いたり止まったり、雑貨屋を眺め、八百屋を眺め、内臓がないのかと怪しみたくなるような男たちのやせてぺちゃんこの腹で筋肉がうごくのに見とれ、すれちがう若い女の髪にくすんだヤシ油の匂いを嗅いだ。市場では魚屋の時間はとっくに終っていたけれど、八百屋、果物屋、肉屋、塩乾物屋などがまだ店を開いていて、強烈な匂いと声をたてて働きまわるのを眺めた。それから三輪車をひろって動物園までゆらゆらと揺られていき、遠くで絶叫するホエザルの声を聞きつつ、たくましい一本の火焰樹の根もとに腰をおろして、白想にふけった。中華街の映画館で勝新太郎主演の盲俠(座頭市)映画を見ようか、それとも香港製の拳法活劇を見ようかと迷っているうちにうとうとと寝入ってしまった。

動物園は明るくて、広く、清潔で、ひっそりし、さまざまな木のひめやかで爽やかな香りが漂っている。途中で二度ほど浮上しかけたけれど寝返りをうつとまた沈降し、ぐっすり眠ることができた。眼がさめると、もう黄昏で、燦爛たる夕焼雲のなかを無数のコウモリとツバメが乱舞していた。

一人のみすぼらしい老人が大きな鍵をぶらさげて佇んでいた。老人はそこで待ちつづけていたらしく、体を起しにかかると、端正なフランス語で

「病気ですか、ムッシュウ?」

とたずねる。

「いや。大丈夫。病気じゃありませんよ」

老人はホッとした顔になり
「よかった、よかった」

と呟いた。

ふたたび歩きにかかり、河岸に出ると、ホテルの酒場の灯が見えたので、植民地時代の名残りの柵つきのエレヴェーターで上っていった。バー・ルームはアメリカ人の男や女でいっぱいで、たった今最前線からもどってきたばかりとわかる泥まみれの野戦服の将校もいれば、プレスしたばかりのサファリ・ジャケットの女記者もいる。背中に汗で地図を描いたアザラシのように太った報道担当官もいれば、だまりこんだきりの特殊部隊員もいる。人数が増えたというだけで何もかも三年前のままだった。ドライ・マーティニのオン・ザ・ロックを一杯もらって窓ぎわへいき、立ったままですする。河を泥水が流れ、ウォーター・ヒヤシンスの集群が流れ、対岸には船を造る小さな工場と、黒人が白い歯をむきだして笑っている歯磨きの野立看板。その背後には上流も下流もソテツとヤシの茂る沼沢地が広がり、激烈だけれど短命な夕焼雲の真紅の斜光が原野でふるえている。そこがゲリラの聖域だとしじゅう指さして誰彼に教えられたものだが、今朝のロケットもそのどこかから発射されたのである。未明の闇にまぎれてゲリラは水田地帯をこえて陸伝いにやってきたか。そうでなかったら小舟でこちらから対岸にわたって榴弾を発射したあと大急ぎで離脱したか。ふたたび小舟でこちらへもどったか。それとも沼沢地をわたって水田地帯へ消えたか……

声と、汗と、ジンの香りの渦のなかから某社の支局長があらわれた。支局長は水から出たばかりのように汗みずくになり、窓ぎわにならんで立つと、マーティニをちびちびすりつつ、けだるい口調で立話をし、そのあと華僑の実業家に食事に招かれているからといって消えた。立話には水井君のことが出た。水井君は病院からはこびだされ、空港の米軍の死体置場に収容されたそうである。ここは警戒が厳重であるうえ、自家発電装置で電気を供給されているから停電の心配はまずあるまいとのことである。いささか風変りな話も聞かされる。これから支局長が会いにいく中国人の実業家はこの町にいくつとなくアパートやホテルを新築し、ぞくぞくと送りこまれてくるアメリカ兵のおかげでいずれもヒットしている。しかし、つぎにはアイス・スケート場を建ててはどうかと思いたち、支局長に日本人の意見を聞かせてほしい、といってきた。とのことである。

「スケートって、あの、氷の？」

「そうです」

「この町で？」

「そうだ、そうです」

「寝言じゃなくて？」

「本気ですよ。たいへんに本気です」

「……?!」

苦笑とも辟易ともつかない顔つきで支局長は笑い、広い額の汗を手でぬぐいぬぐい人ごみのなかを去っていった。

マーティニは仕上げたばかりのを舌にのせると中心から円周までが冷えきって、澄みきって、ナイフの刃のようだったが、胃に入れてしばらくすると形を失ってしまう。エレヴェーターで階下へおり、フロントをよこぎって、河岸へ出ていくと、大潮のような熱湿がおそいかかり、たちまち酒は湯となり、汗となりして噴出してきた。毎夜のことだけれど、もうもうと湯気のたちこめる粥のなかを歩くようである。首も、背も、腹も、ねばねばの汗で蛙の膚のようになる。河岸では老婆が小さな七輪にマングローヴの炭を熾して鍋をかけ、バナナを油で揚げている。スルメを焼いて売るものもいる。はだしの少女がヤシの実に穴をあけてはストローをつっこみ、放埒な笑声をたてて通りすがりの男におしつける。はだしの少年が何人か、暗い河に糸を投げている。コーラの瓶に糸を巻きつけたのを左手に持ち、右手で糸をくるくるとまわして、投げるのである。餌はミミズか、チーズの小さな角切りである。老婆からバナナの天プラを買いとり、そのあたりにしゃがんでひときれずつ口に入れながら、子供の誰か一人が早く一匹釣りあげてくれないかと思いつめて見物するが、汗をかくだけであった。時間はいいようだが、潮回りがわるいのだろうか。パリのセーヌ河岸でもいつもおなじだったけれど……

下宿の入口までもどることはもどったけれど塹壕部屋にもぐりこむ気にはなれなかった。隣りの麵家へいってみると、今日はタイル床で子供がころげまわっていず、一人の客もなく、店さきでおかみさんがだまりこくってスープ鍋に鶏のガラをおしこんでいる。33ビールと豚の胃をたのむと、物もいわず、けだるそうに立ちあがって店内をよこぎり、キッチンに消え、瓶と皿を持ってもどってくる。天井の安物の蛍光燈のために手と腕が溺死人のそれのように蒼ざめて見える。洞穴のなかにいるようでもある。昨夜は隣りの席に一人の日本人が腰をおろしてひそひそ声でパクチーの悪口をいい、ヘコキ虫のようだといい、しなやかな姿勢ではあるけれど意見は一歩も譲るまいとする気配をたたえて微笑していたのに、いまはよごれた壁がにぶく脂光りしているだけである。そこに暗い、大きな、緑いろの穴が見えないか。

夜の町へ出ていく。熱湿がいよいよ高まり、まるでサウナ風呂である。ねばねばの濃霧のようなものがみなぎるなかを人びとはぞろぞろと歩き、せかせかと歩き、あたふたと小走りに走る。軍用トラックが、ジープが、ホンダが走る。子供がプラスチックの銃やタンクを持ってキャッキャッキャッと笑声をたてて歩道を跳ねまわる。木蔭に鳥籠をおいて男がしゃがみこみ、その鳥籠には両手にのりそうなくらいの一匹のマメジカが入れられ、濡れた眼をまじまじと瞠《みは》ってレタスを食べているが、一瞥して恍惚となって寄っていくと、男は嗄れ声で、バーベキュー・ナイス！……と叫ぶ。ドロガメを売る男もいて、コウモリを売る男もいて、コオロギを入れた籠のまえでは兵隊が冷淡をよそおいつつも鑑定家の眼で一匹一匹の虫を入念に吟味している。おおむね中華街をめざしつつも気まぐれにまかせて表通りを歩いたり、ときどき裏通りに入ってみたり、ふたたび表通りへ抜けたりする。表通りも裏通りも農村から流れこんだ難民がひしめいていて、十メートルとまともに歩けない。この人たちは一日中家族連れであちらこちらとのろのろ歩きまわって食物や小銭を小声でねだり、夜になると暗がりに入りこんで、眠りこける。

中華街の近くには裏通りに沿って堀割があり、水はいつ見ても野菜屑を浮べて澱んでいる。灯もなく、人もいず、ひっそりしていて、暗殺にはいい場所で、事実ときどき死体がここで見つかる。ところどころに歩道から水ぎわへおりるための階段が切ってあり、朝などは農村から小舟ではこんできた果物や野菜やアヒルをそこで陸揚げするのである。たくさんの小舟がひしめきあい、声と匂いがまじりあってひしめきあうのだが、いまはからっぽの小舟が何隻も汚水に浮んでいるだけである。通りすぎようとすると、その一隻から初老の年配の女が声をかけてきた。女は石油ランプを片手にぶらさげ、歯を見せて笑いつつ、何か甲ン高い声で呼びかける。おなじ科白らしいものを二度、三度繰りかえして叫ぶ。カマボコの型に竹で編んだ低い苫が舟を蔽っていて、ふいに垂れをはねて入口から女の子の顔が覗いた。女がランプを近づけると少女は無邪気と辛辣のまじりあった眼でニッコリ笑って消えた。女は放埒に得意そうにおなじ科白を叫ぶ。そしてランプをおき、両手で素速くあるしぐさをして笑声をたてた。それでボルデル・フロッタンとわかった。浮ぶ娼家である。さきの少女は娼婦なのだ。ここからはるかに北方の古都には河が流れ、そこには昔からこの舟の習慣があり、月明の夜などには河の中流に舟をとめて文人たちが酒を飲みつつ抒情詩を書くことを競ったものだと教えられたことがある。朝になると粥や茶を売る小舟がボルデル舟からボルデル舟へ漕ぎまわる習慣であった、とも聞かされた。

　石の段をおりていくと、女が手をとって甲板にのせ、ランプをわたし、ふいに優しい声になって何やら二言、三言呟やくと、自分はいそぎ足で舟をおりた。石段をあがると、スタスタと道をどこかへ消えた。かわりに少女が出てきて、暗がりでニッと笑うと、舳《へさき》に立ち、どこからか長い竹竿をとりだして、舟を動かしにかかった。竹竿を川底に突き刺し、その竿にとりすがって足を踏ン張り、背を反らせる。小さな女の子なのに動作は物慣れしていて機敏で無駄がなく、いじらしいのに大人びていて、微笑させられた。顔も頭も丸くて小さく、眼が大きくてうるみ、どこか天津甘栗を思わせる。暗がりのなかでも眼に辛辣と悪戯ッ気がいきいきとうごいているのがわかる。舟はゆっくりとうごきだし、暗い水をわけて軽く身ぶるいしつつすべり、音もない。やがて町をぬけて、葦の原に入り、狭い水路をたどって河へ出たが、まんなかは水勢が強くて少女の手にあまるらしく、岸伝いにソテツやマングローヴのかげを用心深く進んでいく。もう海が近いらしく、つよくてなまぐさい塩とヨードと泥の匂いがする。遠くの上流に二、三隻の貨物船が岸へつけられ、めくらむようなアーク燈の煌めきのなかで荷物の陸揚げをしている。そのちょっと上流の岸にさっきマーティニを飲んだホテルが見える。これも毎夜のことだけれど、すでに上空には二機のセスナ型の偵察機があらわれ、ゆるく大きく旋回しつつたえまなしにフレア（照明弾）を投下している。それはパラシュートにぶらさがって落ち、鮮烈な光であたりを照しだす。町と、河と、原野がくまなく蒼白な輝やきにみたされ、水が濡れたように煌めく。この苫舟が怪しまれて掃射されることはないのだろうか？

一本のマングローヴの根に少女がロープを素速く結びつけるのを見とどけてから、誘われるままに苫のなかに入った。少女はランプを灯の入ったまま苫の入口の釘にひっかけ、苫のなかでべつのランプをつけた。小さい、煤けたランプなので、おたがいの顔がぼんやりと見えるだけである。けれど、遠くの照明弾の光がここまでとどき、新しいのが投下されるたびに苫の竹の編目からちらちらと化学の光が入ってくる。あらためてゆっくりと眺めると、少女は眉に墨をひかず、唇に紅を刷いてもいず、よれよれの白の木綿のパジャマをひっかけたきりで、おそらくはそれは一日じゅう着こんでいるのでは、と思われる。丸い、大きな眼がうるんで柔らかく微笑しているが、まだ唇にも頬にもうぶ毛が生えていそうである。何かの未熟な、野生の果物を見るようである。

「パイナップル、好き?」

「ウン」

「食べますか?」

「食ベル」

「いいのがあるのよ」

「有難イ。咽喉、乾イタ」

「暑いもんね」

「私、今日、歩イタ。朝カラ、歩イタ」

「あなた、日本人? ホンダ?」

「ソウ」

「日本人なのね」

「私、ホンダ。日本人ヨ」

少女はすみっこの竹籠からパイナップルをとりだして皮を銹《さ》びた包丁でむきとり、輪切りにして、芯をぬきとった。それから小憎いところをさりげなくやってみせた。パイナップルの切身に塩とトウガラシのまじったのを指で素速く塗りつけたのである。相反効果である。甘さを辛さで殺してかえって深い甘さを味わおうという手法である。口に含んでみると歯から熟しきった黄金の汁がほとばしった。塩味のする甘さはくどさを殺されて軽快になり、それでいて底が入り、精妙である。

「オイシイ」

「私が市場で選んだのよ」

小声で話しながら少女は、突然、眼を光らせ、唇に指をあてて沈黙を合図した。そしてパイナップルを眺めるそぶりをして前かがみになりつつそろそろと手をのばして短い棒をにぎった。かと思うと、ものもいわずにいきなり上体をそらしてそれを暗がりめがけて、発ッ止と投げつけた。とたんにどこかでチュウチュウ、キュッと声が起って、消えた。少女は顔いっぱいに笑い、暗がりへ体をのばして何かをとると、ランプにかざしてみせた。玩具のような小さなネズミが前歯二本を見せ、敏感そうなピンク色の前足をふるわせている。眼を閉じて小さくふるえている。

「ミッキー・マウスだわね」

少女はくすくす笑いながら苫から出ていき、河にネズミを捨ててもとにもどると、すわりこんでパイナップルの皮を一心になってむいた。手練の速業といいたいあざやかさであった。棒を投げる瞬間、手首を男の子のようにひねるのが一瞬、眼にとまったが、女の子はそういう物の投げ方をしないものである。おそらくこの少女は男の子やら女の子やらけじめのつかない、手荒い育ち方をしたのだろうと、見当がついた。

「酒、ナイカ?」

「コニャック、お好き?」

「イイナ」

「コニャックならあるわよ」

「ウソ」

「ティティだけれど、あるわよ」

足の裏で磨かれてつるつるになった板のほかには何も眼に入らなかったのだが、すみっこの暗がりに竹籠がおいてあり、薬罐や茶碗や小皿が見える。娘はそこから手品のようにマーテルの瓶をぬきだした。〝ティティ〟というのはきっとフランス語の〝プティ〟から来てるのだろうが、〝少し〟という意味である。娘がふってみせると、半分ぐらいの酒が瓶のなかで揺れた。

「これ、本物のコニャックよ。本物と偽物はふったらわかるの。偽物だと泡がたちますけれど、本物だと泡がたたないのよ。これは本物だから、泡がたちませんよ。ホラ、ごらんなさい」

アメリカの将兵のために英語と現地語の対訳の簡単な辞書が情報部で作製され、配布されている。それを一冊もらってきていつもポケットに入れて歩いているのだが、どこを繰っても〝泡〟という単語がでていない。さきほどから娘の喋ることがわからなくてさんざん頁を繰ったけれど、結局のところは娘が瓶をゆさぶって中を指さすそのときどきの言葉からやっと、それと、察しがついたのだった。暗いランプの灯で細字を読むのですっかり眼がくたびれてしまった。二口か三口のコニャックの豊満な酔いが今日一日の疲労を全身にひろげ、甘い、深い泥に、音もなく吸いこまれるようであった。娘のだしてくれる固い枕に頭をのせ、体をのびのびとのばしてよこたわると、睡りが優しい濃霧のように脳を浸した。ズボンのポケットにあるだけのアルミの小銭を出して、板の間にまき、日本風のオハジキのやり方を教えてやる。娘は素速くルールをのみこみ、クスクス笑いながら、小銭を指さきではじきにかかった。舟は揺れるともなく揺れ、河が猫の舌のような音をたてて舟腹を舐める。生温い微風が火照った足の裏を刷いてくれる。落ちるともなく落ち、落ちだすととどめようがなく、落ちるにまかせて落ちていく。

夜明けにすさまじい恐怖におそわれて眼がさめたが、閉じたまま、じっとしていた。凍りついたまま、指一本うごかすこともできない。ふいに全身を音たてて恐怖がかけぬけ、瞬間、どこかからぬけていった。何から発生したのか、さぐりようがない。ときどきそういうことが起る。意識がどこかへ遊びに出かけ、まだ巣へもどらないうちの空白に、激情が突っ走って消えるのである。無意識の力がかけぬけるのである。ときには郷愁が、まぎれもなく郷愁とわかるものが走ることもある。幼年の日の光景や音や瞬間に向けての郷愁であることもあれば、そんな故郷を何一つ持たない、めざさない、郷愁そのものであることもある。いたたまれないほどの甘美が空虚にみたされる。今朝はたまたまそれが恐怖であって郷愁ではなかった。何を恐れてなのか、まさぐりようがない。恐怖そのものが体をゆるがしてかけぬけ、あとに冷凍がのこり、硬直したまま板の間によこたわっていた。苫の竹の編目にチラチラうごく光はすでに日光であって照明弾ではなかった。体のしたで肋材がかすかにきしみ、舟はひっそりと揺れつつ、うごいている。

しばらくして苫から這いだすと、キラキラと輝やく洗いたての日光のなかで働らく少女の姿が見えた。彼女は今朝も化粧を何一つとしてほどこさず、素顔のままで狭い艫《とも》に立ち、竹竿につかまって小さな体を力いっぱい反らしていた。

「オ早ヨウ」

声をかけると

「お早よう」

声を返す。

大きな眼がいきいきと輝やいている。けれど、辛辣や腕白小僧めいた悪戯ッ気がすっかり消えている。かわりに羞恥があらわれている。眼に、肩に、腕に、まぎれもなく羞恥がまざまざとあらわれている。まぶしそうに眼をそらして沼沢地の原野を見やるだけで、こちらをふりかえろうともしない。

一歩一歩という足どりで舟は右に左に体をゆすりつつ原野に沿って河をさかのぼり、葦の茂みにひらいた口から左折して狭い水路に入り、やがてゆっくりと堀割に入っていった。下流から上流からたくさんの小舟がバナナや、野菜や、サトウキビを満載してひしめきあいつつ堀割に入ってくると、あちらこちらで荷物を陸揚げしている。いそいで苫にもどり、何枚かの紙幣を折って小銭の山のよこにおき、散らないように包丁をのせた。ふたたび舳に出て少女に指で合図を送ったところ、ちらと一瞥して軽くうなずいたけれど、はにかんでいて、見て見ぬふりをよそおっている。岸のよごれた道から昨夜のやり手婆ァが愉快そうな、放埒な声をかけてきた。どうやら昨夜とおなじ科白をまくしたてているらしく、それは何かの外国語らしくひびき、語尾に〝なんじゅ〟と聞えるものがあって毎回そこで終るけれど、何のことかわからない。

「サヨナラ」

「さようなら」

娘に声をかけて石段をのぼる。

堀割に沿う道をしばらく歩き、小さな倉庫の角を左に折れて歩いていくと、本通りに出た。その角に老婆が一人しゃがみこんで、粥を煮たり、油条を熱い油で揚げたりしている。洗面器のなかにはゆで卵やアヒルの足の煮〆めなどが盛られ、パクチーも見える。銭を払ってそこにしゃがみこみ、老婆から粥の碗と油条をもらう。指を吹き吹き熱い油条をちぎって粥にひたし、三ツ葉によく似たパクチーの葉をちぎって散らす。傷だらけのアルミの匙でそれらをかきまぜ、一口一口、唇にはこぶ。パクチーがツンツンと匂いをたて、油条が香ばしい。足もとの地べたには魚の頭、バナナの皮、サトウキビのちぎれたの、すりきれたゴム草履などが、散らばるまま、落ちるまま、じわじわと土に呑まれかかっている。そのうちふいに答と思えるものがころがり出た。あのやり手婆ァは少女の母かもしれず、叔母かもしれず、隣近所の世話焼婆ァかもしれず、まずは、ただのやり手婆ァなのであろう。それが、いつか、誰かにフランス語の科白を教えられ、頭から丸暗記して呪文のように一言にしてしまって使っているのではなかろうか。それはこうなるのではなかろうか。

mafilleestbellecommeunange.

(うちのむすめは天使のようにきれいだよ)

やり手婆ァの叫び声を思いかえし思いかえし、ここの人が外国語を話すときの癖を入れたり、引いたりして考えをめぐらしていると、そんな一行になる。さきほど婆ァさんの語尾に〝なんじゅ〟、〝なんじゅ〟というのが聞えたが、あれは〝アンジュ(天使)〟が前の言葉ととけあったものではあるまいか。粥の茶碗を地べたにおき、すぐもどるよ、と老婆に声をかけておいて、立ちあがる。いそぎ足で倉庫に沿っていき、角を右に折れ、河岸の人ごみをかきわけかきわけ、舟をおりた場所までもどった。しかし、すでにやり手婆ァもいず、少女もいず、苫舟も見えなかった。

朝。

九時。

下宿にもどる。

# 掌《て》のなかの海

もし、今、どこかの退屈しきった雑誌編集部からアンケート用紙が送られてきて、ロンドンについて何でもいいから忘れられないことを三つ書いて下さいと、あったとする。結局はその返事を書かないですませてしまうことになるだろうと思うが、何日間かは追憶を反芻してそこはかとなく愉しむことができるだろう、という気もする。三つめは何を書いてよいかわからないけれど、最初の二つはきまっている。これはうごかないところである。

〝フィッシュンチップス〟は夕方の酒場のオガ屑である。

〝フィッシュンチップス〟はタラとかカレイとか、白身の魚なら何でもいい、それを乱雑に叩き切って粉にまぶして油で揚げたというだけのものである。ポテトのフライといっしょにして新聞紙の三角袋につっこんでわたしてくれる。ごくざっかけな食べ物であって、料理といえるほどのものではない。町角のスナックである。つまみ食いのオヤツみたいなものである。ずっと後になって東京で知りあったイギリス人から――この人はケンブリッジ出身だったが――あれは新聞紙に秘密があってエロ新聞に包んでもらうといつまでもホカホカと温かいけれど、『タイムズ』なんかだとたちまちさめてしまうというんです、というジョークを聞かされたことがある。シンプソンのローストビーフも食べたはずなのに肉も皿も思いだすことができず、こんなフィッシュンチップスの一包みが生きのこって、いつまでも忘れられない。歩道の人ごみを縫って歩きながらひときれずつつまみ食いしていると、雨がポツポツと沁みて新聞紙の活字がぼやけていったことや、酢が赤かったことや、くずれた白身がいい匂いと湯気をたてていたことなどが、ありありと思いだせるのである。

もう一つは酒場のオガ屑である。その酒場は通りがかりにふらりと入ったので、店の名も、通りの名も、何ひとつとして思いだすことができない。しかし、白と黒のダイヤ模様のタイル張りの床にオガ屑がまかれてあって、それがまるで雨のあとの森のようにいきいきと香りをたてていたことが忘れられない。酒場はあけたばかりなので客の数が少く、明るい灯がつき、ソーダの爽やかな音がひびき、ジンやウィスキーの香りがクッキリと縞をつくって漂っていた。一日が終ったというささやかだけれど切実な歓びが人の声に感じられ、オガ屑のしっとりした、新鮮な香りを、ああ、いいものだと感じ入ったものだった。これは酔っぱらいの吐く唾や痰をからめとるためで、昔からの習慣である。今の酔っぱらいは教養があるのでおとなしいけれど、昔の酔っぱらいは行儀が悪かったんだよ、という説を聞かされたことがある。東京の酔っぱらいは夜ふけの駅や電車では盛大だけれど、バーやビヤホールで唾とか痰とかを吐いているのはあまり見かけたことがないし、ちょっと思いだすこともできない。〝教養〟となると疑わしいかぎりだけれど、そういう光景はおぼえがない。これまでにわたり歩いたバーの数は数えようもおぼえようもないけれど、夕方にオガ屑をまいてたのは、たった一軒だけである。

三十年近くも昔のことになる。

その頃、小説家になって間もなくのことだから、どうやって暮していいものか、教えてくれる人もなくて、途方に暮れていた。知人らしい知人もなく、先輩らしい先輩もいない。作品にしたいことが脳か心かにあって夜ふけに白い紙に向って専心しているときは何とかしのげるのだけれど、それが終ってしまって編集者に原稿をわたすと、いてもたってもいられなくなる。家にじっとしていられない。少年時代の後半期から持越しの、とらえようのない焦躁と不安が〆切日の翌日から流れこみ、こみあげ、小さな青い火で焙りにかかるのである。家を買った借金は月賦で返済しなければならず、妻と娘の一家三人のための生計は稼がねばならず、それはペン一本にたよるしかない。しかし、書きたいことは何もなくて、脳にのこっているのはどんよりした宿酔《ふつかよい》だけで、使い古しの歯磨きのチューブみたいな皺々の感触である。勉強部屋の窓に射す正当で、いかめしくて、しらちゃけた白昼光を見るだけでそわそわと立ちあがり、台所の妻に何やら口ごもり口ごもり弁解しつつ玄関へかけつけて靴をはく。言葉を見つけるためにと心にいい聞かせつつ靴をはくけれど、戸をあけるときには、きまって、ふと、スリが外出するときはこんな気持なのだろうか、と思いがかすめる。

半日がかりで新宿、渋谷、銀座と映画館をつぎつぎ立見して歩く。チカチカ煌めくこの暗闇だけが青い火をしばらく忘れるための応急診療所であった。凡作か秀作かは最後まで見なければわからないとしても、丹念に作ったものかどうかはカット一つを見るだけでわかるので、一カットか二カット見てから立見をつづけるか、空席をさがして坐りこむかをきめることにしてある。ときには満員をかきわけかきわけしてやっと空席を見つけて腰をおろしても青い火がきつすぎると、そそくさと立ちあがることもある。一つの映画を日を替えて三回も四回も見てやっと全部を見終ることがある。それが凡作なので映画館にその看板が出ている週は毎日その前を通過しつつ早く替ってくれないかと憎みつづけることもある。主役のスターはぼんくらの美男なのでどうでもいいけれど、ときどきしか顔を出さない脇役がどうにも渋くていいので、それだけを見たさに二度、三度かようこともある。シナリオは金言と名言の羅列だけれど、ときどき棘のように刺さってとれない科白に出会うこともあり、そんなときは何日間も平静でいられなくて膿みつづけることがある。

そうやって、ハシゴして歩くうちに、やっと黄昏になる。人ごみの暗い書斎から出て、歩道に白昼光が消えているのを見ると、ホッとする。頭のなかは何軒も切れぎれに立見して覗いて歩いたために西部劇、寝室コメディー、密林冒険、古代活劇、スパイ・スリラー、ガラパゴス島の海藻を食べるウミトカゲなど、まるで玩具箱をひっくりかえしたみたいにひしめいていて、へとへとである。その疲弊が心の火を弱め、酸を中和してくれて、かえってなじめるのである。突然の黄昏が不安をおぼえるほど新鮮に感じられることもしばしばである。焦躁はけっして消えてくれないけれど、長い距離をてくてく歩いて酒場まで抱いていくことができる。夜は着古した、手放せないシャツのようにしみじみしていて、ありがたい。汐留の貨車駅の近くにあるその小さな酒場に入ると、凸凹の古い赤煉瓦の床にまいた松のオガ屑のしっとりした香りが鼻と肩にしみこんでくれる。物置小屋のように小さくてみじめな、薄暗い店で、酒棚には何本も瓶が並んでいないけれど、毎夜毎夜しこしこと雑巾で拭きこんだ、傷だらけのカウンターに肘をのせると、まるで古い革のようにしっかりと、しっくりと、支えてくれる。その吸収ぶりとオガ屑の匂いだけに誘われてほとんど毎夜のようにかようのである。なぜ男が一軒の酒場にかよいつめるか。説明は言葉でできるか、できないかのようなものだが、しいてあげれば、ストゥールのすわり心地と、カウンターが肘をどう吸いとってくれるか、だろうか。それが信号の第一触である。最初の一瞥である。

「どう？」

「あけたばかり」

「ひま？」

「ひま」

「高田先生は?」

「このところ見えないね」

バーテンダーの内村は初老の薄髪の頭を傾けてマーティニを作りにかかる。氷を臼のヴェルモットで洗い、お余りをいさぎよく捨てる。ヴェルモットの薄膜で氷片を包むという形である。それを手早く水夫用のどっしりしたグラスに入れ、あらかじめ瓶ごと冷蔵庫で冷やしてあったジンを注ぎ、レモンの一片をひねってあるかないかぐらいの香りをつける。すると、研《と》ぎたてのナイフの刃のような一杯になる。一日の後味をしみじみと聞ける一杯になる。

「オガ屑は松の匂いがいいな」

「でしょう?」

「松の匂いがいいね、爽やかで」

「いろいろとやってみたんですがね。檜とか、杉とか。それぞれ持味があっていいんですが、ちょっと時間がたつと、もたれてくるんですな。いい匂いがかえってくどくて邪魔に思えてくる。しかし、松なら消えてくれる。これは酒場の、何というか、床まき香水。今風ならトイレット・ウォーター。そんなもんですな」

「森のなかで酒を飲んでるみたいだよ」

「そう仰言って頂けるとありがたいㇲ」

ネズミの巣のような小さな薄暗がりで二人でぼそぼそと話しあう。話しながら内村は皿を洗ったり、酒瓶を拭ったり、小忙しい。毎夜おなじ言葉を交わしあっているのだが、気にならない。昨夜も、どう、とたずねたら、あけたばかり、と答えた。いそがしい、とたずねたら、ひま、と答えた。高田先生はどこかを船医として航海していてこのところずっとあらわれない。オガ屑には松がよくて、檜や杉だといい匂いが時間のたつうちにくどく感じられてくるのだそうである。たまたま昨夜はやらなかったけれど、まだ客の現れる時間ではないので、内村は手持無沙汰をいなすために西洋剃刀を革砥で研ぎにかかるかもしれない。それもしじゅうやってることなのである。彼は若い時代にバーテンダーになるまえに床屋で修業をしていたことがあるらしく、道楽とはいえない手捌きを見せる。革砥を使うのは剃刀の刃をたてるためではなくて、たてた刃を柔らかく丸めるためなのだそうである。剃刀は切れすぎてはいけない。鋭いだけではいけない。

「……ハガキのふちで撫でるようでないといかんのです。風でいえば春風のようでないと、いかんのです。肌を絖《ぬめ》のように仕上げるには。私はまだまだだね。とても死んだ師匠にはかなわねェ」

にがにがしく呟いて刃を柄にたたんでどこかへしまいこむ。口癖である。そうやって使いもしない剃刀をいつも彼なりに最良の状態に保つよう心掛けは怠らないけれど、何故、床屋をやめる気になったのか。どんな師匠だったのか。ほとんど何も聞かされたことがない。マーティニをだまって研ぎあげてみせるだけである。

この酒場にかよったのは三十代前半の五年のうちの三年ぐらいだったと思う。その後は国力の急進とともに年を追って外貨蓄積が急増し、海外渡航許可の枠が広がり、マスコミの海外取材が常識となり、常習となっていったので、新聞社や出版社の臨時移動特派員となってあちらこちらさまよい歩く年がかさなった。四十代前半まではもっぱら戦争、内乱、紛争などを追って歩いた。けれど、それ以後はナチュラリストとなり、釣竿を片手に北半球と南半球の湖や河をわたり歩いた。そのためいつとなくこの酒場からも遠ざかることとなったが、一人の人物についての特異な記憶はいつまでも生きのこることとなった。その後、数知れぬ酒場でマーティニを飲み、酔っぱらいからちぎれちぎれの科白を聞かされたけれど、ほとんど忘れてしまった。酒精のキラキラ輝やく、うるんだ、明るい霧のなかで聞く言葉は、しばしばその場では閃光か啓示のように浸透もし、刺さりもするのに、ときには全心でふるえつつ聞き入ったりすることもあるのに、たった一夜明けただけで泡のように消えてしまう。ありがたくもあり、不気味でもある。相手の眼も、顔も、服も思いだせないのである。そういうことを思いあわせるとこのネズミ酒場で知りあった人物は傑出していたなと、つくづく感じ入らせられる。少くとも三十年近くもたってからペンで素描を試みたくならせるだけの放射能を持っていたのである。部屋を出て階段の踊り場にたってから、しまった、あれをいうべきだったとさとることを、フランス人は〝エスプリ・デスカリエ〟と呼ぶが、以下もまたそのひとつである。

たしかにこの酒場には三年かよって、いつもその日の最初の一杯を飲んだ。薄髪の、無口な、いるのかいないのかわからないようなバーテンダーをまえにして、一杯か二杯のマーティニを飲むと、いつもその場で金を払って、出ていく習慣であった。知人に教えることもなかったし、誰かをつれていくということもしなかった。あけたての時刻に入って作りたてのマーティニを一杯か二杯するするだけの客でありつづけた。だから、たまに氷屋や酒屋が註文品をとどけに入ってくるのは見かけたけれど、それ以外には誰にも会ったことがなかった。この酒場にどんな常連客がついていて、何時頃にあらわれて、どんな話をして出ていくのか、まったく関心がなかったし、知ろうとも思わなかった。朝から明滅しつづけてあぶりたてる青い火は一杯のマーティニで消えるものではなく、むしろ、いよいよ深く沈んで炎のない熾火《おきび》のようにどこか手のとどかないところでくすぶりつづける。けれど、それはそうだとしても、最初の一杯の冷えきった滴がひとつ、ふたつところがり落ちていくうちに、あくまでも見せかけとはわかっていながらもなかなかの出来と感じられる中和がじわじわとひろがって、無為の苦痛をやわらげてくれる。遠くの貨物駅で突放作業をやっているらしく、一台の貨車の連結器がぶつかってしっかり食いこむと、つぎからつぎへつながれた古鉄の箱が身ぶるいして響きをたてる。それが正確に一台ずつ小さくなっていくのを聞きながら、レモンの淡い香りのたつジンの冷えきった一滴一滴をすするのは、いいことだった。

この酒場で高田先生と呼ばれる初老に近い人物と、いつごろからか顔見知りになり、口をきくようになり、ときにはそのままつれだってアパートへいくようにもなった。黄昏のあけたてのこんな時間帯にこの酒場へ顔をだす客は先生の他には一人もいなかったからどうしても口をききあうことになるが、バーテンダーの内村が、無口なくせにいろいろと口をきいたり、気配りをしてくれたりするので、次第にとけあえるようになった。そうなると、もともとが淋しがり屋だものだから、先生の動静が気になってならなくなり、内村にくどくどと先生のスケジュールを聞きこんでから酒場へ出かける習慣となった。だからといって、先生とネズミ酒場で会っても、その姿を一瞥すれば何となくほのぼのとなりはしたものの、くどくど人生論や哲学論をかわすわけではないのだから、妙にうれしい、という、それだけのものだった。じつはそれが稀有のことに属する、とわかったのは、十年も、十五年もたってからのことだった。こんな小さなことがそれと等身大で知覚されるのにどうしてこんな長年月がかかるのか。

凜、と見える端正さで先生はいつも椅子にすわる。のんびりと楽に構えているのに背筋をつねに折目でもつけたみたいに伸ばしているので、ネズミの巣箱のなかではひどく目立つ人であった。オールド・パーをダブルで、ストレートで、それに氷水を添えて、というのが変ることのない好みである。骨張って、長い、感じやすそうな指でグラスをつまみあげ、一滴ずつ噛むようにしてすすり、そのあとゆっくりと水を一口すする。水割り、ソーダ割り、オン・ザ・ロックス、カクテル、そういう飲み方をしているのをついに見かけたことがない。淫祠邪教の類、と感じていらっしゃるのだろうか。

「今日はどうでした?」

声をかけると、しばらくしてから
「マーマーフーフー」

と呟いて、眼で微笑する。

ときには
「リーリーハオリー」

といってから
「いや」

といいなおすこともある。

「リーリーシーハオリーでしたかな。忘れちゃったな。昔は北京で、毎日、喋ってたのにな。年はとりたくないもんです。こんな挨拶まで怪しくなる」

いつか紙きれに書いてもらうと、リーリーハオリーは〝日日好日〟、リーリーシーハオリーは〝日日是好日〟である。マーマーフーフーは〝馬馬虎虎〟である。先生の片言には古典文と白話文の素養がうかがえて、うっかりできないのだが、若い頃には軍医をしていて北京や上海で永く暮したことがあると洩らされると、うなずける。先生は医師なのである。内科も外科もやる。どうかしたはずみの一瞥に冷徹と正確があらわれる。グラスを口にはこぶときに微笑すると体のあちらこちらに好人物らしい柔和さが沁みだすけれど、どこか不屈さもある。先生自身は内科医だったかそれとも獣医だったのかよくわからなかったですと卑下してみせるのだけれど。

「あなたどうでした、今日は」

「よくないというのは、中国語では？」

「プーハオでしょうな」

「毎日、それです。プーハオです」

「お若いですもの」

「プー・プー・ハオです、毎日」

「そうですか」

「何もしないで、映画ばかり見て歩いてるんです」

「……」

先生はさりげなく眼をそらせ、グラスのなかを眺める。骨張った、長い指でグラスをつまみ、灯を液に映したりする。

バーテンダーは無口だけれど、先生もけっして口数の多い人ではない。二人がときどき問わず語りにポツリポツリと話してくれたことをまとめてみると、つぎのようになる。先生の現住所は九州の福岡市で、病院とまではいえないにしてもその医院はかなり繁昌して大きかったものらしい。家はもう何代にもわたって医院でありつづけ、もともとその地方では指折りの素封家であったらしい。先生は毎月きまって一週間ほど上京してホテルに泊る。夕方になるとこの酒場にあらわれてウィスキーを二杯か三杯だけすすってホテルにもどる。ほかにどこへもいかない。毎月毎月そういうことを繰りかえしつづけている。

東京に出てくるのは警視庁の本庁へいって一人息子の行方を探るためである。全国から集ってくる家出人、行方不明人、変死者などの情報のなかに息子がまぎれこんでいはしまいかとさがすためである。息子は某大学の医学部の学生だけれど、趣味でスキューバ・ダイヴィングをやる。それで東京の下町の下宿先のアパートからウェット・スーツその他を持って出たはいいけれど、そのまま消息を絶って久しくになる。もし彼が日本国内の海底のどこかで事故を起して死体が発見されていたら桜田門の本庁に情報が入るはずである。死体が潮流にはこび去られていたらどうしようもないが、ボンベとかゴーグルとかフィンなどがどこかの海岸に漂着することがあるかもしれない。先生は息子の友人にあたり、指導教授にあたり、スキューバ友達にあたり、全国のクラブにあたり、思いつくかぎりの情報の糸をたぐったけれど、どれも手ごたえがなかった。所属クラブはわかったし、スキューバ友達もわかったので、レストランに招待して消失前後の日附のあたりの消息をさぐったけれど、誰も何も知らないと判明した。スキューバでは単独行動はきびしく禁じられているけれど、いくらか経験をつんで自信めいたものがついてくるとこのタブーはよく無視される。とくにタブーに逆らいたい気持でなくてもちょっと散歩がわりにといって一人で潜る人は多く、まわりの人間もついつい慣れっこになって見過しがちである。それをやったのではあるまいか。過信があったのではないか。単独行動に出たのではあるまいか。

いつだったたか。

「フィリピンは多島海だそうですが」

「そう聞いてます」

「小島が数えきれないほどある。住民にも政府にも知られていない小島は珍しくないとか聞きますが。地図を見ましたけれど、たいへんな数です。くらくらしてきそうです。タイ国のマレー半島につながっていくあたりの海はアンダマン海と呼ばれていますが、ここも小島が多いようです。水のきれいな場所らしいですが」

「アンダマン海、ね」

「小島が多いというのでは、ほかに、モルジブ諸島というのもあります。ここもめったやたらに小島がたくさんつながったり、切れたりしています。水がきれいで、カツオがたくさんとれるらしいですが。しかし、一説によるとですね、南方のカツオは肉がしまっていないそうですな。日本列島へさしかかったあたりからうまくなるそうですが。カツオはそういう魚だそうですが」

そんな口調で、つぎつぎとミクロネシアやポリネシアの島々の名があげられ、最後にはインドネシア諸島のことをたずねられた。どの質問にもてきぱきと答えることができず、うだうだと口のなかでごまかす形になった。口調は平俗で淡々としておだやかだけれど、そのうらにはなみなみでない火があること。どうやら先生は日本領海をあきらめて外国へ眼を向けていること。水のきれいな島をさがしているらしいこと。そんなことを感知させられたのだが、それきりで雑談は終った。

そうやってかれこれ二年近く、先生は、毎月、福岡と東京のあいだを往復して警視庁の本庁に出頭してはうなだれて出るという暮しかたをしていたのだが、禅機一瞬、とあとになって述懐する行動に出る。某日、先生は発心する。則天去私と思いつめる。すでに妻は彼岸に去って久しくなり、今また息子が海で分解したのなら、家や、財産や、地所を持っていたところで、どうってこともない。息子のあとを追って海へ出よう。船医になって船に乗りこみ、この海に息子の体がとけているんだと思って墓守の心境で余生をすごすことにしようと思いきめる。医院を解散し、助手や看護婦たちと送別の酒を飲み、地所を手放し、自邸を売り払う。これまでの専攻科目は外科と内科と小児科だったが、あらためて接骨術とカイロプラクティクを勉強して船医の資格をとって、外洋航路の貨物船に乗りこむ。

息子の下宿だった深川のアパートを拠点にして、あの船、この船、あの航路、この海、気の向くままに出かけていく。もどってくると色エンピツで通過した海を地図上で塗りつぶす。船医になりたがる医者は少いし、日本の船会社だけが船会社ではないから、アメリカ、イギリス、フランス、いつでも選り取り、見取りで乗りこむことができる。

この時期に会った先生は、すでに遠洋航海を二つこなしたあとだったが、日焼けして贅肉のとれた顔に精悍さがみなぎり、眼に底の入った光があって、かれこれ十五歳ぐらい若返っていた。カウンターにおいてあるのはいつものウィスキーのダブルである。

「海行かば、という歌がありますが」

「水漬く屍、という」

「お若いのに珍しいですな」

「若くもないですよ。昭和ヒトケタですからね。子供の頃は毎日のように歌わせられたり、歌ったりしてました。ドンガラの御一新以来は御無沙汰してますけど、いつでも歌えますよ」

「ドンガラの御一新とは敗戦ですな」

「そうです」

「目下の私の心境はそのあたりです。海行かば水漬く屍ですが。なるようになれ。野ざらしシャレコウベ、といいますか。そのあたり。しいて言葉にすればそうなる。海の上の行雲流水ですが。これがなかなかよろしくてね。船長も船員もドクター、ドクターといって慕ってくれます。何かといって酒やタバコを差入れしてくれたり、人生相談に来たり、かわいいもんです。人間がいちばんかわいいのは農業社会じゃないかと私は永いあいだ思うておったんですが、船乗りも血が濃くていいですな。めんこいですが」

「いそがしいんですか?」

「ひま。ひまも、ひま。あくびしたら口からおならが出るくらい。船員の怪我なんてたいていバンドエイドですみます。骨折だの、墜落だの、内臓破裂だのというブマをやるのはめったにおりません。毎日が日曜ですわ。私はトルストイの『戦争と平和』、中里介山の『大菩薩峠』、それと『西遊記』、これだけはどこへ行くにも持ちこむことにしています。どれも若いときから最後まで読みとおせなかった本ばかりです。それをこれから老いらくの眼と心でじっくり最後まで読みとおしてやろうと思うとります。なかなかのもんでしょうが」

「どれか最後まで読めましたか」

「これからですが」

「ジェイムズ・ジョイスの『ユリシーズ』というのもありますよ。誰も最後まで読みとおしていないらしいけれど、二十世紀の傑作ベスト・スリーにはきっと入るという、不思議な本です。文庫一冊きりですから場所をとりませんよ」

「それは買わなくては」

先生はグラスから長い指をはなし、サファリ・ジャケットのポケットから手帖をとりだして、書名を書きこんだ。悠々としているが、いそいそというそぶりでもある。トイレに先生がたつと、あとにプラスチックのペンがころがっている。バーテンダーの内村はそれをとりあげ、先生もやるワ、と呟いてにこにこ笑った。ペンには毛を生やした裸女の画がついていて、ペンをおくとインキがうごいて毛が見えなくなる。ヌード・ショーの店のオマケらしく、《ヴァンクーヴァー》とあって、《ブッシュ・カンパニー》、店の名と電話番号が入っている。上陸したとき若い船員たちにつれていかれたのであろう。酔歩は蹣跚《まんさん》なりしか。

それ以後、先生は定則なしにネズミの巣に姿をあらわすようになった。一カ月も二カ月も音沙汰なしに過ぎ、某日ふらりとあらわれる。前触れも何もなしにふらりとあらわれる。それから一週間か十日、定刻、定量、定式で儀式をつづけ、またどこかへ消えるといったぐあいであった。よれよれのジーンズのズボンに労働衣のダンガリー・シャツ一枚をひっかけて登場することもあれば、アロハ・シャツを着てることもあり、ときにはリヴァプールあたりの港町の古着屋で見つけたのだろうか、糸も縫目ものびきってよれよれだけれど元は正真、手織りのツイードだったとわかる上着を着てくることもある。ダブルのオールド・パーをちびりちびり嚙むようにしてすすりつつ口重に、しかし眼を少年のように輝やかせて呆れたり、驚いたりしつつ、あちらこちらの港町の話をしているのを聞くと、先生の航路の選び方はまったく気まぐれ、風まかせであるらしかった。チリのヴァルパライソの話をしてたかと思うと、アイスランドのレイキャヴィクの話になる。マルセイユ名物のブイヤベースに入れるオニカサゴはとっくにとりつくしてしまったので今はどこか遠いところでとったのを輸入して使っているらしくてがっかりしたが、そんなことをいうならパリのカタツムリはハンガリーから、カエルはポーランドから来てるらしいですが、などという話もまぎれこむ。そうかと思うと、ふいに、コスタ・リカという中米の小国は軍隊をつくらないで国家予算の何と⅓を国民の教育費にしていると聞いた、などという話がほんとに驚倒しているらしい声音で語られたりもするのである。人としての責務をことごとく果した年齢の人物がヒッピーになったわけだが、小さな事物を語る背後にしばしば鋭くて深い臆測が入っているので、聞いていて飽きない。けっして上手な語り手ではないけれど、あとになって反芻できることが多いので、感じ入らせられる。航海中はほんとに退屈しきっているらしく、持ちこんだ長大作をひたすら桑の葉をむさぼるカイコのように——ただし、いちいち頭をふらずに——読みまくっているらしい。そこで、『千夜一夜物語』とか、『三国志』とか、いずれも完訳本を欠冊なしにプレゼントしてあげたことがあった。カウンターに積みあげられた本の小山の影を見て先生はマスターベーションを見つけられた中学生のような顔で狼狽し、ついで呻めきを洩らした。

「いいんですか、こんなに」

「いいんです、気にしなくて」

「ありがたいですが」

「いいんですよ」

「ありがたいですが」

「………」

本の山をそっと先生のほうへおしやりつつ、ひとつのことを小さく恐れる。『ユリシーズ』をあなたにいわれて買いこんで、船室に持ちこんで、一生懸命読みにかかってますが、あの本のどこが面白いのでしょうか、とたずねられはしまいかと。内心ひやひや。それを……


いつのことであったか。

ある年の早春、どこを航海して帰国したあとだったか、すっかり忘れてしまったけれど、久しぶりに顔を見せた先生と肩を並べて定量を定式ですすっていると、下宿へ来ませんですかといって誘われた。バーテンダーの内村も誘われたのだが、店をあけたばかりだからつぎのチャンスにといって辞退した。戸外へ出てみるとすっかり昏れていて、穢れて衰えた冬の夜が舗道によどんでいた。タクシーで行ったものだからどこをどう辿ったのか、まったく思いだしようがない。どこにでもありそうな下町の、ごみごみした、明るく灯のついた表通りの商店街から折れこんだ暗い裏通りのモルタル張り・二階建のアパートである。外壁につけられた、小さな鉄の階段をのぼっていくと二階の外廊下で、それに面して小さな部屋のドアが並んでいる。どの部屋のまえにもビニールのゴミ袋とか、からっぽの牛乳瓶とか、ラーメン鉢などが、わびしい、荒《すさ》んだ影をつくってほうりだされたままになっている。先生の部屋は六畳と四畳の二室きり。キッチンとも呼べない小さな流しの台があるけれど、トイレは外廊下のつきあたりの共同便所、風呂は銭湯で、という設計であった。おそらくは設計図なしで建てたアパートであり、部屋であった。小型の電気冷蔵庫はあるけれどテレビはなく、四つの壁のうち二つまでは天井近くにまで乱雑に古書と新刊書が積みあげてあるけれど、埃をかぶるままになっている。厚焼きのだし巻卵を折るみたいにして先生は敷きっぱなしの寝床を足と手でぞんざいに二つに折り、そこへ折畳式のチャブ台をおき、ポイポイと二枚の薄っぺらなざぶとんを投げた。そしてどこからかオールド・パーの瓶とグラスを手品のようにひねりだして、トンとおいた。グラスにスコッチをつぎ、タンブラーに冷蔵庫の氷を入れ、水道の水をつぐ。冷蔵庫に電気がかよい、水道栓に水がきてるのが奇異に感じられた。あとは畳も、壁も、窓も、すべて枯死しきっている。枯れて、萎びて、乾《ひ》からびきっている。つい今朝まで先生が寝ていたはずの万年床までが、枯れて、萎びて、匂いを失っている。古本の山のはずれに手垢と油によごれた水夫袋がたぐまってしゃがみこんでいるが、生きているのはそれだけである。

「人間本来無一物ですが」

まわりを見まわしてぼんやりしているこちらの顔を先生はのぞきこんで、ニヤリと笑い、そんなことを呟く。呟きながらいまさきタクシーをおりてから表通りの商店街で買ったポテト・チップスの袋をピリピリと破った。

「マ、一杯、やりましょ」

グラスにオールド・パーをトクトクと音たてていっぱいにつぐ。そのグラスと氷水を入れたタンブラーだけは精緻な切子模様を剃刀できざみこんだかと思えるくらいの、みごとなクリスタルであった。ためしにふちを爪ではじいてみると、低いけれど澄んだ、冷緻な金属音をひびかせた。この人は歪つな完璧主義者らしいと、あらためて感じさせられた。日頃それとなく感じさせられているのが、にわかに、直下《じきげ》に、胸にきた。

「マ、やりましょ」

「どうも」

「今夜は両人とも李白ですな」

「李白、ね」

「一杯《イイペイ》一杯《イイペイ》復《フー》一杯《イイペイ》ですが」

うだうだとたがいに意想奔出のまま、滴の喋らせるまま喋っているうちに、先生は古本の山か、水夫袋のなかからか、一つのスェード革の革袋をとりだした。そして紐をほどくと、ザラザラと中身をチャブ台にあけた。これが小粒、中粒、大粒のアクアマリンであった。ことごとくアクアマリンであった。それ以外の赤い石もなく、緑の石もなかった。何箇あっただろうか。突然の異化効果にうたれ、眼を奪われて、数えるのを忘れた。女の細い指にいいと思える小粒もあれば、広くて豊かな女の胸に一粒きりですわりこめそうな中粒もあり、ニワトリの卵よりは一回りぐらい小さいかと思えるくらいの大粒もあった。長方形に切ったのもあれば、正方形に切ったのもあり、楕円形に切ったのもある。ふいに部屋に核心ができた。澄みきった淡い青の燦めきが、壁を、窓を、本を吸収した。苦もなくやすやすと吸収し、吸収したとも見せない。

「……ブラジルのサントス港はコーヒーの積出港ですが。そこにはじめて上陸したときに、しけた質屋のオッサンにこれは船乗りのお守りだよといって、一箇売りつけられたんです。何ということもなく買ったんですけれど、これが病みつきになりましてね。この年になって一切捨棄と思いきめたはずなのに、もう一箇、罠がありましたな。これは一生思いもよらなかったことなので、感動しましたが。こんなものがあるとは知りませんでした。不意打ちでです。覚悟の外でした。それからボチボチと港に寄るたびにキュリオ・ショップや宝石屋へ立寄るようになりましたが」

「………」

「指輪の台座がついてない、こういう裸石をルースというらしいですが。船乗りは現代でも板子一枚下は地獄と思ってますから、ジンクスから離れられないんです。みんなめいめい何かしらお守りを持ってますよ。この石はきれいな海の水にそっくりなので、昔から船乗りのお守りだったらしいです。これもカットやポリッシュやらで出来はさまざまだし、色もさまざまです。なかには泡の入ったのもありますし、猫の眼のような一本筋の出るのも見たことがあります。私は、マ、気まぐれに見つかるまま買って歩いてるだけなんですが、李朝の壺を買う人もあれば、柿右衛門の皿を集める人もいる。そんなもんです。航海のあいだ船室でこういう石をひねくりまわして光のあそびにうつつをぬかしてるわけです。昔の中国の文人は硯や、筆や、紙に凝ってひとりで書斎でたのしんでました。ブンボウセイガンといいますが。ブンボウは文のボウ、ボウは房ですね。セイガンのセイは清らか。ガンはもてあそぶの玩。文房清玩です。それが私の場合はたまたま硯でもなく、筆でもなく、この石になったというわけです」

そんな成語をはじめて聞かされるので新鮮そのものだった。だまって先生の言葉にうなずきながらチャブ台の石の集群に見とれる。泡の入ったのもなく、猫の瞳の入ったのもないが、どの石もこの石も、煌めきわたる。指がちょっとふれただけでたちまち切子の面が新しい光をとらえて反射する。淡い青だけれど薄弱な青ではない。つよい、みごとな、張りつめた煌めきの青で底がない。淡いのに強いのである。それでいて暢達である。のびのびしている。衰弱や未熟の淡さではない。これは海の色の他の何でもないが、北の海ではなくて、まぎれもなく陽光に輝やく南の海のものであろう。それも深海ではなく、童女の微笑のように日光とたわむれる岸近くのさざ波であろう。プランクトンや、卵や、精のひしめきあいを含んでいるはずなのに一切の混濁と執着を排しきっている。

「……この石は昔から尊重されてたんですが、イギリスのエリザベス女王がネックレースにしてパーティーに出たとか、戴冠式に出たとか、そんなことからブラジルじゃピエドラ・エリザベチ、エリザベスの石と呼ぶようになったとか、聞きましたが。これは夜の光で見ると一層いいです。太平洋でも地中海でもよく私は夜になるとルーム・ライトを消して窓ぎわで眺めとります。マッチやロウソクの火もゆらゆらしていいですが」

先生は立ちあがると電灯を消し、どこからかロウソクを出してくると火をつけて、チャブ台にたて、窓をあけた。衰えかかった、穢れた冬といっても、冬はやっぱり冬である。寒気で思わず首がすくんだ。ロウソクの灯があやうげにゆらゆらし、まばたいた。闇というもののない大都市の夜の光が石を海にした。掌のなかに海があらわれた。はるかな高空から地球を見おろすようであった。掌のなかの夜の海は微風のたびに煌めきわたり、非情な純潔さで輝やいた。線が消えて深淵があらわれ、闇と光耀が一瞬ごとに姿態をかえて格闘しあい、たわむれあい、無言の祝歌が澎湃《ほうはい》とわきあがってくる。厖大な清浄に洗われる。まがいようのない浄福があった。

「文房清玩とはいい言葉ですね」

「さびしいですが、私は」

「清玩とはよくいったもんです」

「さびしいですが、私は。九州者のいっこくでこんな暮しかたをして、石に慰められとるんですが。どうしても血が騒いでならんこともあるです。私はさびしいです。さびしくて、さびしくて、どうもならんです」

先生が呟きながらたちあがって電灯をつけると、海が消えて、掌に青い石がのこった。壁が、窓が、古本が、水夫袋がもどり、先生はチャブ台のまえにすくんで正座している。一瞬、異域がこちらをのぞいた。骸骨がそこにすわっていた。長身で筋肉質の、たくましい肩幅の男の頰から肉が削《そ》げ落ちて大きな穴があいている。髪が薄くなり、額がぬけあがり、頭骨の地肌がむきだしになった。眼窩が凹んで暗い穴になり、眼が爛々と輝やいている。鬼相の輝やきである。酒も乱酔というほどにすすむとしばしばタハ、オモチロイとたわいなく口走っている相手の顔が、一瞬、変貌して、この眼を持つのを見ることがある。しかし、今夜は乱酔などというものではなかった。ほどよい微酔といったところだろうか。飲むというよりは一滴一滴を嚙んで砕いて送りこんだにすぎないのである。しかし、先生はすでに形相を変え、体のまわりにはもうもうと陰惨がたちこめている。先生は羞《はに》かむようにして眼をそらしたが、爛々と陰火が輝やいている。肩をふるわせて激情をおさえおさえ、さびしいですが、私は、さびしいですが、といって先生は、すすり泣いた。かすかな声を洩らしているうちに崩壊がはじまったが、先生は大あぐらをかいてそれを支え、うなだれたまま肩をふるわせて、声に出して泣いた。はばかることなく声をふるわせて泣きつづけた。手が濡れ、膝が濡れ、毛ばだった古畳に涙はしたたり落ちつづけた。

# 解説

大岡　玲

一九五七年（昭和三十二年）、『新日本文学』八月号に開高健は短篇「パニック」を発表した。比較的マイナーな文芸誌に掲載されたこの作品を、当時毎日新聞で「文芸時評」を担当していた平野謙が激賞した。

「今月第一等の快作は開高健の「パニック」（新日本文学）である。すこし誇張していえば、私はこざかしい批評家根性など忘れはてて、ただ一息にこの百枚の小説をよみおわった。小説をよむオモシロサを、ひさしぶりにこの作品は味わわせてくれたのだ。」

当時、文芸批評家として大きな影響力を持っていた平野のこの評によって、開高健は一躍文壇の新星として注目を浴びることになったのである。この時、開高は二十七歳。酒類の製造販売会社「壽屋（現・サントリー）」に入社して四年目、自らが創刊した広告誌『洋酒天国』の編集・発行人として激務をこなしながらの小説家デビューだった。

本短篇集にも収めたこの「パニック」の着想をどのように作者が得たかについては、伝説的なエピソードがある。評伝『開高健——生きた、書いた、ぶつかった!』(小玉武著、筑摩書房)によれば、着想はこのような形でおとずれたらしい。

「大阪から東京へ転勤して来て一年余り。毎日のように朝晩、満員電車に詰め込まれては運ばれる日々を送っていたある日、その電車の中で、すぐ前の座席で乗客が読んでいた『朝日新聞』夕刊の見出しが目に飛び込んできた。ササの結実の周期とネズミの大発生のことを書いた記事のようだった。/ 何か閃くものがあって、駅か喫茶店か会社か、とにかくどこかで新聞を開いて記事を読み、確かめてみると、宇田川竜男という動物学者が書いた文章だった。そのページを破りとってポケットに入れ、あとで何度も何度も読み返した。/《ササは六十年目に花がさき、実を結んでその生涯を閉じるといわれている。しかし実際には百二十年目のことが多い。ササがこの長い年月を、一年の狂いもなく実を結ぶことは、まことに生物の神秘的な現象といわなければならない。》/ このあとに続いて、野ネズミの大繁殖の凶暴なまでの生態が書かれている。(中略)なぜか、ふいに閃光が差し込んで、イメージが膨れあがってきた。(中略)このササとネズミを題材に、自分も中編くらいの作品にできるのではないかという熱い衝動が身体を走った。」

一読わかる通り、着想を得た顚末自体どこか小説的な匂いをまとっている。そこに多くを負って、このエピソードは伝説的であるのだが、興味深いのは「パニック」という作品が、新聞に載った動物学者のコラムという「外部情報」を、ほぼ加工することなくストーリーの主軸に据えている、という点である。もちろん、小説の主要な動線は、ササとネズミが引き起こす大騒動をめぐって、その発生を明敏に察知した地方県庁の山林課に勤務している主人公・俊介と、彼の上司やさらにその上にいる局長などによって織りなされる人間模様であることはまちがいない。そして、生きることへの負の感情を抱きつつ、その関係性の渦中で徒労とも見える努力をする主人公の姿こそが、作品の中心点であるだろう。

しかし、その中心点と外部情報の相関は、独特である。多くの小説では、主人公の精神状況がストーリーを先導し、その精神の運動に即した形で外部事象が設定される。いくぶん乱暴に表現するなら、創造されたキャラクターの精神状況を説明するために都合のよい事柄が外部世界で生起し、キャラクターはそれに反応しつつ、ストーリーが進展する。少なくとも、ノンフィクション的な作品でない限り、理論上作者はそうした全能性によって物語内の事象を左右できる。が、開高は、「パニック」においてそうした全能性を行使してはいない。むしろ、科学者のコラムが示した事実に合わせて、主人公の精神を運動させている。

これは、ひとつには、開高に着想を与えたコラムの内容と、彼が表現したいと考えた主人公の内面性が、きれいに合致したという幸運な偶然があるだろう。が、さらに重要なのは、そもそも開高健は過度にキャラクターの内面性を掘りさげることを志向してはいなかった、という点だ。圧倒的な外界に対峙する人間を描くこと、その際に、できる限りじくじくぬかるむような個人の内的独白とは縁を切った形で作品を構成すること、それが彼がめざした小説だった。したがって、ササとネズミについてのコラムを発見した時、開高健は、主人公の内面に横たわる索漠と疲労にくだくだしく筆を費やさなくても、素材となる事象のダイナミズムが自然にそれを浮き彫りにするという直感を得て、「しめた！」と思ったにちがいないのである。

個人の思念よりも「世界・社会」対「人間」の対決に重きを置くこうした志向は、「パニック」に続く「巨人と玩具」、芥川賞を受賞した「裸の王様」にも明瞭にあらわれている。「巨人と玩具」は、製菓会社の広告宣伝合戦を描いているが、これは壽屋でPR誌を編集していた開高健にとっては、いわば自家薬籠中の題材と言っていい。みずからの見聞を縦横無尽に駆使して、組織と人間をめぐる躍動的なストーリーを組み上げることができる。

また、「裸の王様」は、子供相手に画塾を営む語り手が、家庭環境によって精神的に「ひどい歪形をうけて」いる少年に一種の治癒をもたらす話だが、この作品の主要な舞台装置はアンデルセンの童話をモチーフにした児童画のコンテストである。そして、この設定は、壽屋の同僚であったアートディレクター・坂根進から聞いたものだった。坂根の回想録「その頃」(『これぞ、開高健。』所収)によれば、彼は実際にそういう催しに関わり、かつその応募作に「フンドシ姿の殿様」を描いたものがあったことを、次回作のネタに窮していた開高健に伝えたというのである。

もっとも、この坂根の回想については、前記の評伝『開高健——生きた、書いた、ぶつかった！』に、この「事実」に対するきわめて興味深い検証が述べられていて、どうも一筋縄ではいかない事柄でもあるようだ。だが、ここではこれ以上深入りしない。興味を持たれた方は、評伝を参照してもらいたい。

ともあれ、「裸の王様」もまた、実際にあった（らしい）事柄に作品内の主要なモチーフを巧みに溶けこませて造型された小説なのである。加えて、作者は児童心理と児童画についてもかなり綿密に取材をして、いびつな精神状態にあった少年が「大丈夫だ。もう大丈夫だ。彼はやってゆける。どれほど出血しても彼はもう無人の邸や両親とたたかえる。」と語り手が述べるまでになる過程に、たしかなリアリティを付与している。つまり、この作品もまた「パニック」と同様、アンデルセン童話を題材にした児童画コンテストへの応募作に「越中フンドシの裸の殿様」が描かれた一枚があった、という事実があり、そこから逆算される形で少年・太郎や語り手の「ぼく」が生みだされた、ということになる。

こうした技法は、いわば原初的なものだと見ることもできる。細密な人間心理の描写を導入した十七世紀〜十八世紀のヨーロッパ近代小説以前の物語、特に短い形式のノヴェルについていえば、その名称が示す通り「新奇」な事件やゴシップを元にさまざま想像を膨らませるものが多く見られた。わが国においても、開高健が愛した井原西鶴の作品のいくつか、あるいは近松門左衛門の世話物は、まさしくそうした方法論によって創られている。その点では、開高は明治以降の、とりわけて私小説に代表される文学作品の流れに対し、復古的な姿勢で自身の立ち位置を表現したと言えるかもしれない。

事実、「裸の王様」で芥川賞を受賞した際、開高は、抱負として「求心力ではなく遠心力で小説を書いていきたい」と述べている。また、長篇『青い月曜日』のあとがきには、「受賞以前からひそかに思うところがあって、自身の内心によりそって作品を書くことはするまいと決心していた。(中略)ひたすら〝外へ!〟という志向で文体を工夫すること、素材を選ぶことにふけったのだった。」と書き、ほかにも、「内向きではなく、外へ外へと構築していきたい」とか「抒情を断ち切れ」と言った発言・文章を物している。

この「内心によりそっ」た小説と開高が記した時念頭にあったのは、あきらかに日本式自然主義文学の流れを汲む私小説であったはずで、作者の感情的・肉体的湿り気によって読者の共感を得るその方法論に違和感を持っていたために、右のような発言をしたといえるだろう。そして、開高がめざしたのは湿り気の反対、すでに述べたような乾いて俯瞰的な視点をもって、社会と個人の関係性を描くということだった。

受賞後四年の間に発表された『日本三文オペラ』、『ロビンソンの末裔』、『片隅の迷路』といった長篇は、彼の志向を明確に反映した作品であり、現実社会の出来事を取材し、それをもとにダイナミックな構造を造りあげて、世界の不条理に押しつぶされながらも抗う人間像を提示したと言えるだろう。また、取材をして書くという方式の本家は、ルポルタージュでありノンフィクションである。開高の志向性は、やがて数の面では小説をしのぐルポ群として結実し、「名品」をいくつも生んでいる。

開高のルポルタージュにかかわることについては後述するが、まずはこの「内心によりそ」うことへの拒否感について考えねばならない。これを字義通りに受け取って、人間の内面心理に重きを置かない、そのようなものはとるに足りない、と彼が考えていたと捉えるのは、当然誤りである。むしろ、こうした表明は、ほとんど反語だったといえるだろう。たとえば、「なまけもの」の一篇を思い浮かべるだけでも、そのことはあきらかだ。

「なまけもの」は、芥川賞の受賞第一作として『文學界』に発表された短篇である。ここで描かれているのは、生々しく動物的に生きている「沢田」という人物と、その男に対して畏怖と羨望にも似た感情を抱くひよわなインテリ「堀内」の交流である。作者の分身といっていい「堀内」は、大学に通いながらさまざまなアルバイトで生計を得ている。しかし、文具会社に雇われて「インキ瓶の張りボテをかぶって商店街を歩く」「サンドイッチ・マン」になって働いた時、契約最後の日に彼は「失墜」する。以降、「堀内」は泥のような無気力の中に「沈下」したまま、「沢田」の放埓なエネルギーに翻弄される。

作品としては、「堀内」の内面心理の描写にいくぶん冗長なところがある点で、あるいは評価が分かれるかもしれない。しかし、この冗長な「堀内」の心理、崩れたまま存在そのものが大地に帰っていきそうなその無気力こそ、開高健が思春期からずっと馴染んできた感覚、彼がしばしば「滅形」という言葉で表現する感覚に近いものであり、彼の内面の機序をうかがわせるものなのである。では、なぜ「裸の王様」と同じ時期に書かれていながら、「なまけもの」は開高がみずからに禁じていたはずの湿った私的感覚を全篇にわたって展開してしまっているのか。

彼の青年期から生涯の終わりまで親しく交際し、文学的盟友ともいえる間柄だった谷沢永一の証言によれば、受賞前後の時期、締切に追われる開高は、深刻な鬱状態にあって原稿が書けなかったらしい(『回想　開高健』)。「外へ！」を実現するような題材が見つからなかったのか、あるいはそれを取材し熟成させる余裕がなかったのかわからないが、その鬱の中で開高が選択したのは、みずからの私的経験に基づく人物造型と物語だった。これを切羽詰まったあげくの選択と見ることもできるだろうが、しかし、実のところ、彼の「内面」は隙あらばあふれでてくる類いの激しさを持っていたのだとも思える。

実際、「遠心力で」書いたはずの短篇「巨人と玩具」でも、語り手の「私」は、風にあおられて道路に飛んできた真新しいソフト帽が自動車の車輪につぶされるのを目撃した瞬間「はげしい滅形を感じ」る。「帽子がつぶされても叫声をたてず、血も流さなかった」ことが「私」は理解できず、「力につらぬかれ、体の奥に崩壊を感じ、ほとんど圧倒されそうに」なる。たとえ、「私」が深い疲労を抱えていたとしても、小説全体を通じて「私」

は、一歩引いた場所で冷静に事態の推移を見ているのだから、この反応は過剰だ。かつ、とどめのように、この一篇の最後で「私」は、帽子がつぶされた時の「滅形」が、みずからを滅したい願望のあらわれだったことに気づくのだ。「滅形」の力を物語って余すところがない締めくくり方である。

つまり、そもそも開高にとって内面とは、うかつに触れたり探究したりすることがきわめて困難な恐怖の対象だったのである。「外へ！」は、むやみに内面に降りていったりしないよう自らを戒めるための標語であり、自己告白の湿り気で共感を得る手法への羨望と憎悪がこめられた言葉なのだ。そう考えると、開高の初期作品が内包する矛盾がよく理解できる気がする。しかし、そのような戒めを自己に課さねばならない恐怖が、どうして彼に巣喰うことになったのか。

谷沢の証言にあるように、開高健はしばしば深刻な鬱状態に陥った。自身、そのことについては、中年期以降の小説やエッセイの中で何度となく触れ、子供の頃からの躁鬱体質であるとも記している。この躁と鬱を繰り返す「病態」を手がかりに、病跡学的視点から開高作品を論ずる評(中には、あきらかな双極性障害だと断じる論者もいる)を目にすることも多い。生来の精神的傾向が、たびたび「滅形」という症状を引き起こし、それが作品に反映しているのだ、という論点。

たしかに、そうした素因がまったくなければ、内面をなんとかして迂回したいと考えるような心性は育たない、という気はする。が、一方で、同様の心的資質を持った創作家はいくらでもいるわけであり、そのひとりひとりは実に多様な「病態」を示している。となれば、開高健のそれが、どのような経緯をたどって成長したのかを見なければ、やはり彼の作品の実質に迫ることはできないだろう。そして、その経緯としてもっとも重要なのは、やはり戦争体験ということになるのではないか。

これについても、開高が残した手がかりはたくさんある。彼が繰り返し筆に乗せた体験には、たとえば、太平洋戦争末期に大阪を襲った空襲の記憶がある。爆弾が大量に投下され、そのあと戦闘機による機銃掃射が容赦なく人々を襲う。少年だった開高も、必死で銃弾から逃れようと身を隠す。その瞬間、彼は敵機の風防ガラスの向こう側でアメリカ兵が笑っているのを目撃する。人は人を殺す時に笑うことができるのだ。

敵機が去ったのち、彼は自分が遮蔽物にしていた機関車を見る。機銃に撃ち抜かれた鉄板は、薄いボール紙のようにめくれあがっている。鉄は硬いと思って身を守る楯にしたのだが、実はそれはボール紙でしかなかった。鉄が紙なら、人間など豆腐に過ぎない。

開高が十三歳の昭和十八年、父・正義が腸チフスで世を去った。働き手を失った開高一家は、深刻な食糧難に見舞われる。飢餓のさなか、ごくわずかだけ手に入った芋の最後のひと切れをめぐって、家族全員が食べたいという欲望に苛まれつつ、それでもわずかに残った気兼ねと自尊心から、がつがつしていると見えないよう生唾を呑みこみながら、家族のほかの者の顔色と出方をうかがっている。だが、結局、少年開高は、素早く手を伸ばして芋を確保するなり、口に押しこんでしまう。彼にとっての戦争体験は、そのようなものだった。

人間の脆《もろ》さ、不可解、残虐、卑屈、悲惨、無残、あれ、また、これ。自身の内部にも、それらが生起すること。開高健が直面したのは、内部の深くどどす黒い穴であり、生きることそのものの恐怖だった。それが、彼の「滅形」の核心なのである。実際、敗戦後長らく、彼は「巨人と玩具」の「帽子」が示すように、常に自殺を思っていたと記している。

しかも、さらに悲劇的なのは、この〝人間として生きること自体の恐怖〟は、いわゆる「生存罪」、あるいは「原罪」といった宗教的概念によって客観化できるようなものではなかったのだ。宗教によって「罪」というカテゴリーを与えられ整理された時、〝生存の恐怖〟は支えとパースペクティヴを得、場合によっては崇高な使命感にさえ変換される。しかし、開高健は、これもまた生来の資質ゆえだったのか経験ゆえか、「無神論者」として徒手空拳、深い穴を探査しなければならなかったのである。

「森と骨と人達」は、その消息を生《なま》な形で反映した一篇だろう。第二次世界大戦が産みだした大虐殺、中でもナチスが行ったホロコーストの現場アウシュヴィッツを見に行く旅が、エッセイ風の筆致で描かれている作品である。開高は現地を訪れたあと、ワルシャワに戻って日々を送るのだが、「いつもなにか異常なもの」の気配があり、「人と話をしながら、たいていの場合、私はその気配を、耳のうしろや、肩のあたりに感じ」るようになる。「英語や、フランス語や、日本語をしゃべりながら」、「こんなあやふやな符号にたよっていてよいのだろうか」、「あそこでは、人間が物質資源でしかなかった」、と思う。

小説内の「私」は最終的に、イタリアのボルゲーゼ公園でイタリア人ガイドの説明に大笑いするドイツの中年男を眺めながら、「恐怖よりは憎悪にちかいものの刷き跡が、まだ、手のさきにのこっていた」のを感じて、「回復しかけたのかも知れないと思」う。そして、それは別に地獄の穴がふさがれたわけではなくて、ただ「私」の生命力がそうさせたに過ぎないことを「私」は熟知している。思念による糾明が済んだのではなく、単なる自然力＝生命力のおかげで防護的不感症になっただけだ、と「私」は骨の髄から知り抜いているのである。

「森と骨と人達」が発表されて以降、開高はルポルタージュも精力的に執筆した。そして昭和三十九年(一九六四年)、東京オリンピックが閉幕した三週間後(開高は、オリンピックの取材ルポも執筆している)の十一月半ば、彼はベトナム戦争下のサイゴン(現ホーチミン市)に、朝日新聞社の臨時特派員として向かった。そして、翌年二月半ばまでの三ヶ月間、現地で取材を行った。その取材は、南ベトナム軍とアメリカ軍事顧問団の協同作戦に同行する、という苛烈な地点にまで到達した。開高、そして彼と共に取材をしていた秋元啓一カメラマンが「一時行方不明」と報じられたこの取材については、ルポルタージュ文学の金字塔『ベトナム戦記』や長篇小説『輝ける闇』を読めば、文字通り九死に一生を得るような体験だったことがわかる。

このベトナム行きと『ベトナム戦記』に対しては、批判も寄せられた。吉本隆明は「戦後思想の荒廃――二十年目の思想状況」という評論で、以下のように評した。「なんのためにこの作家はベトナムへ出かけていったのか。この著書を読みおわっても、なにもわからないのである。」「この作家にとって素材の軽重がそのまま作品の軽重にかかわってくる側面がある。生きているのか死んでいるのかわからないこの日本の平和情況とはちがった情況がベトナムにはあるにちがいない（中略）ひとつ出かけなんでも見てやろう、とかんがえてジャーナリズムの勧誘に応じたとでも想像するより仕方がないようにこの『戦記』はかかれている」、と。

そして、吉本は、日本の「平穏さこそかつて体験したこともない深淵であり、未知の状況」であって、そこに想像力を行使せずに戦火のベトナムに逃れるのは、「文学者でなく、安全な〈第三者〉」のやり方であり、「みずからベトコンにかこまれて瀕死の体験をしたから第三者になるわけでもない」、と開高の行動を文学者としての想像力が「荒廃」しているがゆえの「逃避」であると断じている。

この酷評と言っていい批判は、開高健になにがしかのショックを与えただろうか。あくまでも私見だが、こうした反発は、彼にとってはある種織り込み済みのものだったように思える。「当事者と非当事者の間に横たわる深淵」について何度となく筆にのぼせていた開高が、殺されるかもしれない戦闘に武器を持たない報道者として参加したのは、死のリスクを冒しても非当事者である立場を堅持したのだと思える。彼はどうやっても当事者もどきにしかなれない状況を選択して、「豆腐だ、豆腐だ、豆腐なのだ！」という言葉を反芻しながら、弾をよけて地面に伏せ、つもる枯れ葉の上を這うアリの群れを見つめ、必死に転げ回り逃げ走り、戦闘の狭間で秋元カメラマンと遺影になるかもしれない写真を撮り合った、だけだったのだ。

その選択には、同行作戦に出かける以前に目撃した「ベトコン少年」の処刑も影響していたかもしれない。「やせた、首の細い、ほんの子供」にしか見えない少年が、「地雷と手榴弾」を運んだ罪で射殺されるのを見た瞬間、開高の中の何かが粉砕される。目撃者に過ぎない「特権者」としての「安堵が私を粉砕した」、と彼は『ベトナム戦記』に書いた。その安堵を捨てるために死の危険に足を踏み入れたのだが、しかし、得られたのは、やはり「豆腐なのだ！」という認識のみだった、という風にも考えられる。ただし、この「豆腐」は、初めてそれを直覚した少年時のものと同一ではない。進化・深化した「豆腐」などと書くとふざけているようだが、間違いなくそうした一面がある。本集所収の「兵士の報酬」を読めば、そのことが感得できるだろう。

ベトナムから帰還して数ヶ月後に発表されたこの短篇は、語り手である「私」＝開高が九死に一生を得た作戦から戻り、その次第を原稿にして送ったその朝から始まる。「私」の部屋の扉がノックされ、開けるとそこには最前線の砦で共に生活し、作戦中も一緒だった曹長が立っている。作戦後の休暇を取ってきたのだ。疲労の極にありながらも、「私」は〝戦友〟をもてなそうと、さまざまに意を尽くす。だが、曹長はどこかぎごちなく途方に暮れたような様子であり、「私」もまたなぜ自分が戦闘の中に身を置こうとしたのか「まったくわからな」いまま、茫然としている。結局、曹長は三日の休暇を充分に消化しきらずに砦に戻る。曹長の「暗鬱で、冷酷な、」「こわばりとおびえ」に、「私」は恐ろしい事実を直覚する。

この作品を締めくくる一行は、まさしく笑って人を殺すアメリカ兵の再演なのだが、同時に「私」＝開高は少年時に抱いた不可解の念ではなく、一種の理解と諦念の中で「眼を瞠っ」ている。これが、開高健が選んだ想像力の新しい方式の果実だった。想像力とは、基本的に、観察やそれに基づく思考と推測、妄想、邪念、偏見などを一緒くたにしてたどたどしくこねあげた、不確かで信頼するに足りないものである。と、同時に「想像力ほど人間にとって残酷、苛烈、御しがたいものはない」のであり、そのことを開高健は熟知していたからこそ、「外へ！」と宣言して以降おそらくずっと苛立っていたのだ。取材をして作品を構築しても、ルポルタージュを書いても、常に隔靴掻痒、人間の腕の長さに毛が生えた程度にしか伸びない想像力の宿命と、にもかかわらず、それを元にしてわかった風にこねあげられてしまう言葉の怖さとむなしさに、もがいていたといっていい。

ベトナム行きは、その隔靴搔痒をドラスティックに変えるための方法論だったといえるだろう。彼は、対象を見つけて取材するのではなく、その対象そのものが生起する場として自分自身を設定することにしたのである。つまり、対象の中にみずからを投げ入れ、自分の思念や肉体がそれに反応していくありさまを記録する。明滅を繰り返す捕捉しがたい生命の実質を、実況中継のような形でなんとか言語の網で搦めとる。それが成功した瞬間、ひょっとすると深く暗い穴にひそむ内部が、その言葉にひきずり出されて結晶化するのではないか。開高の思いは、そこにあったのではないか、と想像するのである。

みずからを場にする方法論は、一見すると、何かが起きた時すぐさま現場に飛んでいく報道記者やルポライターのあり方と見紛いやすい。だが、〝人間として生きること自体の恐怖〟の根源を探り、なろうことならそこからの救済を小説として造型したいと願った開高にとって、優先順位の第一は事実の報道ではありえなかった。エッセイ集『白いページ』の「すわる」と題された文章には、次のようなことが記されている。

「フィクションといい、ノン・フィクションといっても、精神の深い細部では両者とも言葉の取捨選択の行為なのであるからけじめはかならずしも明瞭ではないし、明瞭にすることもまたできないのであって、ノン・フィクションもすでにフィクションの一種なのだと考えておかなければならないのだけれど、見ていないことを見たように書いてはならぬという意味でノン・フィクションはフィクションを断固として排除しなければならない。ところが、ノン・フィクションを書きつづけていると、《私ハ見タ》という信念が小説家のなかに棲む何人もの人間のうちの小説家そのものを窒息させるのである。」「事実を言葉に変える証人が、言葉を事実に変える小説家をおしのけてしまう。」

そして、「ノン・フィクションを書きかさねていくうちに、〝事実〟のなかにはどうしてもフィクションでなければ、または、フィクションにしたほうがはるかに強力になる、という性質のものがあ」り、その弁別を「私は本能で嗅ぎわけつつ——しばしば窒息しそうになったり、鼻カタルになったりだけれど——歩んでいくしかないのである」、という決意を述べている。

このように開高健は、外見上「行動派作家」になったわけだが、ここまで論じてきた経緯から言えば、「行動」という語が一般的に持っている向日性のイメージと彼の実質との間には、かなりの隔たりがあることはあきらかだろう。もちろん、文壇三大音声《おんじょう》のひとりであり（開高以外のふたりは、丸谷才一と井上光晴。井上の代わりに安岡章太郎を加える説もある）、美食・飽食の徒であり、後半生の趣味となった釣りについては、映像にもその無邪気なはしゃぎぶりが多く残っていることなどを考えれば、彼にきわめて明るい面（躁状態なのかもしれないが）があったのは事実だ。

しかし、行動が外界の事物を看取することよりもむしろ、出会った事物と自己意識を綯《な》い交ぜにして実験をするための動的な場であるとするならば、必然的にすべての行動が探究的苦行と化す。楽しかるべき釣りでさえも、魚という生命体をもてあそぶ自分自身の、一瞬思念が空白になるほどの興奮と喜悦、鎮静と内省を言語化するための行《ぎょう》となってしまう。すでに述べたように、神に代表される絶対値を持つことなく、みずからの生命感のみを頼りにした手探りをするという、凄絶なあやふやを彼は選んだ。それを律するには、結局苦行という方法論以外ないのかもしれない。

「飽満の種子」と「貝塚をつくる」は、それぞれベトナムでの阿片吸引の経験と釣りを主題にしている。「飽満の種子」では、阿片に溺れることなく、その魔力を理性的に味わって記述しようと試みる時点で、当事者でありながら当事者になりきらない手法が明瞭に提示されている。惑溺したのちにこそ「飽満の種子」の本体が姿をあらわすという立場から見れば、あるいはごく生ぬるいやり方にも感じられるかもしれない。そして、引き返すことが前提のこの実験は、限りない淋しさで幕を閉じる。

「貝塚をつくる」は、サイゴンに住む華僑で釣り狂の実業家との交流と、その実業家と釣りにいった先の島で、ベトナム軍から脱走した兵士に食糧を供給するという話が、ゆったりした文体で語られる。両短篇ともに、その語りは炉辺談話のように悠々閑々としているが、生きることの苦く渋い味わいが全体に染みとおっている。

同じ年に書かれた「玉、砕ける」は、政治の狂気の中で生きのびることのむずかしさを、文化大革命の大波によって命を断たれた老舎の運命と、香港の風呂屋で垢スリをしてもらい「おみやげ」としてもらった垢の玉が砕ける結語の対比によって、鮮やかに描きだしている。老舎の死と作者の皮膚の死骸は、暗喩とも言えないかそけさでつながりつつ、執拗なまでに読む者の内省を誘う。名篇といっていい。

これら三篇にただよう余裕であり疲労であり寂寥である雰囲気は、ベトナム行きから数年内に書かれた長篇『輝ける闇』や『夏の闇』のひりひりする近さの感覚とははっきり異なっている。『ベトナム戦記』で書かれた事柄と同じものが素材になっている『輝ける闇』とこれらに温度差があるのは自然だが、戦場での経験に疲れた男が、かつて関係を結んでいた女をドイツに訪ね、ひと夏、性と生にふける『夏の闇』との違いは興味深い。『夏の闇』は、開高健の文学のひとつの頂点といっていい作品であり、そこには生命の熱量と闇が相争う生々しさが濃密に描かれ、衰退と寂寥はまだ姿をあらわしてはいない。開高が恐れた内部の闇が、つややかな漆黒の閃光として読み手を撃つ。

四十歳の時に発表した『夏の闇』から、「玉、砕ける」までが六年強。さらに、「一日」まではプラス十年で、開高は五十七歳。世を去る一年半前である。この間、彼は「闇三部作」を完成させるべく努力し、また、少年期から壮年期に至る自身の人生を音によって回想する、という斬新な手法の長篇『破れた繭——耳の物語＊』『夜と陽炎——耳の物語＊＊』を上梓している。

そうした時の経過を思いながら「一日」を読むと、描かれている事柄と書き手の距離に感慨を覚えざるをえない。これもまた、ベトナム戦争を取材した当時の出来事が元になっているのだが、生と死が淡々と交じり合い、「不安と新鮮」「恐怖」があっても、読んでいるこちらには「ヒリヒリ」はほとんど伝わってこず、諦念とも悟りともつかない意識の流れが、淡彩画の印象で展開される。

これをどう捉えるかは、ひどくむずかしい。開高健がしばしば使用した「衰退」という言葉がふさわしいのか、あるいは外から内へとむかいながら苦行した結果、濃厚な油彩と緻密な遠近法で描かれた個別性＝「開高」性から、淡彩で平面的な普遍性＝誰もが生き誰もが死ぬ、という地点に至ったのか。といって、では、この短篇から匂い立つものが仏教的な諦念なのかといえば、それも違う。ガラス板に描かれた絵柄が幻燈機によって写しだされ、それが遠さとひんやりした鉱物質な淋しさをもたらす。そうとでも表現するほかない、不思議な印象の作品である。

鉱物質ということでいえば、開高健の死後まもなく刊行された『珠玉』には、宝石をめぐる三篇の小説が収められている。今回は、その中の「掌のなかの海」を選んで本集に入れた。小説家として駆けだしの頃酒場で出会ったある人物との、これもまた淡い触れ合いをスケッチ風に描いている。開高作品に馴染んだ読者であれば、この短篇がどのような素材の組み合わせで出来上がっているか、ああ、ここはあのエッセイや短篇に書かれていた人物の面影だ、とか、ここはあのルポの谺だな、といったことが感知できるだろう。まさに、「フィクションにしたほうがはるかに強力になる」「ノン・フィクション」のかけらを集めてきて結晶させた作品といっていい。

晩年、開高健は宝石を趣味のひとつに加えた。といっても、指輪や首飾りなどに加工されたものではなく原石をかなり集めたらしい。彼にとって意味があったのは、もちろん金銭的な価値ではなく、モノとしての美しさ、硬さ、確かさだった。そういえば、「なまけもの」の語り手・「堀内」は、元気な間は「素材の群れをまえにして緊密な紐帯を感じ」、「物と結婚していた。」しかも、「言葉に」「金属や木などと匹敵する硬度、重量を味わうこと」もあった、と描写されている。これは、若き日の開高の実感でもあっただろう。

「生命であることの恐怖」に対して、自身の生命力のさまざまな側面・局面を、矢継ぎ早に武器として繰り出し苦闘してきた作家がたどり着いた地点にあったのは、モノとしての宝石になろうとする言葉だったのか。それとも……。生命に意識が生まれた神秘について、あらゆる分野からのアプローチが進みつつある二十一世紀の現在、開高健が身を挺して開拓した〝生命の場〟である作品群をじっくり味わうことには、少なからぬ意義があるのではないだろうか。

二〇一八年十一月

# 初出一覧

パニック　「新日本文学」昭和三十二年八月一日　第十二巻八号
巨人と玩具　「文學界」昭和三十二年十月一日　第十一巻第十号
裸の王様　「文學界」昭和三十二年十二月一日　第十一巻第十二号
なまけもの　「文學界」昭和三十三年三月一日　第十二巻第三号
森と骨と人達　「新潮」昭和三十七年三月一日　第五十九巻第三号
兵士の報酬　「新潮」昭和四十年七月一日　第六十二巻七号
飽満の種子　「新潮」昭和五十三年一月一日　第七十五巻一号
貝塚をつくる　「文學界」昭和五十三年二月一日　第三十二巻二号
玉、砕ける　「文藝春秋」昭和五十三年三月一日　第五十六巻三号
一日　「新潮」昭和六十三年六月一日　第八十五巻六号
掌のなかの海　「文學界」平成二年一月一日　第四十四巻一号

〔編集付記〕

本書を編集するにあたっては、『開高健全集』(全二十二巻、新潮社、一九九一―九三年)の、第一巻、第二巻、第五巻、第八巻、第九巻を底本とした。

(岩波文庫編集部)

開高《かいこう》健《たけし》短篇選《たんぺんせん》

2019年 1月16日 第1刷発行
2021年10月15日 第4刷発行

編 者 大岡《おおおか》玲《あきら》

発行者 坂本政謙

発行所 株式会社 岩波書店
〒101-8002 東京都千代田区一ツ橋 2-5-5

案内 03-5210-4000 営業部 03-5210-4111
文庫編集部 03-5210-4051
https://www.iwanami.co.jp/

印刷・理想社 カバー・精興社 製本・中永製本

ISBN 978-4-00-312211-2 Printed in Japan

# 読書子に寄す

## ——岩波文庫発刊に際して——

岩波茂雄

真理は万人によって求められることを自ら欲し、芸術は万人によって愛されることを自ら望む。かつては民を愚昧ならしめるために学芸が最も狭き堂宇に閉鎖されたことがあった。今や知識と美とを特権階級の独占より奪い返すことはつねに進取的なる民衆の切実なる要求である。岩波文庫はこの要求に応じそれに励まされて生まれた。それは生命ある不朽の書を少数者の書斎と研究室とより解放して街頭にくまなく立たしめ民衆に伍せしめるであろう。近時大量生産予約出版の流行を見る。その広告宣伝の狂態はしばらくおくも、後代にのこすと誇称する全集がその編集に万全の用意をなしたるか。千古の典籍の翻訳企図に敬虔の態度を欠かざりしか。さらに分売を許さず読者を繋縛して数十冊を強うるがごとき、はたしてその揚言する学芸解放のゆえんなりや。吾人は天下の名士の声に和してこれを推挙するに躊躇するものである。このときにあたって、岩波書店は自己の責務のいよいよ重大なるを思い、従来の方針の徹底を期するため、すでに十数年以前より志して来た計画を慎重審議この際断然実行することにした。吾人は範をかのレクラム文庫にとり、古今東西にわたって文芸・哲学・社会科学・自然科学等種類のいかんを問わず、いやしくも万人の必読すべき真に古典的価値ある書をきわめて簡易なる形式において逐次刊行し、あらゆる人間に須要なる生活向上の資料、生活批判の原理を提供せんと欲する。この文庫は予約出版の方法を排したるがゆえに、読者は自己の欲する時に自己の欲する書物を各個に自由に選択することができる。携帯に便にして価格の低きを最主とするがゆえに、外観を顧みざるも内容に至っては厳選最も力を尽くし、従来の岩波出版物の特色をますます発揮せしめようとする。この計画たるや世間の一時の投機的なるものと異なり、永遠の事業として吾人は微力を傾倒し、あらゆる犠牲を忍んで今後永久に継続発展せしめ、もって文庫の使命を遺憾なく果たさしめることを期する。芸術を愛し知識を求むる士の自ら進んでこの挙に参加し、希望と忠言とを寄せられることは吾人の熱望するところである。その性質上経済的には最も困難多きこの事業にあえて当たらんとする吾人の志を諒として、その達成のため世の読書子とのうるわしき共同を期待する。

昭和二年七月

## 《日本文学（現代）》〔緑〕

| | |
|---|---|
| 怪談 牡丹燈籠 | 三遊亭円朝 |
| 真景累ヶ淵 | 三遊亭円朝 |
| 塩原多助一代記 | 三遊亭円朝 |
| 小説神髄 | 坪内逍遥 |
| 当世書生気質 | 坪内逍遥 |
| 青年 | 森鷗外 |
| 阿部一族 他二篇 | 森鷗外 |
| 山椒大夫・高瀬舟 他四篇 | 森鷗外 |
| 渋江抽斎 | 森鷗外 |
| 舞姫・うたかたの記 他三篇 | 森鷗外 |
| 鷗外随筆集 | 千葉俊二編 |
| 森鷗外 椋鳥通信 全三冊 | 池内紀編注 |
| 浮雲 | 二葉亭四迷 十川信介校注 |
| 野菊の墓 他四篇 | 伊藤左千夫 |
| 吾輩は猫である | 夏目漱石 |
| 坊っちゃん | 夏目漱石 |
| 草枕 | 夏目漱石 |
| 虞美人草 | 夏目漱石 |
| 三四郎 | 夏目漱石 |
| それから | 夏目漱石 |
| 門 | 夏目漱石 |
| 彼岸過迄 | 夏目漱石 |
| 漱石文芸論集 | 磯田光一編 |
| 行人 | 夏目漱石 |
| こころ | 夏目漱石 |
| 硝子戸の中 | 夏目漱石 |
| 道草 | 夏目漱石 |
| 明暗 | 夏目漱石 |
| 思い出す事など 他七篇 | 夏目漱石 |
| 文学評論 全二冊 | 夏目漱石 |
| 夢十夜 他二篇 | 夏目漱石 |
| 漱石文明論集 | 三好行雄編 |
| 倫敦塔・幻影の盾 他五篇 | 夏目漱石 |
| 漱石日記 | 平岡敏夫編 |
| 漱石書簡集 | 三好行雄編 |
| 漱石俳句集 | 坪内稔典編 |
| 漱石・子規往復書簡集 | 和田茂樹編 |
| 文学論 全二冊 | 夏目漱石 |
| 坑夫 | 夏目漱石 |
| 漱石紀行文集 | 藤井淑禎編 |
| 二百十日・野分 | 夏目漱石 |
| 五重塔 | 幸田露伴 |
| 運命 他一篇 | 幸田露伴 |
| 努力論 | 幸田露伴 |
| 天うつ浪 全二冊 | 幸田露伴 |
| 渋沢栄一伝 | 幸田露伴 |
| 子規句集 | 高浜虚子選 |
| 病牀六尺 | 正岡子規 |
| 子規歌集 | 土屋文明編 |
| 墨汁一滴 | 正岡子規 |

仰臥漫録　正岡子規
歌よみに与ふる書　正岡子規
子規紀行文集　復本一郎編
金色夜叉 全二冊　尾崎紅葉
二人比丘尼 色懺悔　尾崎紅葉
不如帰　徳冨蘆花
謀叛論 他六篇 日記　徳冨健次郎 中野好夫編
武蔵野　国木田独歩
愛弟通信　国木田独歩
蒲団・一兵卒　田山花袋
田舎教師　田山花袋
藤村詩抄　島崎藤村自選
破戒　島崎藤村
春　島崎藤村
千曲川のスケッチ　島崎藤村
桜の実の熟する時　島崎藤村
新生 全二冊　島崎藤村

夜明け前 全四冊　島崎藤村
生ひ立ちの記 他一篇　島崎藤村
にごりえ・たけくらべ　樋口一葉
大つごもり・十三夜 他五篇　樋口一葉
修禅寺物語 正雪の二代目 他四篇　岡本綺堂
高野聖・眉かくしの霊　泉鏡花
歌行燈　泉鏡花
夜叉ケ池・天守物語　泉鏡花
草迷宮　泉鏡花
春昼・春昼後刻　泉鏡花
鏡花短篇集　川村二郎編
日本橋　泉鏡花
外科室・海城発電 他五篇　泉鏡花
湯島詣 他一篇　泉鏡花
鏡花随筆集　吉田昌志編
化鳥・三尺角 他六篇　泉鏡花
鏡花紀行文集　田中励儀編

俳句はかく解しかく味う　高浜虚子
回想 子規・漱石　高浜虚子
有明詩抄　蒲原有明
上田敏全訳詩集　山内義雄 矢野峰人編
宣言　有島武郎
一房の葡萄 他四篇　有島武郎
ホイットマン詩集 草の葉　有島武郎選訳
寺田寅彦随筆集 全五冊　小宮豊隆編
柿の種　寺田寅彦
与謝野晶子歌集　与謝野晶子自選
与謝野晶子評論集　鹿野政直 香内信子編
私の生い立ち　与謝野晶子
入江のほとり 他一篇　正宗白鳥
つゆのあとさき　永井荷風
濹東綺譚　永井荷風
荷風随筆集 全二冊　野口冨士男編
おかめ笹　永井荷風

摘録 断腸亭日乗 全二冊　永井荷風　磯田光一編
すみだ川・新橋夜話 他一篇　永井荷風
夢の女　永井荷風
あめりか物語　永井荷風
江戸芸術論　永井荷風
下谷叢話　永井荷風
ふらんす物語　永井荷風
浮沈・踊子 他三篇　永井荷風
花火・来訪者 他十一篇　永井荷風
問はずがたり・吾妻橋 他十六篇　永井荷風
斎藤茂吉歌集　山口茂吉　柴生田稔　佐藤佐太郎編
桑の実　鈴木三重吉
小鳥の巣　鈴木三重吉
千鳥 他四篇　鈴木三重吉
鈴木三重吉童話集　勝尾金弥編
小僧の神様 他十篇　志賀直哉
万暦赤絵 他二十二篇　志賀直哉

暗夜行路 全二冊　志賀直哉
志賀直哉随筆集　高橋英夫編
高村光太郎詩集　高村光太郎
北原白秋歌集　高野公彦編
北原白秋詩集 全二冊　安藤元雄編
フレップ・トリップ　北原白秋
野上弥生子随筆集　竹西寛子編
野上弥生子短篇集　加賀乙彦編
お目出たき人・世間知らず　武者小路実篤
友情　武者小路実篤
釈迦　武者小路実篤
銀の匙　中勘助
鳥の物語　中勘助
犬 他一篇　中勘助
若山牧水歌集　伊藤一彦編
新編 みなかみ紀行　若山牧水　池内紀編
新編 啄木歌集　久保田正文編

時代閉塞の現状・食うべき詩 他十篇　石川啄木
蓼喰う虫　谷崎潤一郎　小出楢重画
春琴抄・盲目物語　谷崎潤一郎
吉野葛・蘆刈　谷崎潤一郎
卍（まんじ）　谷崎潤一郎
幼少時代　谷崎潤一郎
谷崎潤一郎随筆集　篠田一士編
多情仏心 全二冊　里見弴
道元禅師の話　里見弴
今年竹 全二冊　里見弴
萩原朔太郎詩集　三好達治選
郷愁の詩人 与謝蕪村　萩原朔太郎
猫町 他十七篇　萩原朔太郎　清岡卓行編
恩讐の彼方に・忠直卿行状記 他八篇　菊池寛
父帰る・藤十郎の恋 菊池寛戯曲集　石割透編
河明り 老妓抄 他一篇　岡本かの子
春泥・花冷え　久保田万太郎

| | |
|---|---|
| 大寺学校 ゆく年 | 久保田万太郎 |
| 室生犀星詩集 | 室生犀星自選 |
| 犀星王朝小品集 | 室生犀星 |
| 出家とその弟子 | 倉田百三 |
| 羅生門・鼻・芋粥・偸盗 | 芥川竜之介 |
| 地獄変・邪宗門・好色・藪の中 他七篇 | 芥川竜之介 |
| 河童 他二篇 | 芥川竜之介 |
| 歯車 他二篇 | 芥川竜之介 |
| 蜘蛛の糸・杜子春・トロッコ 他十七篇 | 芥川竜之介 |
| 芭蕉雑記・西方の人 他七篇 | 芥川竜之介 |
| 侏儒の言葉・文芸的な、余りに文芸的な | 芥川竜之介 |
| 芥川竜之介俳句集 | 加藤郁乎編 |
| 芥川竜之介随筆集 | 石割透編 |
| 蜜柑・尾生の信 他十八篇 | 芥川竜之介 |
| 年末の一日・浅草公園 他十七篇 | 芥川竜之介 |
| 芥川竜之介紀行文集 | 山田俊治編 |
| 都会の憂鬱 | 佐藤春夫 |

| | |
|---|---|
| 美しき町・西班牙犬の家 他六篇 | 佐藤春夫 池内紀編 |
| 海に生くる人々 | 葉山嘉樹 |
| 日輪・春は馬車に乗って 他八篇 | 横光利一 |
| 宮沢賢治詩集 | 谷川徹三編 |
| 童話集 風の又三郎 他十八篇 | 宮沢賢治 谷川徹三編 |
| 童話集 銀河鉄道の夜 他十四篇 | 宮沢賢治 谷川徹三編 |
| 山椒魚・遙拝隊長 他七篇 | 井伏鱒二 |
| 川釣り | 井伏鱒二 |
| 井伏鱒二全詩集 | 井伏鱒二 |
| 太陽のない街 | 徳永直 |
| 伊豆の踊子・温泉宿 他四篇 | 川端康成 |
| 雪国 | 川端康成 |
| 山の音 | 川端康成 |
| 川端康成随筆集 | 川西政明編 |
| 三好達治詩集 | 桑原武夫 大槻鉄男選 |
| 詩を読む人のために | 三好達治 |
| 夏目漱石 全二冊 | 小宮豊隆 |

| | |
|---|---|
| 社会百面相 全二冊 | 内田魯庵 |
| 新編 思い出す人々 | 内田魯庵 紅野敏郎編 |
| 檸檬《レモン》・冬の日 他九篇 | 梶井基次郎 |
| 蟹工船 一九二八・三・一五 | 小林多喜二 |
| 風立ちぬ・美しい村 | 堀辰雄 |
| 富嶽百景・走れメロス 他八篇 | 太宰治 |
| 斜陽 他一篇 | 太宰治 |
| 人間失格・グッド・バイ 他一篇 | 太宰治 |
| 津軽 | 太宰治 |
| お伽草紙・新釈諸国噺 | 太宰治 |
| 真空地帯 | 野間宏 |
| 日本唱歌集 | 堀内敬三 井上武士編 |
| 日本童謡集 | 与田凖一編 |
| 森鷗外 | 石川淳 |
| 至福千年 | 石川淳 |
| 近代日本人の発想の諸形式 他四篇 | 伊藤整 |
| 小説の認識 | 伊藤整 |

岩波文庫の最新刊

柳井 滋・室伏信助・大朝雄二・鈴木日出男・藤井貞和・今西祐一郎校注

源氏物語 (九)

蜻蛉—夢浮橋/索引

浮舟入水かとの報せに悲しむ薫と匂宮。だが浮舟は横川僧都の一行に救われていた——。全五十四帖完結、年立や作中和歌一覧、人物索引も収録。(全九冊)

〔黄一五-一八〕 定価一五一八円

カッシーラー著/熊野純彦訳

国家と神話 (下)

国家と神話との結びつきを論じたカッシーラーの遺著。後半では、ヘーゲルの国家理論や技術に基づく国家の神話化を批判しつつ、理性への信頼を訴える。(全二冊)

〔青六七三-七〕 定価一二四三円

大塚久雄著/齋藤英里編

資本主義と市民社会 他十四篇

西欧における資本主義の発生過程とその精神的基盤の解明をめざした経済史家・大塚久雄。戦後日本の社会科学に大きな影響を与えた論考をテーマ別に精選。

〔白一五二-一〕 定価一一七七円

恩田侑布子編

久保田万太郎俳句集

万太郎の俳句は、詠嘆の美しさ、表現の自在さ、繊細さにおいて、近代俳句の白眉。全句から珠玉の九百二句を精選。「季語索引」を付す。

〔緑六五-四〕 定価八一四円

……今月の重版再開……

今野一雄訳

ラ・フォンテーヌ 寓話 (上)

〔赤五一四-一〕 定価一〇一二円

今野一雄訳

ラ・フォンテーヌ 寓話 (下)

〔赤五一四-二〕 定価一一二二円

定価は消費税10%込です　2021.9